KEY·可以文化

爱人有罪

THE
GUILTY
LOVER

艾伟 著

浙江文艺出版社
Zhejiang Literature & Art Publishing House

1

　　空气是陌生的。当鲁建刚接触到这空气，他的全身都起了鸡皮疙瘩。一会儿，他的肌肤放松下来，他感到身上的毛孔慢慢地张了开来，他的心里涌出一股暖流。他感到自己要流泪了，但他抑制了这种情绪。这几天，他的情绪有点激动，他时刻告诫自己不要激动，但情感这种东西有时候并不那么好控制。所以，他看上去冷静而木然的外表里面，隐藏着一些类似希望的东西。这使他的面部有某种用力过度而产生的麻痹的感觉，所以，他的脸肌老是不由得抖动。他站在那里，做了一下深呼吸，用以调整身心。空气确实是清爽的，周围满眼都是绿色。公路两旁植着水杉，水杉的外侧是田野，由于是近郊，田野上种植的大都是蔬菜。田野上有一些塑料暖棚。他知道这条公路连接着城市。公路上人来人往，但没有人来接他，他知道不会有人来接他的。天空蓝得出奇，天上没一丝儿云影，这使天空看起来显得无比高远、深邃。他觉得自己这会儿好像落在一口井的底部，就好像自己置身的世界是一个深渊。这一刻，他愿意自己像一根羽毛那样轻，飘向那明亮而高远的天空。
　　那扇高大的铁门已经轰然关闭了。他觉得自己就像是从那里扫出来的垃圾。如果，在八年之前，他绝对不会认为自己是垃圾。但八年之后，经过这个熔炉或者说炼狱的锤炼，他已是名副其实的垃圾了。这一点他非常有把握。他知道此刻他身上还带着那个地方的气息，而这气息他恐怕一辈子都洗不干净了。这种气息已进入了他的灵魂。人们走过这幢建筑时，他们一定会认为这个地方平静、不动声色。但只要他们进入这建筑的内部，他们就会明白，在平静的背后，在那张张麻木的脸的后面，实际上充满了各种各样的疯狂的念头。这是个腺体发达之所，充满了各种各样的排泄物（而他们自己何尝不是社会的排泄物）。聚集在这个地方的人都是一些生命力无比旺盛的家伙。他回头看了那建筑，然后闭上了眼睛。他不是为了记住它，而是想把它存留在脑子里的影像彻底抹去。

那张证明一直在他的手上。有一阵子他几乎忘记了手中的这张纸片。当他意识到它的存在时，他准备背起包朝城市走。他感到手里的这张纸似乎是个累赘。他苦笑了一下，然后用双手把纸搓成一团，向路边的水沟投去。他看着那纸团滚动着落入水沟中。纸团在水沟中慢慢伸展开来。他站在那里，愣住了。有一种空虚感从他的心底升腾起来。他感到他虽然对那张纸不以为然，但那张纸也许比他这个人的真实存在重要得多，他似乎还缺少不了这张纸。他只有靠这张纸才能证明自己可以合法而自由地走入社会。那是他即将开始的新生活的根基。他感到很无奈，怀着某种屈辱的情感，放下包袱，爬下水沟去捞那张纸片。他好不容易才拿到。他发现纸上的字迹已洇了开来。他从水沟上爬出来时，抬头发现有几个过路人站在公路上好奇地看着他。他们一定从他的装扮中看出来他是刚从对面那幢建筑里放出来的。他们的眼神里有一份排斥异己的冷漠。他知道，他重新进入社会后将会碰到的就是这样的眼神。这眼神说明了他的真实处境。

公路上有一些中巴客车来来往往。客车经过他身边时都会慢下来，那是拉客的意思，希望他能上他们的车。见他没有反应，客车就加快速度，像一阵烟一样在他的眼前消失了。他不想用交通工具进城，他刚出来，需要慢慢适应人群。当然也需要活动活动四肢，体味一下所谓的自由。天地是如此广阔，足以伸展他的四肢了。他的双脚踏在泥土中，他觉得很充实、满足，他感到身体里面有一种充盈之感。他已经看得见城市了。他嗅到空气里开始夹杂一股浑浊的气味。他知道那就是所谓的城市的气味。他分辨出那气味中有一种虚假香味，有一股化学的味道。

现在，他已进入了城市。正午的阳光照在街面的玻璃上，反射出强烈的光芒，让他的眼睛生痛。不过，这块地方还是城市的边缘，到处都是低矮的木结构房子，不算太繁华。但这里依旧可以看到矗立在城市中心那几幢挺拔的霸道的高楼，那些建筑上的玻璃幕墙的光芒倒不是很强烈，反而给人一种清凉之感。不过这不是他的城市，他仅仅是这个城市的过客。他看到了火车站。他得坐五个小时的火车才能达到自己的城市。

在火车上，他想象家的样子。他突然感到害怕了。这八年，他时刻在想回家的那一刻，但当他真的要走近家的时候，他却有点忐忑不安。他甚至希望到家的时间慢一点。就这么骤然回到那个叫家的地方，他感到措手不及。

从火车站出来，他依旧没有坐公交车。他迈着笨拙的步伐行走在自己的城市里。八年过去了，这个城市让他依旧有一种熟识之感，但陌生感同时存在。他虽然已走进了自己的城市，但在他内心的感受里，他好像依旧在城市之外徘徊。

雷公巷108号。这是他的家。一切好像做梦一样。他站在那幢房子前，仰望四楼，他的家就在那里。那道门比八年前旧了许多，感觉上好像也小了许多。他记得，在里面时，听说这个地方快要拆迁了，他得办一些手续什么的。但他们这样叫嚷了几年，却不见动静。他还将住在这套房子里面。

一路过来的时候，他感到那种奇怪的不安的眼神一直在周围闪烁。他们一定注意到他出来了。他在他们眼中消失了八年，突然出现在他们面前，他们一定还不能适应。他们在暗处。他可以感到某种影影绰绰的东西。他感到自己的出现就像一个巨大无比的黑影笼罩在雷公巷上空，使雷公巷成了一个黑色惊叹号。不过同他打招呼的人也是有的，只是他们的表情非常怪异。

但住在他楼上的那个老头却没有什么异样，甚至还停下来同他说话。

老头说："回来啦?"

老头没说"出来"这个词。老头的语气好像他仅仅是出了一趟差。这让他感到亲切。

他说："回来啦。"

老头说："你那屋子里得杀一杀老鼠和蟑螂了。我的屋子里总是老鼠和蟑螂不断，杀也杀不完。"老头的声音突然变得高亢起来，就好像他多年来的愤怒终于有了一个发泄的管道，"我怀疑，它们都是从你屋里来的。你得好好杀一杀了。"

他吃惊地看了老头一眼。他没想到老头会这么激动。刚才对老头的好感一下子消失了。不过他不想同老头计较，他显得非常谦卑，点头哈腰连连说好，就好像这个老头是个狱头。他看到那一刻老头的脸上荡起一种权力感和满足感。

锁已经生锈了。他开了半天没有打开。这让他的内心涌出一种受挫感。这是经常有的情感。他感到这个世界总有什么东西在同自己过不去。一种本能的愤怒涌上心头。他把钥匙扔了，然后用脚猛踢房门。他听到一声碎裂声，然后看到司毕灵锁脱离了门框，门开启了一条缝。他首先嗅到一股浓烈的霉味，有点呛人。他咳嗽了几下，捂住鼻子，又用身子撞了几下门，门完全打开了。他进了房间。

屋子里的景象在他的意料之中。八年的尘埃分布均匀地洒落在家具及地板上面。客厅那张饭桌上的尘埃有着自然形成的弯曲的图案，像是一个微型沙漠搬到了这里。墙角及窗框处是蜘蛛们统治的领地，它们结出的网在那里散发着银色光芒。房间里的陈设依旧停留在八年前他离去的那一刻，那件换洗下来的白衬衫还挂在墙壁的衣架上，不过那白衬衫已变得黑黄了，就好像这件衬衫曾经历了一场火烤。岁月对任何事物看来都像是火烤。

他把包袱重重地摔在沙发上。尘埃像一群苍蝇一样顿时满天飞扬，他用手扬了扬，就去卫生间。他知道，他要做的第一件事就是洗澡。他得把八年来积聚在他身上的一切——不平、屈辱和臭气——洗个干净。他打开自来水阀门，头上的莲蓬头迟迟没出水。正当他想弄明白是怎么回事时，一股浑浊的黄水从莲蓬头上冲了下来，落在他的脸上。他狠狠地骂了一句娘。不过他很快接受了自己的遭遇——倒霉就是他八年来的命运，看来还没个完结。他站在一旁，看着带着铁锈的浊黄色的水慢慢变清。他剥下身上的衣服，扎入水中。

水迅速流泻到他的身上，像一张毯子一样包裹住他的身体。他闭上眼睛，体味着水温柔的抚摸。他突然感到自己僵硬的身体在这一刻变得柔软了。他闭上眼睛。一种受伤的感受伴着某种莫名的温暖在他的身体里苏醒过来——在这之前，他从来没心情去体会这种受伤的感觉。他的皮肤发胀，有一种需要保护的软弱。他感到他的脸孔有点发痒，他这才知道他在流泪。即使在流泻的水中，他也能分辨得清哪一条是他滚热的泪痕。当他意识到自己在流泪时，他怎么也控制不住自己的情感了。他的身子颤抖起来。他在努力抑制自己，但眼泪却流得越来越欢畅。

他不知道自己在水中冲洗了多长时间。也许一个小时，也许更长。由于长时间的哭泣，他从水中出来时，脸有点浮肿，眼球都红了。他站在镜子面前，仔细端详自己。在里面，他从来没这样仔细研究过自己。他觉得镜子里面的自己有点儿陌生。

改变是一定的。八年的时间可以改变一切。不单单是外表的变化。外表的变化是显而易见的：原来柔软的胡子已变得粗硬；眼睛变得冷酷和坚韧；他的骨骼变大了，身上的肌肉也变得充满了力量。但更大的变化是在内心，他由原来的腼腆变成了真正的沉默。因此，他站在那里，已有了一种重量感——这是由于他心里藏着一些不被人所知的秘密。只有他自己知道，这里面装满了仇恨。

他回到客厅。新的生活开始了。他决定用一整天时间把这屋子打扫一遍。不过，现在他困了，他先得好好睡上一觉。

2

 鲁建去西门派出所报到，已是两天以后的事了。他新理了一个小平头，刮干净了胡须。八年前，他可不肯刮去这副胡须，那时他以为这副胡须代表着一个男人的全部。当然这想法很幼稚。他穿在身上的衬衫是新买的。衬衫的领子硬硬的，抵着他的脖子，让他不舒服。他站在镜子面前，用一种挑剔的眼光看自己的新形象。他还没有完全适应这个形象，就像他感到自己一时还难以适应这个社会一样。他对这个社会是有点惧怕的。他对已经得到的自由有一种莫名的恐慌，好像自由了，他的生命反而无处着落了，有一种飘浮的感觉。但他又觉得这自由是虚假的，总觉得有什么东西控制着他，让他无处藏身。他总是不停地向四周张望，好像危险就在身边。他因此看上去有些鬼鬼祟祟的。

 这八年，这个城市变化巨大。原来那些像鸡肠一样狭小的转弯抹角的街道已变得笔直、宽畅，就好像那些鸡肠被拉直并且被吹上了气体，于是变得膨胀了起来。现在，他就走在这些胀大了的肠子里面。这些肠子看上去非常清洁，但他知道这里存在着无数的寄生虫。这些寄生虫都有着很好的伪装，他们也许是脑满肠肥的官员，也许是穿着制服的警察，也许就是像他这样的社会渣滓。你用一双肉眼根本发现不了。这个世界的秘密都隐藏得很好。

西门派出所已不在原来同雷公巷交叉的那个十字路口了。派出所已搬到护城河边一幢新造的漂亮的三层小洋房里。在路人的指点下，他来到这幢被绿树掩蔽的小楼。但他怎么也进不去，因为院子的铁门被一把巨大的铜锁锁着。他感到奇怪，现在应该是他们执行公务的时候呀，大门怎么会紧闭着呢。他绕着这小楼转了一圈，才发现在小楼后面有一道狭小的门，并且他看到正有一个穿警服的人从里面出来。他猜想，这道后门才是这个派出所平时惯用的通道。他就挤了进去。

派出所里非常安静，就好像这幢小楼里没有一个人。这时，电话铃声骤然响起，他被吓了一跳。他转过头朝电话铃那方向瞧，发现有一个警察正在接电话。警察的脸上堆满了笑容，还在不停地点头哈腰。然后警察一脸满足地挂了电话。他脸上的笑容变得甜蜜而满足。那人眯着眼睛，好像处在某个幻境之中。鲁建认出他是谁了。他就是姚力，八年前，就是这个人把他从家里带走的。那时候，这个人还是一个小青年，但现在他已腆着个肚子，俨然像一个小官僚了。他的皮肤保养得很好，似乎比八年前更为细嫩。看得出来，这八年他混得不错。

姚力从幻境中睁开眼，突然发现一个高大的男人不声不响站在他面前，吓了一跳。他的脸黑了一下，他骂道，你他娘的什么时候进来的，鬼鬼祟祟的，搞什么名堂。鲁建想，他肯定没想起我来。鲁建就学着他刚才打电话的样子对他点头哈腰。鲁建明白，在这些穿着制服的人面前，你要把那种不屈的眼神深藏起来，不能被他们察觉，你要让他们认为你是个像狗一样的人物。你只能在同类面前表现你像狼那样的本性。

果然，姚力重新张开了笑脸。他今天心情很好。他今天可谓双喜临门。第一喜，跟他相好多年的小妖精——她可真是个妖精啊，已不再要求他同妻子离婚了，小妖精愿意住进他为她买的那间套房里，一辈子侍候他。这样一来，他的后顾之忧就消除了。第二喜，他马上要升任西门派出所所长了。他已做了五年副所长，也该升了。为了这事，这几年来，他几乎把局里面关键人物家的门槛都踏破了。现在看来这事有眉目了，刚才局人事部门已打电话给他，隐约透露了一些消息——打电话的也是他的哥们。这个电话让他欣喜若狂，就好像性爱达到了高潮。他早就明白，同这个世界做爱，你就得经常性地做婊子，让人家操操，你积累了一定的资本后，你也可以养小白脸，去操人家。他现在最想做的事就是快点跑到小妖精那儿把这个好消息告诉她，然后再同她云雨一番。这玩意儿可是一种美妙的享受，是人生得意时锦上添花的事情。想起那小妖精洁白无瑕的身体，他感到欲望在体内奔突。

姚力想尽快打发走眼前这个人，以便自己脱身去见情人。姚力问："你有什么事吗？"

鲁建照例是一副诚惶诚恐的模样，他用双手把那张纸递到姚力手上。

姚力接过纸，发现纸上有发黄的水迹，连字迹都洇了开来，就皱了一下眉头，头也没抬，说："这怎么回事？"

鲁建小心地解释道："不小心浸到水了。不小心，不小心……"

看完内容，姚力仔细看了看鲁建。鲁建对他笑了笑，鲁建以为姚力认出了他。

姚力笑了。这笑来得很突然，看得出来这笑充满了居高临下的优越感。

"出来了就好。"他说，"好好过日子。"说这句话的时候，他的语气中有种真实的关心，就好像他们是老朋友。

"谢谢。"

"你是犯什么事进去的？"

鲁建暗暗吃了一惊。他以为这个人早已认出了他，看来没有。像他们这些人经历了太多的案子，他们是不会记住一个八年前的所谓犯人的。

"不好意思说。经过八年改造，我已痛改前非。"

"呵呵。这就好，这就好。"

手续很快就办好了。姚力没再问鲁建什么。鲁建想，他从这里出去才算是一个合法公民，而不是从那幢建筑里出来。姚力最后在那纸上盖了一个大红公章。姚力说，你可以走了。

鲁建把那张纸藏好。他还没走的意思。他还有一些事要打听。对他来说，这是比办手续更为重要的事情。八年来，他一直想着这个事情。他一次次对自己说，一旦出去，就要找到她，不管她在哪里都要找到她。

"你还有什么事吗？"见鲁建不走，姚力问。

"噢，没事没事。我……我想打听个人。可能你们派出所会知道。"

"谁呀？"

"西门街的俞智丽现在在哪里？"

对俞智丽，姚力有印象，她过去是西门街的街花，人长得很高挑、漂亮。他记得她多年前出过什么事。太久了，记不得了。不过，姚力反感这个刚从牢里出来的人向他打听一个女人。姚力的脸沉了下来。

"她是你的旧情人？"

"哪里，不是。里面有一个朋友叫我打听她的下落。"

"这样的闲事最好不要管。"

"是，是。"

鲁建礼貌地向姚力道了谢，从派出所出来了。街上阳光灿烂，一些出租车在阳光下一闪而过，车身的红色光芒晃人眼目。现在街上的行人很少，他有一种形单影只的感觉。是的，他现在还没有找到融入社会的感觉。他依旧感到自己在人群之外，对这个世界有一种异样感，这种感觉好像进入了他的血液里。

虽然暂时没有她的消息，不过，他一点也不担心会找不到她。除非她在这个地球上消失了，否则他一定能找到她，没有理由找不着她。

3

　　八年前，就是刚才那个叫姚力的警官和另一个年长的公安把鲁建带走的。

　　那天早上，鲁建还躺在床上，这时响起了敲门声。门敲了半天，鲁建才从美梦中惊醒。他骂了一句娘，就穿着短裤背心去开门了。他开门的时候还在打着一个长长的哈欠，但当他看到门口站着两个警察时，那个哈欠就在半途中被憋了回去。这让他感到浑身不舒服。他看到那两个警察意味深长地对望了一眼。

　　"有事吗？"他红着脸，小心地问。

　　"快穿好衣服，跟我们走一趟。"

　　他不知道出了什么事。他没再问下去。问也没用，他们是不会告诉他的。不过，他肯定，不会是好事。他在记忆里搜索自己犯过什么事。事不是没有犯过，雷公巷的年轻人不犯过事才不正常。但那些事似乎不足以让两个公安找上门来。他就不声不响地回到房间里面穿衣服。那个年轻的小白脸警察，也就是姚力，一直跟着他，姚力似乎担心他有什么反抗的举动，显得有点紧张。

　　有两天时间，问话是这样进行的：

"姓名？"

"鲁建。"

"民族？"

"汉。"

"哪个单位？"

"造纸厂。"

"你知道为什么把你抓起来吗？"

"我不知道。"

两个公安相互对望一眼。审问了两天之后，公安的眼里已有了愤怒。那个叫姚力的警察突然猛拍一下桌子，吼道：

"你他娘的老实一点。"

鲁建被吓了一跳。经过两天的折腾，鲁建看上去一脸的疲惫。他有气无力地说：

"我真的什么也没干。"

"你知道现在是严打，我们没时间同你废话，我们还要审问别的犯人呢。"年老的警察说到这儿嘀咕起来，"他娘的，这年头都反了，犯事的人真多，一抓就是一大把。"

鲁建一脸麻木地重复："我什么也没干。"

鲁建眯着一只眼睛看着两个警察。当然他这样做不是在藐视公安，是因为他的右眼再也睁不开了。昨天晚上，两个警察没审出什么来，就出去了。年长的警察走时还说，你好好想想吧，想通了再叫我们一声。一会儿，审讯室突然冲进一个联防队员，对他拳打脚踢。他还没搞清楚是怎么回事，已被打得鼻青眼肿。整个过程，那个联防队员没说一句话，甚至连气都没喘一下，就好像这人是一架专门打人的机器。当时审讯室里非常安静，鲁建喊了一声，惨叫声在寂静中回响，他被自己的叫声吓了一跳，他就忍住不再叫了。联防队员教训了他一顿后，扬长而去。他看着那个联防队员走出审讯室，联防队员被分成无数个，他知道他的右眼被打得不行了。一会儿，两个警察又走进审讯室。见到血淋淋的鲁建，姚力面带讥笑地说，你这是怎么啦？你是在用自己的头撞墙吗？还是摔了一跤？年长的公安说，你想好了吗？可这天晚上，鲁建依旧说自己没犯过任何事。他虽然什么也不肯说，但他的眼神里已有了恐惧。他那只睁着的眼睛里面有一种遥远的光芒。那种光芒就叫恐惧，是因为对自己失去信心才造成的。即使这样，两个警察还是觉得鲁建是个意志比较坚定的家伙，他竟然到现在为止都不肯承认自己犯了罪。一般人早就招认了。

其实鲁建也快坚持不住了。他甚至想全部承认下来算了。他们已折磨了他两天，他都不敢想这两天他是怎么过来的。他感到他的身体他的意识都成了碎片，他已没有一个明确的想法。他还感到肚子饥饿难忍。这两天里他没吃过任何东西。他们把饭菜送过来，但他还没吃一口，他们就收走了。这让鲁建感到自己像一只饥饿的狗。他不明白既然他们不想给他吃任何东西，为什么每餐的饭菜都要送到他面前。他听到自己的肚子这会儿正在咕噜噜叫。

"你还不老实，是不是要我们复述一遍你犯的事？我都说不出口。不要以为你不承认我们就会放过你，现在是严打，你不承认也得去劳改。"老公安也开始重重地拍桌子了。

他们每次问话都是这样：他们告诉他，他们已经掌握了所有的证据，他们把他抓起来是因为受害者报了案，他是罪责难逃。但在他听来，他们所说的都像是天方夜谭。这会儿，他的眼神已涣散了，但那个年长的警察还在滔滔不绝说着什么，好像在重复讲他所犯的事。他已集中不了自己的精神。他的脑子里唯一的想法是：我什么也没干。这时，他听到肚子又咕噜叫了一声。他几乎是不加思索地说：

"给我吃点东西吧。求你们给我吃点东西吧。"

他的要求让两个警察非常吃惊，也非常恼怒。因为他的要求让他们觉得他根本没在听刚才的审讯，他只关心他的肚子问题。那个年长的警察对姚力使了个眼色，就独自一人出去了。姚力把审讯室的门关严实。

他转过身，说："你想吃东西是吧，好，我来满足你。"

姚力从审讯室的里屋拿了一桶水来。他说："现在屋子里只有我和你，你知道这意味着什么吗？意味着你无法指证自己被施了暴。你身上的伤疤全都是因为你企图畏罪自杀。"

他把一根绳子吊到天花板上，然后不紧不慢地试了试绳子是否系稳固了。他说："你别这样看着我，我不会把你吊死的。我不是要勒你的脖子，我可不想见到一个吊死鬼。"说着，他吐了吐自己的舌头。

鲁建没有力气反抗了。他知道反抗也没用。他从来没来过这种地方，他只在书本里读到过"国家机器"这个词。但那是个抽象的词，如果没来这里，他也许还以为那是个公正的词，现在他知道什么叫"国家机器"了。这个词的表情真的就像冰冷的钢铁。也许任何一个进入这个地方的人都会被碾得粉碎。

鲁建的双手捆绑在吊着的绳子上。那个人在拉动绳子的另一头。鲁建的脚跟开始离开地面。当他的脚尖快要离开地面的时候，那个人停止了拉动。这让鲁建有一种上不着天下不着地的感觉。如果双脚都离了地，那他就不会再指望脚尖去承受一部分重量，可实际上，脚尖根本无法承受多少力量，他的指望就落了空。所以这样吊着非常难受。姚力用脚推了一下他的屁股，就好像他在踢一只沙袋。他就顺着绳子晃动起来。姚力满意地笑了。

"好了，你不是饿了吗？现在给你吃点东西吧。"姚力说着，提起那桶水，向鲁建的嘴中倒。

鲁建确实是又饥又渴，水倒在他的嘴里，他就贪婪地咽下去了。但一会儿，他的肚子就被水灌满了。他试图闭上嘴，但闭上嘴他就透不了气，憋了会儿，他只好张开。水继续往他的嘴巴里流。由于他忙着透气，他就呛着了。他拼命地咳嗽起来。这时候，他已经感到恶心了。他感到一股冰凉的水流在缓缓地向喉部涌动。由于他这样吊着，小腹收紧，即使想吐也使不了力，好不容易吐出来的水只在喉部打转，转一会儿，就又回流到了胃里。他感到越来越恶心。整个胃部像沸水一样翻腾。后来，他的嘴巴里吐出一些白沫，这些白沫又大又轻，从他的嘴边钻出来，在空气中飘浮。这时，姚力发现鲁建已经昏了过去。

鲁建醒过来的时候，他发现他已从吊着的绳子上被放了下来。进入他思想的依旧是"国家机器"这个词。从昏迷中醒来时，他感到自己的思维非常清晰，这是他被关进来后思维最为清晰的时候，此刻他就像"国家机器"这个词那样冷静。他的思想缓慢地转动起来。他得想点办法，如果这样下去，他会被折磨致死。他绝对没干任何坏事，他们抓错了人，可问题是他们根本不相信他，他们已认定肇事者就是他。他得找一些证据，他没干坏事的证据。但他发现他找不出证据。也许即使有证据，他们也不会相信他。

就这样，鲁建彻底绝望了。他没有挺下去的意志了。在他们再一次审问他时，他全部认了。也就是说，他照他们说的全都招认了下来。在这个时候，他才知道他是因为强奸罪被抓的，而被强暴的人叫俞智丽。他认识俞智丽。她是西门街的美人，他甚至对她深怀好感。不，他对她不只是好感，而是暗恋着她。每一次她从他前面走过，他的内心都会涌出一股柔情。她长发飘飘的模样经常来到他的睡梦中。可就是这个俞智丽认为是他强奸了她，并且告了他。听到这个指控，他竟然没有吃惊。吃惊的倒是俞智丽被强暴一事。俞智丽竟然被人强奸了。他的心头有点隐隐作痛。有一刹那，他的心中生出对她的同情。他发现就是这个时候，他对她还存有一丝柔情。当然，对她的愤怒也不是没有，想起自己所受的罪都是因为她，他就在心里恶狠狠地骂了她几句婊子。不过他觉得如果是俞智丽告他的话，他就有可能澄清这件事。后来在审判前，他托人去找过俞智丽，希望俞智丽替他洗刷罪名。但俞智丽断然拒绝。她那时候根本没有勇气正视自己的遭遇，她武断地把所有的罪孽都加到了鲁建的身上。

鲁建最终还是被判了八年。在严打阶段，判刑都很重，甚至有人因为流氓罪而被判死刑的。他进了监狱才知道，他受的苦才刚刚开始，同狱中的暴力比，那两个警察根本算不了什么。就是在这样的环境里，他怀着无比复杂的心情想着那个叫俞智丽的女人。他曾经是那么喜欢她，只要一见到她，他就会快乐得颤抖。但现在他恨她，就是这个女人毁了他的生活。然而，令他奇怪的是，当他需要慰藉的时候，他还是会不争气地想她。她既是他性幻想的对象，又是他仇恨的对象。

4

现在，首要的事是找到俞智丽，看看这个让他受了八年苦的女人在干什么。

八年了，原有的社会关系早已断了。这八年，开始还有几个朋友和同事来狱中看他，渐渐地，就没有人再来了。鲁建当然也想得通，他已是个被判了刑的强奸犯，很多人都唯恐避之而不及呢。出来后，他也没有去找这些人。这些年，旧城改造迅速，鲁建不知道他们现在都搬到哪里去了。

这世界越来越热闹了。八年前，社会非常安静，大家的头脑还比较幼稚，比较浪漫。当他出来的时候，大家似乎只对发财感兴趣了，每个人看上去都像商人，脸上的笑容都有着商人式的假模假式和油光滑腻，眼睛似乎都在算计及打量着你的口袋。这种感觉倒是同监狱里差不多。在监狱里，每个犯人都学得像商人一样精明，计算着在狭隘的地带如何拓展自己的利益。

一天，鲁建在街上碰到了熟人。是大炮，他的狱友。大炮在马路对面又是招手，又是高叫：

"鲁哥，真的是你，你出来了啊。"

大炮的叫声引得路人侧目而视。但大炮显然顾不了那么多，他一路狂奔，过马路时，差点被一辆摩托车撞了。他来到鲁建前面已是气喘吁吁。他显得很兴奋，那张脸笑得打皱，快乐在每一条皱纹间洋溢。鲁建的脸上没有任何表情，他居高临下地看了大炮一眼，没吭声。

"鲁哥，你出来了都不说一声，为你接风的机会都不给。"

大炮在里面时，鲁建是保护过他的。所以，在大炮面前，鲁建有一种以恩人自居般的优越感。

大炮是因为贩黄和贩毒进去的。刚进去时，按规矩，大家免不了要欺侮他。再加上大炮犯的是"黄赌毒"，大家愈加要欺侮他了。狱里面风化犯是被蔑视的。大炮进来是夏天，天气炎热得要命。牢里没有电扇，大家急着需要搞出一点风来。牢里有一个家伙——曾是个三流演员——非常有创造力和想象力，他让大炮双手举着一件衬衫在屋子里打转，让他做一台电风扇。大炮没办法，只好拿着衬衫转。果然搞出风来了。大家都很高兴，站成一个圈，享受大炮搞出来的风。在里面，大家常常以折磨人为乐。那天，大炮转了整整一个晚上，他体内的水分差不多都变成了汗水，后来实在支撑不住，就休克过去。大家在大炮身上泼了点水，知道他死不了，嘻嘻哈哈一阵，各自睡觉去了。

监狱里总是这样，鲁建刚进来时也饱受他们的折磨。他刚进去时，他们就教训他。他们怕惊动看守，先塞住了他的嘴巴，然后他们架着他，把他的头扣在他们刚刚拉出的屎堆前，让他嗅那臭气。他呕吐不已。他的口被塞了，呕吐的秽物塞在口腔里，让他不能呼吸，他只能咽回去……鲁建是个独来独往的人，这种不合群的性格令他处于十分不利的境地，他们经常要找他的碴。有一天，有一个犯人诬告他，说他经常偷偷摸摸去高墙边，还准备了绳索放在墙脚下，试图越狱。鲁建像是早有准备，他突然发力，掐住那个人的脖子，差点把那人掐死。为此他在禁闭室被关了一个星期。当他从禁闭室回来后，就没人再敢欺负他了。鲁建认为，在里面，你只要不要命，他们就会怕你。

但是在里面，鲁建一直也没有放松过，他时刻警觉地观察着四周，好像他随时都会被侵袭。他的情绪因此非常不稳，有些不可捉摸，有些神经质。别人倒是因为他的反复无常而有些怕他，只有他自己知道他心里面其实充满恐惧。恐惧已融入他的血液之中。

大炮关进来没多久，就发现鲁建是个人物，就死心塌地地跟着鲁建。由于鲁建的保护，别的人就不敢再欺侮大炮了。

大炮显然是非常感激鲁建的保护的。由于吃中饭的时间尚早，他一定要拖鲁建去酒吧喝一杯，叙叙旧。大炮说，今天你就由我安排了。中午去美尔莎吃饭。吃过饭再去桑拿。

鲁建拗不过大炮的热情，去了附近的一家酒吧。酒吧名叫"过路人"，外面挂着一个巨大的橡胶车胎，墙壁上还涂了一些英文字。鲁建不知道那些英文字是什么意思，不过什么意思恐怕并不重要，重要的是这样很时髦。也许因为还是上午，他们推门进去时，发现酒吧里非常冷清，吧台边一个女孩正在打盹。

"喂，颜小玲，做生意了。"大炮对着吧台高叫起来。

那个叫颜小玲的打盹的女孩就好像被某个霹雳击中了似的从吧台上震了起来。她的双眼还睡眼蒙眬的样子，但脸上已条件反射地绽出了笑容。令人奇怪的是，这笑容一点也不做作，看上去竟十分舒展，还有一丝孩子气。也就在这个时候，后门窜进来一个年轻人，打扮得像个标准侍应生。他慌乱地来到吧台边。他和女孩嘀咕了几句。然后女孩夸张地扭着屁股来到鲁建和大炮桌边。

"大炮哥，喝什么呢？"

显然大炮是这里的常客。大炮在女孩的屁股上重重地拍了一下，说：

"今天把最好的酒拿出来。这是鲁哥，我的恩人。"

女孩瞟了鲁建一眼。她觉得这个人一脸严肃，似乎不易接近。他身上那衣服看上去也怪怪的，好像这衣服让他浑身难受。她不觉莞尔一笑。

"你笑什么？"大炮嚷道，"你是不是看上鲁哥了？"

"去去去，大炮，你烦了。"鲁建挥了挥手。

女孩就向吧台走去。大炮还不放过她，笑着说：

"等会儿过来陪鲁哥。"

酒是那个男青年配的。那个男青年一边摇着酒一边瞧着他们。鲁建感到这个男青年有一双好奇的眼睛。他转头瞥了那男青年一眼，那男青年的眼光迅速地藏了起来。一会儿，那男青年配好了酒，在放到颜小玲的盘子上时，他在她的耳边轻轻说了句什么。颜小玲会心地笑了一下。

鲁建想，他们刚才一定在议论他。他想问问那女孩，但他忍住了。这不用问，同大炮这样的人在一起，他们一猜就可以猜出来。

"大炮，你现在干什么呢？"

"还是原来的活。"大炮喝了一口酒，眼睛闪闪发亮，"给人民群众提供娱乐。我不干这个还干什么呀。"

"大炮，看来你还得进去。"

"鲁哥，你别吓我。"

鲁建笑了一下。他觉得大炮说得对，像大炮这样的人似乎天生是干这一行的，他浑身上下充满了某种无赖的气息。不过这个人还是有优点的，这个人知道感恩。这一点，鲁建是了解的，如果你有恩于大炮，他会把你当成他的爹。

大炮开始回忆他的狱中生活。也许是酒喝多了的缘故，大炮这会儿显得情感丰富而细腻，他说着说着就流下了眼泪。他说："鲁哥，我那三年全靠你。"

鲁建淡淡地笑了笑。现在他习惯于把一切放在心里，就好像他已经忘了怎么表露自己的情感了。

"鲁哥，你要我帮忙，你尽管说。"大炮越说越动情，看来他真有点喝醉了，他甚至连鼻涕都流了出来，眼泪更是控制不住了。"我大炮其他东西没有，钱这年头还算是赚了一点的。我知道你现在没事干，你如果看中了什么，你只要说一声，我给你办。"

鲁建相信大炮说话是算数的，他真要大炮做什么，大炮一定会给他办到。这一点鲁建有把握。鲁建眼前唯一想做的事是找到俞智丽。这是过去八年里他想得最多的事。当然，这事太私人，不能叫大炮帮忙。

由于酒喝得太多，鲁建感到小便有点急了。他问大炮厕所在哪里。大炮要带鲁建去。鲁建把他按在座位上，然后起身向厕所走去。

从厕所的窗口往外望是一条热闹的马路。他一边撒尿一边看窗外的人车过往。小便激越地冲击着便池，让他产生快感。就在这时，他看到窗口出现一个身影，他的脸突然涨红了，刚才飞流直下的小便也突然停止。他可能找到他一直想找的人了。那个人骑着一辆半新不旧、擦洗得干干净净的自行车，穿着一件女式西服，额头非常光洁，脸上表情也清清爽爽。总的印象是朴素但注意修饰。是的，就是她。虽然她同过去完全两样了，但他还是一眼就认出了她。这会儿，她目不斜视，显得安静而坚定。他想，看来，这几年她过得不错。一会儿，她的身影消失在窗框中。

他打算跟踪她。他不紧不慢从厕所出来，向大炮挥了挥手，没解释一句，就从酒吧那低矮的门出去了。他站在街头，看到她的背影正在一个十字路口的转弯处。他就一路小跑跟踪她。他只能小跑才能赶上她的自行车。

他本来以为见到她会无比激动。可事实正好相反，见到她时，他感到身心冰凉，就好像他害了伤寒似的。他一边跑，一边冷得发抖。这么热的天，这么发抖有点不正常，他自己都感到莫名其妙。后来，他想，其实发冷也是一种激动。激动并不一定是热的。有那么一刻，他有一种找到某种依靠的想流泪的欲望，但他还是控制住了。八年来，他时刻想着这个人，在他的思想里，他已对她十分熟稔，可实际上，她是一个完全在他经验之外的女人。但就是这个陌生的女人在他的生命里留下了深深的痕迹。

鲁建控制着自己的眼泪，怀着某种屈辱的心情跟随着她。他跟着她穿过了半个城市，终于进了一个社区。现在这个城市建了不少这样的新社区。她把自行车停到像简陋亭子的车棚里，然后她向楼梯口走去。

鲁建看着俞智丽上了楼。这幢楼的旁边有一根电线杆。鲁建站在电线杆边，抬头张望。他要确认俞智丽究竟住在哪一单元。鲁建根据经验猜想，俞智丽进屋后一定会把阳台的门打开，还会把阳台上晒着的衣服收起来的。他猜得没错，俞智丽果然出现在五楼的阳台上。鲁建的嘴角露出表情复杂的笑容，他终于找到她了。

5

晚上，王光福被一阵压抑的哭泣声惊醒了。他连忙睁开眼睛。他的妻子俞智丽又做梦了。四周黑暗一片，王光福不知道现在几点，他猜想一定已是午夜时分了。王光福先打开床头灯，他注视妻子那张沉入噩梦的脸。脸上的泪痕像一条一条纵横交错的河流。这些泪痕在灯光下闪闪发光。她的嘴中喊着救命。王光福知道妻子又在做那个梦了。自他们结婚以来，妻子总是在做着同一个梦。他非常惊奇这个梦竟然跟了妻子八年。近段日子以来，这个梦出现的次数似乎频繁起来。王光福不清楚妻子梦见了什么，刚结婚那会儿，妻子还同他含含糊糊地说一说，她说她总是梦见有人伤害她。但后来她变得越来越不耐烦，只要他一问她，她就要发火。这会儿，妻子的梦还在继续，王光福只好弄醒她。她猛地坐起来，眼神警觉地看着丈夫，好像她不认识眼前这个人似的。她看了丈夫一眼，然后闭上了眼睛，又躺下了。她是背对丈夫躺下的。王光福知道她这会儿不想多说。他了解她的脾气，还是不要安慰她的好，如果他这会儿去问她做了什么梦，她定会歇斯底里地对他又喊又叫，就好像她刚才做噩梦是他的缘故。女人大都这样，不可理喻。王光福躺在床上，不自觉地叹了一口气。一会儿，王光福发现妻子又睡去了。王光福却再也睡不着了。他索性爬起来，去女儿王小麦的房间看了看。女儿沉睡中的小脸看上去非常安详。女儿的脸像她母亲一样秀美。王光福给女儿整了整被单。他坐在客厅里，不知道干什么。他很不安。他不知道妻子究竟有些什么事，为什么老是做同一个噩梦。他傻坐了一会儿，感到肚子饿了，他就来到厨房准备早餐。

早上醒来的时候，俞智丽的心情看上去十分恶劣。王光福显得很小心。他已把烧好的早点放在桌子上了。俞智丽木然坐着，脸上的表情显得不可捉摸。王光福在一边不声不响地吃。王光福不知道俞智丽这会儿在想什么，结婚也有八年了，但他好像根本没有了解过她。她虽然嫁给了他，但她有一半心思好像在另一个地方。有一天，他对她说，我只娶了半个老婆，还有半个不知道给谁娶走了。她听了，狠狠地白了他一眼。她对他这种无聊的、不无酸溜溜的话从来是不屑的，她的这种态度让王光福感到自己很无趣。

女儿爬在王光福身上撒娇。女儿进来时就爬到王光福的腿上。女儿喜欢王光福，不喜欢俞智丽。女儿有时候甚至故意和王光福亲热来刺激俞智丽。俞智丽感到女儿身上似乎有一些异样的东西，一种拒绝俞智丽亲近的东西。俞智丽曾对王光福说起来这个事，王光福说，你怎么像小孩子似的，她才多大。话是这么说，久而久之，俞智丽心里对女儿就有了疙瘩。

女儿在吃荷包蛋。每天早上，王光福都要烧一只荷包蛋给女儿吃。女儿有时候不想吃荷包蛋，王光福就会连哄带骗让她吃下去。今天，王光福怎么骗她都不行，女儿一直在发嗲。俞智丽不停地拿眼睛白女儿。女儿并没有正眼瞧母亲，女儿好像很看不惯母亲绷着脸的模样，所以她故意装出和父亲的亲热劲来，想制造局部的快乐的气氛，这快乐的气氛和整个屋子里的紧张很不协调。她虽然只有六岁，但已是个很有心计的孩子。女儿向着她爹，有时候王光福和俞智丽吵架时，女儿会站在王光福一边说话。

俞智丽见女儿吃东西吞吞吐吐的样子，她已经感到忍无可忍了。她的心里突然冒出无名之火，她伸出手在女儿手臂上扭了一把，吼道：

"你别发嗲了，快吃，我们上班要迟到了。"

女儿哇地哭了出来。王光福觉得俞智丽过分了。他也很想发火，但他忍住了。他不想吵。他吵不过她，他的嗓门没她大，道理没她多，同她吵，结果还吵不过她，被她说得哑口无言，被她骂得满肚子闷气，他还得用一天时间消化这闷气。他虽然不知道她心里究竟在想什么，但他懂得她的脾气，她的情绪恶劣的时候，她可不讲道理。这时候，还是不要惹她为妙。当然啦，她也不是经常这样。要是她经常这个样子谁受得了，即使他变成一条狗、一只牛他也受不了。她不经常这样，她心情好的时候，她可是好妻子。婚姻就是这么回事，你说不上美妙，但也不是一无是处。所以，他不想同她吵。俞智丽可不是个笨蛋，她知道他让着她。她虽然反复无常，其实她心里什么都明白。过不了多久，她就会软下来，就会像一个好妻子那样对他。他可知道她的脾气。

王光福哄着女儿，他拿来毛巾替女儿擦去眼泪。他没看妻子。他就是不看她，也知道她这会儿脸上的表情。冷漠、居高临下，就好像女儿干了天大的坏事。但他很清楚，她这会儿其实是很心疼女儿的，是她生的，她怎么会不心疼。这就是女人，做的是一套，心里想的又是另一套。反正他是说不清她们究竟是怎么回事的。他说不清。

一会儿，王光福带女儿上学去了。走时，他对俞智丽说，别忘了关好门，然后就和女儿出了门。他得把女儿送到幼儿园里。他对自己的生活基本上是满意的。这么多年来，他对自己娶了个神经兮兮的老婆已经习惯了。王光福对自己说，你不要去研究女人，女人就是这个样子，早上要死要活地绷着脸，就好像地球已经停止了转动；但晚上，她可能变成另外一张脸，会像猫儿一样钻到你的怀里来，让你舒服。婚姻就是这么回事，你没什么可抱怨的。王光福经常对单位的小年轻说，婚姻的一半是苦的，一半是甜的，你们要做好准备。年轻人大都不以为然。年轻人没经过事，他们一个个把自己装扮成大男人，将来他们会知道，事情可不像他们想得那么简单。婚姻就是这么回事，没什么可抱怨的。

6

丈夫出门后不久，俞智丽觉得自己也应该上班去了。她对着镜子打扮了一下。早晨醒来，写在她脸上的疲惫被掩盖在化妆品下面，她那张在未化妆时看起来轮廓有点儿硬的脸这会儿充满了女人味。她今年三十岁，无论从哪个角度看，她都算是一个很有风韵的女人。不过，她一般把自己打扮得比较朴素。她是去上班的，可不是去演戏的。她打扮完后，就背上包出门了。在上班的路上，她不时地回头张望。因为近来她老是觉得有人在背后跟踪着她。她不知道这是不是幻觉，这些年来，她一直有幻觉。但像这样被人跟踪的幻觉好像还没有出现过。所以，她倾向于确有其事。她因此感到很不安。这种不安的感觉近来是越来越强烈了。

俞智丽是机械厂的工会干部。在工会待过的人都知道，工会其实没什么事可干，有也是一些家长里短鸡毛蒜皮的小事。你如果想干就多干一点，你如果不想干，可以一整天坐在办公室里无所事事。但俞智丽总是很忙，因为职工们如果遇到什么事都要找她帮忙。职工们认为俞智丽是个好心肠的女人，你叫她办事，只要她力所能及，就替你去办。当然她办的事也不是大事。比如，替一些工作忙的工人接送孩子。每个黄昏孩子们叽叽喳喳的声音令工会办公室热闹非凡，好像这里成了一个车站，一班客车刚刚到站。如果厂里有人病了，她就会代表厂工会去医院看望病人，但通常是她自己掏钱买看望病人的水果。曾有一次，单位一位职工的家属得了一种罕见的怪病，治疗这种病需要一大笔钱，俞智丽不但组织厂里的职工替这家人捐款，还独自跑到附近的耶稣教会替这家人捐了一笔钱。俞智丽在干这些事时，一点没有流露出自己有多么了不起；相反，她似乎总是有一种办事办得不够好的愧疚感，好像这些事就是她分内的事，她不去干，世界会出什么乱子似的。人们总觉得她身上似乎有些与众不同的东西，同自己不一样的东西，究竟是什么东西，却说不上来。人们也就不去多想了，认为她生来就是这个样子的。俞智丽也有口碑不算太好的地方。在很小的范围里流传着这样的说法，说俞智丽在男女方面随便。

俞智丽一般是提前到厂的。往日她到厂时，厂里面常常空无一人。但这天，有人比她到得更早。这个人就是王世乾老人。他一个人站在厂门口，虽然是夏天，他却穿着长袖子衬衣，衬衣的风纪扣扣得严严实实，头发梳得一丝不乱。他一脸严肃，那双被打瞎了的眼睛有着空洞的可怜巴巴的表情。可怜巴巴也许是俞智丽一厢情愿的意会。在某些时候，俞智丽会突然感到那空洞的眼睛里蕴藏着愤怒的力量。这令俞智丽比较顺从他的意志。但大多数时候，俞智丽觉得这个孤单的老人很可怜。他的身边放着一根木棒，那才是他真正的眼睛。俞智丽知道，王世乾老人是来领工资的。俞智丽多次对老人说，他的工资她会替他送过去的。老人坚持自己来领。他的行动是多么不便啊。

她来到他前面，握住他的手。他的手传来黏糊糊的冰凉的热情。
他的手即使在夏天也是冰凉的。

俞智丽清楚，由于她长时间照顾他，这个可怜的老人已十
分依恋她。他虽然什么也看不见，可他"看"她时，那空洞的
眼睛里有着孩子式的深切的依恋。他确是个可怜的老人，没结
过婚，至今孤身一人，当然也不可能有子女来照顾他。本来凭
他的资历，应该是个大官了，可他什么也没捞着，还成了个瞎眼。

他曾是这个城市的地下工作者。俞智丽听说，解放军进城
后枪决过不少人，而那张被枪决者的名单就是王世乾提供的。
但谁能想得到呢，像他这样的功臣，一个老革命，会在"文革"
中吃尽苦头。老人是"文革"最早被揪出来当作叛徒批斗的人。
俞智丽听说，"文革"时，他们想尽各种办法折磨老人。他们把
他的手臂反铐了，用铁丝扣着他的十根手指，然后把他吊到车
间的梁上。他的重量都落在他的手上，手指的关节都脱离了，
看上去像橡皮筋那样拉得足有一尺长。后来，他们用一只麻袋
把这个人的头蒙了起来。老人有一次对俞智丽说，他这样被挂
了十五个小时。晚上，他不知是睡了还是昏迷了，他突然感到
有什么东西像一枚针一样刺入他的眼睛，他大叫一声醒了过来。
眼睛很热，满眼红色，疼痛难忍。由于蒙着面，他不知道究竟
是谁刺了他。"文革"结束，老人平反了，因为成了瞎子，他再
也不能工作。组织最后决定，让他住在干休所里。干休所各方
面条件好，有人服侍，作为一个老革命，组织上认为他应该有
一个颐养天年的处所。

虽然干休所有人照顾，但俞智丽还是会抽空去看望老人
的。想起这个老人几乎失去了一切，俞智丽想为他做些事。这

个可怜的老人并不讨厌，他身上有一种清清爽爽的令人尊敬的气质。他虽然瞎了，但他的脸很干净，身上有一种清凉的一尘不染的气息。她不知为什么会有这种感受。总之，他和那些混在社会上的男人不一样，他有一种非凡的气质。有时候，俞智丽会替老人敲敲背。有一次，当俞智丽敲背时，老头的手朝后面伸了过来，开始在俞智丽身上轻轻抚摸。俞智丽看不清老头的表情，他背对着她。俞智丽有点吃惊，想挣脱他，又有点于心不忍。老头的手很温和，他没有进一步的行动。她猜不透老人的心思。但俞智丽还是感觉到老人对她存在一些微妙的情感。俞智丽想，反正他是个瞎子，就让他抚摸吧。这之后，他偶尔会这样抚摸她。再出格的行为就没有了。在此过程中，俞智丽当然也没有任何性的感觉。她在这方面一直比较冷淡。当老头的手在俞智丽身上游动时，俞智丽内心充满了悲悯。宁静的悲悯。

俞智丽去打开水的时候，路过财务科。财务科已有人了。她进去替王世乾领回了工资。回到工会办公室，俞智丽对王世乾说，这是工资，你点点。王世乾没有点，他收起钱。俞智丽坐在他对面。她不知该说什么。一会儿，这个老头摸出一只红包，递给俞智丽。俞智丽马上反应过来这是什么意思。明天晚上，机械厂一位职工结婚，红包里面是贺礼。俞智丽不知道老人是从哪里打听到这事的。老人虽然瞎了，整天待在干休所里面，但机械厂发生的事他好像都知道。

"我听说李大祥要结婚了。他爸我是认识的，当年我第一个被揪出来，他爸是第二个。"老人解释道，"他爸是我的老领导。他比我更惨，他被他们打死了。"

俞智丽接过老人的钱。李家肯定没有邀请王世乾。李家大概是不欢迎他的。现在好像大家都不太愿意理睬他了。人是很势利的。可老人还浑然不知。俞智丽替他难过。不过，她不想老人伤心，她决定把贺礼交给李大祥。她说，这几天工会正在替李大祥张罗婚事，她会把红包送去的。

老人满意地点点头，说："这就好。想起他爸我就伤心。"

他说着站起来。他要走了。他这个人办事干净利落，不会同你闲扯什么。他什么事都放在心里。他是个不愿意麻烦别人的人。

俞智丽不放心老人一个人回去。她打算送他到干休所。老人没有反对。无论俞智丽给老人做什么事，老人都不会反对。

去干休所的路上，两人没有说话。许多人说，和老人待在一起感到别扭，不知该同这个瞎子说什么好，他们觉得瞎子好像还停留在过去的时光里。俞智丽从来没有这种感觉，相反，她从这种沉默中体味到老人内在的情感。他在她面前会变得比较安详。俞智丽习惯这种沉默。一直以来，她虽然给人一个热心助人的感觉，但她其实是一个沉默的人，她只是默默地做，很少说话。但这会儿，她的心思并不在老人的身上，而是在她的身后，一百米或更远的地方，她感到总是有什么东西在跟踪着她。她有时候会回头张望，结果什么也没有发现。她有一种不安和茫然的感觉。她隐约感觉到了什么。她不敢往深里想。她有点害怕。

半个小时后，他们到了干休所。老人的房间非常整洁，各类用具摆放整齐。每次，俞智丽走进这个房间，她都会惊叹，一个双目失明的老人要做到这一点是多么不容易。这个老人身上有着诸多与众不同的品性。老人一直是干休所让人操心最少的一个，他很少麻烦服务人员，自己能干的事他一定自己干好。但他不太同人交往，言语很少。住在干休所里的人都会有点寂寞，他们喜欢聚在一起，相互斗斗嘴、赌赌气，他却很少参与。干休所的人都有点忽略他，他们甚至觉得这个老头也许并没有瞎掉，他瞎掉的空洞的眼神只不过是表象。

俞智丽由于心里有事，不想久留。她说："我先走了，下次有什么事打电话就可以了。"

老人说："别忘了通知我喝李大祥的喜酒。"

俞智丽说："不会。"

俞智丽突然感到心里难受。她知道自己不仅仅为老人难受，还有别的原因，只是她现在拒绝自己往深里想，她隐约感到有什么事正在发生。她来到大街上。她习惯地看看天空。天空虽然灰蒙蒙的，好像很低，但同样深不可测。她感到人世间的一切都深不可测。

那种被人跟踪的感觉又来了，她的心头一阵恐慌，不由得加快了脚步。

7

李大祥的婚礼是在六月一日儿童节这天举行的。选择这个日子当然并无特别的意义，主要是李大祥再也不能拖了。他的未婚妻已怀孕六个月，近一个月来，未婚妻的肚子就像一堆发酵的面粉一样不断地膨胀，速度之快超乎他的预料。李大祥寡居的母亲觉得很丢脸，催着李大祥赶快结婚。这个季节很少有人结婚，他们选择这一天实在是迫不得已。

在"文革"中被打死的李大祥的父亲，解放前是这个城市党领导的工人运动负责人。他曾经组织过纱厂工人大罢工。在日本人占领这个城市期间，组织革命者一个晚上杀了四个日本宪兵，并把宪兵的头颅挂在城市的东、南、西、北门。日本人因此恼羞成怒，杀了四百个中国人报复。李大祥的父亲还坐过国民党的牢。地下工作者大都坐过国民党的牢。解放后，李大祥的父亲顺理成章地成了这个城市党的副书记，后来，上级决定筹建东方红机械厂，建厂主要目的是为部队制造军舰。因为事关国防，意义重大，李大祥的父亲被派到机械厂主持工作。他带了一帮老部下来到机械厂，其中包括王世乾。

李大祥父亲解放前是有妻子的，解放后同一个颇有风采的女学生结了婚，这个女学生就是李大祥的母亲。当然现在李大祥的母亲老了，一点也看不出当年女学生的风采了。气度依然在的，李大祥母亲的脸上永远是那种宠辱不惊的平静。那些旧部下因此都很尊重她。李大祥是他们唯一的儿子。

"文革"中，那些老部下没少吃苦头，但现在都已落实政策，成了这个城市的实权人物。他们把维系同李家的关系当成自己光荣历史的一部分。他们这样做的另一个原因，不言而喻，他们都对过世的老书记怀有深厚的感情。"文革"结束后，他们都很照顾李家这对孤儿寡母。

李大祥是东方机械厂的职工，鉴于李家的背景，厂领导要求工会积极配合，张罗安排好这场婚礼。厂里每个职工的婚礼，俞智丽都会帮忙的，这自然出于俞智丽个人的意愿，厂领导做指示的，这是第一次。厂领导知道到时会有很多领导到场，这样李大祥的婚礼就是东方机械厂的婚礼了。

既然李大祥的婚事事关机械厂，照厂领导指示，婚礼就被安排在这个城市星级最高的"华侨"饭店。

对这场婚礼，李大祥本人倒并不热心。同这个女孩交往的时候，他压根儿没有结婚的念头。可阶级敌人就是这么狡猾，女孩根本没告诉他怀孕的事，五个月后他才觉得女孩的肚子不对头。那时，医生已没有办法把肚子里的孩子搞下来了。李大祥本来是个老实人，因为父亲含冤而死，有关方面照顾他，让他进了东方机械厂，在厂办当小车司机。后来，他同父亲那些战友的子女混在一起，就变了。他原来有点惊恐不安的眼神慢慢变得冷漠而自大起来。他开的小车总是闯祸，曾同一辆大卡车撞过一次，同一辆红旗车撞过一次（那天他喝醉了酒，见一

辆红旗车开过，觉得那车太耀武扬威，就开过去撞了一把），
还经常撞到骑自行车的市民。他认为他可以这样横冲直撞的。
开始厂长还坐他的车，后来就不敢坐了，这样，他开的车成了
他吃喝玩乐的专车。另外，他发现那些干部子弟都纷纷开了公
司，利用批文倒卖生产资料，他也凑热闹开了一个皮包公司，
公司就设在华侨饭店。他觉得他才玩出一点味道来，还没玩够，
就要结婚了，觉着没劲。但母亲喜欢那个女孩，见了一次面就
喜欢上了她。他这次结婚可以说完全是为了母亲。他想通了，
结了婚也一样可以玩的，也许还更痛快呢。

　　婚宴是在晚上。俞智丽已忙了一整天了。工会另一位干事
陈康也一道来帮忙。要是往日，他会干得非常卖力，但今天，
他显得有点吊儿郎当。这主要是因为他觉得帮李大祥这个混蛋
有点不值得。他行事有自己的原则，不像俞智丽，只知一味行
善。这会儿，赴宴的人们络绎不绝地到来了，李大祥和他的大
肚子新娘站在饭店的台阶上迎候宾客。由于新娘的大肚子，这
个婚宴在喜庆中有一种硕果累累的沉甸甸的感觉。就好像农夫
在欢庆一个收获的季节。每一个来宾最先总是向新娘的肚子投
去意味深长的一瞥，所以整个下午，新娘的脸一直红着。李大
祥却是一副满不在乎的样子。陈康蹲在饭店的台阶边上逗李大
祥。他们有一阵子经常在一起玩乐，彼此挺熟的。后来，陈康
跟着俞智丽"助人为乐"后，他们就疏远了。

　　"老李，结婚好啊，苦尽甘来啊。"

　　李大祥哈哈一笑，说："老弟，老弟……"他欲言又止，看
了新娘一眼，又向陈康挤了挤眼，说，"抽烟抽烟。"

　　"我嫂子就托付给你了，你要好好待她，她受了委屈，我

可饶不了你。"

"我什么时候让她受委屈了。"他温和而深情地看了看新娘，抚摸了一下新娘的肚子，"你说是不是？"

新娘羞涩地点了点头，一脸的幸福。

陈康见姑娘如此单纯，不知怎么的，心里有一种于心不忍的感觉。就好像自己的妹妹嫁给了一个恶棍，而妹妹还浑然不觉，以为自己是天底下最幸福的人。有那么一刻，他感到悲凉。一会儿陈康对自己说，又不真的是你的妹妹，你瞎操什么心啊。也许她根本不认为李大祥是个混蛋呢，她就喜欢这样的人呢。

华侨饭店的大厅已坐满了人。但大人物一般到得比较晚。陆续有小车到来了，一道进来的往往是前呼后拥一大帮。机械厂的人虽然不认识他们，但一看那架势，就知道是个人物。他们进来的时候，很多人从座位上站了起来：有些因为认识，以示敬意；有些是跟着别人不由自主站起来的。这些体面人物被人引领着坐到一张巨大的屏风后面。屏风放在靠东边一个角落里。

陈康的父亲就是这个时候进来的，倒没有尾随者。陈康没同他打招呼。父亲看他的目光里有一种阴郁的担忧。陈康反感父亲的这种目光。他懒得理父亲。他内心对父亲十分抵触。

陈康的父亲叫陈石，人很瘦，但眼睛精光四射，是文化局副局长。他出席这个婚宴是因为他曾是机械厂的职工。"文革"时，他造过反，做过革命委员会的组织部部长。"文革"结束后，他被审查了一段日子，也没查出什么问题，就分配他去了作协。在作协工作时，态度比任何人都要好，工作勤恳、踏实，深受好评。后来，因为工作需要，他被借调到政府一个专门编地方志的部门做主编。他编的地方志还得了奖。后来，他在多个部门干过，他清晰的思路和工作方法给人深刻的印象。他一步步升迁为文化局副局长，算是个实干家。

陈康对父亲抵触和王世乾老人有关。由于王世乾老人对俞智丽的态度比较暧昧，陈康一直对老人很反感，经常讥讽老人。有一天，王世乾突然对陈康发火了，并且说出了一个令陈康不能接受的秘密。老人说，他的眼睛是陈石刺瞎的。当时，陈石在老人家抄家，偷偷地把一幅齐白石的画藏到了自己的怀里，刚好被老人看到。后来，陈石在老人被吊起来时，趁机刺瞎了老人的眼睛。

陈康一直不能接受这个事实，不能接受父亲是这样的人。他觉得老人有可能撒谎，因为他曾听俞智丽说，当年老人吊在梁上时还蒙着一只麻袋，老人是不可能看见是谁刺瞎他的。但这件事对陈康的影响很大。那段日子，他有点神经兮兮的，他依稀记得家里好像确有一些古画，其中可能有齐白石的，他翻箱倒柜寻找，但没找到。他想，也许老人搞错了，他的父亲并没有偷他的画。虽然心里这么自我安慰，但自此以后，他总觉得父亲很怪异，有一种不洁的感觉。

最后一批客人到了。这些最后到来的体面人物中，最引人注意的是一个头发不多却梳得油光光的老头子。他身材矮小，胸挺得像一张反弓，头永远高昂着。他是市委原副书记，现任政协主席丁南海。他快六十了，马上就要退休了。但看他的样子，你会觉得他还打算干一辈子似的。他也是李大祥父亲的部下，据李大祥说，他父亲生前最瞧不起的就是这个人，因为这个人一旦被国民党抓了，就会痛哭流涕，一副悔恨莫及的样子。

不过，这个人虽然这副熊样，但机密倒是没交代出去。"文革"时，这个人理所当然受到冲击。红卫兵小将把他押出来，问他有没有和女秘书睡过觉。他开始不说，但经不住红卫兵的暴力，交代了。他说，我只摸过女秘书的屁股，没和她睡过觉。这句话一度成了这城市流行的经典话语。"文革"结束，他重新上台后，据李大祥说，他就好女人，当然现在不是摸摸屁股就够了。他看上去挺和善的，他的眼睛很明亮，有一些女人式的善意。他应该是个心肠不错的人。

这一桌的其他人都有值得一说之处。这里有的是李大祥父亲的养子，现在也都当官了；有的是李大祥父亲曾提携过的人。各人背景不同，但有一点相同，他们都觉得有必要出席这个婚礼，并以出席这个婚礼为荣。还有一点相同之处是他们这会儿说的话都围绕着政协主席的话题打转。不断有干燥、突兀的笑声从屏风那边传来，如果仔细倾听，你会发现这笑声中蕴含着恭维和献媚。笑声有一种像刚放出的屁一样的暖烘烘的暧昧的气味。

大约在六点钟的时候，婚礼正式开始。婚礼是东方机械厂厂长主持的。他歌颂李大祥和新娘美好的爱情时，眼睛却一直看着那些领导，就好像他正在向领导汇报工作，好像李大祥的爱情是东方机械厂最伟大的成就。群众也很配合，厂长用夸张的语调颂扬新人时，群众适时起哄，气氛因此热烈。新娘禁不住这样的赞扬，她的眼睛、脸颊、脖子、双手都是羞涩的表情，但李大祥的表情十分漠然，甚至有点不以为然，好像厂长在说的是另外一桩婚姻。群众从这种反差中找到了自己的乐趣。他们觉得李大祥真的是个混蛋，这个时候都没个正经样。

就在这时，王世乾进来了。他进来时无声无息，但在场的每个人都感到这婚礼的大厅暗了一下。大厅里热闹的气氛也停顿了那么几秒钟。因为突然的安静，每个人都在寻找安静的源头，他们都把目光投向瞎子王世乾。王世乾的表情非常严肃，但显得很谦卑。瞎子的出现总有点突兀。连厂长的发言都停了下来。他的瞎眼向大厅扫视了一下，虽然空洞，但每个人好像感受到了他"锐利"的注视。

是俞智丽首先走向王世乾的。俞智丽还没走近他时，他已向她伸出了手。好像他知道这个时候俞智丽会来到他身边。或者他有着另外一套不为人知的识别的系统。俞智丽握住了他的手。这时，李大祥的母亲也过来和王世乾握手。王世乾说了几句祝福的话，他说这些话时充满了感激之情。俞智丽把王世乾领到屏风后面。虽然没人同俞智丽说过位置的安排，但俞智丽认为老人应坐在那里。他们进入屏风后，大厅里顿时热闹起来，但屏风里面突然变得异常严肃。政协主席站起来把自己的位置让给老人。老人坚决不坐上席。他只是一个普通干部。据说，王世乾和政协主席曾经共事，但王世乾一直瞧不上他。政协主席见王已坐定，不再客套。这些体面人物都认识王世乾，他的故事圈子里的人都知道。现在他实际上被这个圈子抛弃了。气氛有那么一点微妙。大家开始劝酒，开玩笑。只有王世乾像祭祖用的牌位那样一动不动。不知为什么这一桌人都有点紧张不安之感。

陈康来到屏风后观察。王世乾就坐在父亲的对面，他虽然是个瞎子，但他似乎一直盯着父亲，好像他的墨镜背后有一双明亮的眼睛。父亲没有多说话，也没有和王世乾对视，好像王世乾并不存在。他开始按官职的大小敬酒。他第二个敬的是王世乾，王世乾似乎对父亲说了句什么话，但父亲只是谦虚地笑了笑。

俞智丽一直在忙里忙外。她那认真的一丝不苟的模样就好像她是李大祥的母亲。她始终没有入席吃一点东西。她时刻观察着席间的情况，她总是最先出现在有问题的地方。现在她担心屏风里面出现什么不愉快的事情。她知道老人其实不受欢迎，她替他难过。他这又是何苦来着，出席这种筵席又有什么意思呢。想到这儿，俞智丽习惯性地抬头看天。没有天，天花板上吊着的灯灿烂夺目。

就在这个时候，俞智丽觉得似乎有人正专注地观察她。这个世界一直存在着这双隐蔽的眼睛，让她无处藏身。她有点心慌，但她在竭力控制自己。开始她以为是陈康。陈康是个有洞察力的家伙。陈康的眼神总是让她感到心慌。如果是陈康的话，那他可能在担心她是不是累病了。她知道这个小伙子对她有一些非同寻常的情感，她从来没有搞清楚这是一种什么情感。他看她的眼神，温和中有一些灼热的成分，但她一直猜不透他心里在想些什么。她觉得他有点复杂，不过这年头谁都有点复杂。当然，这种眼神对俞智丽来说并不陌生，自从她出了那样的事后，很多人用这种灼热的、带着欲望的眼神看她，好像他们有权这样赤裸裸注视她。机械厂的人在背后说，陈康暗恋着她，他们说要是没暗恋她，像陈康这样的人是不会心甘情愿同她"助人为乐"的。对这些闲言，俞智丽一笑了之。她在这方面不在乎别人怎么说。

当她向那边望去时，她发现注视他的不是陈康而是另一个男人。那人站在一个巨大的花篮后面，他穿着一件簇新的衬衣，衬衣的硬领抵着他的脖子；他的目光穿过花朵的间隙投向她，深邃而坚定。他的脸上没有表情。她马上认出了他，她的心狂跳起来，同时脸色煞白。就是从这一刻起，她的思维几乎停滞了，她变得神情恍惚。她有点坚持不下去了。她真想逃走。可她咬牙坚持下来了。她处在一种不安之中，她虽然在尽力帮助新郎新娘做一些事，但她总是出差错。

陈康注意到俞智丽的慌乱，他来到她身边，关切地问："你怎么啦，生病了吗？"

"没，没事，我没事。"

8

婚礼结束后，俞智丽是一路奔逃着回家的。

现在，她明白，这些天她的感觉是准确的，确实有人在跟踪她。那个人已出来了。八年已经过去了，这一天终于到来了。她想，他是有权找上门来的。是的，她欠他。她把他八年的青春都断送了。

家里静悄悄的，她抬头看了看墙上的电子钟，已过了十一点。她猜，丈夫和女儿都已经睡了。她来到卫生间，站在镜子前，打量自己。有十分钟，她都这样站着，看着镜中的自己。她的目光冷静而苛刻，就好像镜子里是另外一个人。她发现了镜子里那个人的脸上有某种凶险的暗影。她观察镜中人的眼光，由于光线的原因，眼睛周围一团漆黑，但她知道那团漆黑里面深藏着恐惧与不安，而且还有一种愿意让这种恐惧和不安主宰自己的羔羊般软弱的气息。

当镜子中出现另一个人的身影的时候，她吓了一跳。那种感觉就好像一个幽灵突然出现在她的身后。当然，她马上反应过来是王光福。王光福穿着睡衣睡裤，开始发福的肚子松弛地挺着，就像一只泄了气的篮球。王光福的眼睛乌黑发亮，显然他还没睡着过。他一直在等着俞智丽的到来。他意识到他的出现吓了俞智丽一跳，他怕俞智丽生气，因此他的整个身体看上去有一种类似歉疚的媚态。

但俞智丽还是如王光福意料的那样发出了抱怨："你鬼鬼祟祟干什么？吓了我一大跳。"

王光福想，她才是鬼鬼祟祟呢，瞧她站在镜子前照啊照的，发神经嘛。王光福不知道俞智丽有什么事，她那样子就像一个刚偷过情却不知怎么办的正受到良心折磨的女人。王光福老是要怀疑俞智丽会有外遇。

王光福压制住内心的酸楚，嘿嘿一笑，说："你进来不声不响的，我以为出了什么事。"

俞智丽白了他一眼："能有什么事？"

俞智丽从上到下打量了一番王光福，问："你怎么还不睡？"

王光福的脸就红了。俞智丽马上意识到王光福今晚又有了要求。他这是在等着她。俞智丽内心有种本能的厌恶。今晚她连一点情绪都没有。她没好气地瞪了王光福一眼，说：

"孩子还好吧？"

"她早睡了。"

俞智丽走进孩子的房间。孩子小小身躯呈 S 形，她的眉头还紧锁着，她的脸上有某种惊心动魄的表情。也许孩子正受到一个噩梦的骚扰。俞智丽替孩子整了整被窝。

王光福也悄悄跟了进来，他不声不响站在俞智丽的后面。他身上暖烘烘的气息就像一盆炭火那样在俞智丽的身后烤。但俞智丽非但没有感到热，反而感到寒冷。她的后脊起了鸡皮疙瘩。

　　她的背影就在伸手可及的地方，但王光福感到她好像在遥远的天边，她随时可能从他的面前消失。这会儿，她的背影好像有着自己的表情，一种拒人千里之外的表情。她身上一直有这种表情，一种不可捉摸的表情。这种表情总是让他有一种不安全感，也让他心里面有点惧怕她。他差不多已有半个月没同俞智丽做爱了，整整一天，他都在酝酿情绪。他让女儿早早地睡了，然后洗了澡等俞智丽回来。他还在自己身上洒了点俞智丽的香水。香水涂在他身上时，他的身体一下子有了欲望。现在，俞智丽的背影虽然有点冷，但今晚，俞智丽的身上也有一种软弱的东西，这让他很想搂搂她。他试着伸出手，把手搭在她的腰上。他的手表达的意思非常畏缩，好像随时准备逃走似的。如他这之前早已猜到的，她迅速地把他的手甩开。

　　"早点去睡吧，不早了。"

　　"你也可以睡了。"

　　"我今晚同女儿睡。"

　　俞智丽说这话时，头也没回。她知道王光福听了这话后，脸上的表情会有多失望。她没回头，她担心回头看一眼，会心软。她的肩膀像一件冰冷的铁器。

　　一整天，流窜在王光福身上的热情迅速凝结。就好像飞鸟遇着寒流，迅速被结成了冰块。王光福低着头，一脸沮丧地走了。俞智丽还是没有回头。俞智丽抱起女儿，让女儿往里睡一点，腾出地方来自己睡。当她铺好被子时，她回头向房间外张望了一下。一种自己也无法抑制的对王光福的怜悯涌上心头：王光福是个老实人啊。她想起来了，她已经有好久没让王光福碰她了。她几乎想不起上次和王光福做爱是什么时候。她实在

对这档子事没有兴趣。一直没有兴趣。幸好，王光福的欲望也
不是太强。王光福房间的灯已经熄了。她能体味王光福此刻的
心，他的心一定像他的房间一样黑暗。王光福是个体贴的人，
家里的事几乎都是他一个人在做，默默地干，心甘情愿地干。
他对她是真心的好。他愿意为她干任何事。她的心就软了。虽
然，她今天心很烦，遭遇了既意外又在意料中的事，但她觉得
她似乎还是应该尽一个妻子的义务的。她的心就软了。她不知
道自己的心为什么会这么软。平时，她对待王光福一直是比较
心硬的。这恐怕同她感到的危险有关。她感到这会儿自己好像
已处在一片汪洋之中，马上要被巨浪吞灭。

　　当她走进王光福的房间时，王光福一动也没动。她知道
王光福没有睡着。他的心在深渊中。王光福虽然外表看起来很
壮实，但在她面前，他其实很软弱。他一直是仰着看她的，就
好像她是他的救星。她在他身边躺了下来。他那边还是没有动
一下。她知道这时只有她先伸出手去，否则他即使一整夜睡不
着也不会动一下。当然，她也不会太热情。她在这方面从来没
有热情过。她把自己的衣服脱了，把内裤也脱了。然后用手轻
轻地在他的背上触碰了一下。然后，她就赤裸着躺在那里不动了。

　　她的手指就像仙人的拂尘，就那么轻轻一下，把他完全激
活了。他的口中马上喘出粗气。他像一个孩子一样扑到她的怀
里。他的泪水跟着流了出来。这主要是他刚才的受挫引起来的。
但他不敢太放肆地流，他得强忍住。以往他流泪时，她都会把
头和身子移开，试图远离他。她做爱时总是这么冷静，这么洁
身自好，好像这是一件令人厌恶的事。像往日那样，她的身体
还是那样干燥。他开始像一头气喘吁吁的老牛一样开垦起来。

这会儿，那种像是处在一片汪洋中的感觉又涌上俞智丽的心头。她感到没有依靠。王光福肯定不是她的依靠，从结婚那天起，她就知道她无法依靠他。多年来，她一直有一种漂泊感，还有一种恐慌感。这时，她的心头突然涌出一种伤感，她突然紧紧地抱住他。她不自觉地运动起来。她的样子好像要把自己毁灭。

王光福从俞智丽身上下来时，感到既沮丧又恐慌。沮丧是因为他停留在俞智丽身上的时间似乎越来越短了，恐慌则是这次俞智丽的表现让他感到意外。俞智丽竟然会主动地迎合他。多年以来，俞智丽是个几乎没有什么性欲的人，俞智丽一直是那么平静地面对他的，他常常觉得她那样做纯粹出于自我牺牲，她自己根本没有快感可言。他曾问过她，他进入她身体时，她是不是快乐。她愤怒地白了他一眼，骂道，无聊。但现在，俞智丽突然涌出的热情让王光福猝不及防。结果，王光福完全失去了控制，只好草草收场。

如果，这次俞智丽像从前那样表现得没有情欲，王光福会很满足，因为这可以证明俞智丽没有外遇。一个没有情欲的人是不会有外遇的。但现在，热情似乎突然从俞智丽身上绽放了出来，王光福就有点拿捏不准了。王光福变得多疑起来。不像往常，在这个时候，他总是很高兴，那些压抑着他的沉重的幻觉会一下子消散了，就像日出云开，天空湛蓝，而他的心像一片轻逸的羽毛在蓝天飞翔。现在，这些幻觉非但没有消散而去，反而变得像雷雨前的黑云，在天空翻滚。因为刚才的运动，他感到累了。他打了个哈欠，他看到那些在眼前滚涌的黑云幽深神秘。"黑云"加深了他的睡意。

俞智丽表现得如一个洁癖者。每次完事后，她都要再次去卫生间洗漱一把。当她再次回到床上时，她发现王光福已经睡着了，他小心翼翼打着呼噜。这个男人即使睡着了也是小心翼翼的。她躺了下来。床很大，她把被子移到王光福那边，把自己的被子拿出来铺到床上。她钻进了自己的被窝。王光福的身体向她靠来。她皱了皱眉头，把他移开。王光福翻了个身。她把灯关了。黑暗中，她感到自己的身体异常冰凉。一天下来，那种紧张感还没从她的身体里退去。她感到她身上似乎有一个异物还在不停地进出。她的眼中溢出泪来。八年前的那一幕无法阻挡地来到她的脑子里。她一直以为自己快把那事忘了，但到头来，她发现非但没有忘记，反而变得愈加清晰，愈加刻骨铭心。

9

　　八年前春天的一个晚上，俞智丽结束了机械厂办的一场集体舞会，独自一人走在回家的路上。

　　那是一九八三年。那时候，俞智丽在机械厂的卫生室工作。一九八三年，人们精神振奋，意气昂扬。俞智丽感到身体里总是涌动着什么，有一种蓬勃的歌唱般的气息，好像身上正有一些像五线谱一样的蝌蚪在跳荡。

　　这天，她走进了共青林。她也喜欢共青林这个名字，这个名字同样有一种光明之感。这是她回家的必经之路。俞智丽穿着裙子。她真的喜欢这裙子。她是从文化馆的刘重庆那里弄来的。刘重庆在文化馆搞摄影，俞智丽是通过王艳认识他的。刘重庆经常去南方，搞些时髦的服装，供姑娘们拍照片用。一九八三年，这个城市还很朴素，姑娘们或穿着军装或穿着那种碎花的人造棉衬衫，人们很少见到如此美丽又如此暴露的裙装，王艳和俞智丽都梦想拥有这样的服装。王艳和俞智丽在刘重庆那儿拍过几次照片后，就混得很熟了。王艳有一次拍好照后不肯再脱掉那些服装，她发嗲道，刘重庆，你就送给我们吧。刘重庆知道这两个小女人早已觊觎这些服装了。他答应了她们。她俩确实是美人。俞智丽比较内向，穿上衣裙后她的女人味更加突出；她的脸看上去瘦，但身体比较丰满。不过王艳也很有特点，王艳比较外向，因此看上去有一种妩媚之感。刘重庆喜欢这些美丽的小妞。

她们时髦的打扮迅速引起了西门街的注意，特别是小伙子们，每次她们穿着这些服装招摇过市，小伙子们都会发出轻浮的叫嚣声。姑娘们对她们是既不屑又羡慕。而大多数人则开始把她们看成是坏女人了。他们指指点点，以为世道将在她俩的奇装异服中崩溃。她们对此浑然不知，或许知道，但她俩根本无所谓。她们的身后常常出现一群小伙子。小伙子们有时候长时间地跟踪她们。她们则抬着高傲的头，一脸的厌恶，但内心无比兴奋。她们对小伙子们的轻浮感到由衷的高兴。他们的尖叫让她俩的步子迈得更加妖娆。

但当俞智丽单独一个人上街的时候，她有点害怕被小伙子们跟踪。对那些野心十足的男人，她本能地感到危险。但如果后面没有人跟踪，她又会感到十分失落，感到浑身没劲。后来，她意识到她其实喜欢这种危险的气息。这种危险让她感到充实。她单独一人的时候变得习惯这种危险了。她觉得自己有点怪异。也许还有那么一点轻佻。

现在，俞智丽刚从机械厂的舞会上出来，时间是晚上，已过了十点，她进入了共青林。所谓共青林，顾名思义，是由共青团组织所植的一片树林。这一带地处北郊，这里原是一个湖泊，后来这个湖泊被填平了，成了一个垃圾场。垃圾场影响市容，共青团组织号召全市团员义务植树，种上了这片树林。也许因为这里做过垃圾场，土地肥沃，种上树林后，树木茁壮成长，现在已是十分茂密，走在林子中间的那条水泥路上，你几乎看不到天空。俞智丽这会儿就走在这条看不见天空的林中道路上。

后来，西门街道的人说，俞智丽是活该，她穿着这么裸露，又走在如此阴暗的路上，不出事才怪呢。她为什么要裸露她的大腿呢？好像全中国的妇女只有她有大腿一样，好像她不露大腿男人就不知道她是女人了一样。别看她的眼神比较冷淡，可谁都看出来了，那冷淡背后的轻佻。瞧她走路的样子，屁股一翘一翘的，不被强暴才是怪事呢。有一个妇女说，如果我是男的，我都想×她一把。但不管怎么说，一个姑娘遭遇这样的事件是不幸的，是令人同情的。就在俞智丽走在有着纯洁名字的共青路上时，一个男人从林子里窜了出来，迅速搂住了她。她几乎惊呆了，她这才知道她以为一直还在远处的叫危险的东西像一个巨大的黑幕那样迅速覆盖了她。她感到自己进入了某个罗网之中。那危险现在变成了水，她就浸在这水之中。她觉得自己在沉没。她感到喘不过气来。她像一只气球那样在膨胀。她感到自己快要爆炸了。哐当。她感到自己像一块玻璃那样被砸碎了。一切都在碎裂，连她的感觉都碎了。她集中不了意识。她嗅到男人的暖烘烘的汗味是碎裂的，他的那张脸是碎裂的，他像坦克那样的躯体也是碎裂的。她知道他没有碎，碎的是她的知觉。她要让自己的知觉缝合。她要抓住他。但他显然在远去。像一阵风一样在飘远。他从那些茂密的树荫里上升，飞升入天空。她看到他在天空中消失。天空白得耀眼。她晕过去了。

当她醒来的时候，她才意识到发生了什么事。一九八三年，社会生活还非常保守，一个姑娘的失贞是一件天大的事。俞智丽觉得暗无天日。天塌下来了啊。虽然她的意识开始连成了片，但她觉得她的身体依旧破碎着。她开始跑，她像一个越狱的逃犯一样，唯一的念头就是逃离这个危险之地。她听到自己破碎的身体像一辆老爷汽车一样发出叮叮当当的声音，就好像每一个部位都破损了。她不知道跑向哪里。路上的行人已经很少了，空气里有了某种植物的气息，这植物的气息从她破碎的身体里穿过，让她感到自己的身体肮脏无比。现在快到十一点了，她一直茫然地彳亍在街头，她的思绪飘拂。但有一点是确定的，她知道出了什么事，并且她认定是谁侵犯了她。就是那个高大结实、一脸胡子、有着混乱男性气息的男人。这段日子，这个男人一直跟踪着她。她不认识这个男人，他显然不是西门街的，她也没去打听这个男人的来历。她注意过他的眼睛，他的眼睛看上去单纯、固执，非常深情。他的眼睛让她想起她读初中时隔壁班的男孩，那个男孩远远地注视她时也是这个样子。这种注视让她感到自己的肌肤正在被人抚摸。她曾经想过，这种注视可能会引来麻烦。她知道被一个男人跟踪要比被一群男人跟踪危险得多。可是她变得有点喜欢这种危险气息，这种虽然有点危险但离真正的危险还是有距离的气氛。但是，没想到麻烦真的降临到她的身上。

她想起来了，这天晚上，那个人一直跟踪着她。她走过西门板桥时，他跟着她；她走进第一百货商店，他跟着她；她来到东大门，他还是跟着她；甚至就在刚才，他快要走进共青林的时候，她还在共青林的边上见到过他。想起这一点，她非常绝望。这个人竟然会干这样的事。说实在的，她差不多已习惯于他的跟踪了，在那危险的气息之中，她也体验到某种温暖的感觉，一种被人深情注视后发现自己有价值的感觉。她不喜欢他结实的身子，这个身子确实危险；她喜欢他的眼睛，他的眼睛是多么清澈，像一个孩子啊。没想到的是这个人竟干出这样伤天害理的事。她恨透了这个人，她觉得自己完全被他糟蹋了，她转眼之间变得一钱不值了。这个时候，她的脑袋有各种各样的念头，甚至死亡的想法都在她的头脑中一闪而过。她感到穿在她身上的裙子像一个辛辣的嘲讽。

后来，俞智丽想到了王艳，她需要找一个人诉说她的痛苦。俞智丽失魂落魄地来到王艳家，她见到王艳就抱住她失声痛哭。王艳遇事一般特别冷静，她不知道俞智丽出了什么事，她没问她，她让俞智丽在怀里哭个够。她同时察看着俞智丽身上有什么不对。俞智丽身上有血迹。她敏感地意识到俞智丽出了什么问题。这会儿，俞智丽的身子在抽搐，她用手在俞智丽的背部安抚。王艳想，待她稍稍平静一点再问她吧。过了很久，俞智丽不但没有平静，情绪反而越来越激烈。王艳也是个性急的人，她等得不耐烦了。她问俞智丽究竟出了什么事。俞智丽又无声地哭了起来。那哭声虽然很轻，但有着刺刀那样的锋利，让王艳觉得肌肤疼痛。由于哭泣，俞智丽的呼吸显得极为急促。

待知道怎么回事后，王艳不知怎样安慰俞智丽。俞智丽似乎已不要安慰，她已停止了哭泣。她的眼中闪烁着寒光。她说，她要告他去，他得为此付出代价，我得叫他坐牢。王艳感到这样做似乎并不合适，这种事传出去对俞智丽没有好处。但俞智丽的主意已定。俞智丽看上去文静，其实内心十分刚烈。此刻她的内心燃烧着强烈的复仇欲望。她的表情似乎在说：不看到他被惩处，她还不如去死。王艳了解俞智丽的性格，她知道劝也没用。她只好陪着俞智丽去了西门派出所。

第二天，俞智丽听说那个人被抓了起来。

10

　　清水从莲蓬头里冲下来，落在俞智丽的身体上。俞智丽感到自己就像一个漏了的桶，水正从身体里面溢出。两天以来，俞智丽只要一有空就去卫生间冲洗。她总是用肥皂擦洗自己的下体，好像那个地方成了一个垃圾场，如果她不打扫就会臭气熏天。过了几天，那种内心的疼痛感慢慢消退了，变得很麻木，但这种麻木让她更体验到一种绝望的气息。这几天，俞智丽的情绪反复无常。她常常独自流泪，好像她的身体里充满了水分，不流点出来会憋得难受，好像哭泣成了她唯一的乐趣。有时候，王艳来看俞智丽时，俞智丽说着说着就要哭泣。当然俞智丽只对王艳哭。她不想让任何人知道她出的事。

　　也许是因为绝望，也许是因为她长时间浸在水中，俞智丽发烧了。俞智丽的母亲很担心，让她去医院，但俞智丽不肯去。家里人开始不知道俞智丽出事了，只觉得俞智丽这几天脾气有点怪。幸好，俞智丽在机械厂是负责配药的，她自己配了一点针和药回家。

　　俞智丽躺在床上打吊针。她的脸色苍白。因为整天躺在床上，她的头发杂乱无章。她总是双目无神地望着盐水瓶，眼里似乎没有一点生命的乐趣。

　　王艳告诉俞智丽，电视台和电台将直播严打公判大会。王艳希望俞智丽亲眼看看那个人可耻的下场。一九八三年，这个城市电视机还没有普及，录音机才进入寻常百姓家，所以亲眼看到公判大会的画面是有点困难的。王艳知道俞智丽是不会去现场看的。如果去现场她非晕过去不可。王艳实在太想让俞智丽看到公判大会的情景了。王艳有着比一般人更强烈的正义感，她对那些犯罪的人非常痛恨，她因此认为俞智丽亲眼看见那个人被判刑会减轻她的伤痛。

　　王艳和俞智丽家都没有电视机，为了能让俞智丽看到公判大会实况，她想到了刘重庆。王艳知道刘重庆交友广，他搞到一台电视机是没问题的。果然，刘重庆一口答应了。刘重庆笑道，是不是想看公判大会？王艳笑着说，是呀，我就是要亲眼看到那些坏蛋的下场。刘重庆说，你很有正义感呀。王艳是在文化馆找到的刘重庆。刘重庆让王艳在他的办公室待一会儿，他就出去借电视机去了。大约半个小时后，刘重庆果然借了一台黑白电视机。王艳从来没碰过这玩意儿，不知道怎么使。刘重庆就一一讲给王艳听。当刘重庆认真地讲解着使用方法时，有一刻，王艳走神了，她想，这个刘重庆，都说他吊儿郎当，其实还蛮细心的。刘重庆讲解完后要亲自送到王艳家里去。王艳拒绝了。王艳是自己抱着电视机走的。由于电视机压着肚子，她的胸脯十分夸张地往外凸，胸脯置于电视机上，一颤一颤的。王艳注意到刘重庆一直盯着自己的胸脯看。她的胸脯因此有点微微发热。

　　严打公判大会在第二天上午九点正式开始了。黑白电视机的图像不是很清楚，个别地方图像有点变形，但审判现场的基本情况还是一目了然的。就像她们预料的，公判大会现场十分热闹，四周全都是市民。电视机里，攒动的人头不断地在向远方延伸，望不到头。王艳从来没见到过这么多人，好像整个城市的市民这会儿都聚集到了那里，好像公判大会是一场全民狂欢活动。王艳看到，这会儿俞智丽的眼睛一动不动地盯着银屏，好像在辨认着什么。

待一个领导阐述完严打斗争的伟大意义，实质性的审判正式开始了。所谓审判其实十分简单，没有证人，没有辩护，只宣读犯罪人承认了的罪责及刑罚结果。宣读审判的人也不是法院的，而是公安局的局长。这当然是由一九八三年的现实决定的。这样大规模的群众性的斗争是无法逐一审判的。公安局局长操着外地口音，听来有点滑稽，但他在宣读时，现场肃静，这使他滑稽的口音依旧显得庄重无比。当宣读某个罪犯的罪行时，电视镜头就对准那个人。罪犯们一律被剃了光头。第一个出现在镜头里的罪犯的态度十分骄横，他抬着头，目露凶光，对判决显然不以为然。当公安局长在最后宣布该犯判处死刑并立即执行时，该罪犯突然高呼口号：脑袋掉了，碗大一个疤，老子二十年后又是一条好汉！他还没喊完，就被身后的两个警察击中后脑勺，再也说不出话。但大多数罪犯看上去都有点魂不守舍，满脸沮丧，沮丧中似乎还有点什么盼望。当宣判他们时，他们的眼中有那么一点灼人的亮光，好像他们这会儿还在希望着一个无罪的判决。像第一个那样的英雄好汉毕竟不多，有几个罪犯，当听到自己被判了死刑时，当场就精神崩溃，瘫倒在地。公安迅速把他们押送出了宣判现场。

　　王艳一会儿就找到了判决次序的规律。她发现在前面宣判的都是些杀人越货的重罪。比较轻的罪犯放在后面。王艳把这个判断告诉了俞智丽。俞智丽没反应，她的脸色看上去非常苍白，眼睛一眨不眨，机械地盯着电视机，就好像电视机里有一根线牵着她，让她变成了一个木偶。王艳又说，审判那个人恐怕还得等一会儿。

　　当电视机里终于出现那个叫鲁建的人时，王艳惊叫了出来。她几乎认不出那人了，那人瘦得不像样子，看上去像是老了整整十岁。她对俞智丽说，就是这个人，我都快认不出来了。由于激动，俞智丽的脸微微泛红，同她流泪过多的眼睛的颜色一致。她似乎有点冷，双手抱胸前。她的身子也在颤抖。

　　审判还在进行。那个人一直低着头。俞智丽看不清他的表情。但就在对他的审判快要结束的时候，那个人抬起了头。电视里是那人的面部特写。俞智丽注意到了那个人的眼睛。那眼睛竟让她惊慌。那是一双绝望的眼睛，眼神里面有着哀怨和不平。就好像这个人知道俞智丽正在看着他，他的眼睛正穿越银屏，固执地看着俞智丽。俞智丽觉得他的眼睛十分无邪，像一个孩子。是的，从这个人的脸上你感觉不到他是个犯人，倒像一个天使。公安局局长正在宣读他犯事前后的种种丑态，但他好像并不在听，他好像在抓紧这个关头同银屏前的俞智丽做着最后的交流。俞智丽发现他的眼神越来越明亮，眼神里似乎浮现一种嘲弄。俞智丽突然感到自己似乎处在他的下方，受到他的审判。这个想法让俞智丽感到心慌。俞智丽对自己一直认定的事实发生了怀疑。此刻，看着这双眼睛，她的内心深处充满了自我怀疑。

前不久，俞智丽在静养的时候，王艳曾带着一个油头油脑的男人来看她。这个男人自称是鲁建的朋友，他是来替鲁建说情的。这个男人把一桩罪恶的勾当虚构得像一个童话。这家伙有着酸不拉几的表演天赋。他自以为很有说服力，他表情夸张，说话的速度极快，他的样子就好像是在做一场伟大的爱情报告。鬼知道他是怎么编出来的。他竟然说俞智丽冤枉了鲁建，那是天大的冤枉！他竟然说那个叫鲁建的人跟踪她并无恶意。不但没有恶意，他这样做是因为爱她。他还默默地为俞智丽做了很多事。比如，俞智丽的自行车胎没气了，他会偷偷给她把气打满；俞智丽的办公室的窗玻璃不知给哪个小子砸了，他发现后偷偷给她换上；有一回机械厂出了事故，送伤员去医院，一时找不到车，就是他骑着板车把伤员送去的——俞智丽没认出他来。他已经喜欢她快一年了。当然他这完全是单恋。"其实鲁建一直偷偷地喜欢着你。你是西门街的大美人，暗地里喜欢你的人一定不少，你也许不会在乎，但我敢肯定，鲁建是最在乎你的一个，他真的愿意为你去死。这话他亲口对我说过。你不知道鲁建是个害羞的人，一个害羞的人说这样的话，说明这种爱是多么强烈。告诉你吧，说这话时，鲁建像一个大情圣。我不知道你明不明白我的意思。我的意思是：鲁建不可能强奸你，你……"谁愿意听这样的天方夜谭呢？特别是听到"强奸"这个词——听到这个词，俞智丽觉得有一把刀子在她的身体上切割，俞智丽的愤怒突然不可抑制地涌上心头。如果可以这样虚构，那也太厚颜无耻了。"滚！"俞智丽歇斯底里地叫了一声。然后掩面大哭起来。但那个人没走，他说俞智丽冤枉了鲁建，现在只有她能救他。"你就救救他吧。"他说。俞智丽不相信他说的。几天以后，王艳告诉俞智丽，当鲁建知道俞智丽拒绝撤销案子，他就叫来警察认了罪。听说鲁建那会儿眼中没有一丝光亮，警察问什么，他就承认什么。俞智丽说，他这是罪有应得。

现在，在屏幕里面的那双眼睛的逼视下，俞智丽的脸越来越红，她的内心突然有一种不踏实的惊慌之感。她感到对他是否真的干了那桩事有点拿不准。她感到茫然。她有点坚持不下去了。她突然怒气冲冲地说：

"关了关了，有什么可看的。"

俞智丽说着伸手关了电视机，图像在啪的一声响过后消失了。王艳搞不清这是怎么回事，俞智丽的这个反应有点突兀，就好像谁突然得罪了她一样。她一个人跑出房间。王艳不能理解俞智丽的举动。王艳觉得自从俞智丽出了那事后变得越来越怪了。她的行为时常不合情理。

"你怎么啦。"王艳追了出来。

"没事。"俞智丽的眼里已挂满了泪水。

"你不要太难过了。那个人也受到了应有的惩罚，他被判了八年。"

"王艳，你不要说了。我什么也不想知道。"

那个人终于被送入牢房。但那个人好像并没有远离俞智丽，那个人的那双眼睛时刻伴随着她。俞智丽一直想把这眼睛赶跑，但那眼睛远比她想象得要来得固执，她无法将它们挥之而去。她因此常常回忆自己遭殃那天发生的事，她觉得一切像梦一样，有一种不真实之感。她想，这就是生活，你无法清楚判断某件事。她知道，这件事会像梦魇一样一直跟随着她。

11

　　俞智丽在床上躺了半个月，她的身体慢慢恢复了。这半个月，她几乎过着与世隔绝的生活。但她不可能一直在房间里待下去。她还要融入日常生活之中。当然这很简单，她只要从房间里出来，穿过楼道，走下楼梯就可以了。但对俞智丽来说，要走出这一步也不是太容易，在她遭遇了这种事后，她有一种强烈的受挫感和失败感。这种感觉让她深陷于自卑之中。同时，社会在她的感觉里也不再是原来祥和的样子，而是变得面目狰狞，她对人群产生了本能的惧怕。只有在紧闭的房间里，她才感到安心。

　　班还是要上的。对人群再怎么恐惧也得赚钱养活自己。可是，当她来到机械厂，她感到一切不对头。她发现每个人都用一种好奇而陌生的眼光看她，就好像她是舞台上的小丑。整整一天，俞智丽没干任何事，也没同任何人说话。她觉得走不进人群，她好像被什么东西隔离起来了，被分离在人群之外。就好像她真是在舞台上，在戏中，而不属于这纷繁的尘世。她还感到自己坐在办公室里是赤裸的。即使她已穿得严严实实，已穿得密不透风，她还是感到自己是赤裸的。赤裸不在于你穿了多少衣服，而在于别人看你的眼光。她脑子里都是这些乱七八糟的念头。她觉得自己像是浮在半空中，成了机械厂车间里冒出的烟尘。她也没有上班的感觉，好像只是站在云端朝机械厂望了一眼，然后她就回家了。回家的路上，她感到自己非常怪异。她觉得这个世界正在远离她，连街上的人流都虚幻成一个一个的影子，像隐藏在暗中的一只只蝙蝠。

几天以后，俞智丽终于明白了这样一个事实：她的事情已尽人皆知了，已经成了一个公开的秘密。在机械厂里，就是清洁工也知道了她的事。西门街道的人当然也会知道。她的家人更应该知道了。她想起来了，她躺在床上的那半个月，脾气很坏，常常发火，不可理喻。她的母亲却并不生气，只是在她的房间门口唉声叹气。不过，她的母亲总是这样，常常对着她唉声叹气，就好像她是他们家的灾难。不过现在看起来确实像一个灾难。她的嫂嫂一直同她关系不太好，但那段日子却十分关心她。现在想来，一切明摆着的：所有人都知道了她的事。

这是一种什么感觉呢？这种感觉甚至比遭遇强奸还要糟。她本来就是个比较内向的姑娘，这下子，她变得更加沉默寡言了。当然她也不可能再把自己打扮得花枝招展，她把自己裹得严严实实，看上去比谁都保守。可以想象，她对人充满了戒心，表现得谨小慎微起来。她像一只受惊的鸟，眼神中有一丝警觉。

外部的压力总要有一个出口的，这个出口就是家人。俞智丽常常在母亲面前失控，只要母亲有一点点不合她的心意，她就会大发小姐脾气。在家里，俞智丽像一个暴君。比如有一次，俞智丽躺在床上看书，她听到窗外母亲和街坊在聊天。只要听到街坊聚在一起闲聊，俞智丽就会感到焦灼。就好像那些影影绰绰的话语比噪音更易致人疯狂。她不喜欢母亲同邻居混在一起，她希望母亲像她一样与世隔绝。但母亲违背她的意愿，她长时间地同他们嚼口水。她忍无可忍，冲出去对母亲高喊："妈，你回来。"这句话本身没问题，有问题的是她的声调，十分刺耳，因此给人凶狠霸道的感觉。这声调里有一种不可理喻的东西，让邻居们不解、不满。邻居们认为这显然是针对他们的。邻居们对母亲说，你生了这样一个女儿，真是倒了八辈子的霉，你总有一天会被她气死的。邻居们又说，还是给她找个男人，让她早点嫁人吧。母亲说，出了这样的事，谁还敢要啊。母亲只好灰溜溜地回家。

俞智丽下班回家就把自己关在房间里。做母亲的当然很担心。母亲又不敢贸然开门进去，只好巴在门缝处往里窥探。通常情况下什么都看不到。有一回，母亲发现俞智丽在偷偷地流泪，怕俞智丽有三长两短，急得不行，不知该不该进去劝劝。这时，俞智丽突然把门拉开了，母亲差点摔了个大跟斗。俞智丽冷笑道："你是不是怕我上吊？我死不了。"

母女间这样的冲突接连不断。母亲只好暗自流泪。她盼着俞智丽早点嫁人。有时候，母亲会同邻居讲讲自己的伤心事，以引起邻居的同情，而俞智丽最反感的就是母亲的这一德行。

自从哥哥结婚以来，嫂子总是和母亲吵架。吵架后母亲就可怜巴巴和街坊诉苦。母亲总是说，活着真是没意思，她已活腻了，真想一死了之。有一次，母亲发现儿子儿媳的房门没关，替他们关上了。谁知嫂子回来后说，放在床头柜里的钱丢了。母亲当然听得出媳妇话里的话，她觉得只能以死来证明自己的清白。那次母亲自杀未遂，被人发现后送进了医院。母亲抢救回来后说，你们为什么要把我救活，我还是死了好，活着是受罪啊。这之后，母亲自杀像是上了瘾，她动不动要寻死觅活。可即使母亲活得如此不易，俞智丽也还要同母亲发泄。

母亲自杀都是针对儿媳妇的，俞智丽没有想到的是，有一天，母亲在同俞智丽激烈争吵后，上吊自杀了。这次没有任何人发现。当俞智丽听到这一消息，惊呆了。这样的事临到谁身上都会产生深深的不安。她的思维都凝固了。她甚至想不起这次导致母亲死亡的争吵的起因是什么，她俩吵得太多了，一丁点事都可以吵上半天。俞智丽真是担当不起害死母亲的罪名。她替自己辩解，母亲自杀可能另有原因。但她说服不了自己。虽然母亲一直有死的欲望，但这改变不了自己害死母亲的事实。人们也认为是俞智丽害死了母亲。当俞智丽面对母亲的尸体时，她内心的愧疚和自责完全把她击垮了。她连哭都不能，就好像哭也变成了一种罪过。她一下子变得十分消瘦，双眼深陷，头发蓬乱，双手颤抖。她感到整个身子发紧，发不出任何声音。整个葬礼过程中，她都没有哭。她能感受到来自哥哥、嫂子、来自邻居、亲戚们的无声的谴责。她是在葬礼结束后突然放声大哭的。那时候，哥哥、嫂子及亲戚们都不哭了，他们的脸上刚显现一丝办完事情后的轻松，俞智丽突然的哭泣让他们吃惊，但他们对此很木然，没有人出来劝慰俞智丽。俞智丽越哭越厉害。好像哭这种东西正像病菌一样在她的体内发酵、扩散，根本没有一种药去扼制它。好像是哭泣唤醒了她的情感，她的身心开始尖锐地疼痛。这种疼痛感越来越强烈，疼痛这会儿是她身体长出的唯一的东西，并且它可以像植物一样不断成长。她知道自己罪孽深重，从此将背负害死母亲的罪名。即使她现在如此可怜，还是得接受他们无声的审判。她想，也许她这辈子都将被审判。

这是没有办法的选择。她必须逃离西门街区。唯有逃离这个地方，她才可能不被他们审判。当然她的罪是逃不走的，将永远烙在她的心里。而逃离这个地方的最好的办法就是迅速结婚。婚姻是摆脱目前困境的最好的办法。为了使自己不被他们奇怪的目光和表情"杀"死，有一天，她含泪对嫂子说，给我介绍一个男人吧，我早点嫁人算了。

嫂子就把俞智丽介绍给了王光福。王光福是一个机关干部，曾经当过兵，人很忠厚老实。但个儿比较矮，只有一米六。他穿军装那会儿，邻居常嘲笑他，说他的样子把中国人民解放军高大英勇的形象破坏了，说他是解放军的"败类"。开始的时候，王光福只是憨憨地笑笑，好像他真的对不起大家似的，但后来，他也油了，他对大家说，全国人民学习的好榜样雷锋同志比他还矮呢，只有一米五五。所以，个儿矮不会让军队丢脸。见他这么认真，邻居们都笑了，说让他赶快向雷锋学习，争取做个活雷锋。他复员回来后进了机关工作。他这个人太老实，办事情又过分认真，一点点小事也讲原则，让领导觉得他很烦，所以在机关里并不被重用。机关里的人都认为他不会办事，但他不这么认为，他平时居然还喜欢吹点小牛，讲他在部队里如何如何，他的战友现在已怎么牛等等。这样一来，大家就更有点小看他了。也许他心里清楚自己的处境，但给人的感觉，他好像自得其乐、浑然不觉。王光福家庭条件蛮好的，他的父母是南下干部，虽然已不掌权，家底还是有一点的。他们很早就替王光福准备好了婚房，准备抱孙子了，令人遗憾的是这个心

愿却迟迟不能实现。王光福的父母托了不少人关心儿子的婚姻
问题,他们也托过俞智丽的嫂子。俞智丽的嫂子觉得把俞智丽
介绍给王光福是非常合适的。如果俞智丽没那事,她当然不会
这么想,但现在对俞智丽来说,嫁一个老实人是最现实的事。

一个月后,俞智丽和王光福迅速地结婚了。他们结婚没有
任何仪式,甚至连自己的家人都没有宴请。结婚喜糖他们还是
送的。他们各自的邻居、亲友、单位的同事都收到了他们的喜
糖。对俞智丽来说,这次婚姻是一次刻意的逃避,没有经过深
思熟虑。这次婚姻是无可选择的选择。第一眼看到王光福时,
她就觉得王光福确实是个老实的男人。现在,她对那些男性气
十足的男人充满了畏惧,她很难同那种类型的男人相处,在那
种男人面前,她除了颤抖,不会有其他美好的感觉。这个王光
福却一点男人的霸气都没有,她甚至感到自己比王光福更有力
量,她可以居高临下地对待他,可以对他发一些脾气。她对亲
近的人总是要发脾气的,越亲近脾气就越大。从这个意义上来
说,她觉得王光福像她的一个亲人。

他们结婚的那个晚上,王光福小心翼翼的表现让俞智丽十
分感动。在她的身体深处,那晚的伤害一直存在,所以,当王
光福的手伸向她时,她颤抖起来。她想控制自己的颤抖,但身
体不听思想的使唤。王光福开始表现得犹豫不决,他喘着粗气,
可怜巴巴地看着俞智丽,他也没问俞智丽究竟是为什么。一会
儿,王光福就强忍着平静了下来。反差是如此强烈。俞智丽知
道自己的身体对男人意味着什么,她相信任何一个男人见着她
的身体都会成为一只恶狼。她忍受过那样的粗暴。那件事给她
的记忆是:男人是粗暴的、锋利的、邪恶的,甚至是仇视女人

的身体的。但现在这个王光福却如此胆怯，如此地在乎她，在他有权对她蹂躏的时候，居然放弃了。她一动不动躺在床上。她感到自己对男人确实没有兴趣。王光福草草了事了。一会儿光福可能睡着了，他的呼吸变得绵长而深沉。她没有睡着。她睁开眼睛，望着屋里的一切。对这屋子她还有点陌生，结婚前只来过一次。王光福带她来，主要想知道她对这房子是不是满意。她当然是满意的。婚后要用的日常用品都是王光福采购的，俞智丽没有参与。所以，屋子里的家具都透着陌生的气息。

结婚后，俞智丽变得平静了。婚姻带给她内心的宁静让她吃惊。她已经有好长时间没有这么宁静了。她记得她的身体里面似乎一直有一股力量像爆发的山洪那样在横冲直撞，现在，她感到自己的身体变得非常清爽、舒展、有韧性。这种感觉就像从窗外照射进来的阳光一样令人感到温暖。

王光福确实对她很好，他几乎不要她干任何家务。所有的事他都给你解决了。她不用早起，因为她起来的时候，泡饭热好了，油条也买来了。她甚至连衣服都不用洗，王光福把她的内衣内裤都洗好了。

她想，她的新生活正式开始了。虽然现实同她原本想象的有距离，但她全盘接受了。她想，在没结婚之前，也许生活有多种可能，结婚之后，生活不会有什么大的变动了。她将在这屋子里和这个男人过完长长的一辈子。她想，她现在同任何一个女人都没有区别，她走的就是所有女人都要经历的路。不出意外，她会有一个孩子。她想象未来孩子的模样，但她什么也想不出来。

虽然她对性没多少兴趣，但她还是不拒绝和王光福温存一番的。这个时候，她会想起她的母亲。母亲正在远处看着她。她在心里说，母亲啊，原谅我吧，我现在过得很幸福，我知道这是你愿意看到的。有时候，她还会突然想起那个关在监狱里的男人，想起在审判会上的那双眼睛。那双眼睛让她极不舒服。她总觉得那眼睛里有一些别样的信息。她试图读懂它们，但她无能为力。她就开始竭力地把它们从意识里摒除。可那双眼睛非常固执，像钉子一样牢牢地扎在她意识的深处。她在心里暗暗骂道："你这个流氓，你这样看着我干什么。"一会儿，她又说："你看吧，看吧，你以为可以毁了我，但我现在过得很好。"

12

　　接着，又过去了三年。俞智丽怀孕了。

　　这时，俞智丽已变得心平气和了。原来浮在她脸上的阴霾消失了，她的脸上开始出现了安详和喜气。这一切都是她肚子里的生命给她带来的。嫁人以来，她一直没有感到王光福是她的依靠，但现在肚子里的孩子给她实实在在依靠的感觉，她感到原来飘拂不定的生命突然着地了，变得安全、充实、坚定。就好像肚子里的生命是她和世界之间最可靠的联系，是她生命中的最重，从此她会被牢牢地固定在这个世上，做一个幸福的母亲。她开始为孩子编织小玩意儿，编织毛衣毛裤。她上商店最愿意去的地方是儿童用品部。她见到什么东西都想摸一摸。她还买了一大堆也许根本用不着的东西。她耐心等待孩子的降生。她满怀憧憬。

　　厂里人早已忘了俞智丽曾经的遭遇。妇女们经常来她的办公室，和她开一些闺中玩笑，她也跟着笑。她记得做姑娘时她是极其厌恶这种玩笑的，认为这种玩笑庸俗之极。现在她感到这种玩笑的趣味所在了。总之，俞智丽变得成熟了，变得比以前沉着大气了。

就在这个时候，俞智丽听到一个令她吃惊的消息。也许俞智丽也不算太吃惊，她其实一直有预感的。这个消息是王艳带来的。

一天，王艳一脸诡秘地来到俞智丽的家。王艳是个藏不住事儿的人，心里有一点点事都会在她的脸上表露无遗。俞智丽也没问她为什么这么诡异，她知道王艳过不了多久就会向她和盘托出的。

果然，王艳在磨蹭了一段时间后，终于憋不住了，她一脸严肃地说："俞智丽，我们可能真的冤枉了那个人。"

俞智丽一下子愣住了。她已猜到王艳想说些什么了。对俞智丽来说，这是个忌讳的话题。多年没人再说这个事了。俞智丽以为自己都差不多忘了这个事。事实上根本没忘，只不过她刻意回避而已。她是无法逃离这个遭遇的，那是她生命的一部分。那种阴霾又像青苔那样从她的脸上淡淡地长了出来。

"我是在刘重庆那儿听说的。"

接着王艳详细地讲了事情的来龙去脉。刘重庆为一个刚从牢里出来的朋友设宴接风。王艳也在座。刘重庆的这个朋友牢坐得有点冤。他原是文化馆唱歌的，他因为把两个崇拜他的女青年的肚子搞大了，严打时被判了流氓罪。在牢里，与他同处一室的都是风化犯。在里面闲着没事，大家就会用炫耀的口吻谈谈自己的那些鸟事。其中有一个强奸犯，外号叫"老猴"的人，说起自己的事时，突然扼制不住地大笑起来，笑得不但流出了眼泪，连他外扒的牙齿都抖动个不停。老猴当时说，他两年前在共青林的小路上强奸过一个女青年。那女人的皮肤他娘的白得像牛奶。他边说边用动作比画，好像他这会儿还在对女人施暴。他说，这事虽是他干的，但警察抓了另外一个人，那个人还被判了八年，那家伙真是天下第一号冤大头。老猴一副洋洋得意状，就好像这件事是他一手策划的杰作。王艳听了这个事后，觉得这事挺严重的。她就特地跑来对俞智丽说这个事。

那双无助而固执的眼睛就是在这个时候出现在俞智丽的眼前的。这双眼睛已有一段日子没出现了。在怀孕前，她还是经常会想起这双眼睛的。她原以为自己讨厌这双一直跟随着她的眼睛——在无数个夜晚，她诅咒过这眼睛，但现在她才明白，她其实早已经赋予这双眼睛以特别的含义，她无法用语言说出来的奇怪的含义。就好像她在潜意识深处一直在等待着一个事实。现在这个事实出现了，她却还没有准备好接受它。她竭力地为自己找借口。她安慰自己，那个人坐牢的根本原因不是她，她也是受害者。可她马上意识到她根本说服不了自己。

这天晚上，俞智丽没有睡着。那些不堪回首的往事这会儿已泛滥成了滔滔洪水，迅速地包围了她。她被淹灭了。她觉得自己已没法呼吸，将要溺水而死。她软弱无比，需要一只强有力的手来拯救她。

母亲就躺在前面。她的眼睛还睁着。她搞不清楚那究竟是对生的留恋还是对她的愤怒。现在她当作愤怒。现在，不光是那人的眼睛出现在她面前，母亲愤怒的眼睛也出现了。怎么会这样呢，怎么我老是要害别人呢，我害死了母亲，还害了一个好人。她记起来了，她曾有机会救那个人的。那个人曾托人来求过情，那被托的人还告诉过她，那个人其实爱她。可她却冤枉了他，把他送进了监狱。她跪在床上，痛哭流涕。她几乎是本能地抬头望天，就好像母亲的灵魂这会儿正在窗外飞翔，这样就可以让母亲看见她祈求的渴望的眼睛和像羔羊那样无助的脸。

她想得越多，就越不能原谅自己。她是有罪的。她一直担负着害死母亲的罪，现在还担负着害那人的罪。她不知道自己是怎么回事，她来到这个世上好像是专门来害人的，她竟然给别人以如此致命的伤害。她觉得自己就像一个魔鬼一样，面目可憎。她一点都不喜欢自己了。她憎恨自己的一切，她的容颜、头发、身体和思想，甚至包括肚子里的孩子。她觉得像她这样的人不配有孩子。她的心好像快要消融了。她真的希望自己迅速消融。她想，也许消失才是真正的解脱。

她觉得不能再继续害那个人了。既然过去对他的指控是个不可原谅的错误，那就不应该再让这种错误延续下去。靠着王艳的帮助，俞智丽后来找到了处理老猴案子的那个派出所，找到了老猴的案宗。果然，案宗里详细记录着共青林的强暴事件。白字黑字，确系老猴所为。回忆往事是痛苦的，但现在对俞智丽来说，还鲁建以清白比她承受的痛苦要重要得多。看了卷宗，俞智丽很奇怪，既然警方已经抓了肇事者，为什么还不放了鲁建呢？他们竟然对如此明白的冤案无动于衷。俞智丽决定尽其所能为鲁建洗刷冤屈。事实上这事并非那么简单，俞智丽几乎跑遍了这座城市的所有执法机构，他们都告诉她一套也许永远都不可能完成的程序。后来，他们知道俞智丽就是那个被侵犯的妇女时，他们就不再认真对待她，而是把她当成一个神经病，连口舌都懒得费了。俞智丽跑了一圈，发现她依旧在原地打转。

王艳说："你别白费力气了，他们宁可冤枉好人也不会承认自己错误的。"

俞智丽只好放弃自己的努力。但她发现已经停不下来了。她在行动的时候,她的内心还稍稍平静一点。一旦停下来,她便恍惚起来,就好像突然失去了生活的方向一样。她变得寝食难安,甚至忘记了肚子里的孩子的存在。只有在肚子里的孩子轻微跳动的时候,她才会回到现实之中,但片刻后,她的思绪就会跑得很远。她现在完全被那双眼睛控制住了。

她打算去监狱看看他。她打听到鲁建所在的监狱在另一个地区,坐火车得花上五个小时。去之前,她同王光福打了个招呼,不过她没讲明她去干什么。王光福这几天觉得俞智丽有点怪异。不过,俞智丽一直有点神秘兮兮的,整天以为有什么大事要发生,其实没事。

俞智丽坐在火车上。火车声单调、幽暗。俞智丽的眼前一片虚像。这同她内心的茫然有关。现在,她知道她其实是瞎的,一直是瞎的,她的心从来没有明亮过,她的整个身心已被黑暗所覆盖。现在,她看到了光,光亮在火车的前方,来自她要去的地方。她也不知道前方有什么等待着她,此刻她把前方当成了圣地。

但当那座古怪的建筑出现在俞智丽前面时,那光芒她却没有看见。眼前的建筑冰冷、坚硬,有着不可动摇的意志。她明白这里不可能拯救她,只能审判她或囚禁她。她的身心一下子被恐惧充满了。她甚至想马上逃离这个地方。就好像如果踏进那地方,她就永远不能再出来了一样。但她还是冷静下来了。她是来赎罪的,她必须去见那个因她坐牢的男人。她进去了。她觉得每一步像是踏在自己身上。她认为她确实应该狠狠地践踏自己。

一个年轻的干警接待了她。干警用奇怪的眼神看了看她。干警问她同鲁建是什么关系。俞智丽说她是鲁建的朋友。干警黑着脸自语道："好像从来没人来探望过他。"俞智丽惊愕地看着他，但干警没再吭声。年轻的干警进入一扇铁门。透过玻璃窗，俞智丽看到那干警消失在走廊尽头的转弯处。

一会儿，走廊上出现了沉重而笨拙的脚步声。俞智丽站在玻璃窗前，等待着那人从拐角处出现。她的胸膛猛烈地起伏。她没想到脚步声带来的是某种暗影。就好像猎物突然出现在猎人面前，既让人激动，又令人觉得危险。他终于在拐弯处出现了。他目光空虚，好像没有内容，又好像有一种看透了一切的坚定。他比以前强壮了也坚硬了，他走路的样子看似笨拙，却像坦克一样，有一种横冲直撞的劲儿。他如果向她走来，完全可以把她碾碎。但当那干警同他说话时，他会突然变得非常卑微，点头哈腰。

就在这时，她对自己的此行产生了疑问。他的形象完全出乎她的预料。她没有在他那里找到她熟悉的一直跟随着她的眼睛。那意味深长的眼睛。现在他的眼睛暗淡无光。他脸上的表情，他的一举一动，同她想象的完全不一样。这时，她才意识到她和他实际上是陌生人。除了知道他被她害了，她其实一点也不了解他。他是谁？来自哪里？他出现在那里就像一个不速之客，毫无来由。这会儿，她甚至对自己来这儿的真实性都产生了怀疑。她感到自己一直在梦中。而此刻她醒了。就像是从一个噩梦中逃逸出来，她本能地向后退。然后，她转身逃出了这幢建筑。外面灿烂的阳光刺激得她几乎看不见任何东西。跑了一段路，她才看清道路两边满眼的绿色。她停下来，靠在一棵树上。她回望那座建筑。那座建筑这会儿看上去显得孤单而寂寥。就在这个时候，那双无助而固执的、含义不明的眼睛又出现在她的面前。那双眼睛像一把剑一样把她牢牢地固定在那里。她的心一阵绞痛，眼泪瞬间奔涌而出。这时，她意识到她此行的目的就是赎罪，她不该逃逸出来。她站在那里，不能原谅自己。她的眼前出现他点头哈腰的场景。多么可怜。这会儿，在她的脑子里，他又恢复了令人怜惜的样子。她的母性又被激发了出来。她想再回去看他，但已没了勇气。

她一直站在那里哭泣。后来，她感到肚子饿了。她的包里带着点心，但她不想吃东西。她好像在同自己赌气，她就是不想满足自己的食欲。她要惩罚自己。

她登上了回家的列车。但她没有坐下来。她觉得自己不能坐下来。她把自己的座位让给了一位老太太。这位老太太让她想起了自己的母亲。几乎是本能，她开始帮助别的乘客。她替她们递行李，替她们倒开水，照顾孩子和老人。她甚至还打扫卫生。乘客们以为她是列车服务员，都心安理得地接受她的帮助。

她看上去脸色苍白。她一直没吃任何东西。肚中的孩子大概也饿了，它不停地在里面跳动。它每动一下，她都会感到心头发酸。但她依旧不吃一点东西，甚至不喝一口水。奇怪的是，她在这种近乎自虐的情感中获得了一种自我感动，一种快感。眼泪停留在眼睛后面，她感到眼泪随时会夺眶而出。她真想大哭一场。

在列车开到中途时，俞智丽因为饥饿过度，晕了过去。车厢内一阵慌乱。这时，乘客们才知道俞智丽原来不是乘务员，她这样做完全是助人为乐。乘客们不能完全理解她的行为，但他们还是纷纷赞叹她。他们都认为自己碰到了一个活雷锋。医生诊断出俞智丽是因为饥饿才晕过去的，没大碍。乘客们都松了一口气。

俞智丽很快醒了过来。她感到内心变得出奇的平静。她醒过来时，脸上露出神秘的微笑。就是从这一天起，不管什么人，只要她觉得需要她的帮助，她就会尽力而为，甚至愿意牺牲自己拥有的一切。

这样过了一段日子，她的心一直很平静。令她奇怪的是，那双注视她的眼睛慢慢远离了她。她也不再主动去想这桩事了。她把所有的心思都放在帮助别人这件事上。一晃又过去了五年。现在那人终于从里面出来了。要不是他跟踪她，她几乎把他忘了。当然不是真的忘记，他其实一直在她的记忆深处。

13

　　他一直跟踪着她。她等待着他的接近。他们之间也许该有一个了结了。但他却没有靠近她，他只是像八年前那样远远跟踪着她。他总是毫无规律地出现在她身后。现在，她对他已有一种感应，只要他一出现，不用回头她就能感觉到他的存在。她原本放松的身心马上会变得紧张起来。她注意到他的眼睛。这双眼睛竟然同那双经常出现在她脑海里的眼睛一模一样。他的眼睛明亮、清澈，是那种清楚自己目标的眼睛，而不再是那次她在监狱里看到的暗淡而木然的眼睛。在这样的注视下，某些时候，俞智丽真的有一种回到八年前的幻觉。八年前，她还是个姑娘，虽然遭遇不幸，可回忆姑娘时代照样会有甜蜜和辛酸。八年前，对她来说，背后的那些目光曾经是一种温暖的抚摸。当然现在不是八年前，现在的情况要复杂得多。那时候，他们的动机非常单纯，仅仅是迷恋她年轻的身体。但现在，她搞不清他的真实目的。

　　他跟踪她已有一段日子了。他成了她身后一个难解的谜。也许是一枚不知何时引爆的炸弹。刚开始她很恐惧，也很烦躁。如果他想伤害她，那她希望这种伤害快点来临，她不想有任何反抗。但他只是跟踪她。她慢慢平静下来了。她想她只能耐心等待那个谜底。她处在被动的位置上，如果他是枚炸弹，那也只能由他来引爆。

俞智丽还是像往常一样过她的日子。上班，帮助别人，偶尔去看望王世乾老人。现在王世乾老人想抚摸她时，她总是回避。她总觉得在黑暗中有一双眼睛在盯着她。下班，她接幼儿园的女儿回家。回家后，如果没事，她很少出去。这段日子，她和女儿睡在一起。她很长时间没和王光福做爱了。

一天傍晚，她因为单位有事，过了去幼儿园接孩子的时间。当她匆匆来到幼儿园，女儿已经不在了。老师说，有一个自称是她叔叔的人把王小麦接走了，那人还替她买了冰棍。俞智丽马上想到那个人就是鲁建。果然，老师描述的特征同那人完全相符。这个时候，俞智丽倒是显得异常平静，就好像她早已料到会发生这样的事似的。她想到了绑架。她想他终于行动了。但他这样做显然是错了，一切的罪都在她这儿，与她女儿无关。他随时都可以拿她是问的，根本用不着这么干。他随时可以审判她。她也不想责怪老师。她女儿轻信人。女儿是个自来熟，特别当你给她东西吃时，她马上会把你当成亲人。她没有让老师知道女儿可能遭受的意外。一切由她自己来承担。她决定回家一趟，然后想办法找到他。她想他不是要伤害女儿，他要伤害的是她。他带走女儿的目的也是为了她。当然也不能说她不担心。她感到真正的危险逼近了。

但令她意外的是，她回家时，发现女儿站在家门口，正聚精会神地吸吮着一根冰棍，白色的乳液沾满了她的下巴及胸口。她的脸上有一种梦幻般的甜蜜的表情。俞智丽像是碰到了一个神迹，她都有点不相信自己的眼睛。她几乎是扑过去的，然后她蹲下来，仔细打量女儿。女儿被她母亲的表情吓坏了，哇的一声哭了出来。女儿哭的时候，扭头向左边的街角张望。俞智丽的身体意识到了那个人的存在。她顺着女儿的视线望去，发现了那人远去的背影。也许那人听到了女儿的哭声，转过身来。这时，俞智丽已从地上站了起来。她看到那人倒退着，给她一个神秘的微笑。他又这样走了几步后，转身走了。他宽大的背影看上去有一种难以言说的力量，但又给人一种莫名的虚无之感。一会儿，他在拐角处消失了。

他这是什么意思？他究竟想干什么？是吓唬我，给我一个警告还是另有深意？她感到他那神秘的微笑似乎包含着任何可能。这天傍晚，他消失后很长一段时间，她都站在那里发呆。女儿见自己的哭泣无人注意，就迅速止住了。她伸出肮脏的小手，拉俞智丽的衣服。俞智丽回过神来。她开门进屋，然后替女儿擦洗。她觉得他的行为就像命运那样深不可测。

俞智丽担心这样的事再次发生，或者出现另外的花样。她感到他似乎会这么做。他好像在同她玩一场猫鼠之间的游戏。但这显然不是个好玩的游戏，因为她只不过是一只笼中之鼠，一只差不多死了的老鼠，这会有什么乐趣呢。但她对这些又不能确信。对她来说，他依旧是一个谜，在谜底揭晓之前，一切皆有可能。

她担心他再缠着女儿。但他没有。她稍稍放心了一点。她也没同王光福说这个事。她自己承担一切。日子该怎么过还怎么过。看起来他同她还保持着距离，一切风平浪静。

有一天，俞智丽在商场里购物。这一整天，她没发现那人跟踪她，所以，她显得很轻松。她买了一件衣服。她买好后去付钱。这时，服务员告诉她有一位先生为她买了单。服务员还指给她看是站在门边那一位。她一看吓了一跳，他站在那儿，态度温和地看着她。她非常疑惑。一会儿，她意识到他跟着她，可能并不是要害她。他的眼睛里没有那方面的内容。他的眼神很温和。看他的眼神好像他思念她很久了，好像他无时不在想着她。这不是没有可能，他们曾告诉过她，他爱她，八年前他跟踪她就是因为爱。这个可怜的家伙啊。她的心头突然涌上一股暖流，想大哭一场。

她几乎是逃离西门商场的。她觉得已经猜到他的意思了。这个可怜的家伙。难道他还想回到八年以前吗？那个年代已一去不复返了，就像他八年的青春那样付诸东流了。她觉得自己似乎应该主动找他谈一谈。这样她才会明白自己究竟能够为他做些什么。她有义务补偿他。

她注意到他经常去公民路那家叫"过路人"的酒吧。

14

　　终于找到她了。八年来，他一直想着她，想象着见到她的样子。想象着这八年中她会变成一个什么样的人。他曾想象俞智丽可能成了一个地道的小市民，一天到晚为几毛钱而斤斤计较——女人大都是这个命运；也想过俞智丽可能至今独身，没人再愿意娶她；或者想象俞智丽像其他女人一样下海做生意去了——至于什么生意只有天知道……可是，等到见到了她，他才明白，一切同他想象的相去甚远。他没想到，八年后的俞智丽会如此端庄、干净、沉着，她身上似乎有一种光芒，这光芒让他有一种自惭形秽的感觉。他感到她似乎神圣不可侵犯。当然这种感觉并未留存多长时间。他现在握有对她处置的权柄，他可以高高在上地俯视她。

　　他不能理解，是什么让她变成了现在这样，你从她身上再也找不到昔日那个为了吸引小伙子的目光在西门街花枝招展的小女子了。他很快了解到了她的一切。他想不明白，她为什么会变成这样？这变化完全出乎他的意料。

　　这段日子，他跟在她身后。他有一种一切都在他的控制之中的快感。是的，现在，她跑不了啦，他终于把她找到了。同时，他也有一种好像又回到八年前的幻觉，八年前，她令他坐立不安，只要一天没见到她的身影，他就会像热锅上的蚂蚁。八年前，他远远地看着她，她的一举一动，她的一笑一颦，在他的眼里都意义非凡。那是一种令他感到刺目的光芒，使她看起来像一个女神。但是，八年前那个倒霉的事件，使她在他的心目中光芒尽失，还原成为一个浅薄的小女子。

面对她，他才感到自己对她的感觉相当复杂。在里面，当他有欲望的时候，他唯一能想起来的就是她。曾经有人给他搞来女人的裸照，但出现在他幻想里的依旧是她。没有任何办法。她总是赤身裸体地放荡地出现。他对她充满欲望和仇恨。他甚至希望在出去后真的强暴她一次。在他的幻想里，他已强暴了她无数次了。他要把她碾成粉末。他在监牢里如此受煎熬，都是因为这个女人。这个女人是他悲剧的源头。有时候，见到这个女人如此"高尚"，他会有一种受辱感。他有一股把她的所谓"高尚"玷污掉的欲望。可是，有时候，这种"高尚"又会唤起他温柔的情感，他似乎看出这"高尚"中有着另外一些消息。

鲁建从里面出来后，并不急着找事做，他除了对跟踪俞智丽有兴趣外，对别的事好像一点儿也不关心。仿佛跟踪鲁智丽是他的一个了不起的工作，他这样跟踪有无比辉煌的前程。大炮问过鲁建，究竟想把俞智丽怎么着。鲁建没理他。大炮猜不透鲁建这样做的目的究竟是什么，只觉得这似乎有点怪异。没人猜得透鲁建心里在想什么。

他并不是需要所有的时间都跟着俞智丽，有空的时候，可以去"过路人"酒吧。他现在已经喜欢上那酒吧了。自从那次大炮带他来过后，他成了这里的常客。这大概同他青年时读过一些外国文艺作品有关。他喜欢整个下午坐在窗口，拿着一杯啤酒，看着窗外的天空发呆。他这样子就好像在思考什么艰深的问题，就好像从这个窗里能够看清人生的秘密似的。不过，他早想通了，人生的秘密谁也别想看透，他明白就算他想一辈子，也不会想明白他怎么会那么倒霉，会白白坐上八年牢。他已不思考这样的人生问题了。这样的问题毫无意义。

现在，他又向酒吧走去。午后的阳光温暖人心。这些日子，鲁建慢慢有了同牢里的阴冷不一样的情绪了。大炮说，鲁建现在同里面很不一样，笑起来都有些灿烂了，在里面可是一天到晚绷着脸的，好像谁都欠着他什么似的。酒吧的门比一般的门要低得多，他进去时小心地弯下腰。门在他身后无声地关上了，门外的日光一闪而过，就像是门上装着一面镜子。

他进去时，突然涌出一个念头。想办法开一间酒吧也许是件不错的事。这样他下半辈子也可以打发过去了。不过，他不清楚开一间酒吧需要多少钱。

午后的客人很少。那个叫李单平的调酒师这会儿靠在吧台上差点睡着了。见人进来他就惊醒了过来。这几乎成了他的一种条件反射，无论有多困，睡得多熟，只要酒吧的门一开，光亮闪过，他就会醒过来。他看到鲁建坐在了他习惯坐的位置上。他绽露笑容同客人打了个招呼。

一会儿，李单平调好了酒。颜小玲在一旁看港台言情剧。李单平叫她一声，她就过来了。李单平左右前后看了看，然后把嘴巴凑到颜小玲的耳边。颜小玲感到耳边热烘烘的一团，并且有浓重的呼吸声，颜小玲有点不耐烦了，她说："快说吧，搞得那么神秘干什么。"李单平感到很没趣，看上去有点尴尬，大概是为了掩盖尴尬，李单平快速地说："他又来了。"颜小玲高声地说："知道了。"李单平脸上露出不高兴的神色。颜小玲知道他生气了，但假装不知道。颜小玲听李单平说起过这个人的故事。她注意他很久了，她认为这个人的目光十分迷人，很清澈，很镇静，但她说不清他的目光中有些什么东西。不过她觉得他不像是刚从牢里面出来的，他的身上有种暖烘烘的男人气息。她说："这家伙怪可怜的噢。"李单平说："你倒是挺有同情心的。"颜小玲说："你不觉得他可怜？"李单平说："我也很可怜，你怎么不同情我？"颜小玲白了李单平一眼，并在李单平的手臂上轻轻地扭了一把，说："你无聊啦。"李单平像是占了天大的便宜似的咧嘴傻笑。一会儿，颜小玲端着酒向鲁建走去。

鲁建看着颜小玲摆着她小巧的屁股向自己走来。他知道，刚才他们在议论他。酒吧里的这两个年轻人对他充满好奇。他想，也许他的事被大炮宣扬得满世界都知道了。

鲁建注意到，颜小玲的工作有两项内容：一项是为客人端盘子，另一项是和客人聊天。他想，这个叫颜小玲的姑娘喜欢同男人闲聊，这个小婊子喜欢男人。但颜小玲不承认。一次，她和鲁建聊天时说，她聊天是他工作的一部分，是他们老板交代的。老板说，客人们来酒吧可不光是为了喝酒，他们来酒吧是来找情调的，平日里他们的生活太单调，他们梦想着来点儿醉生梦死，他们是带着某种艳情的想法来的。说着，颜小玲突然暧昧地笑了，她指了指周围的人，对鲁建说，你瞧，他们那表情，是不是有点儿醉生梦死的味道。鲁建觉得同这个女孩聊天还是挺轻松的，所以就开始逗颜小玲，叫她说说酒吧里的事情，他说不定以后也要开一家酒吧呢。颜小玲说，鲁哥，你开的话，我就到你那里来做。

颜小玲就来劲了，她说，开酒吧要懂客人的心思，找一些女孩子，同客人聊天很重要。女孩子不能太正经，也不能太会来事、太浪。太浪不好，没几天就会跟客人跑了，这样不好，酒吧像一个色情场所。太正经当然更不行，找酒吧服务员可不能像娶媳妇，正经点儿放心。颜小玲这样说的时候，她的脸上有一种天真烂漫的神情。这种天真烂漫虽然不是装出来的，但千万不要被她迷惑，其实她是个很有小心计的女人。

鲁建说："你可以做一个老板娘，做服务员可惜了。"

颜小玲说："可谁肯娶我呀。"

鲁建开玩笑："我娶你吧。"

鲁建想问问开一家酒吧需要多少成本。他断定颜小玲肯定不清楚，他就让颜小玲把李单平叫了过来。鲁建刚开口，李单平就泼冷水，说，酒吧很不好开，搞不好是要亏本的，中国人还没泡吧的习惯。鲁建说，是吗？我只是问一下而已，你清楚吗？李单平想了想，开了一张清单：

1. 房租：1000 元 ×12 个月，12000 元
2. 装潢：400 平方 ×50 元 / 平方，20000 元
3. 酒料：20 种酒 ×1000 元 / 每种，20000 元

李单平回到吧台，颜小玲满怀好奇地问鲁建找他什么事。李单平故意不说。颜小玲说，李单平，你越来越怪了，装得神秘兮兮的，我不想理你了。

现在，颜小玲来到了鲁建面前。颜小玲在鲁建对面的椅子

上坐了下来。她对鲁建充满好奇心，她想知道他找那个女人究竟想干什么，想知道他脑子里真实的想法。当然不能直接问，得迂回曲折。

颜小玲说："你为什么喝这种酒，这种酒喝起来有一股尿骚味。这里有更好喝的酒，要不要我给你点？"让客人多花钱是她职业的一部分，这几乎成了他的本能。喝贵的酒等于在给她小费，她是抽成的。

"我喝什么酒都是一个味道。"他说。

"你怎么也不请我喝一杯？"她说话的语气里有一种轻浮的撒娇。她知道，同男人打交道就得用这一招，男人一般难以抵挡女人撒娇。

鲁建笑了笑就应允了。

这时又进来一个客人。颜小玲向李单平使眼色，要他帮着服务一下。李单平黑着脸，没反应。颜小玲只好带着她惯常的媚笑前去服务。李单平开始兑酒，但他的眼睛没有离开颜小玲。他看到颜小玲的媚笑就有点不以为然。她对他从来不笑一笑，对来酒吧的人，哪怕对方是一个瞎子，她都是这种甜腻腻的笑，就好像她脸上有糖水，时刻要和顾客黏在一起似的。刚才占了便宜的高兴劲儿一下子就消失了，他感到自己心里似乎有一种不以为然同时又是愤怒的情感。

进来的这个客人态度有点儿生硬。他好像不愿意跟人交流。她知道有些客人喜欢和酒吧女侍说话，但有些客人喜欢一个人待着，享受所谓的孤独。当然，她有的是办法让这种客人开口说话，只是此刻她的心思不在这里，她想赶快坐到鲁建对面，和鲁建闲聊。

一会儿，颜小玲回吧台，媚笑着请李单平照顾一下那个客人。李单平不同意。她生动的脸瞬间僵了下来，就好像她懂得戏剧中的变脸绝技，眨眼之间，她脸上的糖纸揭了去，成了一块过夜的烧饼。李单平觉得这个女孩太自以为是了，不想再理她了。"我他娘的教她那么多东西，她根本不领情，她来这里还不到一年，现在她那样子看上去像来了一个世纪。"李单平没看她一眼，绷着脸兑他的酒。颜小玲用手肘碰了碰李单平。女人特有的方式。她显然还不死心。李单平开始没理她，后来，李单平的心就软了。他终于答应照顾那个客人。

这一切都看在鲁建的眼里。鲁建觉得这两个人是很有意思的一对。

她坐下来时脸上的表情纯真。男人是容易被纯真所迷惑的，男人大都不愿深究女人。这个女子知道怎么对付客人，她只要做出那种想要被娇宠的小女人模样，就能赚到她的小费。她大概觉得这些大男人都很傻，她只要逗他们开心，即使男人没占到任何便宜，他都会心甘情愿地给她小费。

颜小玲喝了一口酒，尽量用天真的口气说："你找到了她？"

鲁建像是吃了一惊，本能地说："什么？"

颜小玲说："他们说你已经找到了那个女人，他们还说你天天跟踪那个女人。你究竟想干什么？"

鲁建反问："你说我要干什么？"

颜小玲说："我不知道，我是个笨蛋，我猜不出来。"

鲁建好像突然对这个话题感兴趣了。他仔细地看了看眼前的这个姑娘。她确实有点儿蠢，她自以为别人不知道她的小心眼小计谋，她时刻想利用别人。这个小婊子。不过，她虽蠢，但不乏可爱之处。他打算逗逗她。

"他们把我的事都告诉你了吧？怎么样，如果换成你，你会怎么办？你会怎么对待她？"

颜小玲抬着头，装作很努力地想了想，说："不知道，我没坐过牢，我不知道，不过我想，我……可能……会很气愤。对，气愤。我想如果我是你的话，我也会去找她，向她索赔，对，要她赔青春损失费。现在就时髦这个。我一个女友被她男朋友甩了。不过，我这女友一点也不可爱，她被甩一点也不奇怪。她就向那男的提出要索赔青春损失费。"

鲁建说："这主意不好，我又不是女的。"

颜小玲又说："你不想索赔？让我想想，如果……我是……你，我会去找她，找到她发现她非常漂亮、性感，于是就爱上了她。多么浪漫！你是不是爱上了她？"

鲁建像孩子一样笑了。他说："你倒是很会编故事。"

颜小玲突然傻傻地笑了起来，用手指着鲁建说："你不会想杀了那女人吧，这可不好，你已经坐了八年牢，如果你杀了她，你这次可能要坐一辈子牢了。"

鲁建说："我也许真会杀了她。"

颜小玲说："你在里面是不是一直想这事？"

鲁建说："你说呢？"

颜小玲说："她现在怎么样，她是不是很惨？我猜猜她现在在干什么？她出了那样的事也许不会有男人要她了，其实她也是个可怜的人。我想，她一定变成了一个老姑娘，脾气古怪，随便什么男人都可以玩她……"

鲁建见颜小玲没完没了，打断了她。他说："她现在同我想象的完全不一样，她现在看起来比谁都高尚，不是宣传的那种高尚，是真正的骨子里的高尚。这样的人你一辈子也想象不出来。"

李单平一直在观察他们。李单平看到颜小玲这个样子，想，她越来越自作聪明了，她总有一天会吃不了兜着走的。

15

　　她又做那个噩梦了。这一次，不是晚上，而是在白天，在单位的办公室里。这段日子，她的睡眠不是太好，晚上经常失眠，所以，白天精神就有点恍惚。没想到，她今天竟趴在办公桌上睡着了，并且还做了这个跟随了她八年的梦。晚上失眠的原因当然同鲁建的跟踪有关，这件事让她不知如何是好。一躺到床上，她就会想这事，眼前都是他的影子，就好像他是她日思夜想的情人。当然，如果这么简单就好了。虽然想起他来的时候，她有点儿温柔的怜悯，但这其中还有对他的不明所以的恐惧。该怎么办呢？也许应该同他好好谈一谈。她和他已在八年之前联系在了一起，没法回避。她得弄清楚他的意思，如果他想处置她，那就让他处置吧。

　　八年以来她虽然反复做着同一个梦，但她从来都没同人说过任何梦境中的内容。好像她一旦说出来，这梦里的一切就会成真。梦里出现的景象她已烂熟于心，虽然荒诞，但就像她的亲身经历一样逼真。首先出现的是一个孕妇，孕妇的肚子像一座小山。那孕妇的脸看不清楚。脚下的地像沼泽，她步履沉重，越陷越深。她担心那巨大的肚子也陷入进去。肚子越来越大，变成了一只巨大的气球。气球开始往天上飞。天空蓝得出奇，很不真实。她的双脚离了地，飘向天空。孕妇惊恐地抚着肚子。这时，她才看清孕妇惊恐的脸，那是她自己的脸！她在天上飞的时候，在附近的山头上，一个男人举枪向她射击。那个男人的面目不清，脸上没有五官，但他弹无虚发。砰的一声，她被击中，那气球一样的肚子在空中崩裂，然后，她被重重地摔落在地上，那坠落的一刹那，她的心都像是消融了似的……每当这个时候，她都会大叫一声，然后惊醒过来。

　　工会办公室里非常安静。陈康就坐在靠近门边的那张写字台前。他的桌上堆放着一些书。在陈康不在时，俞智丽顺手翻过这些书，她看不懂。俞智丽担心自己刚才是不是叫了。她抬头了看陈康。他正看着她，他的目光里有疑问和担忧。也许他听到她刚才叫了，她想。看到这种目光，俞智丽的内心有一种温暖的感觉。她知道这个男孩关心她。他在她面前一直非常安静，目光坦诚，单纯，不过，在一些场合，他也是挺"坏"的，说起荤话来，也是一套一套的。毕竟他都二十六岁了，也是一个大男人了。他以前在她面前不是这样的。以前，他似乎怀疑一切，似乎看不惯她，每次见到她就要挖苦她，就好像她行善这件事损害了他的利益，好像她是这个世界上最虚伪的家伙。那时候，他还没来工会，他是厂长的秘书，整天跟着领导跑。他是大学中文系毕业的，做厂长秘书既合适又有前途。关于他的事，他后来同她讲过一些。她听了他的故事，他相当吃惊。从他的外表你怎么也看不出来，这个男孩身上发生过这样的事情。不过，他的行为方式同一般人还是不一样。比如有一天，他不想做秘书了，他要求调到工会和俞智丽一起干。很多人对他的这个决定不能理解，这等于是他自愿放弃了美好的前程呀，而人们的看法是，工会等于就是一个养老院，只有那些不被重用的人才会被发配到工会里。不过，人们马上就想通了，陈康也就是一哥们公子，靠他父亲的关系，他大概怎么玩都会有前程的。就是这个时候，机械厂开始传言，说陈康曾经杀过人，虽然没把人杀死，但戳了那人整整五刀。于是什么都好解释了，连人都杀的人做什么事都用不着太吃惊的。除了这个解释，一些人还想出另外一个原因，就是陈康已爱上了有夫之妇俞智丽了。厂里经常有一些关于俞智丽这方面的闲言，有人甚至说，俞智丽勾引了陈康，陈康才会这样不顾前途，神魂颠倒的。

"你刚才睡着了。"陈康说。

"是吗？"俞智丽笑了笑，说："我这几天睡眠不好，有点困。我喊了吗？"

"什么？"

"没事。我做了个梦，我担心喊出来了。"

"你好像有心事，出什么事了？"

"那倒是没有。只是睡眠不好。"

"有事的话你早点回去吧，这里我能应付。"

"谢谢。"

他一直看着她。他的目光虽然单纯，可也锐利。她觉得他好像能看穿她似的。他的关心已超越了公事，进入了私人领域。因此，在他面前，她也有一点压力，有时候想要掩饰什么，似乎总是被他看穿。

也许是因为刚才的梦，这天下午，在余下的时间里，俞智丽一直心神不宁。关于被人盯梢的事情，她从未对任何人说过。她不知该怎么办。她决定到王艳那里去一趟。多年来，她几乎和所有人断绝了关系，但一直和王艳保持着联系。也只有王艳对她知根知底。有时候，她也有向陈康倾诉的欲望，陈康是值得信任的。但她发现无法说出自己想说的。在他面前，她似乎只能做一个倾听者，做一个类似母亲一样的角色，虽然她比他只大那么几岁，但她觉得母亲似乎非常符合她的角色。这时，她发现窗口外有人在晃动。她吓了一跳，她没仔细看他一眼，就知道是那个人。他现在出现得越来越频繁了，就好像他无处不在，完全包围了她。

"你怎么啦？"陈康向窗外望去。他发现窗外的马路上，坐着一个男人。男人背对着窗口。"你认识那个人？"

"不。不认识。"

"你有什么难处，你就告诉我。"

"好的。"

她还是决定早点下班，直接去王艳家。陈康站在那里，一直看着她的背影。出了厂门，她习惯地向身后张望。那个人没有出现。她竟感到有些失落。

王艳已在自己的单身公寓里等着她了。王艳的公寓是小小的一室一厅，是单位分给她的。屋子虽小，但王艳布置得应该说很艺术。王艳热爱艺术和一切同艺术有关的事物。俞智丽进去的时候，王艳拥抱了她一下。王艳感到俞智丽的身体有点僵硬。王艳给俞智丽泡了杯红茶。

她俩面对面坐着。沙发边的台灯亮着，台灯的光线照在俞智丽的侧面，俞智丽的另一半脸隐没在黑暗中。虽然窗户关着，但还是能听到远处马路上的汽车轰鸣声、吆喝声和嘈杂的人声。俞智丽看上去有种神经质的不安。王艳注意到，俞智丽脸上的这种神经质是最近才出现的。

俞智丽不知从何说起，她想了想，艰难地说："……开始的时候，我以为这是幻觉，你知道的，他那张脸这几年来一直跟着我。可这次不是幻觉，每次我感到有人跟踪着，只要一回头，准能看到他。他并不回避我，他的眼睛也不回避我，我回头看他时，他还向我点头……"

王艳说："谁，你说他是谁？"

俞智丽说："就是那个人。"

王艳知道俞智丽是在说谁了。她猜想俞智丽今晚会有很多话要说。俞智丽总是这样，这么多年来，有什么事就来找她，就来没完没了地说，把她一段日子以来积在心头的东西全倒给她，就好像她这里是一个垃圾场，可以处置俞智丽内心的一切，好像她天生有这个权利，王艳非得听她那些事不可。这当然只是王艳某些时候的心思，事情其实没有那么简单，王艳发现倾听一个人的内心秘密会上瘾的。有一段日子，俞智丽有一个月没来找她，她竟十分想念俞智丽，十分想听听她最近的事。她觉得自己就像一个偷窥狂。

王艳说："真的是那个人？"

俞智丽点点头。她的表情看上去很严重，像是碰到了天大的事，就好像一艘轮船马上要撞到一座冰山，一切已为时已晚。

看着别人迷乱的脸、迷乱的话语、迷乱的手势，你的心会不由自主地沉静下来，你会很自然地成为一个冷静的旁观者。这是王艳的心得。此刻，王艳用一种轻微的、惊讶的表情静静看着俞智丽，她知道此刻不用开口，俞智丽会把一切都告诉她的。

"是他。我以为已把这个人忘了，但我一见到他，发现我其实一直记着这个人。现在他终于找上门来了。"俞智丽这会儿完全沉溺在自己的世界中了，每次都是这样，她要么不说，当她滔滔不绝时，她就像一个偏执狂。她接着说那人给女儿买冰棍并把女儿接回家这件事。

王艳说："他为什么找你女儿，他究竟想干什么？他想伤害你吗？"

"我不知道。"俞智丽脸上呈现出茫然的神色，"他好像并不想伤害我，但他总是跟着我，态度很温和，不像是要伤害我的样子。"

王艳说："他老是跟着你怎么行，你应该报警。"

"我怎么可以这样做，我害了人家八年，人家想报复，我也没话可说，我怎么能报警。"说到这儿，俞智丽停顿了一下，然后若有所思地说，"再说，他大概是不会伤害我的，我感觉他不是要伤害我的样子，他的眼睛里没有那方面的内容，他的眼神很温和，真的很温和。看他的眼神我觉得他思念我很久了，好像他在里面时刻在想着我。有时候看到他的眼神我想哭一场。"

王艳又露出她惯常的惊讶的表情，她说："喂，俞智丽，你不会已经爱上他了吧？"

"我不知道怎么办，他今天一直跟踪着我，"俞智丽现在完全在自言自语了，好像王艳并不在她的眼前，或好像王艳只不过是一件道具。俞智丽喋喋不休地说，"我现在走在路上都不敢回头了，我不知怎么办。也许我应该找他谈谈……"

王艳说:"俞智丽,你别傻了,你不能这样干。"

俞智丽坐在那里,她的眼神越过王艳的双肩,投向王艳身后的窗户。她的样子看上去就像一个随时准备冲入敌人阵营的战士。

王艳看了看墙上的钟。已是下午六点半。

16

　　王光福下班回家时，发现屋里还没有人。王光福是机关干部，下班比俞智丽要晚些。他不知道俞智丽今天为什么这么晚回家。他开始做晚饭。他烧菜时，他的耳朵像兔子一样竖着，房间外的楼梯口不时有走动的脚步声，但都不是俞智丽和女儿的。王光福的耳朵能分辨出这个楼道里每个人的脚步声。正在这时，家里的电话突然响了起来。电话是幼儿园的老师打来的。电话里老师用粗暴的口气训斥道：你们家长怎么搞的，怎么还不来接孩子。王光福知道电话那头的女孩子其实只有十八九岁，可她竟然训斥他，好像她正在同一个幼儿园的孩子说话。孩子在他们手里有什么办法，你只能忍气吞声。不过，他也没有多想那头的态度，他连声说"好好，对不起"之类的话。他马上关掉煤气，出门去接女儿。

　　王光福不知道俞智丽去了哪里，她竟然没去接女儿。她近段日子情绪似乎有点不对头，总是发火，就好像她的心中有一个活动频繁的火山，随时都会喷薄而出。不过王光福知道她为什么心中埋着一座火山，他知道她曾经"有事"。她就是因为发生了那事才同他草草结婚的。如果没有那事，她根本就不会嫁给他。他知道自己是怎么回事，她那么漂亮，如果她没那事，他也许想都不敢想她。他只是装作不知道罢了。当然他也不怎么想起这事。他可不想把自己弄得很痛苦。这个事使他们走到了一起，这个事也把他们分开了。这个事成了他们之间的一道墙，他们睡在一起，但他从来不知道她的心放在什么地方。她从来不同他说心里的想法，结婚这么多年来一句也没有。王光福不敢问她，他怕她把一切讲出来，如果她说出来他不知道怎么应付这个局面。当然这样的担心是多余的，她不会告诉他的，她总是密不透风，就好像她只要开启一道缝，心中的一切就会不受她的控制，都会像一群训练有素的士兵那样跑出来到他面前立正似的。总之，他觉得那事把他们远远地隔开了。

王光福低着头，用力踏着自行车。他好像把所有的力气都使在脚上了，就好像他这样使力就可以解决他和俞智力之间的所有问题。你娶了个女人，但你不知道她心里在想什么，这多少有点儿怪异。天已经开始灰暗，有一些路灯和街头的霓虹灯苍白地亮了起来。只有等到天完全黑了它们才显得有精神，这会儿，它们的样子就像站在街头瞪着女人发呆的愣头青。多年来，王光福总觉得俞智丽有点神出鬼没的，他曾盯过她的梢，他发现她其实没地方可去，她要么在街头漫无目的地闲逛，要么去西门巷王艳家。除了找王艳她从来不去找任何人。他发现她只有王艳这个朋友。他打听到了王艳的一切。有一个人说，王艳是个时髦的女人，是个独身主义者；另一个人说王艳是个可怜的女人，她是个老姑娘；还有人告诉他，王艳是个第三者，她正和一个有妇之夫偷情，正等着那人离了婚来娶她。各种各样的说法都有。综合各种说法，最后王光福还是搞清楚了王艳的情况：她现在确实独身，但和一个叫刘重庆的人同居着。听说刘重庆是文化馆搞摄影的，给很多女青年拍过裸体照片，生活作风混乱。根据王光福的判断，刘重庆是个十足的流氓，他一直在欺骗王艳，王艳却浑然不觉。也许王艳是值得同情的，他却不喜欢王艳这个人，他对王艳的生活方式不以为然，他还怕王艳把俞智丽带坏了，但俞智丽只有王艳一个朋友，他也不好阻止这件事，好在俞智丽从来没有一个男性朋友，她好像没有这根弦。王光福不知道俞智丽今天又干什么去了。王光福想，她为什么这么晚还不回家呢，她其实没地方去啊。他不知道她出了什么事，他考虑是不是应该去问问王艳。

一会儿，他来到幼儿园。女儿正站在幼儿园门口，她的小脸布满了委屈和焦灼。她一见到王光福就哭了起来。王光福想，他们的老师一定训了她一顿，她一定憋了很长时间了，她不敢在老师前面哭，见到他才哭。王光福看着女儿哭，心很痛，他自己也差点要掉下泪来。

女儿问："妈妈呢，妈妈为什么不来接我？"

王光福说："妈妈单位有事，叫爸爸来接。爸爸来晚了，对不起啊。"

回到家，王光福打开电视，让女儿看动画片，自己开始做饭。室内的声音他全然没有听到。他一直注意着室外的动静。他的听力超常灵敏，好像他的听力能抵达这个城市的所有地方。这个城市充满了喧哗，没有安静的时候。人们的排泄物不但出自下半身，还出自上半身，还指思想和声音。人们总是要发出各种各样奇怪的声音。王光福希望这世界很安静，所有的声音都消失。有时候，他甚至希望这个世界所有的人都消失，只留下他们三个人。这样生活就简单了，就没有这么多千丝万缕的联系了。人与人的联系有时候真是危险丛生。

一会儿，菜都做好了。因为刚才一番折腾，做好菜，已是七点。俞智丽还没回家。他们没吃饭，一直等着俞智丽。女儿饿了，她吵着要吃饭，王光福就耐心地劝她，让她先吃一点饼干。女儿一脸不高兴。王光福这种自虐的行为中其实也有私心，他想通过这种行为令俞智丽产生内疚感。

俞智丽回到家已是晚上九点钟了。她看到桌上整整齐齐放着碗筷小菜时，皱了一下眉头。她说：

"你们干吗不吃饭。"

"还不是等着你！"女儿的话中有刺，有委屈，也有谴责。

俞智丽就不吭声了。她没想到王光福这么晚了还等着她。她虽然对王光福的做法不以为然，但她知道这其中的意思。

一家人开始默默地吃饭。俞智丽的脸上没有半点歉意，就好像她不接孩子并且这么晚回家是件伟大正确光荣的事情。王光福问她：

"你去哪儿了？"

"单位有事。"她头也没抬。

撒谎！王光福内心在痛苦地尖叫。当然他也没有证据，他只是凭感觉认为她是在撒谎。她单位能有什么事呢？如果工会都要加班加点干活儿，那这个国家真是有希望了！

"什么事弄得这么晚？"

俞智丽白了他一眼，没再说话。她今天没有胃口，不是今天，这段日子她好像没吃下去什么东西，肚子也没感到饿，精神还很有点儿亢奋。女儿一直直愣愣地看着她，就好像她身上有什么不对劲的地方，是一个怪人。她看了看自己的衣服。还算整齐吧。她笑了笑，伸出手去抚摸女儿的头。她问：

"今天在幼儿园玩得高兴吗？"

女儿把头一侧，没让俞智丽碰到她。俞智丽就站起来洗碗去了。平时都是王光福洗的，所以，王光福就不安起来。他说，你坐着吧，我来洗。俞智丽说，我来吧，你给女儿洗漱一下，让她睡觉吧，时间不早了。王光福就不再坚持。他看了一眼俞智丽严肃的神色，突然有个预感，他将失去这个女人。这个想法吓了他一跳。他马上安慰自己，她就是这样的人，失魂落魄的样子也不是一次两次了，也许什么事儿都没有。

等俞智丽洗好碗，女儿已经睡熟了。王光福在房间里坐着。他没看电视，显得有点坐立不安。俞智丽进了女儿的房间。她打开灯。女儿熟睡的样子非常安详、甜美，熟睡中的女儿有一张天使一样的小脸。她喜欢女儿熟睡中的样子。她忍不住在女儿的脸上吻了一下。俞智丽的眼泪哗哗地流了下来，那是因为她的内心充满了不安和愧疚。此刻，女儿像荷叶上的一粒水珠，纯净、脆弱、无助。她感到自己可能不是那托举着她保护着她的荷叶，而是凶险的风浪。

女儿在睡梦中抱住了她的脖子。她索性躺了下来，把女儿的小脸埋在自己的怀里。她的脸上布满了泪痕。

17

上午，陈康到单位时，俞智丽还没有到。

以往，一般是俞智丽先到的，到了后，她就把卫生打扫好，把水瓶灌满，顺便还把陈康的茶泡好了。对泡茶一事，陈康觉得不好意思，完全不妥啊，他多次叫她不要这样，但她好像没听进去。她有时候固执得让你只有感动的份儿。做好这一切，她就静静地等待着职工找上门来寻求帮助。机械厂有两千多名职工，每天总会有人碰到困难，职工们一般都想到俞智丽。这样，机械厂工会的职能就有点儿奇怪，因为有些事情本来应该是厂办或厂长管的。约定俗成了，没有人想过这其中的不合理。只要职工一有事情，俞智丽就得为职工奔走。她的态度是低调的，沉默的，有些是解决了，有些当然她也无能为力，但大伙都觉得她确实是诚心诚意在帮助人。陈康觉得俞智丽太辛苦了，就尽量多承担一些，帮着俞智丽跑。

近段日子，俞智丽经常不在办公室。他不知道她在忙些什么。他有时候会想象她在家里的情形，在女儿面前的样子，在朋友面前的态度。她的话不多，从来不谈论她自己，她总是这样，沉默地帮助别人，在沉默中表达着一切。她的这种方式让人觉得她已把自己摒弃在自我意识之外。她身上有那么一种神秘的气质，那是一种和别人会产生深刻关系的气质。他说不好，总之，在他的想象里，一定会有很多男人在追求她，或者迷恋她。她身上还有一股温暖的母性气息，这气息会让男人变得软弱。她的那张脸，她的额头，光洁而明亮，有着一种令他高不可攀的圣洁和仁慈。这可能仅仅是他的想象。他有着把她理想化的愿望。

他对她近来的变化有点忧虑，不过他向来对她有信心。她就是碰到问题也会很好解决的。她可是解决别人问题的高手。他还是有点难受，因为她从来不同他谈自己的事。

过了九点钟，俞智丽还没有来。隔壁的办公室里传来李大祥的声音。陈康猜想，李大祥这家伙度蜜月回来了。不过，他也算不上是度蜜月，他的新娘肚子都这么大了，还度什么蜜月。对李大祥，陈康太了解了。陈康还在厂办做秘书的时候，经常和李大祥混在一起。李大祥不是谁都看得上的，他喜欢同陈康玩，是因为李大祥认为在机械厂，陈康的家庭背景还算不错，也算是干部子弟吧。那段日子，李大祥有什么好玩的事儿，一定会叫上陈康。当然，所谓好玩的事儿，就那点儿事，无非就是吃喝嫖赌而已。有一次，李大祥的一个朋友搞派对，他竟打着陈康父亲名义，到剧团里叫了一帮女演员。陈康那天也在，知道李大祥的作为，和李大祥吵了一架。李大祥不以为然，他说，你以为她们是什么良家妇女？都是婊子。李大祥说到这儿，一脸流氓相，他说，说不定你父亲都搞过她们。陈康见李大祥一副无赖的样子，就懒得理他了。他知道李大祥的逻辑，他认为这个世界上没一个好东西，凡人皆淫，皆奸诈，世上没有比人更下作的东西了。李大祥认为，既然这世上人都是衣冠禽兽，那他也做衣冠禽兽吧。后来，陈康跟俞智丽做起善事，李大祥就不怎么找他玩。陈康想，他的行为无论如何都有点怪异，肯定不在李大祥可以理解的范围内。

走廊上响起了脚步声。陈康听出是李大祥的，这家伙，就是走路都要弄出这么油滑的声响。人和人之间的差异性实在太大了，比如，那个王世乾老头儿，走路无声无息，经常像一阵风一样来到工会，给人的感觉仅仅是他的影子来到了这里，或者说这个人根本没有肉身。李大祥路过工会办，习惯性地往里看了一眼；见只有陈康在，他就撤了进去。

"她不在？"他的表情暧昧。

陈康说："她出去办事去了。"

"你没听说吗？她好像最近有点奇怪。她没事吧？"

"她能有什么事情！"

说完陈康就把脚搁到桌上，拿一本书看。他想让李大祥早点走。他现在厌烦李大祥。这一点，他非常佩服俞智丽，俞智丽待人从来不看对方的品质，在她那里似乎众生平等。也许她内心有判断，但至少表面上是这样。可他做不到。他总是会把内心的好恶流露在脸上。有时候，他觉得李大祥其实也不乏可爱之处，李大祥虽然无耻，但他不掩饰这种无耻，倒显出一些天真来。

李大祥没有走的意思。他才不在乎别人怎么对待他。对陈康的态度他更是无所谓。他甚至都有点看不起陈康，认为这个家伙突然变得假里假气的，他这种人也想做活雷锋，他娘的，如果他可以做活雷锋，那这世界遍地都是雷锋。李大祥有一次和朋友去普陀玩，闲着没事，就去找普济寺的住持。普济寺的住持气色红润，看上去光明正大。住持请他们吃饭时，谈起雷锋，说雷锋是佛，普济寺想把雷锋佛请到寺里，供人膜拜。瞧，人家雷锋是佛啊，岂是人人可做的。俞智丽做不了，陈康更是笑话。李大祥话中就有讥讽的味道了。

"做活雷锋的感觉怎么样？"

陈康不是傻瓜，他看李大祥的眼光里已经有攻击性了。他很想骂他一通，但忍了。他想了想，说：

"蜜月怎样？"

"我都没碰她一下。老子早已腻烦了她。"

"你是害了一良家妇女。"

"×，谁害她了，她可是浑身上下都感到幸福。"

"你每天在外花天酒地，她还幸福？"

谈起女人，李大祥就来劲了。他一脸的兴奋，就好像一个守财奴发现了一座金矿。他说最近找到一个好玩的地方，×，人间天堂啊！在海军司令部附近。那地方，什么都有，外面还有军队把守着。那些站岗的军人，倒霉啊，他们是不能让穿军装的进去的——当然穿便服那就没问题，可有些军官，喝醉了酒，哪里管那么多，穿着军装就大摇大摆地进去了，这让那些值勤的为难啊，知道那是他们的团长师长啊，不能拦啊！

这时候，李大祥话题一转，说："我在里面还碰到你老头子。你老头子见到我还一脸严肃。严肃个屁，这又不是在单位，还要板着个脸端着个架子。到那里，人人都一样，都他娘的有七情六欲，谁都别充神仙！"

陈康对李大祥的话没有反应。

"你有什么感想？"李大祥不放过他。

"什么感想？"

"嘿，我算是服了你了。你不想跟哥们去乐乐？"

"好啊。"

"说好了！"李大祥想了想，又说，"我知道你不会去的，机械厂的道德就靠俞智丽和你两位活雷锋支撑着。我可不能拖机械厂的后腿。"

李大祥觉得自己的话说得相当有趣，就独个儿咯咯地笑个不停。

李大祥又把话题绕到这儿了！陈康对"活雷锋"三个字敏感，他觉得这三个字无论对俞智丽还是对他都是一种轻辱。他内心非常恼怒。他希望李大祥赶快滚蛋。

但李大祥没有走的意思。他开始谈论起俞智丽来。以前，陈康和李大祥一起混的时候，也议论过俞智丽的，但现在，李大祥议论她时，陈康特别排斥和反感。

"这个女人挺让人琢磨不透的，你说呢？不过，你也许已把她琢磨透了。嘿嘿。她吧，乍一看，挺高雅的，所谓端庄吧，但又觉得她很有女人味，就想去搞她一把。你说呢？有时候，我看到她在前面走，我很想上去搞她一下。他娘的，这个念头搞得我手都发痒。我很想知道她床上是什么样子。"

李大祥越说越下流了。李大祥这个人有时候确实有点儿变态。陈康和李大祥混的时候，有一次，他们去唱歌，叫了小姐。整个晚上，李大祥都在折磨那女孩子，甚至还拿烟蒂烫她。陈康看不过去，骂李大祥变态。李大祥还开玩笑，说陈康是不是爱上他的小姐了，如果这样，他可以让给陈康。这个家伙，老是拿粗俗当有趣。

陈康对这种粗俗难以忍受。特别是这种粗俗是指向俞智丽的。他骂道:"你别胡言乱语了,你滚吧!"李大祥听了这话,脸有点挂不住。他自认为也是个有头有脸的人,陈康竟然这么不给面子。他冷笑了一下,暧昧地说:"他们都说你迷恋她。她在这方面挺随便的,你一定已经搞过她吧?味道怎么样?同一般女人有什么不同?"陈康实在忍受不住了。他突然冲动地抓住了李大祥的前胸,骂道:"你他娘的说话干净一点。"

李大祥愣了一下,他没想到陈康翻脸了。在他的生活中,这样同他翻脸的人是很少的。他开始有点惊恐——毕竟他听说这个人杀过人的。一会儿他就来劲了,他的嘴上是硬邦邦的,他说:"你想干什么,我操你大爷,你想打架吗?"他的嗓门很响。他的嗓门一向很响,但这次特别响,把这幢楼都震动了。陈康说:"你他娘的,嘴巴干净一点。"李大祥狠狠地推了他一把,说:"玩笑都开不起,瞧你小样儿。"陈康已不想同李大祥说话了,他对着李大祥,就给了一个耳光。李大祥也急了,就冲了过去。两个扭在了一起。

隔壁办公室的人听到了李大祥的叫骂声,都赶来看热闹。见这两人打架,就在旁边劝。后来,终于把两个人拖开。李大祥还在骂骂咧咧,但陈康没吭声,他黑着脸,看上去情绪恶劣。劝架的人说,你们不是蛮要好的吗?怎么说吵就吵了。李大祥说,小样儿,老子看不起他。陈康没理睬劝架的人,一个人独自出了办公室。他听到人们在后面议论纷纷。

来到大街上,陈康的心情十分沮丧。这其中也有很多委屈,他发现这委屈竟然来自俞智丽。他愿意替俞智丽做任何事,俞智丽却什么都不告诉他,总是让他颇费猜度。他的委屈就来自这里。

　　他对刚才的失控也感到害怕。他总是在某个时刻被某种恶劣的情绪左右而失去控制。这已不是一次两次了。他感到无法左右自己，担心他的未来因此而充满凶险。

18

　　陈康心里平静了一点后，回到办公室。俞智丽还没来。刚才闹哄哄的办公室已安静如初，就像是什么也没有发生过。不过，办公室里站着一个人。是王世乾老人。如果俞智丽不在，王世乾一般不肯坐下，就好像同谁怄气似的。陈康觉得，他立在自己面前像一个来历不明的债主，给他无形的压力。陈康同他打了招呼，问他需要什么帮助。陈康虽然对这个人没多少好感，不过他对他的态度还算友善。他给老人泡了一杯茶，说："坐吧。"但老人一动不动，就好像他是一块毫无生气的坚硬的石头。

　　动的是老人的嘴。老人闷闷地问："你刚才同人打架了？"

　　陈康耸了耸肩。陈康很纳闷，不知道老人是从哪儿知道的。

　　"她呢？她已有好久没来看我了。"他问。

　　这样说话有点过分，好像俞智丽不去看她是天大的过错似的。陈康心里不以为然，可语气还算耐心："她最近忙吧。"

　　老人说："她出了什么事吗？"

　　陈康说："没有，只是有点忙。"

　　老人说："她一定出了什么事，否则她不会忘了给我送工资的。昨天是厂里发工资的日子，我等了她一整天。"

陈康这才想起已到了领工资的日子。时间过得真快，上次老人来领工资的情形好像近在眼前。陈康说："噢，是我忘了，她已托付我办的。对不起，我这就给你去领，你等一会儿。"说完陈康就去了财务科。

俞智丽并没有叫陈康办这事。俞智丽忘了给老人领工资，陈康感到奇怪。这不像是俞智丽的作风。陈康觉得俞智丽对这个老人的照顾是用心的，这里似乎有着某些隐秘的东西。当然，人们有些乱七八糟的传说，陈康以为不足为凭。不过，这肯定影响陈康对老人的态度。

陈康取了王世乾的工资，回到办公室，发现王世乾已经坐下了，并且喝着茶。陈康进来，王世乾迅速站了起来，就好像凳子上突然出现了一个弹簧，把他弹了起来。陈康有点奇怪，他刚才回办公室，并没有发出任何声音，但老头居然知道他进来了。陈康好奇地观察了老头一会儿。老头皱了一下眉头。

老头拿了钱，要回去了。走之前，老头说："告诉俞智丽，我来过了。"

陈康说："好的。"

陈康要送老头回去。老头说他自己可以回去。陈康还是执意送老头到厂门口。到了厂门口，老头就不让他再送了。陈康目送老头远去。这个老头虽然瞎了，但令人奇怪的是，他凭着一根木棒竟可以行走在任何马路上，无论是车辆繁忙的路段还是僻静的小道。这是个有着奇怪的意志力的家伙。街上车来车往，但老头没在红灯处停下，他继续前行。他好像在玩一桩有趣的游戏，好像一个刚学会走路的孩子在试自己的胆量，总是在车刚要撞到他身上时迅速冲刺而过。他优雅的姿势像一个舞蹈演员。陈康看得胆战心惊。他觉得老人是不要命了，他甚至想到老人可能在寻求自杀。他的眼前出现老人惨遭车祸的景象。想起老人从他这里离开后有可能出事，他就决定护送老人到干休所。他迅速地追上老人，然后挽住老人的手。老人倒是没有反抗，把手乖乖地交给了他。老人的脸上涌出神秘的微笑，像是他料到陈康会追上来似的。

一路上他们没说一句话。陈康一直在观察老人的反应。自从老人告诉他关于父亲的事后，他总是想更多地了解老人的过去。他偶尔会问俞智丽关于老人的情况，俞智丽说的都是一些日常琐事。他想知道老人的思想，他总觉得老人的脑袋里有惊人的想法。他观察老人的眼睛，他甚至有点怀疑老人真的是一个瞎子。可他确实没在老人的眼中看到物象。他是个瞎子，毫无疑问。

陈康把老人送到目的地，准备回去时，老人却突然开口说话了。他说："机械厂的人说，你读大学时杀过人，你杀过人吗？"

陈康吃了一惊，说："你说什么？"

老人说："我也是道听途说。他们说你杀过人。"

陈康感到非常吃惊。他竟然知道这件事。他可从来没同任何人讲过这事啊。他是怎么知道的呢？就是机械厂的职工也没几个人知道这事啊。他感到这个瞎子的头脑里似乎有着自己的秩序，深藏着惊人的秘密和奇迹。

陈康说："你哪里打听到这些事，我可没有杀过人。"

陈康不介意人们怎么议论他。回来的路上，他一直在想着俞智丽。也许是因为吵过架，他的心情恶劣，此刻，他内心涌出一种不祥的感觉，他对俞智丽好像没以前那么有信心了。也许她碰到了真正棘手的难以解决的问题。她连王世乾的事都忘了，一定出了什么事情。因为这个预感，记忆中关于俞智丽的细节似乎有了更深一层的含义。

他不得不承认，这段日子俞智丽确实不太正常。俞智丽好像换了一个人。她的脸原来是干干净净的，有一种平静的慈悲与端庄，但现在她脸上似乎长出了一些奇怪的令陈康陌生的阴影。这段日子，她有一种惶惶不安的恍惚的神情，就好像她正在担心灵魂离她远去。有好几次，俞智丽坐在办公室里发呆，连去幼儿园接孩子都忘了，还是陈康提醒她的。她还神出鬼没，像在干一件见不得人的事。也许这仅仅是陈康的主观想象。

陈康很担心她。他打算找个机会同她谈谈，他应该知道她究竟出了什么的事。

19

　　鲁建依旧每天跟踪着俞智丽。他同她保持距离。她好像已经适应了他的跟踪，她现在一点也不惊慌了。他想，她真是个奇怪的女人，她凡事似乎总往好的方面想。也许，换另外一个女人，早已报警了。"当然，如果她真的这样做，那她是双倍地欠了我！"他自语道。他同她实际上有过交谈的机会。有几次，他看到她停了下来，像是在等着他的接近。或许她想同他说话？但他没接近她。他不能这么容易让她猜到他的意图。他感到这过程充满了乐趣。

　　昨天，有一个女人找上门来。鲁建一见她就认出了她。他知道她叫王艳。八年前她总是和俞智丽出双入对，就好像他们是一对连体姐妹。八年前，这个女孩看上去比俞智丽风骚得多，可到头来倒是俞智丽遭受到不幸。这就是命运。就像他白白浪费了八年光阴。对于命运谁又能说得清楚。

　　"是俞智丽叫我来的。"这个人快人快语，"你猜得出来是什么事。"

　　"我猜不出来。"他强调，"我从来不费脑子去猜什么事情。"

　　"那好吧。她想同你好好谈谈。你总是跟着她，她可以报警的。但她不愿意，她是个好心肠的人。你们的事总是要解决的。"王艳有点语无伦次。

"你是来警告我的吗？要是我不想同她谈呢？"

"我知道你也挺冤的。你的事我都知道。不过，她这些年来也不容易，她一直挺内疚的。她都不知道怎么办？"

"嘿，是吗？她有什么内疚的。她都被人强暴了，还内疚？"

"你这个人，说话像个流氓。我可是传到话了，她想同你谈谈，你要不愿意就算了。"

"那就算了。"

"好吧，那我走了。"

王艳站了起来。这个女人看上去像是真的生气了。这倒是挺难得的。经过八年，她看上去比过去丰满了些，皮肤似乎也白了些，但眼神没大变化，一样简单而直率。鲁建看着她怒气冲冲的背影，像是自言自语地说：

"好吧，明天，下午二点，叫她到过路人酒吧来吧。"

王艳的背影停住了。她显然听到了他的话。她转过身来，不解地看了看他，然后露出一脸不屑，说："你对她有什么要求，我可以传话。"鲁建说："不，我不能告诉你。这是我和她之间的事，我和她会解决的。"王艳冷笑了一声，昂着头走了。鲁建觉得她的反应挺有趣的。

第二天，鲁建如约来到酒吧。他照例坐在靠窗的位置上，显得平和而怡然，好像一切尽在掌握之中。他看了一下时间，还只有一点半。也就是说，俞智丽还得等半小时才能来。他不清楚俞智丽想同他谈什么。当然谈什么都无所谓。一两句话真的能解决他们之间的恩怨吗？谈一次真的能抚平他八年的屈辱和不平吗？什么也不能。一切都无法改变。

他看窗外。窗子对他来说有特殊的意义。在牢里，那窗子外面是让人不敢想象的幸福。窗子外面的天蓝得可以把心都消融。现在，他出来了，窗子对他的意义就改变了。在困境中，窗子像天堂，但在悠闲的时光里，窗子只不过是一道风景，展示的只不过是世界的局部。

颜小玲很快就送来了酒。她已熟悉他的口味。她现在都不问他喝什么，就送过来。她这么做当然有一些暧昧的暗示：他们已是老熟人了。换一个说法也许可以为：他们已是老相好了。老相好不一定有什么深刻的关系，只是她喜欢这种暧昧的称呼。

李单平告诉颜小玲，他昨天见到鲁建在"美的"唱卡拉ＯＫ，鲁建还叫了两个小姐呢。颜小玲显然不相信，她说："他有那么坏吗？我觉得他是个老实人啊。"李单平就说："你不信就算了，不过，我说你应该当心一点，你好像对他蛮有兴趣的。"颜小玲哈哈傻笑起来，说："怎么，你倒是挺照顾我的，你是不是对我有兴趣？"李单平说："喊，你算了吧。"颜小玲说："你怕我喜欢上他，所以你才把他编排得那么坏吧？"李单平没好气地说："我吃饱了撑的。"

颜小玲对着吧台的玻璃窗照了照，然后整理了一下自己的长发。她的长发这几天染成了黄色，把她的皮肤衬得越发白了，她的脸因此白得很不真实，像是铺着厚厚的一层粉，如果她穿日本和服的话，很像一个日本艺妓。颜小玲展露笑脸向鲁建走去。她知道李单平这会儿正眼巴巴地看着她，他一定是一副不屑的嘴脸，他的嘴角一定已经翘到后脑勺上了。她因此显得越发得意扬扬。

颜小玲来到那人面前，说："鲁哥，昨天你怎么没来，大炮到处找你。他问我你到什么地方去了，好像你是我什么人似的，你的事我怎么会知道。"

鲁建问："大炮找我什么事？"

颜小玲说："他能有什么事。他一天到晚咋咋呼呼的，赚了一点点钱就到处显摆，恨不得全世界都知道他发财了。"

鲁建"噢"了一声，看窗外。对面的房子里有一只鸽笼，几只鸽子在笼子附近飞来飞去，相互嬉戏。他看到有一粒粪便从天上掉下来，粪便消失在视线之外。一会儿，窗外有一个男人骂起娘来："他娘的，这群该死的鸽子，把粪便拉到老子头上，老子今天真是倒霉。"鲁建的脸上露出不易察觉的嘲讽的表情。

颜小玲又说："大炮总是向我打听鲁哥的事。"

"他打听我什么事？"

"就是那女人的事。"颜小玲说，"我怎么会知道。鲁哥从来不说这个的。"

"大炮都胡说了些什么？"

"他说鲁哥在里面整天想的就是出去后怎么处置这个女人。大炮说，你心思复杂，谁也猜不透。鲁哥，你是有那么一点点古怪呢。不过，女人都喜欢神秘一点的男人。"

这时，鲁建站了起来，他的眼睛已没有颜小玲，他的眼睛专注地盯着什么。颜小玲回过头去，看到有一个女人站在那边。那个女人脸上没有任何表情。颜小玲猜到她是什么人了。颜小玲用挑剔的眼神打量眼前的这个女人。颜小玲觉得这个女人的脸十分端庄，她的衣着却比较老土。她想不明白这样一个女人，男人怎么会有兴趣去强奸她。颜小玲转过脸来，对鲁建做了个意味深长的鬼脸。

这是鲁建第一次这么靠近她。她已经在他对面坐了下来，看得出来，她有点慌乱。她穿着的衣服比以往更保守，紧紧地把她裹了起来，好像只有这样，她才是安全的。她的脸比以往白净了些，嘴唇红润。他猜想，她今天一定精心化妆了。他的目光肆无忌惮，上下打量着她，好像他是在印证八年来对她的想象。是的，八年来，他一直在想象他们面对面坐在一起的场景，他原本以为他会很激动，他内心的狂风暴雨会被激发，事实上，此刻他的内心显得非常平静，好像对面坐着的是一个同他毫无关系的人。这令他对这些年来的愿望产生了疑惑。难道他内心那种复杂的激情真的消散了吗？

俞智丽已经平静一点了。要见他并且坐在他前面，对她来说是要有相当的勇气的。不过，她得正视这件事。她和他在八年前联系在了一起，她无可逃避。她鼓起勇气抬头看他。他的眼神非常清澈、明亮，像孩子一样透着一丝天真，你根本看不出他是刚刚从牢里出来的。她很想一眼看穿这个男人的所有想法，但她看到的只是他眼神深处的镇静和委屈。也许这不是她所见，只不过是她所想。八年来，她眼前晃动的就是这么一双眼睛，这双让她不知所措的眼睛。看到这双眼睛，她感到虚弱。她不敢再看他。

"你究竟想干什么？"她低着头，虚弱地问道。

"我坐了八年牢。"他的态度看上去很固执，他重复，"我坐了八年牢。"

"我感到很难过，我知道我对不起你。"俞智丽说，"我曾去找过警察，告诉他们抓错了人。但他们根本不想改正自己的错误。

他们劝我别这样干，法院也不会改判的。我知道这些都只是我的借口，真的很对不起。"

"我坐了八年牢，我坐了八年牢。"他不断重复着这句话，就好像这句话里有无穷的玄机似的。

"我知道，对不起，真的对不起。"俞智丽刚才紧张的脸已完全被不安所代替，她说，"这几年我的心也很不安，对不起。"

现在，他知道他刚才不是真正的平静。当她开口说出"对不起"这句话时，他内心开始波动。他以为他早就没有那种叫委屈的情感，但当她说出那句话后，这种情感马上复活了，并且在心头迅速膨胀。他努力控制自己，但他知道眼里已涌出一些晶莹的东西。他只会不停地重复着那句话。

俞智丽看到他眼里那光亮越来越大，看来要溢出眼眶了。俞智丽一阵难受，一股热流直冲眼眶。她赶紧站起来，从包里拿出一沓钱。

"对不起。真的对不起。我不知道怎么补偿你。你不要再跟踪我了。我是个有家庭有女儿的人，不要再跟踪我了。我求你了。"

说完，俞智丽转身就跑出了酒吧。她的眼中已噙满了泪水。

20

　　同鲁建谈过后，俞智丽稍稍平静了一点。她又开始正常上班。鲁建这几天没再跟踪她，她终于松了一口气。但她知道他和她之间的事还没有了结。这只不过是暂时的和平。现在她已准备好了任何结果。既然准备接受任何结果，她就不再那么焦虑了。

　　到单位后，陈康一直观察着她的一举一动。他的目光显得锐利而热烈。她知道这是探寻的目光。她这几天的失常行为已引起他的疑虑，他在寻求答案，寻求她的解释。但俞智丽当作不知道。她不会对他说任何事情。她又能对他说什么，他能理解这一切吗？

　　果然，在办公室里只有他们两个人的时候，陈康一脸严肃地说：

　　"你还好吗？我想同你谈谈。"

　　"你有什么事吗？"

　　"也没有什么事。只是想谈谈。"

　　"如果是工作上的事，你现在就谈好了。"她知道不是。

　　"不是。"

　　她就沉默了。她知道他在担心她。他想了解一切。可她不能同他说。他也不想对他撒谎,所以,她很难同他谈。她只能沉默。

　　这不是说她对他无所谓。她对他的态度比她表面要来得复杂。她的外部看上去从来是简单的,但她的内部,却是无比复杂。他的注视令她感到快活。尽管她不让快活流露出来,在他面前,她始终在亲切中夹杂着冷淡,但是她确实感到某种被关心的感动。同性无关。事实上,她一直没有太强烈的性感觉和性冲动。好像她的性欲在八年前那个不幸之夜给取消了。很多人不明白,陈康这样一个看上去像哥们公子的人会跟随她,到工会干事情。她明白,自从知道他的事情之后,她就都明白了。

　　要是没有那一次的疗养,他们之间或许不会产生任何关系。厂子这么大,很多人只是见面点个头,有的甚至相互都不认识。他们一起去,仅仅是因为厂里每年都有疗养的名额,而这一次刚好轮到他们俩了。俞智丽本来不想去的,但领导坚持要她去,她就不好再推托。那会儿陈康是厂办的秘书,俞智丽同他不算太熟识吧。机械厂目前形势不错,许多产品供不应就,秘书一职基本上是前途无量的工作。而她对前途无量的人似乎不会特别注意。并且,在厂子里,他对她的态度也不好,他总是带着讥讽的表情同她说话,好像她是一个怪物。不过,他们结伴出去,他倒是挺有礼貌的,在火车上,他们相处得很愉快。俞智丽非常照顾他,他开玩笑说,她的样子,像一个母亲。

　　在疗养的开始阶段,俞智丽也没太注意陈康。一到了疗养地,俞智丽就完全融入疗养院之中了。她像疗养院的护理人员那样照顾那些前来疗养的老人。她在厂医务室待过,这方面相当专业。俞智丽在疗养院成了个受人欢迎的人物。大家都喜欢她，她举手投足端庄大方，身上散发着温暖的母性气息。

而陈康到了那里，完全投入到享乐之中。那个地方，附近都是酒色场所，娱乐业发达。像他这样天天跟着厂长跑的人，对此应该是相当了解和熟悉的。她想，他肯定是乐在其中了。她不会管他。在她的感觉里，男人都那样。

不过，在这个过程中，她发现他在观察她。她对异性的目光是相当敏锐的。她一直觉得他的目光是冷漠的，但现在这目光变得温和起来。这当然是好的，人与人之间友善总比冷漠要好，比敌意当然更好。她在给疗养院的老人们做一些理疗工作时，他偶尔会来帮一下忙。"你怎么啦？玩腻啦？"她开玩笑。他说："是呀，你瞧，我也是闲不下来的人，一闲下来就会发慌。"

一天晚上，他突然闯进她的房间。当时，他脸色苍白，眼中有一种难以自拔的软弱和混乱、沮丧和空虚。当时俞智丽已洗完澡，身上穿着睡衣，她打算要上床睡觉了。俞智丽闻到了他身上的酒气。她显得非常平静，她想，他大概碰到了什么不高兴的事。

"你喝醉了？瞧你满身都是酒气。"俞智丽说，"待在这里闷了吧？"

"我没喝醉。"他的语气像是在赌气，"要是能喝醉就好了。"

那晚，他确实没有喝醉。但他还是有些无法自控。他说起了自己的过去。她都不敢相信，他竟然经历了这样的事情！他那张脸看上去阳光明媚，如果他不说你怎么能看得出来。她想，人真是复杂的动物，每个人都隐藏着不为人知的故事。

"……她是四川人。她来自农村，家里很穷。真的，你无法想象的穷。我女朋友不算漂亮，但耐看、单纯。我和她在学院外面租了房子。她非常好，心细、忠诚、容易满足。为了便于联系，我给她买了一只 BP 机。她从来没用过这东西，她接过这东西时，两眼放光，看得出来，她非常高兴。她的样子令我心酸。一切都是这只 BP 机造成的。那年国庆长假，我有事去南方。我每天给她发信息。一般只要收到信息，她马上会回的，但那天令我奇怪的是，我发给她十多条信息，都没回音。我开始担心起来。我结束了南方之行，回到了学院。她不在宿舍，同室告诉我，她好几天没回宿舍住了。于是我赶到出租房。出租房的门关着。我没带钥匙，钥匙在她那儿。我扒着窗口往里看。屋子里没有人。我看到床上的被子没有叠好，被子的中间拱起着。这时，我有不祥的预感。我踢开门，冲了进去，掀开被子。她躺着，身体冰冷，已经死了。她的衣衫不整，她身上有伤痕。我想，她是被人害死的。我报了警。警察在第二天就破案了。作案的是她同校的一个学生。案情很简单，那个家伙杀她仅仅是为了得到那只 BP 机。她死后，我满脑子都是她的影子，她唱歌一样的四川话，满脑子都是她的好……我现在只要听到带四川口音的人，心里便会有莫名的好感。我经常到歌厅里去找四川姑娘。就是听听她们的声音也好。刚才，我在歌厅里，碰到一个四川姑娘，我见到她，吓了一跳，她很像我的女朋友，就好像她在那一刹那复活了。当然不可能是她，她和她还是不一样……"

他述说的时候，哭了。他反复说，她是多么可怜，就因为一只 BP 机死了，她只有二十岁啊。

她是这时向他伸出手去的。这几乎是她的习惯动作，每当她意识到别人需要她帮助时，她都会伸出手去。她抚摸陈康的头。

她没劝慰他，她觉得劝慰是多余的。

也许他还是有点醉意，陈康顺势抱住了她。她没有拒绝他。当他的脸碰到她的胸脯时，他开始是安静的，但过了会儿，他变得不安稳起来。他的手伸进了她的衣服里。她依旧平静，没有拒绝也没有鼓励。在她的意识里，男人都这样，男人最终寻求的还是女人的身体。虽然，她没有任何欲望，她对他是有怜悯的。她意识到接下来会发生什么。她平静地等待着将要发生的一切，就好像他搂着的身体不属于她。

后来，他几乎是逃离她的房间的。以后的几天，他远远地躲着她。但俞智丽表演得像什么也没发生过似的。后来，他们之间再也没有发生过这样的事。也许是因为这件事，也许还有更复杂的原因，疗养结束，回单位后，陈康要求调到工会。这件事当然会有一些闲言碎语，但她无所谓。这之后，他们配合默契，当然彼此再没有提起那晚"偶然"的一幕。因为知道他的事，她自然对他有更多的关心。当然，她不会把关心说出来。她的关心在细微的日常行为之中。

她没明确答应同他谈，他大概有点不高兴。见他不高兴，她的心就软了。自从知道他的经历，她不想他有任何不高兴。她就对他说：

"我要去看望王世乾老人，你去吗？"

他是敏感的，他知道她的意思。他就笑了。他说："好。"

正是夏季，天高云淡，植物蓬勃。街上行人衣着鲜艳，使季节显得更为热烈。各大商店门口挂着换季打折的广告，那些广告语夸张滑稽。他们俩默默地走着。前面是一个公园。有一些老人在里面扎成一堆闲聊或发牢骚。中国人都喜欢政治，就是老了还是热衷于谈论政治。俞智丽打算找个地方，同陈康聊几句。她都不知道该说些什么。

"我们坐在这里休息会儿吧。"

他俩在公园的长椅上坐了下来。他们之间留了一条缝隙。这似乎是两人之间的默契。表明了他们之间的距离。

"你不是有话同我说吗？出了什么事？"

"我只是有点担心你。"他说话瓮声瓮气的，"我感到你似乎碰到了麻烦。但你从来不告诉我。也许我可以帮你呢。我想，你是不是信不过我。"

"不是。"

"你没事吗？你把我当傻瓜了。连傻瓜都明白，你有事情。也许，你觉得我没资格关心你吧。"

她无言。她不知道说什么好。她知道他是真的关心她。她想了想，说：

"你知道，我不想对你说谎，但也不能告诉你。你以后或许会明白。总之，如果我做出什么事，你都不要感到奇怪。"

21

一会儿，他们来到干休所。因为陈康对王世乾没有什么好感，他不愿意进去。反正王世乾似乎也不喜欢他。这样俞智丽独个儿进去了。

现在，陈康已断定俞智丽真的有麻烦了。至少她是这么暗示的。本来他对她一直不愿意说自己的事，多少有点儿介意的——她干吗把自己保护得那么好啊，但现在，他感到满意了一点。她说她不想对他说谎，这是最重要的，他讨厌自己在任何意义上被欺骗，即使这欺骗是善意的，也会让他觉得受辱，谎言对他而言是最具杀伤力的。她虽然没说出遇到了什么麻烦，但她有暗示。不过，他猜不出这暗示意味着什么。

陈康坐在干休所对面的人行道上。这是一个处在闹市中的安静的场所，这条马路上车辆很少，行人也不多。这是陈康喜欢的。他表面上喜欢热闹，实际上渴望安静。只要没人打扰他，他对自己这样等着很满意。

他不知道俞智丽在里面和王世乾说些什么。王世乾这个人，不简单，他好像活得比谁都有精神。他都瞎了，不能干任何事了，但看上去似乎比谁都有盼头。是什么支撑着他呢？

陈康相信，人与人之间是有那么一点宿命的联系的。他可从来没有想过会同俞智丽有什么深刻的关系。但事实上，在他的生命里发生了，对他来说，这无法用好或是不好来判断，有些事情很难说清楚。

因为女友被杀事件，陈康对这世界缺乏信任。人真是可怕的动物，竟可以为了一点点利益去杀死一个活生生的人！总之，这件事让他成为一个怀疑主义者。作为一个怀疑主义者，他一度对俞智丽很不以为然。他不相信在这个世上会有这么好心肠的人，俞智丽这样做一定是出于伪善。他断定，她一定盼望着有人去宣传她，使她成为像雷锋一样的时代楷模。他做出这个判断是因为俞智丽年轻。他倒不是否定这世上有好心人存在。他见过一些稍稍年长的人，他们确实把助人作为自己的乐趣，他们态度平和而安静，为人处事不张扬，把帮助别人当作自己的需要，好像自我已从他们身上消失了似的。他们这样的生活态度令陈康特别羡慕。但他知道自己做不到，他太自私。

去疗养地的火车上，陈康对俞智丽看法开始有了改变。在火车上，俞智丽显得非常沉静，面带微笑，那微笑中还有那么一股神秘的气息。陈康就是这次才注意俞智丽的，并发现她还很美丽。这之前，他并没太注意她，只把她当作一个与己无关的人。在列车上，俞智丽很照顾他，什么事都不让他干，她都替他弄妥了。好像她把他当成一个需要照顾的小孩。陈康很久没被人这样关心了，有点感动。不过，他马上在心里嘲笑了一番自己的情感。

陈康开始感受到俞智丽的诚意。陈康发现她的脸上有着圣母般的光辉。陈康知道脸上的光辉其实就是内心的光辉，一个内心阴暗的人，他的脸肯定也是暗淡的。陈康突然觉得自己无法怀疑俞智丽的高尚。他想，她的内心充满了光亮，她绝不是在作假，她的所作所为浑然天成，就好像完全是她生命的需要，是出于她的本能。

在俞智丽这面镜子里，陈康看到了自己的阴暗。谁也不想见到自己原来是肮脏的，俞智丽的洁净就成了一种冒犯，陈康有一种把她拉下水的愿望。他听人说，俞智丽在男女方面比较随便，因此，他想过勾引她。他不想让她高高在上，而是要把她压在身下。但每次当他面对她时，他发现无法实现自己的目标。在俞智丽温暖的母性气息前，他甚至产生了一种软弱感。

内心的魔鬼从来没有在他的身上消失过。只要天一黑下来，他的耳边就会出现四川口音，他就会奔向那些场合，就好像那声音才可以安慰他的空虚。他不是一开始就往那地方奔的。他有一次，在小区里听到走在他前面的两个姑娘在说四川话，这令他非常吃惊，也非常亲切。只要同女友相关的东西，他都会感到莫名的亲近和感动。他就跟着她们，一直到她们进了那家娱乐城。他知道她们是干什么的。从此他知道哪里有四川女孩子。但他对自己的审视一向是严厉的。这是一种什么样的心态呢？真的是为了怀念死去的女友吗？他发现事实要可怕得多。当他在那些女孩身上，流着泪发泄的时候，他的内心里有魔鬼。他像是在报复这个世界。这些女人迟早要成为别人的妻子，他现在是在干别人的妻子。这是有快感的。否则，他太亏了。凭什么他一个人做出了那么大的牺牲？他们凭什么可以杀他的女友？当然，这里面也许也有"爱"。有时候，他很愿意为那些说着四川话的女孩做些什么。她们确实也不容易。有那么几次，他心情好的时候，他甚至什么也不干，只要求女孩同他说话。

那天，他借着酒劲去了她那里。空虚令他发疯。她温和地接待他。当他抚摸着她时，她的身体异常冰冷，他觉得就像是在一面镜子上抚摸。这令他感到一种挫败感。恶念突然涌上心头，他不信她会对他没有感觉。他把她推倒在床上。她依旧没有反抗，只是她脸上有一种看透一切并能忍受一切的表情。她显然知道接下来会发生什么，她一动不动，木然地也是包容地等待着他进入她的身体。

他完事后有一种强烈的负罪感，就好像自己刚才触犯了上天。他逃回自己房间，就呕吐起来。他感到自己就要死了。他的内心一片黑暗，而她在他的心里越来越光明。他意识到自己已无法面对她，感到自惭形秽，在俞智丽的洁净面前他感到自己肮脏不堪。他把窗帘拉上，关了灯，让自己置身黑暗中。他现在害怕光明。

第二天，俞智丽还是像原来一样对待他。从她的表情中，你根本感觉不到昨天晚上她和他之间有什么事。他不知道她这样是因为宽容还是把这种事看得很淡。但她还是让他感到无地自容。这之后，他一直不平静，似乎是为了使自己平静一点，他开始跟着俞智丽一起帮助那些老人，在这个过程中，他体验到自己内心的需要，有一种类似献身的感动。

同她在一起时，他总是能感受到来自她的关怀。虽然他后来再没有触碰过她，但他一直能感受到来自她身上的温暖的感觉。他发现他已经对她产生了情感。他不知道这是一种什么样的情感。他总是会想到她，想到她时，内心会产生温暖，还有一种渴望见到她的欲望。他不知道自己是不是爱上了这个已婚女人。这种情感让他感到恐惧。那次失败的恋爱后，他告诫过自己，不能再有爱。他以为他早已把爱杀死了，现在看来爱很顽强，在你不注意的时候，破土而出。不过，他安慰自己，他会让这种情感超越两性这个层面。他崇敬她。他认为她是个了不起的女人。他有时候幻想自己是她的孩子。

然而现在，这个女人却同以前判若两人。她究竟出了什么棘手的事呢？他可以帮助她吗？

俞智丽从里面出来了。他看了看表，已过了四点。也就是说，她在里面待了一个半小时。时间确实过得很快。

"你着急了吧？"

"他还好吗？"

"他发烧了。挺重的。"

"噢。"

"我在里面也没事情。老头挺奇怪的，他不让我出来，就好像我永远不会再去看他似的。"

"是吗？"

"是的。这老头，挺怪的。"

22

　　过了几天，俞智丽发现那个人还是在跟踪着她。她想，她真无处可逃。她被那双眼睛追踪着。世界在俞智丽的感觉里完全变了样，世界变得似乎更加难以说清了。俞智丽觉得自己的某一部分感官变得异常敏锐。她的一部分感官里，这个世界成了他的世界：他在二百米之外；他的眼睛里有一种孩子般的委屈；他的眉毛很粗，有点上扬，加上他脸上铁青的须根，使他的脸看上去显得有点儿硬。街上的行人好像已经不存在，满大街都是他的气味。俞智丽在心里绝望地叫喊道："他想干什么？他为什么还要跟着我？我该怎么办啊？"

　　有一天晚上，俞智丽发现那个人出现在她家窗下的一根电线杆下面。俞智丽家住五楼，她的卧室的东边有一扇窗。那天，她拉开窗帘时发现那个人站在下面，头朝天注视着这个窗子。附近路灯的光线把他的影子拉得很长。她迅速把窗帘拉拢。她靠在窗边，呼吸一下子急促起来，就好像她干了件不光彩的事被人发现了一样。王光福显然感觉到了她的异样，他向她投来快速的一瞥，那一瞥中包含复杂的情感和无尽的疑问。王光福是不会问她的，在她面前他从来不用语言表达什么，他只用默默的行动表达对她的关心。他已为她放好了洗澡水。他对她说，好了，可以了。她深深地吸了一口气，然后进入了卫生间。她躺在温暖的水中，闭上眼睛，试图什么也不想，但她做不到，那个站在路灯下的人完全占据了她的思想。她感到，现在她即使在家里也是裸露的。当她从浴室中出来，来到卧室时，她心中唯一的念头就是撩开窗帘看一看那人是不是还站在电线杆下面。王光福坐在床上看书，一条毛毯搭盖在他已显得臃肿的腰上，因为缺乏锻炼而变得松松垮垮的身体看上去非常白。她假装整理窗帘，向窗外张望。那个人还在那里。那个人一动不动，就好像他是另一根电杆。她知道今夜王光福有愿望，她已经有很长时间没和他过夫妻生活了。然而她无法再干这件事，因为现在她是裸露的，她不能在别人的眼光下干这事。好在王光福是不会强求的。于是她钻进被窝闭上了眼睛。一会儿，王光福关了灯，睡下了。没多久，他响起了轻微的鼾声。俞智丽一直没睡着。她一个晚上都在辗转反侧。半夜时分，她很想拉开窗看看他是否还在那里，但她害怕看到他还在，所以没看。她不知道该怎么办才好。俞智丽想，也许我应该再找他谈一次，叫他不要这样了。可她觉得她已没有勇气了。现在她觉得他真的很可怜，看着他孩子气的眼睛，她感到自己愿意为他干任何事，来补偿她的罪过。

这之后，只要俞智丽在家里，那个人都会站在楼下的电线杆边上。俞智丽总是把窗帘拉得严严实实。但俞智丽的心老是挂牵着楼下的那个人，即使她不去看他一眼，她也知道他站在那里。俞智丽自己都为这种感应而奇怪。有一回，俞智丽感到那人不在楼下了，她打开窗子往下看，那人真的不在了。这天，俞智丽有一种莫名其妙的失落感，好像她的某一部分丢失了一样，可是究竟是哪一部分她没有搞清楚。这天，她至少在窗口张望了十回。她不知道他去了哪里，出了什么事。他生病了吗？他一个人生活，生了病谁照顾他呢？她又想，也许他觉得无聊了，他不会再出现在楼下了。

然而，过了一天，他依旧站在原来的地方。他翘首期盼的样子就像一个专业情人。现在，俞智丽已经完全断定他跟踪自己是没有恶意的，除了这个判断外，她不想深入去想他这样做的目的。

一阵雷声过后，天下起了瓢泼大雨，窗外充满了水汽。俞智丽突然觉得心头发紧，她知道那个人还在下面。她想，他怎么那么傻，这么大的雨他应该跑的呀，他站在那里干什么呀。她在屋子里茫然地来回走动。她坐立不安。她在心里绝望地喊，你走吧，你走吧。她绝望地向窗外看，那人还在那里。她其实没有站在窗前，她其实没把他的样子看真切，但她认为自己看清了他的样子、他的表情。她觉得他现在的样子像一只迷途的羔羊。她对自己说，再过十分钟，如果他还在雨中，我就……

十分钟过去了，他还在那里。俞智丽拿起雨具，向楼下冲去。

23

　　当俞智丽站在他面前时，刚才的那种温柔突然消失了。相反，她感到恐惧。她觉得他身上似乎有一种混乱而邪恶的气息。看到她下来，他转身在前面走。他没再往后面看一眼，就好像他知道她会跟随着他。她跟着他，他们之间保持着距离。她还是穿着套装，是她平时上班穿的。她决定下楼时想过是不是穿得漂亮一点，但最终还是选择了制服。好像穿制服她才可以得到安全。

　　雨已经不下了。他的衣服还是湿的。他湿润的短发一根一根竖着，看上去有那么一点霸气。看着前面这个冰冷而强悍的背影，她感到自己的行为十分荒唐，也十分疯狂。她清楚这一次她得付出什么。她知道他的欲望。他会把她带到哪里去呢？他会如何对待她呢？他强暴她一次吗？如果这样能让他平复，她愿意。那么如何才算是强暴呢？去共青路吗？那条曾经危险的街道现在已经拓宽了，变得车水马龙，他根本无法实施所谓的强暴。那么去公园吗？或者任何一个无人的角落？她已准备好了，如果他想，让这个可怜的人强暴吧。然而，这样出于她自愿的强暴算是强暴吗？

虽已过了下班高峰期，但街头行人如织。这世道人是越来越多了。周围的热闹对俞智丽来说是不存在的，她感到自己是一个孤单的人，是被抛弃在这热闹之外的人。没有人能理解她的行为。她竟然会答应这个人的非分要求。

他在往城西走。一会儿，她就看到了铁轨。她知道他住在这儿。当她知道他被她冤枉后，她曾到这附近来打听过他。他的邻居告诉她，这小伙子一直挺有礼貌的，没想到干出这样的坏事来。已经走了半个小时了，她感到时间过得如此慢，她希望"强暴"早点来临。好像唯此她才能得到解脱。她的眼前出现了一片老屋，老房子中间有几幢半新不旧的楼房，他就住在其中的一个单元里。她的神色大约有些异样，坐在街边的老大妈们不时地看着她。她在重新确认这个地方。

他上楼了。他上楼时回头看了她一眼。那眼神真是非常古怪，眼眶发红，好像正在为某件事生气。他的眼中有一丝锋利的意志，但又似乎十分脆弱。脸上挂着一丝轻微的自嘲。他走得很慢，她同他接近了一点。他走到门口，打开门，然后在那里等她。他显得非常冷静，只是他脖子上的筋脉跳动着。那是他内心的秘密吗？她曾看过一部影片，名字忘了，电影里男人杀人时，脖子上的筋脉就这么跳着，然后就举起刀刺人，越刺越疯狂，把那人刺死了。刺到后来，那男人都哭了。现在，他跳动的筋脉好像是一把刀子，透着一些凶险的气息。

她走进了他的房间。她是害怕的。自从她出事以来，他已在她的思想中伴了她八年，但毕竟，他对她来说依旧是陌生的。她一点也不了解他。除了从他的眼睛里读到一些信息，她不清楚他的想法。

他站在那里。她看到他眼中的仇恨。她想，这就对了，他应该是恨她的。她让他坐了八年牢，让他失去了自由，让他在那个狭小的天地里受尽折磨，他是有理由恨她的。他现在的眼神不是伴着她八年的那种眼神，同她想象中的那种孩子式的充满渴望的眼神不一样，他现在的眼神是冷峻的。这就对了。如果他有仇恨，就发泄吧。

她开始脱衣服。慢慢地，一件一件地脱。她这不是挑逗他。她没有这样的心情。她有点慌乱。为了掩饰慌乱，她只能耐心一点。

当她这么做时，他感到非常吃惊。眼前这个女人的行为完全出乎他的预料，她竟然真的会跟他走，并且在他面前脱光了衣服。这是一个什么样的女人呢？在很多人的眼里，她是一个少有的好心肠的一尘不染的女人，可现在，这个女人主动地在他面前脱光了衣服。她的身材非常好，比他想象得要好。她的肌肤洁白得耀眼，几乎把幽暗的房间给照亮了。她腰部的弧线非常紧凑，使腹部显得小巧而精致。看着她的身体，他感到奇怪的是，他升起的不是恶念，而是柔情。面对她的完美，他竟然觉得自己有些卑琐，好像他此刻的行为失去了正当性，好像他真的是一个强奸犯。他想起八年前，她穿着裙子的样子，那时候，他多么想抚摸她柔软的腰肢啊。他有一种重回八年前的幻觉。

他对女人没有经验。在监狱里，他碰到过一个女犯。那是在监舍不远的麦地的深处，他不知道她为什么会在这个地方。事后女犯告诉他，她是见到麦子晃动才不顾一切钻过铁围栏，来找男人的。她说她受不了啦。她见到他，迅速脱光衣服，然后，张开腿，等待他的碾压。她不漂亮，可以说长得很丑陋，但她的身体丰满，浑身充满了欲望。他伏在她的怀里，感到自己快乐得想死去。这样的机会只出现过一次。后来，他甚至怀疑这仅仅是他的幻想。总之，他对女人没有太多的经验。在里面，他曾无数次想起俞智丽的身体，但他对她身体的想象犹如空气一样抽象而不成形。

因为刚才的回想，他感到欲望在体内增长。他想，他得冒犯她。不管她有多么美，多么神圣，他有权冒犯她。他站了起来。她还挂着文胸。他一把撕去了它。她的身体颤抖了一下。她没去看他一眼，她感到他眼里的贪欲，还有某种残忍的气息。她闭上了眼睛，像一只羔羊一样等待屠夫的宰杀。他动作粗鲁地剥去了她的裤子，她的内裤几乎被撕裂了。她想，他真的想强暴她。现在，她完全赤裸地呈现在他面前。他离她如此近，她听到他呼出的粗气，那粗气中有着混乱的痛苦。她等着他发泄，如果他感到不平，感到屈辱，或者满怀仇恨，那就发泄出来吧。如果他想伤害她，就伤害她吧。

然而他没有进一步动作。他紧紧抱着她。有一些滚烫的液体滴在她的背上。那是他的眼泪。他在流泪啊！她的心在那一刻变得温柔起来。她闭着的眼睛也湿润了。她感到他在自己的裤裆里摸索。她一直厌恶男人的那个东西，可这会儿，她在等待它。她知道它是粗暴的，它总是粗暴的，这是她至今对它的唯一的认识。她知道它的进入会令她疼痛，令她身心俱碎，可她在等待着，怀着一种奇怪的温柔的心。

他没有进入。她感到奇怪。她睁开眼。他的一只手死命地搂着她，就好像他害怕一松手她就会逃走，他的另一只手在抚摸它。它是软的。他的眼睛专注地瞪着它，脸上有一种软弱的表情。她非常吃惊。这是她没有想到的。她以为他会充满暴力，可现在他如此软弱。她有点心疼他，伸出手去，抓住了它。

他的眼睛惊恐地扫过来。她凄惨地对他笑了笑。他的脸色大变。她的目光是怜悯的，这目光令他低得像尘埃，好像他变成了一个可怜虫。他因此充满了愤怒。他抓住了她的手，把她抓得很痛，她只好松手。他一把抱起她，然后把她重重地摔到床上。让他奇怪的是当他愤怒的时候，它有了反应。他开始脱自己的衣服。由于用力太猛，有两颗纽扣崩裂。现在他也赤身裸体了。她看到它已昂然挺立，它的样子丑陋而恶心，像某种奇怪的古代动物。他向她压迫过去。他想要进入。也许因为慌乱，不得其门而入。还是她帮了他，他才猛然进入。

她是干燥的。她痛得想叫喊起来，当然她忍着。他在她身上乱冲乱撞，好像要把她碾碎。但没一会儿，他就不能动弹了。他泄了。他这么快。他趴在她身上，喘着粗气。他感到无脸见人。可偏偏在这个时候，他看到她的眼睛，她觉得她的眼睛里有一种既像是嘲笑又像是怜悯的神情。当然他还看到她的眼神里还有一丝痛苦，但痛苦已远去，就像天边慢慢退去的云彩。她的嘴抿着，好像在尽力克制自己不要笑出声来。他觉得自己被击垮了，他赶紧从她身上退了下来。

她抚摸着他的背，他的背上都是冷汗。她心里涌出一种类似母亲的情怀。但是他对她是有敌意的，他挪开了她的双手，然后从床上爬了起来。他的脸上是沮丧的表情。他走出房间，坐在客厅的沙发上，点上一支烟。

傍晚的光线从窗外投射到屋子里，他没有体味到安静的黄昏气息。也许是窗外的市井喧哗破坏了傍晚的安宁。他的心很乱，因此对这市声有一种莫名的愤怒。是的，他感到失败，刚才发生的一切同他想象的相距太远。在里面，他几乎时刻想象着这一刻，无数次把她的衣服撕裂，无数次想象着她的身体，想象如何强劲地占有她。他没有想到，当这一切真的来临时，会变成这样。他竟然连强暴一个女人的能力也没有。

她感到有点冷。这时她才意识到自己的身体。她有了羞耻感。她坐了起来想穿衣服。衣服在客厅里。她不想再在他面前裸露。她的心情有点复杂，本来结束了以后她应该马上离开的，她却还坐在床上。她有点可怜他。她拉了毯子遮住自己的身子。此刻，她觉得这事整个儿有点怪异，像一个梦境。发生的一切同她想象的完全不一样，她没想到他这么弱。她甚至想再次安慰他。总之，她的内心是混乱的。她想，他如此匆忙和失败，真的可以平复他的内心吗？她不知道该不该走。

她裹着毛毯，从床上站起来。衣服在客厅，她是来捡衣服的。他想，她是想走了。他感到屈辱。她以为可以走了吗？她以为这样可以抵消他八年来受的苦吗？她这样走是对他的公然轻辱。他想，她一定瞧不起他。

他猛然站起来，把她拦在房间门口，然后又一把推她到床上。他的眼神非常可怕，脸色漆黑。她紧张地支撑在床上，身姿歪斜，她的头发早已凌乱，模样是那种被突然袭击了才有的惊恐。

她的惊恐令他产生快感。他的下身迅速有了反应。他不顾一切进入了她。她痛苦地叫了一声，然后闭上眼睛，忍住了叫喊。她确实是干燥的，连他都感到有些痛。他疯狂地冲撞她，并在冲撞过程中感受到自己的力量。他因为这种力量而欣喜。这是他想象中的力量，是他八年来积聚的力量。他感到每个动作都联系着他曾经受到的伤害和屈辱，就好像他曾经承受的一切因为他此刻的粗暴而得以减轻。他看到她的脸一直是那种隐忍的痛苦的表情。她睁开了眼睛，他不喜欢她的眼神，为什么她的眼神总是这样充满承受的力量，充满宽容，充满怜悯，她的眼光像是从天上投下来。他不喜欢这从天而降的眼神。她以为她是谁？难道她自以为是上帝？他加速冲撞她。他并无多少生理快感，体力消耗也很大，但他的内心充满了痛苦和隐秘的快感。

她的肉体是柔软的，柔软得让人不真实，好像他正置身于另一个世界，好像这柔软可以把他消融。面对这柔软，他也软弱起来。他想哭。这柔软的肉体正在承受着他的压迫，显得自制而痛苦。他感到她在痉挛，好像她正被电流击中。这痉挛像是她身上开出暗红色的花朵。他突然感到无力，眼前出现电光石火。

他满头大汗，伏在她的怀里，久久不能动弹。等他的体力恢复过来，才从她身上移开。她闭着眼睛，一动也不动，脸色惨白，像死了一样。他不愿意多看她一眼。他进了卫生间，打算把满身的臭汗冲洗干净。

这会儿，他有一种雄性的傲气。刚才的沮丧彻底消失了。他感到自己充满了力量。水从莲蓬头上落下来，冲击着他的身体。肌肉因为冷水的刺激而鼓起来。这让他有些自恋。这时，他发现落在地上的水流中有血液。他检查自己的身体，他的下体沾满了鲜血。他以为是由于刚才太用力，它流血了。他把它洗干净后发现它完好无损。他想是她被弄出了血。他有点难过。他很奇怪自己会难过。这不是他日思夜想的要做的事情吗？

他冲好澡，回到房间。她已穿好了衣服。床上有血迹。这血迹十分醒目，似乎没有热情，像那些用来装饰的塑料花朵。她没看他，整理着自己的衣服和头发。她神色平静，看上去非常端庄，脸上甚至有一种他第一次见到她时的那种神圣的表情。从她的表情里，你看不出刚才施加在她身上的折磨。一会儿，她整理完毕。她背上包向门外走去。她关门时，抬头看了他一眼。她的眼神里充满了怜惜。他不禁颤抖了一下，觉得自己一下子变小了，希望得到她的呵护。他感受到了她身上温暖而宽厚的母性气质。

俞智丽回到家里已是晚上。餐桌上的菜没有动过。她想，王光福在等着她。她感到浑身疼痛，根本没有食欲。她打算先到自己房间躺一会儿。她路过女儿的房间，看到女儿已睡了，王光福坐在里面打盹。俞智丽走近时，他猛地惊醒过来。王光福问，你去哪里了，怎么这么晚。俞智丽没回答他，说，我睡一会儿。

躺在床上，一直处于麻木之中的身体慢慢苏醒过来了。跟着苏醒的是痛感。最初痛感集中在某处，尖锐、刺骨，慢慢地，疼痛开始在全身扩散，整个身体像是在燃烧。身体就烧烫了，发烫的身体使痛感缓和了，她感到自己像是落在水中，心里面竟有温暖的感觉。她的眼泪流了下来。她对他没有恨，奇怪的是她竟有一种满足感，有一种被折磨的快感，就好像她因此得以重生。那施加在她身上的粗暴，在她这里变成了一种解脱，她因此在心里产生了一种感恩的情怀，有了因为感恩而才有的那种宁静。

她还没洗过澡，她的身上都是他的痕迹。现在她想起他时，她竟然觉得亲切。她感到她和他没有完。

24

这世界看上去简简单单，早上太阳出来，阳光满地，傍晚太阳西下，世界沉睡。一年四季，春夏秋冬，自然和谐。然而，凡是有人的地方，都没那么简单。人心是多么微妙而复杂。

像她预料的那样，他还是跟踪着她。他总是离她远远的，也没过来和她说话。她猜不透他在想什么。她也习惯了他的跟踪，该干什么事，就干什么事。她告诉自己不要再心软。她不能再跟他走了。那样的话，她和他真的会纠缠不清。

可是，过了几天，她心又软了。她觉得他可怜。她回忆他在她怀里的样子，她听到了他身体里面的声音，他的身体在叫喊，只要她仔细辨析就能听出那声音里的成分：屈辱、垂死、痛苦。有很多次，她是可以乘公交车的，为了他跟踪的方便，她没坐车，选择了步行。她自己都对此吃惊。这是一种什么样的心理呢？他如此粗鲁地对待她，她应该反感的呀。可她却觉得他可怜。他喜欢跟踪就让他跟踪吧。

星期天，俞智丽去了南站陈老先生家的园子。她之前来看陈老先生收养的孤儿时，曾答应过孩子们，带他们去机场看飞机的。

鲁建远远地看着她走进了陈老先生处在城乡接合部的简陋的院子。他已经了解到了关于陈老先生的一切。凡是同俞智丽有关的一切，他都了解得一清二楚了。陈老先生的事迹让他非常震撼。这个以捡破烂为生的六十多岁老汉，过着贫寒的生活，可就是这个贫寒的人，收养了这十多个或者肢体不全或者头脑有问题的孤儿。鲁建曾仔细观察过老头的那张脸。那不是一张聪明的脸，这张脸看上去甚至有点木讷。老人的脸很长，显得十分瘦削，他的脸上还长着一些杂乱的胡子。如果仔细看，你会在那张木讷的脸上看出苦相，好像他那脸上写满了人世间的痛苦、悲哀和无奈。老人十分疼惜孩子们。他给孩子们都起了好听的名字：朝阳、小路、小窗，等等。都是光明的名字。晚上，老人捡破烂回来，和孩子们在一起时，老人的脸才舒展开来，他抚摸每个孩子的头，笑得很满足。他发现老人的笑是从眼睛里流泻出来的。

看着这个残缺不全的奇怪的大家庭，他心里有一种温暖的情感。在牢里面，他几乎不相信这世上还有让人温暖的东西。可俞智丽的世界是奇怪的。围绕着她的是一个需要他重新确认的世界。

他没想到她会这么简单。他原以为她会对他嗤之以鼻，他需要用点暴力才能得到她，就像她曾经诬告他那样，在某个阴暗的角落，真正地强暴她一次。事实上，他这么容易得到了她。她心甘情愿，没有任何反抗。

自从见到她身体以后，她的身体深深地烙在了他的脑子里，不时地会跳出来。在监舍里面，他也总是想象她的身体。那时候，她的身体是他心情的写照。当他充满仇恨的时候，她的身体就会变得丑陋，变得面目可憎。当他需要慰藉的时候，她就会变得美丽而温柔。现在她的身体完全定型了，清晰了，可感可触了。这身体已经占据了他的脑子。

他的眼前一出现她的身体，他就想再次拥有她。令他奇怪的是，他的欲望不再是粗暴的。他对她产生了某种温柔的情感。这情感同八年前对她的迷恋有点类似。当他跟踪她时，他甚至觉得时光倒流，回到了从前。要是真能时光倒流就好了。

她带着孩子们从南站的巷子里出来，向公交车站走去。孩子们欢天喜地地围绕着俞智丽，这些残疾小孩，这时候露出的笑容比谁都灿烂。笑容里没有一丝阴影。就好像他们此刻见到了天堂。行人用奇怪的眼神打量他们，要是平常，这样的眼神会让他们畏缩，可现在，他们显得底气十足。

俞智丽非常耐心地引领着这帮孤儿。她带了不少干粮，她告诉孩子们，今天他们要走很多路，谁乖谁就有东西吃。其实这些孩子都是很听话的。现在他们排着整齐的队伍，向城南机场进发。

鲁建跟着他们。通向城南机场有一条小路，从这里走可以很快到达。走出陈老先生家门口的那条小巷子，实际上是农田了。小路附近零零星星地坐落着一些农舍。还有池塘和小河。有一大群鸭子在河里游来游去。那是农民养殖的肉鸭。鸭子们大约看到了路上蹒跚的孩子们，发出高亢的叫声。有几个孩子学起了鸭子叫，于是所有的孩子都叫了起来。孩子们因为这叫唤而笑弯了腰。田里有几个耕作的妇女用乡人特有的慈祥的眼神看着这些奇怪孩子。鲁建发现妇人看孩子们的眼神非常像俞智丽，充满了怜悯。

　　大约到中午的时候，俞智丽和孩子们终于到了飞机场。孩子们一到机场就攀附在机场的铁围栏外，抬头望天。正有一架飞机冲向天空。孩子们都欢呼起来。他们的眼睛亮晶晶的，好像那飞机是圣物。一会儿，又有一架飞机将在机场降落。飞机在机场上空盘旋，发出巨大的声音，声音把他们的耳膜都震聋了。孩子们抚着耳朵，惊声尖叫，好像他们正经历着一场灾难。然后，他们看到飞机对准了跑道。飞机在着地时，摇晃了一下，震动了一下，地上冒出了火星，接着发出了更为巨大的摩擦声。在跑道上滑翔的飞机很威风，显得神圣不可侵犯。

　　已经过了十二点。俞智丽开始给孩子们分发食物。孩子们一边吃，一边观察着机场里停泊的飞机。他们在议论飞机的大小。一个孩子说飞机比他们预期的要小，另一个认为那是离飞机太远，其实飞机有两层楼那么高呢。有些孩子梦想着自己能在天上飞翔，像一只鸟那样自由自在地在天上飞来飞去是件多么令人向往的事。俞智丽听着孩子们天真的话语，心里很酸楚。这些一生下来就被抛弃的孩子，虽然有陈老先生这样的好心人照看他们，但陈老先生太穷了，穷得供不起他们上学。他们以后可怎么办呢？

　　午后，突然下起了雷雨。雨很大，没一会儿，天空白茫茫的，白浪滔天的样子。就好像大海倒挂在了天上，正在向地面哗啦哗啦地倾倒瀑布。俞智丽非常着急，她怕孩子们被雨淋坏了身体，领着孩子们就跑。附近有一个用塑料布搭建的棚子，大约是用来堆放杂物的。塑料布已被风吹起，像一面飘扬的旗帜。她让孩子们钻进塑料棚里面，自己拉着塑料布，站在雨中。风很大，像是会把她连同塑料棚一起吹走。

这时，鲁建跑过去帮助她。他拉住了塑料布的另一头。她看到他，脸就红了。她知道他一直跟着她。他真是有耐心，跟了那么远的路，跟到飞机场来了。她发现因为意识到他跟着，她就想表现得更为完美，她对孩子们的态度更耐心，更有牺牲精神了。此刻，他注视着她，她的衣服都淋湿了。她穿着的薄裙把她的胸乳完全地衬了出来，就好像她此刻没有穿衣服一样。他很想伏在她的怀里。

她感受到他的注视。但她不敢看他。她知道雨水打在他身上，他也已经淋湿了。他的身体是结实的。她想象着他的身体。令她奇怪的是，她有了欲望。这是她第一次感受到欲望。这之前她对性是淡然的、可有可无的。她从来没对一个男人有渴望。但现在，她感到她的身体竟然敞开了，渴望着他的侵入。她对自己的欲望有点吃惊。由于这种欲望，她感到空气里有一种垂死的气息。一种想让自己彻底堕落的气息。她想摆脱这种气息，然而这气息似乎比她的意志更强大，强烈地左右了她。她感到软弱。

后来雨停了。他们得回去了。回去的路太远。鲁建去附近找了一辆手扶拖拉机。他们是乘着拖拉机回来的。一路上很安静。孩子们大约累了，都沉静下来。俞智丽和鲁建也没有说话。在拖拉机上，他离她很近，只隔着一个孩子。但她嗅到了他身上的气息。她有点心跳气短。她压抑自己。这让她有些不自然。

二十分钟后，到了南站小巷。鲁建没进去，独自站在小巷口子处。俞智丽把孩子交给了陈老先生。她从小巷出来时，看到鲁建转身走了。鬼使神差，她就跟他。就好像她是他的木偶。

一会儿，他们到了雷公巷 108 号。

两个人的衣服已完全湿透。她的呼吸急促，胸脯起伏不停。他的手伸了过来，他的手按在她发烫的脸上，他的手却是冰凉的。她的头倒向他的手，她的脸在他的手上摩擦起来。此刻她什么也不想。但她的头脑中不时闪过一些词句，这些词句她非常熟悉，是单位附近耶教堂的人常常朗诵的句子。但她的思想此刻甚至没有想到这些句子究竟是什么意思：

> 千年如已过的昨日，
> 又如夜间的一更。
> 你叫他们如水冲去；
> 你们如睡一觉。
> 早晨他们如生长的草。
> 早晨发芽生长，晚上割下枯干。
> ……
> 你将我们的罪孽摆在你面前，
> 将我们的隐恶摆在你的光之中……

她的眼泪流了下来。"你叫他们如水冲去……"她扑进了他的怀抱。她感到她紧张的身体里正在释放一种痛感。她躺在那里，两只眼睛像两口黑洞洞的井，而眼泪像是从深不可测的地方冒出来似的，流淌在眼眶四周。爬在她身上的男人在不停地吻她。她感到自己像沉入深深的海底，很憋气，但也很感动，感动在不停地上升，就像从海底升起的气泡。她的脑子里依旧是那些无意义的词句。很奇怪的，她和他实在是很陌生的，但这会儿，她觉得非常熟悉他。怎么会有熟识感呢？她和他上回做爱，并没有说一句话啊！因为这种熟识感，她很想说些什么，但她好像失语了。一会儿，她才喋喋不休、语无伦次地说了起来：

"……对不起，对不起，对不起……他们错抓了你……对不起，我对不起……"

他用嘴堵住了她狂乱的话语洪流。她坐起来，一把推倒了他。他就乖乖地躺了下来。她像一只猫一样爬在他的身上，她的嘴在他的身上移动。她亲吻他，非常仔细，非常卖力，好像唯此才能让他赦免她所有的过错。那个躺在身下的男人的脸虽然有了快乐的表情，但他好像在尽力压抑自己。他看上去还很平静。她做得更加努力。她再也没说话，但她的头脑中总是有一些词语在飘来飘去，她还听到了歌声，尖利而圆润的女高音发出的歌声。她感到那声音越来越高。她拼命迎合他。

他们已经合二为一。他们生死与共，就像一对连体婴儿。汗水在空中飞舞。他的脸已经扭曲。他的眼睛好像完全打开了，那最深处的东西呈现了出来。她看到那深处的疯狂和镇静。天哪天哪天哪。他们像是被闪电击中了。眼前出现耀眼的白光。他们在一声强大的雷声中抵达了彼岸。头脑一片空白。

音乐还在继续。在没事的时候，俞智丽坐在办公室里，总会注意听窗外传来的声音。有一段日子，他们老是在那个教堂里练习。现在那歌声正从天上降下来，断断续续。她醒了过来。她觉得她刚才好像死去了一阵子。四周非常安静。他们好久没有说话。

俞智丽从来没过这样的感受。此刻，俞智丽感到自己的身体像雪水里洗涤了一样变得非常干净。她感到自己是早晨生长的草。旁边躺着的是一个陌生人，俞智丽却感到这身体一点也不陌生，就好像她早已认识这副身体，好像她和这具身体已亲近了一辈子似的。

过了一会儿，他动了一下，接着他伸出手摸了摸她的脸。他看上去好像很疲劳也很满足。

俞智丽说："你在里面一定恨我吧，我本来可以救你的。"

他没有回答她的问题，他反问道："我曾托人找你作证，你为什么不肯？"

俞智丽说："对不起。说出来你不信，我知道你的事后，我一直打听你的来历，我去过你住过的地方，就是这里，我对这里很熟悉，你不觉得吗？后来，有一个人——大概是你的邻居——告诉我，你是一个孤儿，那人说你父母在一次车祸中死了。你不会知道我听了这事后的反应。我生病了。我感到非常非常内疚。我感到自己罪过。我本来可以救你的呀。我去过公安局，但我去得晚了，我对他们说了这个事，但他们不理我。你知道他们的办事方式，你的事已经定了，他们是不愿改变自己的决定的。"

他的脸上看不出什么表情，但他在静静地听着。他的样子就好像她在讲述的事同他一点关系也没有，而是另外一个人的故事。

她继续说："我病了很长一段时间。我知道你的事后，我去监狱看过你，可我没勇气见你。从那里回来后，我就拼命地帮人做事。没有人知道我这样做的心思，他们都认为我思想好，其实我这样做只为了我自己。我发现这样做能让我平静。"

他说："他们说起你来都把你当成活雷锋。"

俞智丽说："你一定感到很可笑。事实上我只不过是一个小人。"

他说："你也不要太自责，你也是个受害者。"

俞智丽说："我是咎由自取，你不知道，那时候我是个轻飘飘的人，我穿着超短裙到处引蜂惹蝶，我恨不得吸引所有男人的目光。我出那样的事是活该。"

他的脸上露出孩子气的微笑，他说："那时你在西门街可是个名人，他们老是在背后说你。那时候你是个大美人。"

俞智丽苦笑了一下，她说："是吗？"

又问："你一定很恨我吧？"

他沉默不语。她看到他眼睛里包含复杂的情感。

俞智丽回到家，当她面对王光福时，她第一次有了一种对不起他的感觉。这令她感到奇怪，以前陈康进入她的身体时，她从来没有觉得对不起王光福。她对自己的身体好像从来没有羞耻感的。

25

这之后，俞智丽经常跟着鲁建去雷公巷 108 号。她的身体好像突然苏醒了。她感到自己的身体里像是有一个深黑的空洞可以吞没一切。她甚至觉得自己简直变成了一个荡妇，时刻希望他把她彻底揉碎。她很远就能闻到他身上那种特别的气味，这气味让她想起监狱，进而想起他受的苦。所以，一闻到他的气味，她的身体就会像突然注满了液体似的膨胀起来。身体里的水分让她难受。她需要强有力的碾压，把体内的水分奉献出来，只有把这水分挤干净她才会平静下来。他只要抱住她，不管是从前面还是后面，也不管她在干什么，她的身体都会有一种神经质的痉挛，像被点中了穴位似的浑身散架。她已熟悉他的身体，他的身体健壮、坚硬，像坦克一样无坚不摧。她心里充满了那种类似奉献的满足感。

但是，身体里爆发的那种不可抑制的快乐让她十分羞愧。她不允许自己可以这么快乐。每次从雷公巷出来，向家走去时，她都感到艰难。她无法面对王光福和女儿，面对他们时，她有强烈的愧疚感，并且觉得自己十分可耻。她知道王光福待她好，在乎她的一切。可她一直没有爱过这个矮个子男人，对他只有怜悯，有时也很厌烦，这也是她为什么总是向他发脾气的原因。但她终究是他的妻子，她现在的行为对他来说是天大的污辱。她不希望伤害他们。她洞悉了其中的自私。她感到自己被撕裂，不能两全其美。

像是在惩罚自己，她就不允许自己的欲望出现。当鲁建在她的怀抱里驰骋时，她让自己的身体麻木。这样，他们亲密关系在她这里便成了一种承受。她想象自己只不过是一团青草，没有欲望的青草。她是素的。是洁净的。这样想象的时候，她的身体就疼痛起来。好像有很多针尖刺在她的身上。但是，慢慢地，疼痛的身体里诞生出温暖的欲望。这欲望控制了她。她像是怕欲望逃走似的，抱住了他，就好像他是她的孩子。她身体的快感又慢慢来临了，和痛感纠缠在一起，像是在相互推进。痛苦有多强烈，快乐就有多强烈。这是很奇怪的体验。她不知道为什么快乐里会有痛苦呢？这痛苦来自哪里，仅仅来自他专横的力量吗？还是来自深埋在她心底的罪感？这一切让她迷惑不解。她有点讨厌自己的身体了。其实她一直不喜欢自己的身体，被强暴以后，她就不喜欢，现在，她简直有点讨厌了，身体怎么可以这么贪婪呢。

有好几次，他们做爱完后，俞智丽竟然在满腔的内疚中沉沉地睡去。她是太累了。她这段日子特别能睡，她都怀疑自己有了嗜睡症。睡着后的俞智丽脸上有一种婴儿般的天真烂漫的神情。鲁建看着熟睡中的俞智丽会想起八年前他喜爱的那张脸。他看到一个少女长发披肩走在西门街头。有那么一会儿，鲁建有点儿迷惑。事情的发展似乎既远离他的计划，也远离他的想象。他知道自己又一次被这个女人吸引了。八年前的情感又回来了。

这天，俞智丽醒来的时候，还以为在自己家中。她看了看窗外。窗外的街灯此刻看上去非常明亮，因此能看得到附近那间庞大而笨重的厂房的围墙。她这才知道自己还在雷公巷。俞智丽对这个地方十分熟悉，她知道不远处还有一个军营，但此刻军营沉没在一片黑暗之中。清晨的时候，那里会吹响嘹亮的军号声。这会儿四周十分安静了，她嗅到了午夜那种新鲜而潮湿的空气，她猜想现在一定已到了午夜。她看了看腕上的手表，已是凌晨一点钟。她想，她得走了，丈夫一定焦急地等着她。她开始穿衣服。鲁建躺在那里，盯着她的身体，她感到有点不适。

"你一直没睡吗？"

他点点头。他一直看着她的身体。她的身体真是完美。

"这么晚了，我得回去了。"

"你不要回去了。"

"这怎么行。他们会担心的。"

"你搬过来吧，跟我住。"他显得很霸道。

她吓了一跳。他在开玩笑吗？他的眼神倒是十分认真。她心里没底。她笑了笑。

"真的，我想好了，我们结婚吧。"

显然他是认真的。他怎么会有这样的想法呢？这想法是什么时候出现的呢？他这是深思熟虑呢，还是一时冲动？她不知道怎么说。他的这一想法对她来说是一个难题。她摇了摇头。她说：

"我不会离开他们的。我不能伤害他们。"

他的脸一下子黑了。他没再同她多嘴。他冷冷地说：

"你走吧。"

她心里有些发虚。她总觉得这辈子欠了他。她不想让他不高兴。她发现，他的脾气不好，刚才还好好的，转眼就变成了一张破碎的脸，他的脸上甚至有一种暴戾的神情。俞智丽留了下来。

这天晚上，鲁建告诉她，他想开一家酒吧。公民路的过路人酒吧，店主要移民澳大利亚，想尽快脱手，鲁建想把店盘下来。如果新开一家店要办很多手续——像他这样的身份要把手续办下来几乎是不可能的事，如果把店盘下来的话，省了很多事，还有现成的客源在，对鲁建来说是最合适不过的了。她替他高兴。他是得找一个事做，不能这样游手好闲过一辈子啊。

26

　　几天以后的一个下午，王光福提早下了班，向城西走去。一切都清楚了，俞智丽近来的反常同那个叫鲁建的人有关。他们说，这个人住在铁路线外面。现在他看到了铁路。铁路修筑得很高，比周围的平地高出许多，从这里看过去铁路像是建在半空中。一辆火车从南边驰过来，它尖利的汽笛像是有巨大的力量能把它前面的一切推到远处。他想到一个词：排山倒海。排山倒海的汽笛。他站在铁路下面，抬头看着列车。在这个庞然大物面前他感到自己非常渺小。一会儿，列车远去了，但它巨大的震动好像依然没有停止。王光福感到自己的心头似乎也在震动。他爬上了铁路。他向西边望去。他看到那个军营，形状就像一只葫芦。一些士兵在营地操练。他当过兵，他知道这样单调的操练是兵营生活的主要内容。军营到了，那个人住的地方也该到了。他从口袋里拿出一片纸，上面写着：雷公巷108号。字迹娟秀中有点儿野气，是王艳写的。他的怀里还藏着一把刀子，他知道这些从牢里出来的人什么事都干得出来，他得有所防患。

　　这边的住户不多。因为这里已经是城市的边缘了。越是偏僻陋巷就越不好找。他问了不少人才找到了雷公巷108号。那些人在回答他问题的时还不时地用异样的眼神打量他。他想，他们一定把他也当成从牢里面出来的人了。他的心中，那份愤愤不平就更强烈了。人们对他的误解加重了他心中的屈辱。他站在 108 号门前，嘭嘭嘭地敲击起来，就好像他这样一敲，他心中的怒气就会被敲走似的。结果，他是越敲越愤怒。那人不在。也许那人又跟在俞智丽的后面呢。想起这件事，他内心的不安和恐惧就涌了上来。他不知道那人想干什么，他有一种不祥的预感，他感到事情可能会变得不可收拾。所以，他必须找到那个人和他谈一谈。他不能再等了。

他又敲了一阵子。头上的窗口飘过来一个声音："你有完没完，你还让不让人睡觉！人不在，你再敲也白搭。"他抬头看了那人一眼，是一个老头。他在心里骂：现在快下午五点了，他竟还在睡，也许他这样睡去就醒不过来了，谁知道。不过，他可不想同老头吵，他不打算敲了。老头说得对，人不在，敲也没用。他就在门边蹲下来。他得等他来，他一定要同那个人谈一谈。

从这边望出去，视野非常开阔，这一带的房子都比较低矮，目光穿过这片低矮的房子的屋顶就可以发现城市的边缘，再远处就是田野了。如果向西望去，太阳已经在地平线之上了，它好像不再发光，它好像是因为吸收了周围的光线才得以这样透红。王光福从来没有这么仔细观察过太阳落下去的过程，他实际上也没有观察，只不过傍晚巨大的虚无感击中了他，他觉得心中空荡荡的，就像远处的田野一样一望无际。接着，天黑了下来，四周变得安静起来，只有附近的工厂发出单调的机器声。王光福猜想，住在这一片的居民已经很少了，否则的话这里不可能这么安静的。王光福的耳朵竖着，每次脚步声响起时，他的心脏都会沉重而快速地跳动，当脚步声远去时，他才会长长地吁上一口气。

又过了一段时光。王光福因为蹲在地上的时间太长，他的脚都有点发麻了，但他还是没有站起来活动一下筋骨。好像他这样一动，那个人就不会回来似的。

那个人是在晚上九点钟回来的。王光福听到那人在向自己靠近，同时靠近他的还有那人身上的气息：酒气、烟味还有一些脂粉气。王光福不知道那是谁的脂粉气，有一刻，他幻想那是俞智丽的，但他马上打消了这个让他痛苦的念头。酒精气味非常浓，他担心这个人已经醉了，那样的话他就不好同那人谈话了。现在，那人已站在门边。王光福出其不意地站了起来，说："你是鲁建吗？"显然那人吓了一跳。那人马上镇静下来了，他问："你是谁？"就在他说话的当儿，他认出了这个让他吓了一大跳的人。他把门打开，问道："你有事吗？"那意思是说有事的话请进。王光福进了他的屋。

王光福一时不知道怎么说才好。他突然觉得自己的行为似乎有些唐突。那个人也没问他，好像他已经知道王光福是干什么来的了。那个人走进了卫生间，擦了一把脸。他从卫生间出来时，王光福看到，在灯光下，那个人的脸非常红润。王光福断定，他一定喝了不少酒，不过，他没有醉。

王光福想，我已经等了差不多一个晚上了，我横竖都要同他谈谈的，我就单刀直入吧。王光福就说：

"请不要跟踪俞智丽。"

鲁建还在忙他的事，这会儿他在往他的脸上抹什么东西，大概是护肤霜之类的玩意儿。鲁建听了王光福的话并没有吃惊，就好像他没在听王光福说话。一会儿，鲁建在王光福对面坐了下来。

鲁建不动声色的态度让王光福不能忍受。王光福好像被什么东西激怒了似的，他高声道：

"请你以后不要跟着俞智丽。"

鲁建的脸上挂上讥讽的神色。不知怎么的，鲁建对这个矮个男人有一种本能的厌恶，在他的心里，就是这个小男人占据了本该属于他的女人。他说：

"你这算是在保护俞智丽吗？算是在尽丈夫的义务吗？"

王光福说："你为什么盯着俞智丽，你究竟想干什么？"

鲁建想，也好，让这个男人知道真相吧，这样俞智丽就用不着偷偷摸摸到他这儿来了，她可以直接搬过来了。他说：

"这个你应该去问俞智丽，俞智丽没同你说过吗？"

王光福说："你不要害她，请你不要害她。她这段日子很反常，她已是一个做母亲的人，但现在她连女儿都不管了。这都是因为你盯着她。"

鲁建说："我不会伤害她，俞智丽知道我不会伤害她。不信的话，你可以去问她。"

王光福说："你究竟想干什么？我知道你是什么货色，我警告你，不要再靠近俞智丽。"

鲁建冷笑了一声，说："我知道你的心情，我也很同情你，但俞智丽会同我结婚的。我要娶俞智丽。"

听了这话，王光福呆住了。王光福想，眼前的这个人一定是个疯子，否则不会说出这种话来。他仔细地看了看那人的眼神，那人的眼神清澈而自信。

鲁建说："说出来你不会相信，我已经和俞智丽同床共枕很多次了，就在这个地方，我们非常好，简直死去活来。你肯定不会让她如此快乐。我们是天生的一对。"

王光福一刀刺向鲁建。

27

　　王光福回家已是晚上十点钟了。他的身上都是血迹。这会儿，他的内心有点迷乱。这迷乱既来自刚才鲁建的话——她竟然真的和他睡了，也来自他刚才的行为。他不知道鲁建伤得重不重。当时，他真的被气昏了，他想也没想，就刺向鲁建的腹部。他还记得鲁建那张脸，最初有点惊骇，但一会儿就平静了，脸上甚至还露出一丝奇怪的笑容。他没有任何行动，低着头看刺在衣服里的刀子。血液已洇满了衣衫，连王光福的衣服上也沾染上了血迹。几乎是本能，王光福拔腿便跑。

　　王小麦已经睡了。俞智丽正在看电视。王光福进去时，俞智丽站了起来，当她看到王光福身上的血迹时，很吃惊。

　　"你怎么了？和人打架了？"

　　王光福没理她，迅速走进卫生间，然后关上门。他看到镜子里面一张惊恐而苍白的脸。他脱去衣服，然后放水洗脸。俞智丽在敲门。"你到哪儿去了？怎么这么晚才回来？出了什么事？"他瓮声瓮气地说："没事，等会儿告诉你。"冷水使他平静了些。他又想起刚才的一幕，他断定鲁建大概不会有生命危险的，但他认为这个强奸犯一定是会报复他的。他因此对自己的行为感到后悔不已。他不知道这会儿如何面对俞智丽。该告诉她今晚发生的事吗？该把一切都捅破吗？如果和俞智丽摊牌，会有什么后果呢？也许俞智丽会离开他，她这人是什么怪事都干得出来的。比如她跟上那个劳改犯的事，她怎么能做出这样的事呢？难道她这样是在行善？他娘的这世上还可以这样的行善吗？他真想从卫生间出去，狠狠揍她几个耳光。

他决定向她隐瞒这件事。先稳住她再说吧。想起自己在俞智丽面前这么窝囊，他深感悲哀。

他从卫生间出来，同俞智丽勉强地笑了笑，问："小麦睡了？"

"刚睡着。一直不肯睡，问你去哪儿了。你怎么把自己弄成这样了？"

"噢，没事。今天一个同事被车撞了一下，我把他送进医院的。他流了好多血，我的衣服都被血沾上了，不过他没大碍。"

他说话时没看俞智丽，他知道她一直注视着，他怕自己的目光会泄露秘密。他一边说一边走进女儿的房间，替女儿整了整被窝。看着女儿的小脸，他突然心头发酸，想哭。

"你也不打个电话来，我们都很担心。"

俞智丽很少说这种温存的话，要是以往王光福会很感动，但这会儿王光福觉得俞智丽在演戏，他狠狠地瞪了俞智丽一眼，然后他进了房间，在床上躺下来。俞智丽跟了进来。

俞智丽觉得王光福今天的态度有些奇怪。她隐约觉得车祸的事王光福在撒谎。她想到了鲁建。难道今晚王光福和鲁建打架去了？还是鲁建叫人打了王光福？王光福胆小，他是不会主动挑起事端的。鲁建找王光福麻烦的可能性更大，他或多或少有些匪气的。

自从和鲁建发生关系后，俞智丽一直和女儿睡。今晚，也许是因为感到不安，她主动睡到王光福的床上。她是有义务尽妻子的职责的。她刚在王光福身边躺下，王光福就压迫过来。

王光福不像往日那样温柔，他几乎像发疯一样在俞智丽身上运动起来。俞智丽一动不动躺着，随王光福肆意折腾。今夜王光福显得比任何时候都要强劲，好像对俞智丽怀有满腔的仇恨。王光福满头大汗，汗水落在俞智丽的脸上。王光福想吻俞智丽，俞智丽转过头去——她从来不在做爱时和王光福接吻。王光福在做最后的冲刺。这时，俞智丽的心里突然涌出无比的厌恶，她差点想一脚把王光福踢开，终于还是忍住了。一会儿，王光福完事了。

以往，王光福完事后就会沉沉睡去，但今晚，他没有睡意。他从床上爬起来，点了一支烟。他不太抽烟的，也很少在卧室抽烟。俞智丽越发觉得王光福今夜不同寻常。

王光福抽了口烟，轻轻叹了口气，说："你最近有好像有心事。"

"没有啊，我一直都这样，你又不是不知道。"

"这世道挺乱的，你要小心些。"

俞智丽点点头，说："你不用担心我，我能有什么事。"

王光福古怪地看了她一眼："你对人心肠太好，可不是人人都像你一样的，没事就早点回家。"

王光福这是在旁敲侧击地提醒她了。她意识到王光福可能已知道她的事了。要是王光福真的知道她和鲁建的事该怎么办呢？如果这样，她是无论如何没脸再在这个家待下去了。

28

第二天一早，俞智丽吃过早饭，早早出门了。她是去雷公巷看鲁建的，昨晚上她几乎一夜未眠，她总觉得有什么事发生了。王光福像是知道她一早去哪儿，也没问她，只是目光忧虑地看着他。

来到雷公巷，她敲了敲门。好一会儿，门开了，鲁建上身赤裸着站在她前面，他的脸显得十分严肃。"你来了？"他的语调有点冷。她点点头。她看到鲁建的腹部上胡乱地扎着一块布。她还看到餐桌上放着一把刀子，刀子上还沾着血液。她马上认出了这把刀子。被强暴后的那几年，这把刀子一直放在她的包里。那时候她总觉得这世界充满了危险。直到她了解到她冤枉了鲁建后，才把这刀子藏在抽屉里面。那时候，她觉得自己就是刺向鲁建的刀子。她看到这把刀子，一切都明白了，是王光福刺了鲁建。对此她还是有点震惊的，王光福竟然干出这种事，鲁建这么高大，他怎么是鲁建的对手。从伤口包扎的样子推断，鲁建没有去医院，他显然靠自己解决了问题。鲁建走回房间，躺了下来，他走路的样子显得有些痛苦，但应该并无大碍。

鲁建的床单上都是血迹。鲁建一定流了不少血。她蹲下来，看她的伤。她曾做过厂医，懂得护理。伤得不是太重，刀子在腹部上划了一道口子，最终刺入左侧的皮肉中，应该没伤及内脏。伤口上缝了几针粗线，她猜想是鲁建自己缝的。在没有麻药的情况下，这要有多大的毅力啊。

"是王光福干的吗?"

"是啊，他告诉你了?"

她摇摇头。

"你男人还蛮有血性的嘛? 我倒是对他刮目相看了。"他的脸上有一种既邪恶又不以为然的表情，"我可以揍他的，不过，我不想同他计较。"

"你为什么不去医院?"

"不想去。我去了，他们还以为我又违法乱纪了呢。"

"你这样要是发炎就不好了，还是得去医院，我陪你去。"

"没事的。我在里面这样的事干多了。我的身体好，愈合得快。"

但她还是不放心。她决定去机械厂拿些针药来，替鲁建重新包扎一下。

在回机械厂的路上，俞智丽内心沉重。现在一切都摊在桌面上了，她已无法回避，必须做出选择了。她没想到王光福竟干出这种事，干了这事还不肯告诉她。她想，他这是给她留余地，他不想这个家破裂，他想留住她。可事情都这样了，她不能假装什么都不知道。

陈康见俞智丽神色焦灼，问她出了什么事? 俞智丽温和地笑了笑，说没事，我来医务室领点儿药，有一个病人需要处理。陈康问，需不需要帮忙? 俞智丽摇摇头说，不用了。陈康的心收缩了一下，隐隐有点作痛，脸上一下子布满了暗影。他想，她一定出了什么事，可她总是瞒着他，她为什么要搞得那么神秘呢？他看到俞智丽匆忙地走向医务室，很担心她。

回到雷公巷，她就不声不响地处理鲁建的伤口。鲁建倒是很享受，躺在那里任俞智丽忙碌。俞智丽把酒精倒到鲁建伤口上，鲁建痛得叫出声来。鲁建像是在安慰俞智丽，开始喋喋不休。他说在里面时，曾被一只恶狗咬伤过，就在大腿处。他们也不给他包扎，结果化脓了，他也是自己用刀子解决的。"你不用担心，人没有这么娇贵，我去过里面，什么事都经历过。"他还让俞智丽看他在大腿上的伤疤。

俞智丽没看他的伤疤。她一直低着头给他护理。他的叙述对她来说是一种折磨。鲁建低下头，看俞智丽的脸。发现俞智丽正在流泪。他问，你怎么啦？她没回答。他看到了鲁建眼里的欲望，她知道这个男人又想要她了，他受伤了还想这事。不知怎么的，她突然有点恨这个男人，一把推开了他。因为用劲大，鲁建的伤口被弄痛了。鲁建叫了一声，脸涨得通红，眼神里有恼怒，不过他控制住了，他问，你怎么啦？她冷冷地说，你好好休息吧。然后，她走出了鲁建的家。

"你到哪里去？你回来！"

俞智丽回头古怪地看了他一眼。

29

　　从鲁建家出来，俞智丽去了西门街。她是去找王艳的。今天是王艳的休息天，她知道她一定在家睡懒觉。

　　王艳一副睡眼惺忪的模样来开门，见是俞智丽，就让她进屋。她打了个长长的哈欠，然后含混地说，你怎么这么早？俞智丽说，刘重庆在你家？王艳轻蔑地冷笑了一下，说，好久没来了，又不知被哪个妖精缠住了。王艳见俞智丽神色凝重，知道她是来同自己谈那个男人的事儿的。她让俞智丽先坐会儿，自己得去洗漱一下。

　　俞智丽焦虑地站在客厅里。王艳的小客厅里布满了刘重庆给她拍的姿态各异的照片，俞智丽的双眼茫然地从这些照片中掠过，此刻这些照片在她眼里都成了虚像。其实俞智丽并不像她表现得那样茫然和焦虑，在她的心里，早已打定了主意。她到王艳这儿并不是要和王艳商量什么，她只是想把结果告诉王艳。好像只有这样，这事才算是正式决定，一切才算完成。

　　王艳洗漱完后，来到客厅，见俞智丽站着，就说："你坐啊，你怎么啦，出了什么事吗？"俞智丽在王艳对面坐下来。王艳发现这会儿俞智丽的目光非常明亮，和刚才判若两人。俞智丽说：

"我已决定同他一起过了。"

王艳明白俞智丽在说什么，但她没有吭声。虽然俞智丽干过许多奇怪的事情，但俞智丽会做出这个决定王艳还是感到十分意外。俞智丽一直不是个冲动的女人，甚至还挺保守的，可现在她好像什么都无所谓。王艳想，她现在的这个决定不知道会让多少人目瞪口呆。一个有家室有女儿并且在许多人眼中最不应该出事的女人和一个劳改释放出来的人跑了，这事无论从哪个角度看都具有爆炸性。这些日子王艳一直在听俞智丽说鲁建的事，知道鲁建总是跟踪着她，有时候在她的楼下一等就是一个晚上。"他似乎有的是时间。他不干活，就跟踪我。"俞智丽曾这么告诉她，她的口气中不无骄傲和柔情。

王艳说："俞智丽，你是不是觉得他像一个伟大的情人？你是不是被他这种胡搅蛮缠感动了？俞智丽，你能保证跟着他会有好结果吗？"

俞智丽说："我不知道。我都告诉你了，但现在一切都摊开了，我已经没有别的办法了。"

王艳说："俞智丽，你得好好考虑考虑，做事不可以这样冲动。你不为王光福着想，你也应该为女儿想一想，你走了，女儿怎么办？"

"我不知道……我对不起小麦……我没脸再见她了。"

"既然王光福不主动提起你和鲁建的事，你就假装不知道呗，你何必这么快就决定呢？"

"我做不到。"

"俞智丽啊俞智丽，我怎么说你，你了解他吗？他们都说去过里面的人即使好人也会变坏的。你得当心些才对。"

俞智丽好像不在听王艳说，她看上去好像灵魂不在此地。她白痴一样笑了起来。俞智丽说："你知道，我没有办法选择，我这辈子是欠他的。我没有办法。我好像早已知道会有这一天似的，你不会相信的，我好像一直在等着这一天。"

有好阵子，王艳不知道怎么说。俞智丽说得这么彻底了，她还能说什么呢？窗外，早晨的阳光斜射进来，刺得王艳有点儿睁不开眼睛。王艳叹了一口气，说："这事要是让你单位的人知道的话，他们一定会跌破眼镜的。他们一直认为你是个品德高尚、道德完美的人，他们一定会认为自己被蒙骗了。"

"也许我没好下场，但我没办法。"

俞智丽像是完成了一件大事，长长地舒了口气。她甚至同王艳微笑了一下，她笑的样子，像一个疯子。然后，她端起桌上的那一杯水，一口气喝了下去。她对王艳说："我得走了，我还得和王光福好好谈谈。"

"要我陪你过去吗？"王艳不无担忧地问。

俞智丽摇摇头："不用，我自己就可以。"

30

　　这天，俞智丽三点多就去幼儿园接女儿。她等在大门外，看到王小麦在操场上撒欢。王小麦一定也看到了她，但女儿总是这样，对她冷冷的，没有任何亲热的表示。见王小麦迟迟不出来，俞智丽只好叫唤她，王小麦这才不情愿地来到她身边。

　　"妈妈，今天怎么这么早就来接我啦？"

　　"妈妈和爸爸今天有事，妈妈想把你接到爷爷家去。爸爸明天会来接你的。"

　　王小麦好像不相信俞智丽的话，抬头警觉地看了一眼俞智丽："你们出了什么事吗？"

　　俞智丽愣了一下，女儿在一些事上总是很敏感。她说："妈妈出趟远门，爸爸要送妈妈。"

　　"你去出差吗？"

　　俞智丽点点头，然后又摇了摇头。

　　"究竟是去哪里呢？"

　　俞智丽在女儿面前蹲下来，她一时不知道怎么说。想起这么多年来，她把教育女儿的责任都丢给了王光福，她实在很少关心女儿，她感到很愧疚。

"小麦，你是不是一直讨厌妈妈？"

王小麦淡漠地看了她一眼，低头沉默。见女儿如此淡漠，俞智丽更加伤心了。她想自己确实是个失败的母亲。

"小麦，你可千万别恨妈妈，你一定要记得妈妈心里面对你很好。"

一会儿来到王光福父母家。爷爷奶奶见到王小麦非常高兴。俞智丽告诉他们，王光福明天一早会来接王小麦的。到了爷爷家后，王小麦一改路上对俞智丽的冷淡，突然对母亲亲热起来。她缠着俞智丽，不让她走。"妈妈，你在爷爷家吃饭吧？"俞智丽不知道王小麦今天吃错了什么药，她这是敏感呢，还是想在爷爷奶奶前面刻意表演自己和母亲的亲热？俞智丽说，小麦，妈妈还有事呢。可王小麦很任性，一直拉着她的手，不让俞智丽走，好像王小麦知道俞智丽一走将不再回来。

俞智丽是在公公的帮助下才得以脱身的。回到家，她开始整理自己的衣服——她只想带走自己换洗的衣服。她从梳妆柜的抽屉里拿出自己的首饰，这些首饰大多是她自己买的，一些是婆婆送她的。她把这些细软放到一个小盒子里，然后放在梳妆台上。做完这一切，她坐在床边，等待王光福回来。屋子里非常安静，时间好像停止了转动。镜子里照出她茫然的侧影。

傍晚的时候，王光福终于回家了。

昨晚以来，王光福一直处在高亢的像是随时要崩溃的情绪中。回到家，他稍稍放松了些。家里静悄悄的，他还以为俞智丽和女儿还没回家。他担心俞智丽又把接女儿的事忘了。这段日子她他娘的魂不守舍的，脑子已经坏了。生活真他娘的没劲儿，我竟娶了一个脑子有病的女人，俞智丽竟然和一个劳改犯混在一块。

他进了卫生间，把水放满，然后把脸整个浸到水里，直到憋不住为止。他仰起来时，他的脸上都是水，一些水流进了他的嘴里，他尝到一股咸咸的味道。他知道自己流泪了。"我他娘的对她那么好，她竟这样待我……"

他一边擦脸，一边走向房间，看到俞智丽，他吓了一跳。俞智丽的目光追踪着他，眼中有一丝盼望。好像他是她的救星，希望他解救她。这目光是很少有的，什么时候俞智丽在他面前这么软弱呢？他疑惑了。他看到一只包放在床上，梳妆台上放着一只精巧的首饰盒子。他马上意识到将会发生什么事。

"小麦呢？你没去接她？"王光福问。

"我把她送到她爷爷那儿了。"

王光福想，她真的想同他摊牌了，王光福一时没了主意，他真的不能面对这件事。

"为什么把她送爷爷家？"

她知道他在装傻。她低着头，不言语。

"出什么事了吗？"

"对不起，我对不起你。"

王光福觉得有一股血液迅速地蹿到脑门。他知道她在说什么。他的身子不由得颤抖了一下。沉默了好长时间，王光福缓缓地说：

"你为什么要这么干？我待你不好吗？我里里外外都替你干好了，我不要你干一点家务，你难道还不满足！你为什么要这么干？"

他这么说时，内心的委屈被带了出来，他的眼睛通红，脸被某种痛苦扭曲。

"对不起。"俞智丽轻声说。

"你不顾家，一天到晚在外面替别人操心，我也不怪你，但现在你居然和一个流氓搞在一起……"

"对不起。"

"你他娘的难道只会讲这句话。"王光福突然提高了嗓门，他实在压不住自己的怒火了。

"对不起。"

"老天啊，怎么让我碰到这样一个女人！"王光福哭出声来，他拼命用拳头击打梳妆柜。那只首饰盒随着震动起来。

俞智丽伸手捧住首饰盒，说，"我确实不是个好女人，也不是个好母亲，实在对不起。这个留给小麦吧。"

精巧的首饰盒在王光福眼前晃动，王光福觉得这对他是一个巨大的讽刺。他一把撩掉俞智丽手中的盒子。盒子砸在地上，细软洒了一地。

"你他娘的想干什么？"

女人站在那里纹丝不动。此刻，她脸上有一种任人宰割的表情，一种既坚韧又无助的表情，王光福猜不透这女人在想什么。他从来没有弄明白她的心思。王光福再也忍不住了，他揪住了她的前襟，然后狠狠给了她一耳光："你想离开我们？你他娘的欺人太甚了，你怎么可以这样一走了之？"

这一掌很重，但俞智丽没感到疼痛，她希望王光福把她砸碎。当她幻想自己被砸碎时，心里涌出隐秘的快感，脸上露出一种圣洁的表情。"审判我吧，他是有权审判我的。"但是，王光福毕竟是软弱的，他显然被自己刚才的举动吓着了。此刻，他已蹲在地上，泪流满面。

俞智丽看了他一眼，轻声说："对不起。"然后拿起包，要走了。王光福见状，一把拉住她。王光福说："你怎么能这样？女儿怎么办？你想过女儿没有，你难道忍心她受到伤害吗？"

她的眼泪哗哗哗地流了下来，她一遍一遍说着对不起。王光福开始夺她手中的东西，但女人的态度十分坚决。

"你不能这样，我们坐下来冷静地谈谈好不好。我从来没问过你的事情，可能我们缺乏沟通。我们谈一谈好不好？"

……

"我知道你很苦。我知道你这几年很不安。那不是你的错，你也是个受害者，换了别人也会这样做的。你没必要这个样子。"

……

"是的，我一开始就知道你的事，我从来不向你挑明，我也不问你的心思，我怕不小心伤到你。可我很想帮你呀，你为什么不早告诉我有人盯你的梢呢，你告诉我，我会帮你的呀。"

……

"你不要这样，我们重新开始好不好，你是不是怕那个人？你别怕他，我会帮你的，只要你不走，我不会让那人再靠近你。"

……

她不打算回头了，王光福已经在哀求她了，但他就是跪下来，她也不打算回头了。她这辈子是欠那个人的，她只能由他处置。

31

　　俞智丽从楼道下来。鲁建竟然在楼下等她。他伤得这么重，竟然在楼下等着，好像他知道她会跟他走似的。鲁建见到她，转身走了，他走路的样子有些僵硬，那是因为他受伤的缘故。

　　俞智丽却不像鲁建那么坚定，相反，她的内心充满了悲伤，就好像她正走向一条歧路，走在一条没有归途的崎岖小道上。此刻，她的眼前浮现出王光福和女儿的生活，在她的想象里，王光福和女儿的生活是在阳光下的，是快乐的——她愿意把王光福和女儿的生活想象得明朗一些。她想象自己正放弃那种阳光般的生活，走向某个阴暗的世界——她把对女儿的内疚转换为对自己的惩罚。

　　那个人走在前面，路上有一些风，风把俞智丽的头发高高地吹起。她还嗅到了风吹来的鲁建的气息。现在她已经非常熟悉他的气息了，他身上有一种暖烘烘的像腐烂的草发出的那种浓烈的泥腥味。这是他身上的标记，她牢牢地记住了这一标记。在她的感觉里，这标记似乎来自深远之处，有着神秘的根柢，她能感到这气味中的内容，感受到这气味所展示的全部的痉挛和委屈。这气味就是一种权力，一种可以对她蛮横无理的权力。

所以，他现在即使受了伤，走路依旧那么坚定有力，就像他在床上那么理直气壮地向她不断索取的样子。都拿去吧，凡我所有的。她在心里这么说。他有权拿去我所有的。他的气息在风中飘荡，好像这气息是风的唯一内容，好像风的吹拂只是用来包裹他的气息。

怀着某种绝望的心情，她希望他蛮横地对待她。她想象他的粗暴。她觉得风中伸出无数只手在她的身体之上粗暴地抚摸。她渴望他把她揉碎。

门开启了，前面那人闪了进去。她看到黑洞洞的门，心跳骤然加快。黑暗，这是她近来常常想到的词，这个词和她的思想与精神一样复杂。这个词是无穷大和一切。有时候，进入黑暗她就会觉得自己像一缕气体那样消融了。也许是幻想他着她的粗暴，她全身变得柔软，没有力气，她的双手无力地垂下。那人去关门。她听到司毕灵锁上时那一声咔嚓声，她感到自己的身体完全醒了，张开了。她恨自己，恨自己的身体。

男人进了卫生间。一会儿传来男人激越的撒尿声，接着传来的是抽水马桶放水时的声音。这些声音穿越了她的身体。她直喘粗气。她不知道这是为什么，他的冷静和无法洞穿的内心激发了她的热情。她认为这一切是注定的，是她所付出的报偿。他赤裸地来到她跟前，包扎在伤口上的医用纱布缠在他的腰上。她看到室外的光线非常强烈。也许只是幻觉，因为这地方比较偏，外面几乎没有路灯，也许强烈的光线来自她的体内。窗帘在风中飘动，她的头发也完全散开，迎风招展。她听到屋内时钟的走动声，那声音十分神秘，就好像那声音和体内的某个部分相连，好像这声音使肉体的秘密渐渐地袒露了出来。她希望他把她碾碎，碾成玻璃一样锋利的疼痛的闪闪发光的事物。她感到窒息，肉体在下沉，她仿佛进入了一道生死之门。窒息是一种酸楚的想流泪的感觉。她闻到了死亡的气息，灵魂在她的头顶上飞翔。她在心里喊道："死了吧死了吧死了吧。"同时她的泪水奔涌而出。她自己都搞不清这是快乐的泪还是痛苦的泪。

但最终她活了过来。她感到肉体有一种从未有过的平静如水的感觉。她满足地躺在地板上，他也躺着一动不动。她看到天花板上的电扇正在缓慢地转动，漫不经心，电扇透出的金属气息有一种凉意。电视机正在播一个少儿节目，但没有声音，电视机投射出来的七彩的光芒映在他们的身体上，他们的身体被切割成一个一个图案，看上去变幻莫测。俞智丽的手在男人的身体上轻轻地划动，她在照图案的样子划。她感到他的身体因她的划动而轻微地颤动。这颤动让她有点儿感动。过了一会儿，俞智丽靠近男人，抱住了他。她说：

"我现在什么也没有了，我抛弃了丈夫，抛弃了女儿，我为了跟着你牺牲了一切。你可要好好待我，你一定要好好待我，我下半辈子完全交到你手中了。"

32

　　早上上班时，机械厂的职工见到王光福神情沮丧地站在厂门口。因为厂里每年都开职工家属联谊会，所以他们都知道王光福是俞智丽的丈夫。他们没见到俞智丽。他们在心里猜测王光福来厂里的目的，可能夫妻俩闹别扭了。后来，他们看到王光福走进了厂长办公室。

　　王光福从厂长办公室出来没多久，厂里人陆续知道俞智丽抛弃了丈夫和女儿，跟着一个从牢里出来的男人私奔了。王光福找厂长的目的是要厂里出面做做俞智丽的工作，让俞智丽回心转意。这事，确实让机械厂的职工感到意外。俞智丽竟然跟着一个劳改犯跑了。人们聚在一起谈论这件事。大多数人感到不可思议。他们把俞智丽的行为看作一个难解的谜。本来这个厂只有几个人隐约听说过关于俞智丽曾被强奸一事，现在这事变得尽人皆知了。另一个俞智丽开始在他们的心头复活，他们在谈论俞智丽的过去时，仿佛看到俞智丽妖冶地走在大街上的情景。那是一个同他们相处的俞智丽完全不同的人，两个俞智丽在他们的感觉中是分裂的，是决然相反的。人们猜测俞智丽行为可能同这事有关，甚至有人推测带俞智丽走的那个人就是多年前强奸她的人。但不久就有另外一种说法：那个人不是个强奸犯，是被警方误抓了，他被冤枉而白白坐了八年的牢。经过一段时间的议论，他们似乎已经接受俞智丽离家出走这件事了，他们似乎对此不感到奇怪了。

陈康可能是机械厂最后一个知道此事的人。他坐在工会办公室里，看到窗外走廊上人们一堆一堆地聚在一起议论着什么。陈康一直对这种道听途说越说越夸张的方式不感兴趣。早上九点钟左右，厂长传话叫他去一趟他的办公室。他这才从自己的办公室出来。他看到走廊上的人还没有散去，他们正用奇怪的眼光看他，就好像他们刚才谈的就是他的事情。陈康不知道厂长找他有什么事，自从他要求调到工会以来，厂长已有很长一段时间没找他了。陈康心里对自己说，看职工们的表情，就好像我出事了，我并没有事呀。他表情严肃地朝厂长办公室走去。

陈康好半天才弄清楚厂长为什么找他。原来俞智丽和一个牢里出来的人跑了，厂长这是向他了解有关情况。陈康听到这个消息惊呆了。虽然这之前陈康已预感到俞智丽出了什么问题，但他做梦也想不到是这样奇特的事。他一时来不及做适当的反应，就好像自己这会儿神经系统已不存在，失去了反应能力。脑袋空白，双眼无神，身子僵直，某一刻几乎一动不动，像是在凝视着某个神秘之处。他还不能接受这样的事情。他甚至想这可能是个谣言。

"小陈，你还好吧？"厂长关切地问。

厂长是个胖子，平时看上去乐呵呵的，眼睛眯成一条缝，谁都看不清他的眼神，但偶尔眼光一露，非常锐利。

陈康陌生地看了看厂长，机械地说："我没事。"

厂长说："没事就好。你们俩谈得来，俞智丽事先有没有同你说起过这个事？"

陈康茫然地说："没有，应该没有。"

厂长问一阵子，发现陈康了解得不会比他更多。厂长对陈康说："俞智丽上班来的话，叫她到我办公室来一趟。"

从厂长办公室出来时，陈康的脸色有点苍白。他走路摇摇晃晃的，好像他刚从一场拳击赛中下来，受了重创，有点支撑不住了，他的眼神这会儿显出雾一样的迷惘。他的思维也很混乱。他甚至无法判断这件事意味着什么？

他们现在还围在厂长办公室附近，好像在等待什么更惊人的消息。陈康走过去时，他们纷纷给他让道，同时用询问的眼光看着他。陈康没理睬他们，他径直走进了自己的办公室。

坐在办公室里，他的情感才慢慢恢复。此刻，他感到办公室显得空空荡荡。就好像办公室成了广大的宇宙，而这天宇之下只留下他独自一人，只留下无边的寂寥。他们在走道上闹哄哄的，但那声音好像处于无穷之远，把他推向无人之所，推向某个荒芜之地。他现在明白，这是一种被抛弃的感觉。他此刻确实感到失落，好像自己一直以来所过的以为有意义的生活被改变了。不是被改变，而是对生活感到越来越难以理解。

自从那次和俞智丽有了亲密接触以后，她的形象渐渐占据了他的心灵，她已经成了他精神的某种依靠，这同爱情类似，但也不完全是爱情，可能比爱情更深刻。他一直从她身上领受类似母性的关怀。他只要在她身边，他就会安静下来，他像一个孩子一样从她含义不清的一个眼神和一个笑容中，感受某种暖意。因为有了这份情感，他不再想念女友，也不再去找那些四川女孩。但他仅仅把她当成一个偶像吗？现在，当她不告而别时，他感到，这里面有着复杂的情感。他甚至感到自己被伤害。他发现他的内心充满了疼痛和哀伤，甚至还有愤怒。但他无法清楚地说出这种情感。

大约过了十分钟，有两个人走进了陈康的办公室。他们发现陈康木然坐着，他的眼角有点湿润。两个人彼此意味深长地对望了一眼。两个人大概猜出了他的眼泪是为谁在流。他们认为这也许同这家伙暗恋上了有夫之妇俞智丽有关。对此他们不感到很奇怪，俞智丽是美丽的少妇，是足以迷住像陈康那样的人的。谁都看出来了，俞智丽私奔的事对陈康来说是一个沉重的打击。

其中的一个人来到陈康前，说："小陈，你怎么啦？你没事吧？"

陈康一直沉浸在自己的世界里，他不知道有人走进了他的办公室，所以吓了一跳。他的眼中有了一丝光亮，就好像是这丝光亮把他拉到现实中来似的。他迅速地擦去了眼泪，本能地掩饰道：

"没事。"

那人笑了笑，又说："我们都不相信这个事。俞智丽干出这事我们不能理解。你一定事先知道这个事吧，你同厂长谈了些什么？"

陈康知道这两个人来他办公室的目的。这些人总以为这个世界是明白的，任何事情都可以说清楚的。这些人总是希望知道别人的秘密，他们恨不得钻到别人的心里去。陈康这会儿的心情十分恶劣。他对他们的反感迅速膨胀，他原本苍白的脸都有点儿涨红了。他懒得理他们。他希望这两个人快点从他眼前消失。

那两个人显然没有顾及陈康的心情。那人继续问：

"听说俞智丽跟一个劳改犯跑了，是不是？"

见陈康没有反应，那人继续问道："你一定知道的，你同俞智丽那么好，你会不知道？你难道没有看出来？"

此刻，陈康正需要拿什么东西来发泄心中的复杂情绪，好让他空虚的心被愤怒暂时填满。见两个家伙这么不知趣，他突然站起来，吼道：

"我不知道，我他娘的什么也不知道，你们都给我滚！"

就好像吼叫在他的内心撕开了一道口子，他失衡的情绪迅速地从他的身体里奔涌。他的眼泪不加掩饰地流了出来。他还用脚去踢办公桌子。撞击的声音很响，但他没有痛感。他注意到那两个人用不解的目光看着他。他知道自己失态了。他不想再在这个地方待下去。他扭头走了。他把门重重地关上。

他听到，走廊上引起一阵骚动。

33

陈康没想到自己又失控了。因为刚才爆发的情绪过分激烈，他此刻还在浑身发颤。街头阳光灿烂，令人目眩神迷。阳光从街头的树梢上穿射而下，像玻璃碎片一样砸在地上。他就像在玻璃碎片上行走，他感到很委屈。这种委屈现在都指向俞智丽，就好像这委屈是俞智丽伤害的结果。

他感到生活真是没劲透了，活着真的没有任何意义。这世上没有永恒的东西，什么都可以变。一天之前，谁会想得到俞智丽会变成一个问题女人呢？她竟然跟一个劳改释放犯私奔了，竟然连女儿也不要了。她一直深藏不露，其实她同任何女人一样，庸俗、虚荣，充满了各种各样的世俗欲念。这样一想，他有一种自己被玩弄、被欺骗的感觉。想起自己的神圣情感受到了伤害、玷污，他的内心就充满了怒火。刚才感到轻飘飘的像是被掏空了的身体，因为愤怒而有了重量。现在，愤怒让他找到了一种依靠感，好像他的生活因为愤怒而找到了方向。他感到自己又被抛入了那个深渊里。

几年之前，他就是这样，被抛入仇恨之中。这种仇恨曾经是多么强烈。

他发现女友死了后，就报了警。在警察们暧昧的询问下面，他说了同女友合住的种种细节。他们做了详细的笔录。他们的问题令他有受辱的感觉。他们的问题是多么形而下，他们似乎早已认定这是一桩情杀案，是三角恋或多角恋的故事。他们问他，这女孩是不是交友复杂？他告诉他们，她除了他没有另外要好一点的男友。他们的脸上带着一种不信任的讥讽的表情。他站在一边。警察们在察看女友。他不敢再看女友一眼。他们是多么粗暴，他们把女友的衣服都剥了去。他们检查女友的各个部位。他们把女友的身体翻过来又翻过去，好像那是一只有趣的玩具。他们的表情冷漠而贪婪。他难以忍受。他真想冲过去阻止他们这么干。他们终于完成了。用一块塑料布把尸体蒙了起来。这时，又进来一个警察，那个人一脸的猥亵，他进来就嚷："女人长得如何，漂亮吗？"说着，他揭去了塑料布，低着头看，还问："有没有精液？"

他突然感到难以忍受。他就是这个时候冲过去的。他总是这样，情绪突然失控。他父亲老是说他不成熟。他冲过去的时候，感到一切变形得厉害，就好像他的出租房此刻扭曲成了一幅超现实的图画，那些验尸的警察们成了平面人一样，冷眼地看着他，就好像他是他们这辈子唯一得以一见的怪物。他冲过去之前，他就有一种无力感。但愤怒是如此真实，他必须发泄出来，他感到奇怪，如此真实的愤怒会变得这么轻飘飘。他还是揪住了那警察的衣襟。他吼道："你怎么可以这样说话？你怎么可以这样污辱人的？"那警察没有动，冷冷地看着他。一旁的警察都冲了过来，要扭住他。那警察扬了扬手，把他们制止了。警察好像很同情他，好像他的女友真的是因为滥交男友才死亡的。那警察说："你别激动，你要把所有的情况同我们讲清楚，这样我们才能破案。"他愤怒到了极点。他给了那警察一拳。那警察很惊骇，他流出了鼻血。他不再制止那些警员。那些警员动作迅猛而夸张地把他按倒在地上。

他被关了一整天。二十四小时。当他放出来的时候，他们通知他，案子破了。他都有点不敢相信，这一次警察破案竟然如此迅捷。他们把案发的经过告诉了他。他听了后感到彻骨悲凉。女友竟然就这样被人杀死了！

警察问他想不想见那个人。他点了点头。他是跟着警察去的。他远远地看见了那人。他停住了。他站在远处看，就好像他靠近那人，他就会被魔鬼攫住。那个人见到警察，就卑屈地不住点头。那人是多么瘦弱。他的脸上看上去也有一种像是受了天大的冤屈的无辜的表情。他原以为见到那人会产生仇恨，没有，他显得异常冷静。他仔细地全面地打量那人。有一缕阳光从窗口投入进来，射到那人的脖子上。他看到，他的脖子上有一块红色胎记。这胎记似乎有一些不祥的感觉，就好像这块胎记早已昭示那人一生的悲剧。陈康非常平静，没有剧烈的情绪反应。他甚至怀疑自己是不是冷血动物。

对那人的仇恨是回去后才慢慢萌生的。他没把那租来的房子退掉。他依旧住在那里。躺在女友的尸体躺过的床上，就会想起女友和那个人。那个人出现得比女友更多，甚至更清晰。那个人的脖子上的胎记甚是刺眼，一晃一晃的，像是对他当时反应的一种嘲讽。他的反应确实没有一点儿血性。他的女友可是死于那人之手啊，是那人的手把她掐死的啊。

这时候，她的音容笑貌就会浮现。他们走在街头。她说起老家。她说家乡很穷，是他想象不出来的穷。当时阳光灿烂，照得她的脸很生动。她笑起来是多么单纯。她的脸很小，那善良的眼神里满是孩子气。她虽然来都市已有几年，但依旧保留着纯朴的本色。她老是让他，在他面前，她是软弱的。这令他变得有点儿任性和强硬，老是在她面前发脾气。街头有一些民工，穿着那种常见的破旧的蓝色工装。她对他说，他们让她想起了她的父亲，她的父亲就穿着这样的衣服。一年四季都是这样。他没钱，她说，她读书的钱有一部分是她在城里的舅舅出的。她说这些，让他感到心痛。她其实没有必要这样诚实。她就是这样一点都不虚荣。

她跟他好上了后，脸变得滋润起来。她脸上的幸福是多么真实。但她却离他而去。他多么不忍。他只有把愤怒和仇恨指向那个人。他躺在出租房里，躺在那张床上，满脑子都是幻想：他杀死了那人。

有时候，在幻想里，他也杀死了自己。他觉得他应该杀死自己。他不能原谅自己。根据警方的验尸报告，女友死在五月四日下午四点。当天的这个时候他在干什么呢？那时候他在上海。他是应朋友之邀去上海玩的。他本来想带女友一起去的。但他的朋友叫他不要带。朋友说，带了女朋友不好玩。朋友是他高中同学，现在是个诗人，而陈康也喜欢诗歌，正在偷偷摸摸写诗。他看上去单纯而明亮，像一个大男孩，但实际上他是个比较容易为某些事感动的人。他自认为比较敏感。比如，当女友告诉他家里的贫穷，告诉他父亲的模样时，他很感动，她的述说激发了他内心的温柔，他把他的情感偷偷地记录下来了。他的笔记本上记满了这样的诗歌。只是他从不给人看，就是女友都不知道他在写诗。他的同学已成了一个很有名的校园诗人。他去上海是有一些形而上的向往的，但到了上海过的是完全形而下的生活。当然，他并没有吃惊。这个时代大家都这样生活着。这个时代，从来是如此轻快和肉感。只有在独自一个人的时候，自己的真实需要才会呈现，才会变得重起来。同学很热情地接待了陈康。先带陈康去洗了脚，然后，就去了发廊街。说实在的，陈康并不太喜欢这些事，但盛情难却吧。当然，如果真的去了也并不是不喜欢。同学这么干他也并没有吃惊，现在自以为有头有脸的人都这样接待朋友的，这已是风气了。陈康想起来了，女友死去的时候，他正在发廊街，这让他感到非常心痛。他想，这大概是上帝对他的惩罚。他当时把 BP 机关了。他是晚上才开的。他一直等着女友的信息，但没有。他给女友发去了信息也没回。当时，他有一种奇怪的不祥的预感，他们正在热恋之中，联系一直频繁。女友十分依恋他的，不回信息不像是她的性格。当然，现在，他知道那天晚上，她已远离尘世了。因为这件事，他非常憎恨自己，不能原谅自己，就好像女友的死同他的胡作非为有关，好像女友死于他的负心之举。

有半年时间，他只要有空，就躺在出租房里想这件事。他对自己不满意，他把这种不满意发泄到对那个杀人犯身上。他很奇怪，他见到那人时竟会如此冷静。他的愤怒呢？他应该冲过去收拾那人的啊，至少也应该给那人一个耳光。可他没过去，这么冷静，好像那人同他没有一点关系。然而，在长达半年的回想中，他想杀死那人。他杀了那人无数次了。如果，让他再次接近那人，他一定会杀了他。半年时光，他就在心里盘算着这件事。他的外表倒也没有什么变化，还是那种天真模样，在学校里也是有说有笑。同学们也不知道他的遭遇。只是他经常在学校里失踪。他的同学说他挺神秘的。他在这间屋子里，仇恨，怀念，忏悔着。

有一天，他听说那个杀了女友的人被判了死刑，就要执行了。中午，他睡觉时候，做了一个梦。梦做得十分清晰。他梦见自己站在看守所门前，等着那人出来。阳光非常刺眼，天地间像水晶体一样亮晶晶的。梦中的事物总是有超现实气息。那个人出来了。那个人知道自己要死了，一脸茫然。他的灵魂在这刺眼的光芒下消融了吗？他看了看天。他能升天吗？天是多么蓝，蓝得像是伸手可以触摸。这时，这亮晶晶的世界出现一道光。是他手上的匕首的光。这光比阳光更刺眼。他的匕首刺入了那家伙的肚子。然后，他就跑了。

他从梦中惊醒过来。不过，他对自己做这样一个梦一点也不奇怪。他经常梦见杀人。他朝窗外看了一眼，出租房外的阳光也很猛烈。街上空无一人。他把窗帘关上。下午没事，他打算再睡一觉。这时，门外响起了敲门声。他有点厌烦这敲门声，他想，一定是房东来找他。半年来，房东对他独自一人住在出租房满怀好奇。他打开门，不是房东，而是一群警察。警车停在附近的街上。边上有一大帮闲散的人围观着。他很奇怪，这警车是什么时候来的，周围怎么一下子涌出这么多围观者。他没听到警车声。他想，可能他刚才又睡过去了。

警察们把他带走了。他们带走他的理由同他梦中的事情不一样。他们说他拿刀子行刺学校的一位老师。还好，那人没死。那位老师经常玩弄女学生，相当流氓。他曾多次在同学中扬言要收拾那位老师。他确实讨厌那位老师，但他真的刺了他吗？他有点奇怪。

对陈康来说，这一段记忆有些不太清楚。他们把他关了起来。他们审问他。他今天承认，第二天又说自己仅仅做了一个梦。他的笑容诡异，令人摸不着头脑。后来，他见到了他的父亲陈石。他的父亲把他带回了家。那时候，他就差两个月就要毕业了。几年后，父亲告诉他，他想办法替他搞到了精神失常的证明，他才被释的。而他的毕业证书也是父亲通过关系才拿到手的。

34

　　但有一件事他是清楚的。一直很清楚。在他跟着父亲回家时，他的行李袋里装着女友的骨灰盒。当然他不会告诉父亲，不会告诉任何人。他一直不知道如何处理女友的骨灰盒。现在，骨灰盒还留在自己的房间里。

　　案破了后，他首先要处理的是女友的尸体。当然，他很早就打电话给了女友的家人。女友家里没电话，他是打到女友叔叔家里，让叔叔转告的。但她家里人一直没来。后来，他还打电话到女友所在村子的一家小店，好不容易才同她的父亲说上话。她的父亲在电话里泣不成声。她的父亲说着四川话，因为哭泣，有点含混不清，他听着有点吃力。他安慰女友的父亲，但他忍不住也哭了。后来，他叫女友的父亲过来。那时，他对这事已感到无力承受。他不能告诉自己的家人。女友的家人可是他的依靠。他请求他们过来，处理女友的后事。女友的父亲哭了，说，你处理吧，你愿意怎样处理就怎样处理。他非常吃惊，这超出他的经验之外，没有这样的父母的，女儿都给人杀了，他们都不来一下。是无法承受，还是冷漠？他又打电话给叔叔，叔叔说，家里穷，他们拿不出路费。他说，路费他会出的。叔

叔说，他们来又有什么用？他们从来没出过门，也不知道如何
处理。他想让叔叔帮忙，务必请她父母过来。后来，他叔叔说
了实话。叔叔告诉他，他们没想到女儿这么会读书，他们本来
没指望她什么，她读书的时候也没操什么心，她成了一个大学生，
他们的任务就完成了。另外，他们确实无法面对女儿的死。

他只好自己处理女友的尸体。他把女友火化了。在火葬场，
他填相关表格时，他在家人栏里填了自己名字，身份是她的丈夫。
替她买了最好的骨灰盒。他在火葬场大厅的台阶上坐着，等着
女友的骨灰盒。阳光很好。火葬场是新造的，植物很少，整个
院落显得光秃秃的，他像是来到了某个荒芜之所。不断有敲锣
打鼓的队伍进来。他们也是来火葬的，他们披麻戴孝，排成一队，
那样子像是古时候一支征战的军队。他坐在那里，脑子和情感
都有点迟钝。为了女友火葬，他办了很多手续。他从来没有这
么能干过。他联系方方面面的事，另外他还必须向学校隐瞒他
的所作所为。一会儿，火葬场的管理人员把盒子交给他。盒子
很精致，在阳光下闪耀。有一刻他有幻觉，好像那盒子幻化成
了女友。他捧着骨灰盒，向火葬场外走去。

他都是这样，走一步才思考下一步该怎么办。现在，他面
临怎么处理女友骨灰这件事。他几乎是凭本能行事。他打了车
去了墓地。可是买一块墓地需要一万元钱。他没那么多钱。他
毕竟是个穷学生。他想不出合理的理由向家里要这么一大笔钱。
他走出墓地。他在荒郊野地看中了一棵橘子树。他挖了一个坑。
然后把骨灰盒埋了下去。他平了土。他坐在那棵树下。他感到
浑身无力，也很饥饿。他这时才想起来已有三天没吃任何东西
了。他看到附近有一个村子，他想去找点东西吃。但他怎么也

迈不开步子。他离开不了这棵树。他离开时，他觉得生命中的一部分丢失了。也许还有灵魂，他的灵魂留在了此地，离开的仅仅是他的肉体。他走之前，他对她说，他会来看她的。他知道这样的可能性不大，他过半年就要毕业了，毕业后他将回到自己的城市，就不会再有机会来看她。他走了一段路，又回到了那棵树下。他忍着饥饿，坐在那里。他想着女友的音容笑貌，他感到心酸。她父母不要她了，她男朋友也不要她了，她真的像人们所说的成了孤魂野鬼。当傍晚的夕阳出现在天边时，他决定把盒子挖出来。他决定把盒子带在身边。

下了这个决心，他就轻松了。他来到公路上，打车回到了自己的出租房。他把女友的骨灰盒放在那只简易的书架上面。他这时稍稍感到踏实了一点儿。他去街上吃了点面条。他实在太困了，躺在床上睡了过去。

女友出现在他的睡梦中。女友像天使一样，在这间屋子里飞来飞去。她怀着温柔和满足看着熟睡中的他。她确实是个好姑娘，她跟上他后是那么满足，那么无怨无悔。但他有负于她。他醒来的时候是半夜。他发现自己的枕上都是泪痕。女友当然已消失了。天上的星星亮得诡异，就好像把他虚弱的内心都洞穿了。他已有很久没好好看天上的星星了。星星非常遥远，就好像他们联系着另一个世界，联系着神界。如果真有所谓天堂，那会是什么样子呢？女友在那里会过上什么样的生活呢？她会像刚才他所见到的那样满足吗？

开始的时候，女友是在睡梦中来到出租房的。但后来，即使在白天，他醒着的时候，女友也会出现。在陈康感到十分无助的时候，她会满怀怜悯地看着他。是的，在这件事上他也很不幸。如果女友进了天堂，那他现在就是在地狱受煎熬。他也是值得同情的。他的委屈无人能说，只能同女友说诉说。他郁闷的时候，就想和女友说话，等着女友的到来，就像从前，他们的约会。他也这样，在没课的安静的下午，在出租房，等着女友翩然而至。

这样，女友的骨灰盒伴随了他半年。后来，他就有些幻觉。直到他的父亲把他带回家。回家的时候，他唯一想的就是把那骨灰盒带走。他带着它回了家。他休养了一阵子，就去机械厂上班了。

回家后，他的情绪好多了。他的个性是比较孩子气的，也是讨女人特别是年长一些的妇女喜欢的。他的嘴巴也很甜，经常令那些妇女心花怒放。但这只是他的表面，他的内心依旧怀着仇恨。怀着对这个世界的不信任。比如，那时候，他经常对俞智丽的所作所为不以为然。他觉得放眼望去，这世界基本上充满了罪恶，你不会碰到几个好人。像俞智丽这样的好心人应该是绝无仅有的。这不是产生圣人的年代，产生圣人的年代早已过去了。他认定俞智丽也就是一个假好人。当然，除了仇恨，他的内心还是有温柔的部分，那就是对女友的怀念。但这温柔和仇恨有时候是一体，相生相伴，是一个硬币的两面。

自从来到工会跟着俞智丽做事以来，他几乎已经忘记了女友。是俞智丽事件让他重新想起旧事来。他不知道为什么俞智丽这件事会让他想起女友。这两者之间有什么联系吗？他吓了一跳，他竟然有这么久没想起女友了。

他从机械厂出来，就往家奔。他独自住着一套公寓。公寓是他父亲利用手中的权力搞来的。像他父亲这样的领导干部，每个人的手中都有几套房子的。女友的骨灰盒他放在箱子里。他不能裸露在书架或桌子上，他的父母有时候会来这里看他的。尤其是他的母亲，经常来这里替他整理东西。他的箱子上着锁，除了他谁也不能动它。现在，他把它拿了出来。这盒子，他是在火葬场里挑选的。火葬场的大厅的小卖铺里有很多种骨灰盒，他挑中它是因为它看上去比别的盒子要小一号，精致灵巧，就像女友；更重要的原因是这盒子上面雕刻着两朵荷花，而女友的名字中刚好有一个"荷"字。盒子是放在箱子里面的，所以取出来时，一尘不染，散发着暗红色的光泽。

他把骨灰盒放在桌子上。他对着它发呆。他在追问自己，为什么俞智丽事件会让他想起女友。他感到其中所体验到的孤独感和空虚感是相同的。当年，当女友离他而去时，他感到自己被孤零零地抛弃在这个世界上。是的，抛弃。就是这种感觉。这种感觉让人受不了。当他听说俞智丽和一个刑满释放犯私奔时，他首先感到的是被抛弃。接着一种深刻的失败感和无处着落的人生虚空感涌上心头，紧随而来的还有一股想要发泄的无名之火，就好像自己被俞智丽愚弄了。为什么自己会有被愚弄之感呢？一直以来，俞智丽并没有向他承诺过什么呀！他跟着她，完全是他自己的意愿。

现在，他已不像刚听说她私奔时那么激愤了。他已在心里为她寻找各种各样的理由。是呀，她这么做一定有理由。他相信，她以前的所作所为都出于真诚，否则的话，那她真是天下最大的骗子。一个骗子如果能做到如此克己，那也是一个神圣的骗子。他们说，多年前，俞智丽曾经被人强暴过，他们还说就是那个施暴的人把俞智丽带走的。她这样做是为什么呢？她想用她圣母般的情怀去洗刷他的罪恶？如果是这样，那她真比特丽莎女士还要伟大，她也可以去得诺贝尔和平奖了。不管是什么原因，他以为，俞智丽这样做一定有她自己的逻辑，有着不为人知的原因。也许他得问问她，为什么做出这样惊世骇俗的事情。他实在想不出来。

　　这天，他坐在那里，一直想到晚上。月亮出来了。月光非常皎洁，把窗外的一切照得干净、透亮，就好像世界刚被清水洗涤过了一样。但他知道，这世界是污秽的。也许，她的私奔也是迫于这污秽的世界。

35

　　俞智丽上班时感受到了人们眼中的异样，她装作没事一样，微笑着同他们打招呼。她能理解他们那种探求的好奇的眼神。他们想不明白她为什么这样做。老实说连她也想不明白。在这之前，她可从来没有想过自己会做出这样的举动。她怎么可能忍心离开女儿呢？她还这么小！但她离开了他们，她是那么决绝，那么义无反顾，真有点惊世骇俗的了。回过头去想从前的日子，俞智丽感到她其实也没安定过，她对王光福一直有陌生感，好像她早已意识到这个男人不是她这辈子的伴侣，好像她的潜意识里一直在等待着另外一个人的出现。生命是多么奇妙，生命里的感觉比思想更为敏感，在你还没有清楚意识到的时候早已经在酝酿着了。

　　她到单位，他的表情是坦然的、大方的，好像她根本没有私奔这回事。这其实是拒人千里之外的方式，在她这种态度面前，人们没法就这个问题同她做交流。

　　俞智丽进办公室的时候，陈康正在看书。他其实也没看进去什么。昨晚，他睡眠不好，他的女友又出现了。他一整夜陪着女友说话。

他看到俞智丽进来，心里还是有些酸楚。他直愣愣地瞪着她，发现几日不见，她似乎变得陌生了。她那张脸依旧有光亮，但那光亮的背后有一丝满足的倦怠，一种尘土飞扬的兴奋。后来，他才意识到那是一种性感。这是他第一次在她身上想到这一点。她看上去好像比往日柔软了许多，弱小了许多。她现在似乎变成了一个幸福的小情人。他有点洞悉到她出走的秘密了。

"你把他们吓坏了。"陈康开玩笑说，他的脸上挂着一种类似自嘲的表情，"这几天，他们已不要我干什么事了。他们不相信我。"

俞智丽笑笑，说："你比他们更吃惊吧？我这样你做梦也没有想到是不是？"

陈康说："不知道，不明白，但我想你总有你的道理吧。"

俞智丽说："这之前我也不知道我会这么干。"

陈康不知道还该说些什么。听她的口气，她这么做完全出于她的内心需要，出于她无法控制的内在的召唤。

她也没多说话。她不想多说。她还像过去那样，该干什么还干什么。

隔壁造纸厂的民工又闹事了。像往日那样，他们打算给他们送一些水过去。这么热的天，太阳那么大，他们这样坐着，真是罪过。但没有人理会他们，那个台湾老板从未出现过。

他们真是一些可怜的人。是陈康首先注意他们的。陈康注意他们不是因为闹事，而是因为他们的口音。他们都说着四川话。现在，每次听到这种口音，不管这声音是什么人发出的，对他而言都像电流。女友曾经描述过她的父亲，他觉得这些衣衫破旧的人，每一个都像女友描述的父亲。他了解到这些人的处境，他们工作三个月，才能得到工资，但三个月快到的时候，被工厂莫明其妙地开除了，分文未得。这些老实巴交的农民，在码头做了三个月的搬运工，每天工作十三四个小时，没有休息天，却被随便一个什么借口辞退了，他们怎么也想不通。纠集在一起，要工厂给个说法。但没有人理他们。经常有警察来驱散他们。但警察走后，他们又来了。

他们的小孩在一边窜来窜去。对孩子们来说，所有人多的地方都是欢乐的广场。他们还不能理解大人的悲哀。这些孩子原本应该在学校读书的啊，他们却跟着父母进了城，失了学。这些孩子让俞智丽想起自己的女儿。离家出走后，她还是有些必要的事情找王光福的。对于离婚这事，王光福竟然爽快地同意了。她想大概是王光福害怕鲁建报复他，才答应的，毕竟他刺了鲁建一刀。她去见王光福时，都没和女儿见面。她有一种奇怪的心理，她以不见女儿来惩罚自己——她放任自己想女儿，想得牵肠挂肚，却禁止自己去见女儿。她问过王光福，女儿有什么反应？王光福说，她没问你去哪儿了，好像对女儿来说生活没任何改变。对此王光福很忧虑，他说，小麦如果吵着要妈妈，倒正常，现在这个样子很不正常。这段日子，俞智丽老做噩梦，梦见女儿被大水冲走了。醒来后，她唯一的念头就是想惩罚自己。

俞智丽对人从来没有优越感的，待人总是那么诚恳。当俞智丽给那些孩子喝水时，陈康又看到了那个他熟悉的俞智丽。这会儿，她一脸的端庄，像个圣母。他顿时原谅了她。不知怎么的，此刻她身上散发的母性气质让他的心中重又涌出一种温暖的感觉，还有莫名的委屈。

这时，陈康的眼睛像是被什么东西刺激了一样，隐隐作痛。他看到了俞智丽手臂上的伤痕。没错，是伤痕。俞智丽伸手给孩子递开水时，她的左手臂上有一块瘀青。这块瘀青让陈康联想丰富，也格外让他感到心痛。他敏感到意识到这块瘀青的来历可能同那个男人有关。他似乎嗅到这块瘀青有某种残忍的气息。他的想象在无限扩大，把他带往那个男人身上。

"你在想什么？"她问。

他这才从冥想中醒过来。他腼腆地笑了笑。回到这阳光灿烂的现实中后，他觉得自己刚才想象也太丰富了一点。也许她的伤只不过是不小心撞的。

给民工送完水，俞智丽打算去看望一下王世乾老人。俞智丽问陈康去不去。陈康想了想，说，那就去吧。

正是下午四点钟光景。是秋天，太阳不是太猛，但很透明，把一切照得晃动起来。陈康想，大概是因为路上汽车的反光这个世界才晃动的。这个世界包容一切，表面上看什么也没有改变，在这个世界里，人的喜怒哀乐、悲欢离合就像大海中的水，不着一点痕迹。所有的遭遇其实只是个人的，其影响只是周围的几个人。俞智丽事件放在这个纷繁的世界又算什么？女友被杀又算什么？虽然对他来说刻骨铭心，但对这个世界来说，这一切其实不着痕迹。生命是多么虚空。在这个世界的大容器中，生命就像一滴水一样，可有可无。

一会儿，他们来到干休所。干休所的院子很漂亮，院子里有几个花圃，开满了鲜花。可能是刚刚浇过水的缘故，花朵上滴满了水珠子。王世乾老人正站在花圃前，他的鼻翼贪婪地张开着，用力嗅着什么。老人好像知道有人来看他了，他的脸上有一种心领神会的聪明劲儿，就好像他通过鼻子看清了整个世界。老人的皮肤在太阳的照耀下显得非常白。这时，他的空洞的眼睛投向他们。然后同他们打了个招呼。陈康觉得老人那瞎眼的底部似乎有着锐利的光芒，好像一切都被这个瞎子看穿了。

每次都是这样，陈康同老人握手时，都会有一种异样的感觉。老人的手凉爽光滑，就像一条随时会溜走的鱼。陈康甚至觉得老人光洁的皮肤同样是黑暗的产物，是阴性的。

一阵风吹来，老人咳嗽起来。老人说，他这几天身体不舒服，感冒了。他们就进了老人的房间。

上次老人托俞智丽买的几盘京剧磁带，她带来了，交给老人。老人的屋子虽然比较干净，俞智丽还是替他收拾了一下。

"你最近在干什么？"老人问俞智丽。

"最近出了一趟差。"

"你在骗我吧？"他的瞎眼"炯炯有神"地注视着她。

俞智丽的脸红了，她说："我骗你干什么。"

"我虽然什么也看不见，但我搞过地下工作，我能听声音，撒谎的声音不一样。"

俞智丽没回答老人。她只是惊异地看了看老人。

"我知道你的事，我没想到你还会来看我。"老人说。

陈康一直在观察老人。老人的话让他倒吸一口冷气。他想，这真是个与众不同的人。他意识到这个锐利的老人身上有一种令他心惊肉跳的坚韧的东西。

他们回去的时候，干休所的简所长叫住了他们。简所长向他们谈起了王世乾老人的近况。简所长说，老人最近情绪不太好，他们也搞不清其中的原因。最近他有点攻击性，一次干休所一个女服务员给他打扫房间，老人拉住人家姑娘的手不肯放下，吓得姑娘后来都不敢进他的房间了。简所长说，这里的老人喜欢用语言占姑娘的便宜，这倒是常有的事，但动手动脚的事很少。王世乾老人一向都很自律的，不知为什么突然变成这个样子。简所长说到这儿，吸了口气，说：

"老人也怪可怜的，一辈子没家庭。"

俞智丽听了这话，觉得被什么东西刺痛了，感到浑身难受。俞智丽说：

"我会多来看他的。"

36

"刚才太可怕了。"这是俞智丽醒来后说的第一句话。

今天,他们确实太疯狂了。刚才,走在路上时,她已有感觉,她的胸脯贴着他的胳膊,他的胳膊热得发烫。这使她的身体有一种灼烧感,就好像她的整个身体被电流贯通了。她猜想,他一定也这样。他一定急着把她撕成碎片。她对自己如此"灵敏"而感到奇怪。她现在似乎有点儿恬不知耻了。

这会儿,他们还躺在地板上。他们的衣服扔得到处都是,看上去像一只一只从天而降的微型降落伞。

鲁建眼神迷离。这眼神给人一种既迷惑又深情的感觉。当他的目光在俞智丽身上游走时,俞智丽有些不好意思,她随手拿过一件衬衣盖住了身子。她一直不在意自己身体的,对男人的注视或抚摸也很淡漠,现在她对自己的身体有了一种羞耻感。

"我太瘦了是不是?"她问。

"这里挺大的。"他指了指她的胸脯。

"我其实挺讨厌我的身体的。"

"为什么?"

她说不上来。自从被强暴后,她一直没感到自己身体的存在。她把身体裹得严严实实，不让自己看见它。不看见就不存在。虽然不时有人赞美她的身体、她的容貌，但她从来不会因为这样的赞美而高兴。她觉得自己的身体是丑陋的。她说："身体是多余的东西。"这会儿，她的脸上已有圣洁的表情。你几乎见不着刚才那个放荡的女人。

"你是个奇怪的人。"鲁建的手在她身体上轻轻划动。

"是吗？"

"天底下像你这样的女人真不多见。"

他想了想，又说："我在里面时，经常想象你的样子。"

"你是怎么想象我的？"

他不知如何回答她。监狱里的日子就是仇恨的日子。是仇恨让他活下来的。仇恨在某种意义上变成了他的信仰。在里面，他们曾给他吃过一种药，吃了这种药后，人就会变得失去意志，像狗一样在地上爬。如果爬到楼顶，就会想跳下去融入蓝天之中。他之所以没跳下去就是因为心里怀着对俞智丽的仇恨——他受的所有的苦全都是她的缘故。因为恨，他觉得自己应该活着。可是他对她的情感终究是复杂的，他和她还是走到了一起。

她身子转动了一下，衬衫从身体上掉了下来。他又看见了她的身体。她的身体真的很美。她是他第一个彻底得到的女人。这段日子，他有一股永不满足的劲儿，总是粘着她。八年的欲望堆积得太过强盛了。她的身体是奇妙的。即使在欲望之中，也具有牺牲精神。她的迎合天衣无缝，就好像他们是伊甸园里的亚当和夏娃，是天生的一对。她的身体接受他的每一个暗示，这具躯体知道他的每一个细微的需要，就好像这具躯体多年来一直在寻找他。

她重又把衬衫盖在身上。衬衫太短，盖着胸脯时，下面就露出来。

"让它露着吧，这里又没别人。"

她想了想，就把衬衫丢到一边。

她一直想问问他里面的事。可不知怎么的，她也有点惧怕问他，好像这个问题有一种像黑暗一样吞噬一切的能力。这一次，她像是下了天大的决心，问道：

"你在里面吃了很多苦吧？你为什么不说说你里面的情形？很可怕吗？"

"会把你吓着的。"

"我想了解你。"

"你瞧瞧它。"他指着自己的下体，"有什么不一样吗？"

"什么？"她的脸红了。它这会儿软绵绵的，蜷缩着，它没了刚才的神气活现。

"你不觉得它丑陋吗？"

她不知道他要说什么，眼睛亮晶晶地瞧着他。

"在里面时，被同牢房的割了。"

"为什么割？"

"我是强奸犯啊，他们就要看我的玩意儿。刚进去那会儿，一直受到他们欺侮。他们看到我是包茎，就拼命嘲笑我。他们嘲笑够了后，把我的包皮割了。"他说得尽量轻描淡写。

听到他的话，那种强烈的内疚感又从心底升起，她的眼眶泛红。

"痛不痛？"

"最初倒是没有痛，相反家伙勃了起来，血一下子洒了出来。后来就痛了，家伙也软了。血沿着大腿内侧流，通红的一片，非常吓人。我就捏住它，试图止血。我痛了整整一夜……"他说得很平静，好像这一切与他无关。

俞智丽早已受不了了，她闭着眼睛，浑身颤抖。她流着泪说："对不起，都是我害了你。"

他拍了拍她的脸，说："都过去了，你也别内疚了。"

但她还是想流泪，她觉得他太可怜了，怀着这温柔的情感，她抱住了他的头，把他的脸贴在她的胸口。他的叙述让她的身体疼痛，她想让这疼痛来得更强烈些，好像疼痛才能减缓她的愧疚。

他像是知道她的愿望，眼中又有了欲望。他的目光抚摸着她的乳房。她的乳房轻微地跳动着，显得更加饱满更加沉甸甸。他翻身滑入她里面。

"你里面好多水。"

"我也不知道。以前不是这样的。"

也许同她谈了监舍里的暴力，他有些失控。当他在她身上时，他的头脑中突然出现他们狞笑着的幸灾乐祸的脸，好像他们这会儿正在对他下体指指点点，好像他的下体还在血流不止。这种幻想让他疯狂。

结束后，他仔细端详她，他看到她的脖子锁骨处有伤痕，伤痕有手指这么粗。是刚才他的失控造成的吗？他有些不安。他对自己的失控感到担忧，已经有好几次了，怎么会这样呢？

俞智丽闭着眼睛体味着刚才的一切。她好像正置身于遥远的天边，要用点儿劲才能慢慢回到现实中来。她想起鲁建刚才的表情，真的很可怕。俞智丽多次见到这张可怕的脸。在鲁建失控的刹那，她仿佛看到他的灵魂，那是一颗被暴虐过的灵魂，有着令人惊骇的面目。她想，这一切都是他在牢里受的苦造成的。天哪，他们竟然这样对待他。她要好好安慰他。

为了转移自己的思绪，俞智丽问起酒吧的事。鲁建说他已和那店主谈过了。那店主的要价目前是挺高的，他有些承受不起。不过，大炮说，钱的事不用担心，他来入一部分股，也可让别的朋友出一部分钱。

"转让价格的事，大炮会出面去谈的，他有办法，他会办妥的。"鲁建自信满满。

俞智丽点点头。她想，如果这事儿谈下来，那他以后就有一个立足之地了。像他这样的人在社会上要靠正经事立足太难了，很难找到体面一点的工作。开酒吧对他来说似乎是不错的选择。他是那么喜欢酒吧的气氛。

37

鲁建终于和过路人酒吧的店主谈妥了转让事宜，一个月后酒吧终于开张了。考虑到老顾客的感受，酒吧的名称依旧叫"过路人"。

开张那天，鲁建的朋友前来酒吧祝贺。大炮显得比谁都活跃，频频向酒吧里的人敬酒，就好像是他自己的店开张了。倒是鲁建不声不响坐在一边喝酒。大炮对大伙说："我这个人一向自以为是，可我就是佩服鲁哥。鲁哥在里边，不但脑子够使，还很有种。我他娘的在里面，没少挨同牢房那些人揍。你们不知道那些人有多变态，他们一定是性压抑，所以动不动就把火气发到我头上。多亏了鲁哥，他帮我搞掂了这帮人，我才没被他们整死。鲁哥大恩大德，没齿难忘啊……"鲁建见大炮有点儿激动，笑着说："大炮，你他娘的喝醉了吧。"大炮说："我没醉。我知道鲁哥是个什么样的人，他想要做的事一定会做成功。我相信，鲁哥的这家酒吧一定能欣欣向荣的。鲁哥不但是个有头脑的人，同时也是个有魅力的人，这一点，你们可以问一问美丽的俞智丽女士，我们的老板娘，也可以问一问颜小玲小姐，颜小姐可是这条酒吧街上的名人，有多少男人迷她呀，有了她，酒吧一定会生意兴隆。我这个人废话多，但说的都是实话。总之，我们祝鲁哥的事业兴旺发达！"说完，大炮带头鼓起掌来。

颜小玲正在吧台调酒，他听了大炮的话，咯咯咯地笑了起来。李单平见颜小玲笑成这个样子，不以为然地说："你这人骨头越来越轻了，你得注意点，你瞧老板娘的脸色，她看来对大炮反感呢。"颜小玲说："你说鲁哥这个人是不是有点奇怪，他怎么会娶这么一个黄脸婆。"李单平说："你们女人看女人总是有偏差，我看她还是蛮漂亮的，比你有味道得多。"颜小玲说："李单平，你是不是喜欢上老板娘了。"李单平说："你别胡说。"

俞智丽对酒吧的开张盼望已久，她比谁都高兴，鲁建终于可以在这世上立足了。可是她觉得自己很难融入这热闹的氛围中。她和他一起生活来，有几次鲁建带她去见他的朋友，但俞智丽很难适应这些人，并且在心里抵触他们。她觉得鲁建不应该和这些人交往过甚，他们都是从牢里出来的，身上或多或少带着一些毛病，鲁建同这些人混是危险的。她曾劝过鲁建，鲁建拍拍她的脸说，你放心吧，我不会再犯事儿，我可不想再到里面去，那不是人待的地方。

俞智丽无声无息地朝吧台走来。颜小玲觉得俞智丽像一个幽灵，她没有融入这欢闹的气氛中。她应该是主人啊，她把自己当局外人。颜小玲和李单平中断了谈话。他俩对俞智丽微笑。俞智丽客气地说："你们辛苦了。"颜小玲说："老板娘多吩咐。"颜小玲觉得俞智丽一点也没有老板娘的架势，她就有点趾高气扬起来，不怎么把老板娘放在眼里了。她继续和李单平说笑。俞智丽也没有做老板娘的感觉，她甚至不好意思去使唤他们。

"刚进来了一个客人，你们没看见吗？"鲁建来到吧台对颜小玲说。颜小玲甜甜地一笑，说："看到了，我这就去。" 颜小玲扭着屁股朝客人走去，像一个天生的骚货。她这样真的像一个小婊子。鲁建发现俞智丽茫然地立在一边，问："你没事吧？"俞智丽说："没事。"鲁建说："不要一个人站着，多使唤使唤服务员。"俞智丽点点头。

又一个客人进来了。鲁建夸张地和他握手，还拥抱了一下。显然他们是老熟人。鲁建向俞智丽招了招手，俞智丽就过去了。鲁建向俞智丽介绍那人，那人叫孙权。那人夸张地拥抱俞智丽。俞智丽不能适应这种亲热劲儿，她微笑着挣脱了。那人就说："阿建，你媳妇今天要陪我喝酒。"鲁建打了那人一拳，笑道："你就爱开这种玩笑，娘们多的是啊。"一会儿，鲁建去别的地方应酬了。

一会儿，这个人喝醉了，他来到俞智丽跟前，对着她的脸喷了一口酒气，他说："阿建是怎么把你搞到手的，你的皮肤还真白。"说完，他在她的脸上掐了一把。俞智丽让开了。那人嘿嘿一笑，又说："我听人说你是个活雷锋，专门做好事，是个大公无私的人，你为我做一件好事吧？"说着那人一把搂住了她。俞智丽在他怀里挣扎，但怎么也挣脱不了。这时，鲁建黑着脸过来了，迅速把俞智丽拉开，骂道："你怎么搞的，连个人都不会照顾。"俞智丽知道鲁建是在解救她，她很感激地看了他一眼。鲁建脸上没有表情。那人很失落，说："阿建，你媳妇太正经了。"鲁建说："我没教育好，她太正经了，我给你另外找个姐来。"

一会儿，俞智丽平静下来。她想，鲁建这样也是为了生意。俞智丽是个冷静的人，她开始环顾四周，观察顾客的情状。鲁建的朋友们都带来了女人。此刻，女人们的肉感的笑声此起彼伏，就像她们是专门发出笑声的机器。男人们因此显得极为亢奋。女人的笑声从来就是男人的兴奋剂。看到这场面，刚才的高兴劲儿已消失大半，甚至还生出忧虑来。她担心酒吧会成为一个肮脏的地方。

就在这时，她看到在酒吧的黑暗处有一个熟识的人。她仔细一看，原来是陈康。她不知道他是什么时候进来的。他坐在那里，端着一大杯啤酒，他忧虑地看着她。她同他笑了笑，但他没有笑。这之后，俞智丽感到陈康的眼睛一直在追踪着她。她被这样的凝望弄得心神不宁。

大炮那边又热闹起来。大炮在和颜小玲纠缠。大炮搂住颜小玲，想抱她。颜小玲却像泥鳅一样从大炮的怀里溜了出来。大炮说:"小玲妹妹看上去单纯，但门槛比谁都精。"颜小玲嗔道:"你身上的酒气太重了，熏得我受不了。"大炮说:"借口，借口。不过，我知道你心里想什么事，要是鲁哥抱你，你才不会溜呢。"颜小玲说:"鲁哥他不会要我的，他可只喜欢老板娘。再说，鲁哥也没你这么坏。"鲁建说:"大炮你别闹了。"大炮说:"鲁哥，这小姑娘是不是爱上你了?"鲁建呵斥道:"大炮你少来。"

那个醉酒后欺侮俞智丽的男人不见了。俞智丽松了一口气。她有点累了，她想休息一下。她来到酒吧的后门。她发现后门非常嘈杂。她打开门，发现一帮人正在揍那个醉酒者。那个醉酒者眼神惊恐地看着俞智丽。俞智丽赶紧把后门关闭。她靠在门边，喘气。

不知是不是因为陈康出现的缘故，现在，俞智丽对眼前出现的一切感到羞愧。她不清楚鲁建为什么要把酒吧搞成这样子。

陈康从那个角落站了起来。在他向门外走去的时候，她感到心头一阵空虚。她抬头向那边望去。他的背影看上去有那么一点儿落寞。他也是个可怜的人，谁又能想得到呢，这个单纯的男孩身上会有如此奇特的故事。看着他消瘦的背影，她的目光有点湿润。她知道他关心她。他到这里来都是因为关心。他一定在担心她的生活。但她无法同他说，她的故事无法诉说。没有人会理解。他一定也不会理解。他的背影一晃在那门外射来的光亮中消失。酒吧的门晃荡了一会儿。

38

　　这天，他们回到家已是子夜了。俞智丽虽然很累，但没有一丝睡意。她想和鲁建好好谈一谈。俞智丽对鲁建和大炮那伙人混在一块非常忧心。鲁建毕竟在里面关了这么多年，有些行事方式带着那个地方的特色，比如刚才他们打那个人，她感到很不安。他这样做是不合适的。他为什么总是用这种残暴的方式解决问题呢？

　　酒吧转让的事鲁建也是用这种方法解决的。俞智丽听说原店主是在大炮的威胁下才答应以较低的价格转让的。俞智丽认为这是不对的，这是黑社会的方法，是牢里的方法，这样下去迟早要出事的。她下决心要同鲁建好好谈谈。

　　酒吧虽然开张了，但鲁建的心情却不怎么好。今晚孙权的出现勾起了鲁建不愉快的回忆。在里面，孙权是个狱头，号子里犯人间的事，他都事无巨细向"政府"汇报。在号子里，鲁建曾计划出逃过，并且也实施了，结果不但没有成功，反而受尽了折磨。他是通过厕所的溢粪通道爬出监狱的。开始一切很顺利，他开启那个盖子，粪水便溢了出去。然后，他就钻了出去。但当他快钻出孔的时候，出了状况。外面有一群狗。它们大约是因为嗅到了粪便的气味而来的。它们贪婪的样子就好像犯人们的粪便对它们来说是一种绝世珍宝。当它们看到孔里面钻出一个气味特别的陌生人时，都跳开，然后在不远处表情狰狞地狂吼。狗吠声此起彼伏，声势浩大，把寂静的监区扰得沸腾起来。他恨不得自己和粪便融成一体，消失无踪。这个时候，他听到了警报声。警报声像一颗子弹击中了他的心房。他绝望地想，他们发现了他。他逃不了了。开始他以为要是没有那些狗的话他就成功了，后来才知道，其实他们早已知道他的计划，布下了天罗地网，那些狗是准备好对付他的，而他行动的告密者就是这个孙权。鲁建一直怀疑，他刚进去时他们割他包皮也是这个人指使。

大炮告诉过他，孙权今天会来搅局。在过路人酒吧转让过程中，孙权也觊觎这家酒吧，是鲁建的竞争对手，当然最后还是鲁建得了手。知道孙权要来，鲁建早已安排大炮教训那个人。鲁建知道孙权其实没醉，只是借酒滋事罢了。对这样的人，你不能服软，你得用更凶悍的方法对付他。这是他在牢里获得的生存法则。虽然事先有准备，可这件事还是弄得鲁建老大不愉快。他知道这事还没完，孙权一定会借机找他的碴，他得当心一点才对。

鲁建洗在卫生间洗漱。俞智丽观察到他今夜不高兴。但即使他不高兴，她也打算同他谈。鲁建洗漱完，见俞智丽看着他，问："为什么这样看着我？我很奇怪吗？"她不知从何说起。鲁建对俞智丽说："把灯关了，早点睡吧。"俞智丽伸手把灯关了。房间一下子暗了下来。他爬上床，伸出手，去抚摸她的身体。她没回应，她的身体一直僵硬着。

"你怎么啦?"他说。

她的身体颤抖了一下,然后转过脸来,不安地说:"我看见他们打那个人了。是你叫他们动手的吗?"

"我的事,你别瞎操心。"也许是因为心情烦躁,鲁建的语气颇有些不耐烦。

她却猛然坐了起来,说:"鲁建,我真的很担心,有什么事可以好好说的呀,怎么可以打人呢?"

他的脸一下子变得漆黑,他轻蔑地说:"你知道他是谁吗?他是我的仇人,就是他让人把我的包皮割了去,他娘的,他竟敢在我的大喜之日来闹事。"

他瞬间的浮现可怕的表情让她胆怯,她轻声劝慰道:"你们这样打来打去的,没个完的。"

"你不要说了,你不会懂的。睡觉吧。"他打断了她。

沉默了好一会儿,可她怎么就此罢休呢?她知道这事是鲁建指使大炮干的,她说:"你不要老和大炮他们混在一块,好不好?他会给你惹事的。离他们远远的,他们都不是好人。我们一起好好过日子,好不好?"

听她说得这么轻巧,他突然有些生气,他讥讽道:"你是不是觉得大炮是社会渣滓?那你以为我是谁?你觉得我又算什么人?好人还是坏人?其实我同大炮没有什么不同,都一样的,到过那里,就不是正常人了,就成了这个社会的一堆狗屎,这一辈子就毁了。我知道他们都瞧不上我们这类人,你也瞧不起我们是不是?可是你想过吗?我不同大炮交朋友还同谁交朋友?我去同官员交朋友?还是同商人套近乎?或者做风雅状和文化人打交道?谁还理我?!他们都把我当成黑手党,以为我要敲诈他们……"

他的话把俞智丽吓着了，她一时不知怎么回答他。

"其实你说的没错，我们就是渣滓。到了那个地方就注定了你这辈子是渣滓，连改好自己的权利也没有了，没人相信你了。"鲁建的嗓门骤然提高了。

"怎么会呢？只要好好的，我们照样可以过上好日子的。"

他冷笑了一声，说："你以为不去惹事，别人就会放过我，这世上的事比你想的要复杂得多。你不知道我在里面怎样过日子的？在里面你只能把自己当成渣滓你才能活。否则你就不能活下来。我进去的时候，还去监牢图书室借书看，可他们嘲笑我，他们说，你他娘的还想出人头地？死了这条心吧，出去后你就知道没人再看重你。你除了拉拉三轮车，擦擦皮鞋，你再也找不到正经事做，当然你还可以去偷去抢。"

他越说越激动，胸口起伏不停。他说的每一句话都让她内疚，她哭了。为了使他平息下来，她搂住了他，试图用自己的身体安慰他。像是怀着某种仇恨，他狠狠地撕去她的睡衣。他迫不及待地进入了她，好像唯有如此他才是安全的。

就像一把刀子插入到了自己的身体里，她感到疼痛。她希望这种痛感来得更强烈一些。有一种方法可以加强这种痛苦，那就是想鲁建受的苦。他们欺侮他的每个动作，都引起了她肉体的反应。他同她说过的，他刚进去时，他们就教训他。他们怕惊动看守，先塞住了他的嘴巴，然后他们架着他，把他的头扣在他们刚刚拉出的屎堆前，让他嗅那臭气。他呕吐不已。他的口被塞了，呕吐的秽物塞在口腔里，让他不能呼吸，他只能咽回去……

俞智丽觉得恶心，想吐了。她强忍着。他终于结束了，一动不动地瘫在她的怀里。她一把推开了他，迅速跑到洗手间，呕吐起来。她什么也没吐出来。她不住地喘气，脸涨得通红。

鲁建也跟着来到卫生间。他关切地问：

"怎么啦？不舒服吗？"

她摇摇头。她没法告诉鲁建关于她内心的秘密，身体在受苦的时候，她的灵魂就会得到满足。一会儿，她缓过气来。

夜已经很深了。除了路灯，附近已没有哪户人家的窗口还亮着灯光。周围安静得给人不真实之感。她对未来的日子有点茫然，和鲁建生活在一起以来，这种茫然的情绪一直跟着她，她觉得自己好像被悬在了半空中。

鲁建已经平静下来，他安慰她："你不用担心，我会注意的，你瞧，我不是不用去拉三轮车了吗？我还是幸运的，我们酒吧开张了。我一定会遵纪守法的，我保证我的酒吧是干干净净的。"

她辛酸地点点头，紧紧地搂住了他，就好像她在担心他会违背他的承诺。

39

陈康看到俞智丽有些异样。她的脸很浮肿，却不像是睡眠不好的那种浮肿。虽然她还像平常那样，干那些别人不想干的杂事，脸还是那样平静而洁净，但他看到她的眼中似乎有阴霾。

俞智丽对陈康的注视很不安。为了掩饰不安，她提着水瓶去茶房打开水了。

俞智丽打水回来，陈康还是这样忧虑地注视她。这让俞智丽感到非常紧张。她对他笑了笑，结果连笑都有点僵硬。

她把水瓶放到陈康桌上时，陈康又一次发现俞智丽的手臂上有瘀青。俞智丽好像感受到了陈康的目光，手像触电一样缩了回来。陈康断定她的浮肿应该同睡眠无关。

"这怎么回事？"

俞智丽不想陈康关心这种事。这是她的私事，她从来也不想别人知道她的私事。她说：

"不小心弄痛的。"

陈康当然不会相信。如果是她自己弄伤的，不会这样一而再地出现。这显然是某种暴力的结果。

"他打你？"

他没打她。可不知为什么，面对陈康的关心，她的心里还是涌出一种伤感的情绪。这同她对自己的生活缺乏信心有关。她感到鲁建和她的生活是有点怪异的、失控的、令人忧虑的。俞智丽怕控制不住伤感的情绪，屏了一会儿呼吸。她慢慢地平静了下来。

她摇摇头。

"他怎么能这样？"他确信鲁建打她了，"这还是人吗？"

"你不会明白的。他吃了很多苦。"

"吃了很多苦也不能打人啊。"

俞智丽真的感到说不清楚。她不想再说下去。陈康是不会明白的。老实说，有些事连俞智丽也不明白。她对自己充满了疑虑。

同俞智丽的谈话虽然不令人满意，但陈康对俞智丽的热情被重新激起了。回去的路上，陈康满脑子都是俞智丽和她身上的伤痕。他感到他的热情同她的伤痕有关。很奇怪的，是伤痕重新让他看到了希望。

自从俞智丽私奔以来，陈康的女友又出现了。他只要有足够的耐心，足够的诚意，女友那瘦削而可爱的身影就会出现。只是现在，他经常看不清女友的脸，他不清楚这是怎么回事儿。每个晚上，房子里充满他和女友的说笑声。这让他不再感到孤单。他对女友说起了俞智丽：

"你没见过她，她是这世上少有的好人，可现在她在受苦。那个人在欺侮她。我没能保护你，我一定要保护好她。"

他这样说的时候，产生了不可抑制的想见到俞智丽的冲动。于是，他就从床上爬起来，向雷公巷走去。总是这样，冲动往往会支配他的行动。

陈康不可能进屋去找俞智丽，他只是在雷公巷周围游荡。夜晚的雷公巷显得相当昏暗，不过他对这条街已经很熟悉了。这条老街，虽然几年前修整过，但店铺的房舍因为是木结构的，依旧相当破旧。他站在一家卖烟酒杂货的已经打烊了的小店门前。小店附近有一盏路灯。小店门边撑着一块标有可口可乐商标的红色遮阳布，陈康可以藏在暗处。陈康会不时地张望着进出雷公巷的那个出口。

那个男人总是在凌晨时分回家。男人看上去很高大，也很结实，脸上的线条显得有些生硬，就好像一把刀子似的。或者说，他的严厉会像刀子一样刺向别人。那人戴着一副墨镜，他走路的姿态也有点霸道。陈康想，这些从牢里出来的人，都像一个模子里出来的，好像比谁都牛皮似的，好像坐牢是他们的革命资本，从此后可以不买谁的账。

他进屋后，他就跟了过去。

几天后，陈康发现了俞智丽伤口的秘密。当时，他很想冲进去，狠狠地揍那个人一顿。但他忍住了。他想，这会让俞智丽处于更不利的位置。他得同俞智丽好好谈谈。

40

　　王光福没想到女儿王小麦会出这样的事。事后他想，这事发生前其实早有预兆。自从俞智丽跟人跑了以后，女儿似乎一直有种神经质的惊恐。幼儿园里的孩子都知道俞智丽的事。也不知他们是从哪里听来的，现在的孩子普遍早熟，他们早早地在模仿成人世界的一切。他们老是嘲笑王小麦。王小麦的个性本来就比较敏感，当她感受到周围的敌意后，她有了一些极端的举动。这段日子，王小麦突然对虫子感兴趣了。王光福领她去公园玩，她却在公园的树叶上寻找虫子。她还带了一只小小的原本用来装巧克力的盒子。女儿让王光福把虫子捉来，放到盒子里。那都是些毛毛虫，王光福一直怕这种毛茸茸的东西，见到这种东西就会浑身发痒。女儿要，他也没有办法，只好硬着头皮去捉。那些虫子常常一不小心碰着他的皮肤，有只毛毛虫还落入他的脖颈里面。他的皮肤很快就出现大面积的肿块，奇痒无比。女儿怎么会对这种东西感兴趣呢？他觉得女儿像她母亲一样有一种令人无法理解的古怪的行事方式。他发现王小麦一点也不害怕这些虫子，她常常打开盒子，用手去摸这些小东西，那小手的姿势呈现出亲切而柔和的线条，就好像一个成人在抚摸爱人的脸。她还对毛毛虫说话，学着老师的口气让毛毛虫们排队坐好。每只毛毛虫都有名字——都是幼儿园小朋友的名字。现在，王光福回忆这些事情的时候，对女儿的行为感到惊叹，她竟然如此不动声色地准备着她的报复计划。是的，女儿收集这些虫子并不是因为喜欢它们，而是为了报复。

王光福是在女儿的无名指被幼儿园的男孩子咬伤后才领悟女儿捉虫子的目的的。那天，吃中饭的时候，那几个欺侮过王小麦的小朋友的碗里出现了虫子。小朋友们和老师都惊慌失措，还以为是食堂的师傅出了问题。风波过去了，王小麦感到很不过瘾，她希望他们把虫子都吃到肚子里去的。她还留着一条最大的毛毛虫，她想在睡觉前把这虫子塞到那个胖子的被窝里。胖子总是纠集一帮人挖苦她。她的目的没有达成，她被胖子抓住了。胖子无比气愤，抓起王小麦的手指就咬了一口。王小麦的无名指差点被咬断了。这下，事情就闹大了，老师连忙把双方的家长都叫到学校。

王光福开始怎么也不相信一个小孩子能把女儿的手指咬成这个样子，他认为那孩子一定使用了利器。那胖子的家长一脸的歉意，她说，这完全是遗传，他们家都有一口像老虎那样的好牙。胖子的爷爷是杂技团的，能把钢条咬断。胖子的父亲虽然不干杂技，在工厂工作，像剪铁丝或别的需要利器的活儿，他都用嘴对付。这是他们家引以为豪的事：他们家有一口好钢牙。那家长说，胖子用的是嘴，这错不了。

其实双方家长没有什么好谈的，小孩子的事谁能说得清楚。最要紧的是赶快送医院。生命是没有危险的，但后遗症无疑是严重的。王小麦右手的无名指会变形，变得丑陋。王光福觉得自己真是流年不利啊，老婆跟人跑了，女儿又莫名其妙地被人咬破了手指，而你还不能同别人讲理，只能认了。那个叫作"祸不单行"的成语真他娘的像一句谶语。

这世界是多么奇怪呀，你压根儿想不到的事，就是老天都想不到的事情，竟然会一而再地出现在他的生活里。他现在都没有想清楚俞智丽的行为。她他娘的同他生活了八年，可到头来却毫不留恋地跟别人跑了。可是多么奇怪啊，她就是这样对待他，他还老是想起她。他不知道她过得好不好，他总觉得她好像在危险之中。他因此很揪心。

现在，王光福又想起了俞智丽。他不知道自己该不该把女儿的事告诉她。他在医院里一直想这事。最后他决定告诉俞智丽。他其实在心里还是盼望俞智丽回到这个家，回到他身边。他总觉得俞智丽同那家伙是不会长久的。他一直想见俞智丽一面。如果女儿不出事，他也没有理由去找她，现在女儿给了他这样一个机会，他不能放过。

他就打了个电话给俞智丽。俞智丽在电话里了解事情的来龙去脉。俞智丽显得着急，她毫不留情地埋怨王光福。王光福觉得那个熟悉的俞智丽又回来了。他太熟悉她了，每当有什么事，她总是这样一副腔调，就好像她他娘的是他的债主。不知为什么，王光福就是喜欢她这个样子，这让他感到亲切。听到她的骂声，他的心头便会有一种温暖的情感。他感到自己好像回到了从前的好日子，他激动得都想流泪了。

没多久，俞智丽便匆匆赶到了医院。俞智丽瘦了，她的眼眶有点凹陷，乍看上去好像画了黑色的眼圈。她原本是一头黑色的直发，现在做成了卷曲，还染了颜色，好像是棕色。她的

脸上弥漫着焦灼。总之，在王光福眼里，俞智丽好像成了一个
陌生人。王光福想不通她为什么会成这个样子，简直像一个荡
妇嘛，而他一直认为，俞智丽是一个几乎没有什么欲望的女人
啊。王光福喜欢没有太多欲望的女人，因此，他也喜欢直发女
人。在他的感觉里，卷发女人标志着欲望蓬勃。他对俞智丽有
点失望，他感到俞智丽同他越来越远了。

俞智丽一边埋怨王光福，一边察看女儿的手。女儿的手已
缠上了白纱。她想象不出女儿的手会是什么样。她感到心痛。
心痛让她无暇顾及女儿，只想发泄。她甚至还没来得及安慰女儿，
就开始训斥王光福。

"……你是怎么搞的？你怎么可以给孩子玩毛毛虫？那东
西多让人恶心，你竟捉来给她当宠物！你看看，好好的一个人
都弄成什么样了？亏你想得出这种乌七八糟的事！那家人家也
不知怎么教育孩子的，怎么可以咬人呢……"

"你别骂了，你有什么资格骂爸爸，都是你的缘故……"
女儿突然尖声尖气朝俞智丽咆哮。

俞智丽愣住了，脸上顿时有一种温柔而愧疚的神情。她想，
她确实没有资格埋怨王光福。王光福带着女儿已经不容易了。
她很奇怪，她在鲁建面前从来不这样说话，但到了王光福前面
就很自然地出言不逊。她想这同她心里从来没有敬重王光福有
关。她还意识到她如此凶猛的发泄也许还同她在鲁建面前的收
敛有关。自从跟上鲁建后，她没有这样好好地发泄过了。这样
一想，她的心就软了。她靠近女儿。女儿一脸冷漠。她试图去
抚摸女儿的头发，但女儿把头扭开了。俞智丽显得有点尴尬，
也有点悲凉。她甚至怀疑王光福在女儿面前讲了自己的坏话。

她不满地看了王光福一眼。

王光福见女儿这样，也很着急。其实在俞智丽没到医院前，王光福告诉了女儿，妈妈会来看她。当时女儿脸上是高兴的呀。他还同女儿说，对妈妈亲热一点。女儿还羞涩地点头。可现在女儿怎么会这样子呢？

"这孩子，刚才不是盼着妈妈来吗？"

王小麦还是侧着脸，不看俞智丽。王小麦这样是俞智丽刚才凶巴巴地骂王光福造成的。父母有矛盾的时候，王小麦会毫不犹豫地站在王光福这边。

"你说话呀。"王光福有点着急。

"算了，算了。"见孩子这样，俞智丽感到有点委屈。她转而对王光福说："你还好吧？"

王光福叹了一口气。低下了头。他太知道她的性格了，她的心肠是好的，她总是在发一通火后温柔地对待他。她的心肠是好的。他喜欢这种感觉。他希望这种感觉天天伴着他。他注意到这会儿，俞智丽的心好像已不在这儿，她木然坐在那里，像是陷入沉思或某种激烈的冲突之中。

41

从医院回来，俞智丽充满了罪孽感。王光福告诉她，女儿有时候恨她，每次只要同学嘲笑她，女儿回到家就把俞智丽的照片找出来，用剪刀剪碎。王光福见了，就打了女儿。女儿不服，竟用剪刀刺王光福。她知道女儿挺野的，不像是王光福生的。大概像她吧。她听了这话，非常伤心，就哭了起来。她感到自己处在两难的境地中。她这辈子总是亏欠着别人。她没有办法，无法两全其美。她想，她注定是一个失败的母亲。她没有办法让女儿满意。

回家后，她坐在床边，伤心落泪。

这天，鲁建从外面回来已是凌晨时分。俞智丽还坐在床边发呆，见他进来，用手帕擦了一下脸，向他微笑。她不想让他知道王光福那边的事。

其实鲁建知道她刚才在哭泣。瞧她的样子就知道了：眼睛红红的，那笑也有点别扭，强颜欢笑吧。他清楚她为什么哭。大炮早已告诉他，俞智丽女儿的无名指被人咬了，整个白天，俞智丽都在医院里守着女儿。听到这种事，鲁建是有点不安的。这事总归是由于他引起的吧。要是他没把这一家子弄得妻离子散，大概不会出现这样的事。鲁建很想问问她女儿的情况，可是又觉得心虚。

"你气色不太好，出什么事了吗?"

她摇摇头。她说没事啊，挺好的。

"没事就好。早点睡吧。"

鲁建去洗澡了。洗澡的时候，他一直想着这个事。对俞智丽不肯把女儿的事告诉他，他是有点生气的。他知道有些事她是隐瞒他的。不过，他又想，她之所以隐瞒大概是以为他会不高兴吧。她这个人总是事事处处为别人着想，最后她唯一能做的就是苦自己。王小麦出了那么大的事，将心比心，他明白俞智丽有多么伤心。

鲁建洗完澡出来，发现俞智丽已躺在床上了。房间里的灯光已经调得很暗。她刚才穿着的衣裙已放在凳子上面。他断定她一定赤身裸体了。他不知道她心里在想什么。她刚刚还在悲伤中啊，可这时候，在黑暗中，她表现出好像充满欲望的样子，脸上有一种陶醉的表情。她应该没心情做爱的。

"你真的想吗?"

她点点头。

"如果你不想，就算了。"

他钻进了被窝。她躺在那里似乎有点紧张。他抚摸一下她的身体。她的身体有点凉。她的乳房非常柔嫩，摸上去时都会担心把它弄破。事实上，那对乳房坚韧无比，因为他通常是非常用力的，特别是高潮来临的时候，他的心里就会有一种强烈的破坏欲望，他会紧紧抓住那对乳房。每当那个时候，他都会想象她是一个易碎品，他已把她砸碎。他的经验和记忆已隐藏在她身体的每个部位，她的一举一动都会让他升腾起欲望。现在，看着她悲哀的面容，他进入了她。今天，她虽然很配合，但他感觉得到她的身体很紧张。她在包容着他。她一直闭着眼睛，脸上有一种复杂的表情。她像是在痛苦之中（她应该是很痛苦的），又像是在享受之中。他不知道她此刻在想什么？是不是还在想她可怜的女儿。鲁建内心柔软的部分又出现了。他觉得他不应该在她如此悲伤的时刻还和她干这事。她为什么要这样牺牲自己呢？她真的是在寻求痛苦吗？是以此惩罚自己吗？他眼眶湿润起来。他突然停止了动作，离开她的身体。他仰躺着，一脸茫然地看着天花板。

俞智丽感到吃惊，她迷惑地看着他。她拿起床单把赤裸的身体盖住。

"你怎么啦？"她小心地问。

他一动不动，没回答。他伸手去抚摸她。他的眼睛一直紧闭着。她以为他在生气，她有点紧张。

"你是不是喜欢痛苦？"他问。

"什么？"

"你在苦自己吗？"

她不知怎么回答。她想，这个男人虽然看上去像是粗笨的人，可实在是很细心很敏感的。但是，他虽敏感，恐怕也不会明白她的。她得惩罚自己，只有这样她才会平安。她的痛苦他不会明白的。

好一会儿，他突然问："你女儿还好吧？"

她听了，愣住了。内心一下子翻江倒海起来，泪水瞬间涌出。她很想大声哭出来，她在压抑自己。她说：

"还好。"

说完这句话，她实在忍不住了。她冲进厕所，号啕大哭。

42

　　自酒吧开业以来，生意总得来说是不错的，在酒吧街上，过路人酒吧的生意可以说是最好的了。大炮总是带不同的朋友来捧场。回头客也越来越多。

　　晚上，酒吧的灯光昏暗。鲁建发现，这人吧，大都不喜欢光明正大，而是喜欢影影绰绰的。不过，鲁建有自己的原则，他"文明"开店，遵纪守法，宁可赚不到钱也决不搞歪门邪道。他看重这间酒吧。看着酒吧里的一切，他有一种满足感，就好像这酒吧是他的孩子，充满了他的生命印记。即使没有客人，他也愿意待在这里，抚摸桌子或酒柜，光滑的木质透着一些化学物品的气息，他会变得很安宁。他喜欢闻化学气味。小时候，只要闻到油漆气，他就会迈不开步子，任由油漆的芬芳穿透他的心肺。也许因为童年的这个记忆，当他在酒吧里闻到这个气味时，他有一种很安详的感觉。酒吧没人的时候，是他最美好的时光，他喜欢这样的时光来得更长一些。他感到很奇怪，在里面时他盼望着自由，真的出来了，他却懒得同这世道打交道，喜欢独自待着。他甚至觉得自己有自囚倾向。他把这个地方当作他的身家性命。他不会允许把酒吧搞得七荤八素。

现在，客人还不多。颜小玲哼着一首情歌，百无聊赖地靠在吧台上。她唱得很投入，但每唱一句都会向鲁建投来深情的一瞥。她穿着一件吊带衫，那裸露的部分分外耀眼。她身上确实有一种愚蠢的风骚，她经常有意无意在鲁建面前弯腰，使胸脯的一部分裸露在吊带衫之外。有时候她还向鲁建撒娇。

大炮带了一帮人来了。每天晚上，大炮几乎总是在十点过后来酒吧。他带来的朋友各式各样，他知道大炮这是在帮他。可是，他也担心大炮自作主张，在酒吧里乱来。鲁建对大炮是非常熟悉的，正因为熟悉，他对大炮不太放心。

大炮出来后，依旧重操旧业，倒腾黄色事业。他不干这个是不可能的。干这个事对他来说是爱好与事业的完美统一。他在城里开了多家录像店。格局是这样的：外间用来出租及卖录像带，里间播放录像。大炮不会老老实实地经营，他当然会传播所谓的淫秽内容以谋取暴利。在他的录像厅，过了晚上十点，就开始通宵播放三级电影。他的录像厅有的在城北，有的在大学区，那里有很多无聊的学生仔，还有大量晚上想要发泄的民工，他的录像厅生意火爆。鲁建对此很吃惊，大炮竟然搞得这么明目张胆。大炮说，他那几年牢坐得真是冤啊，要是换现在，什么屁事也没有。现在，随便哪里都黄。这社会，你想扫黄，越扫越黄，除非这世上男人都变太监，女人也被阉掉。鲁建说，派出所不会找你麻烦吗？大炮大大咧咧地说，都搞掂了。

现在，大炮倒腾的事情当然也大大地拓展了。他口才好，同人交往能力强；他见缝插针，建立了广泛的人脉。他的胆子越来越大了。

大炮曾建议鲁建，开酒吧得想些别的办法。鲁建知道大炮说的办法指的是什么，他当场否定了他。大炮笑着说，你真的从良了啊？鲁建开玩笑说，我一直就是个良民。大炮说，好吧，我们不让良民违法乱纪，违法乱纪的事让我这样的流氓来吧。鲁建说，别，你别给我添乱。鲁建本来想板下脸来，警告大炮一下的，但他驳不下这个面子。驳面子的事，在他们这个群体是最忌讳的事。不过，鲁建最近十分注意大炮的动作。他对大炮真是不放心。

大炮进来后，颜小玲就扭着屁股过去了。鲁建发现那里一阵哄笑。颜小玲的笑声夹在其间。大炮和他的朋友在叫颜小玲抽烟。颜小玲被呛得咳嗽连连。鲁建对此很不满意，这样搞下去，这间酒吧会被搞得乌烟瘴气的。俞智丽其实说得也没错，她的担心是有道理的，大炮这家伙挺危险的。

鲁建看到姚力进来了。姚力穿着便衣。他不知这个人为什么突然来到他的酒吧。见到这人，鲁建有点慌张。鲁建现在有点想明白了，真要恨的话其实应该恨这个人，而不是俞智丽，是这个人把他屈打成招的。这个人把他的生活毁掉了。鲁建不想再和这家伙打交道，溜进了吧台的屏风后面，假装整理酒柜。

大炮一眼就认出了姚力，他像见到亲爹一样从座位上立起，摇首摆尾、一脸媚笑地仰了上去。大炮递烟给姚力。姚力对大炮极其冷淡。大炮觉得姚力今晚似乎有什么不开心的事。

"这店换老板了吗？"

"是，是我哥们开的，姚所长要多多支持啊。"

"噢。你哥们开的。你哥们是谁？"

"鲁建。"

"噢，是他。我知道他。"这几天姚力已调查了这个人，吃了八年冤枉牢饭，是他把这人送进去的。

姚力坐下来。大炮对颜小玲使眼色，让她快点上酒。颜小玲还算机灵，一会儿扭着屁股过来了。大炮在颜小玲耳边说，不要太风骚，他是公安。颜小玲不以为然，公安怎么啦？公安就不是人啦？

姚力环顾着酒吧，眼神木然——是眼里没有任何人的表情。大炮心领神会，说：

"我这就去叫哥们，让他来见姚所长。"

"不，不，用不着。"姚力摆摆手。

大炮知道姚力是故作姿态。他站起来，向吧台走去。鲁建在屏风后面。

大炮对鲁建说，你快去见见他吧，要是被这个人盯上就麻烦了。鲁建说，我又没做坏事，怕他干什么？鲁建说是这么说，但他知道不干坏事也是会被抓的，他自己就是个最好的例子。他只是不想去见这个人，他实在不愿意在这个人面前点头哈腰。

"真不去见？"

"不见。"

"这家伙是很可怕的，特多疑，在他眼里这世上没一个好人。"

"大炮，你烦不烦。"

"那我怎么同他说。"

"你就说我不在。"

大炮从屏风一侧望过去，姚力正坐在门边上，他看上去神色严峻，似乎对一切都看不顺眼。

近来，姚力很不开心。可以说姚力的人生正处于低潮之中。他没有被提升。提升的是另一个家伙，他的竞争对手，另一位副所长。听到这个消息他真是沮丧极了。领导答应过提升他的，领导食言了。姚力抽空去了一趟领导家。这次领导对姚力非常冷淡，好像姚力做了什么对不起他的事。姚力感到非常委屈。领导见姚力眼睛红红的，把官架子放下来了。他说，你啊，我怎么说你呢？姚力诚惶诚恐，觉得领导意有所指。领导都这样喜欢装神弄鬼，不会把话说透。姚力这几年当然也干过不少见不得人的事，因此忐忑不安是难免的。姚力说，请领导严肃批评。领导说，个人生活现在比较宽松，没人提就不是大事，要是有人提就是个问题。姚力的脸一下子白了，他马上意识到领导在说什么。他不敢再吭声。他想一定是有人把他在外面养女人的事报告给组织了。会是谁呢？姚力自然把这个账算到他的竞争对手头上。他气得咬牙切齿，第一个想到的就是报复。他不信，那人的屁股会干净，他一定要抓到他的软肋。姚力清楚了，没必要再说下去了。他准备告辞。他被人整了，再说也没有用了。

他断定一定是有人背后在搞他的鬼。姚力对这个世界是看透了，这个世界他妈的没什么道理可讲，这世界总是有一只看不见的手在捉弄着人。多年前，姚力的儿子就是被这只看不见的手抓住了，被不知道什么人关在一间阁楼里。那时候，他的儿子只有八岁。儿子失踪后，姚力快疯了，他满世界找他。在三天后，他才在单位附近的一间无人居住的民房的阁楼里找到了他。那时候，儿子已不成人样。那一刻，他的心像是被剁了似的，他抱着儿子，发现儿子浑身发软，就好像儿子成了一摊泥。他想，这都是他的职业造成的，他的职业总要得罪人的，可他们竟然这样对待儿子。他曾经发誓一定要抓住那个把儿子关在阁楼里的人，可这么多年，他毫无线索。就是从那时起，儿子的性情大变，变得胆小、孤僻，不和人交流，对待父母也很冷漠，更严重的是，儿子的智力似乎也停止了成长，好像永远停留在了那一刻。

每次见到儿子，姚力都会有一种自己的心被人揪着的既锐利又麻木的痛感。他的内心就会出现不平。自他儿子出事来，他不太愿意见到儿子。这也是他不经常回家的原因。他有一个固执的幻觉，他总觉得那些看不见的敌人不会放过他最亲近的人。自他在外面偷偷和那女孩同居以来，他莫名担心那只看不见的手会伸向女友。因为这个想象，他平时总是尽最大的耐心对待她保护她

姚力马上查明了他没被提拔的真正原因，是他在局里的一个哥们告诉他的，这几年，一直有人在写匿名信检举他。这段日子，这句话一直萦绕在他的心头。他在调查这件事。他要搞清楚那个写信的人是谁。他是个公安，这一点难不倒他。他仔细查了他的对手，发现同那人没有关系。这让他很迷惑。后来，他就怀疑可能是他得罪过的人。他这辈子，得罪的人很多，栽在他手里的犯人可以把一个监狱装满。要调查这些人简直是大海捞针。但他是有韧性的人，他不能容忍有人在他背后搞他，不管他是何人，他都要找到这个人。

大炮独自一人回来了。他显得有些尴尬。他低头哈腰地说："不好意思，姚所长，老板不在。我让他过几天去拜访你。"

姚力冷笑了一声，没说话。他早已注意到那个人了，他进来的时候，那个人的眼中是有敌意的。他捕获了那人的敌意。

那个人就是在他进来后消失的。他在心里嘀咕："敌意，好啊，让他敌意吧。"

姚力狠狠地掐灭烟头，站了起来。

"姚所长再坐一会儿啊。"

姚力理也没理大炮，径自走了。

待姚力走远了，大炮就骂骂咧咧起来。他实在有点看不惯这个家伙。他把姚力家祖宗十八代都骂遍了。

姚力一脸不悦地走后，鲁建倒是不安起来。他觉得自己刚才也许不应该不去招呼他。让这个人盯上确实是件麻烦事。他担心自己真的被这个人盯上。他出来后，听很多朋友谈论过这个人，都说这家伙比谁都心狠手辣，整起人来没一点儿人性。

客人越来越多了。鲁建忙乎起来。刚才的事情便淡忘了。

颜小玲这天一直扎在大炮那一堆朋友里面。她似乎很兴奋，一脸迷醉的样子。她来到鲁建面前，左肩的吊带掉了下来，她也不在意，醉眼蒙眬地向鲁建笑，似乎有些失控。鲁建很疑惑，颜小玲怎么像吃了春药似的。他把颜小玲拉到一边，叫她把衣服穿好。

"你怎么啦？"

"我很好啊？"

"干吗这么兴奋？"

"我高兴啊？"

"他们怎么你了？"

"没有，他们叫我抽烟，他们说是大麻。"

血液一下子冲到鲁建的脑门。想起姚力刚才那副嘴脸，他紧张得要命。大炮这不是找死吗？这不是给他添乱吗？鲁建的脸色一下子变得很难看，他冷冷地对颜小玲说："知道了，去吧。"

他来到大炮跟前。他没看一眼大炮，仿佛担心眼中的怒火会把大炮吓着。他拍了拍大炮的肩，说有事找他。

大炮跟着鲁建来到酒吧的后门。鲁建问：

"你把大麻带到这里来了？"

"就为这事呀，看你大惊小怪的。"大炮不以为然地说，"鲁哥，不是我说你，你怎么这么死心眼？没这些东西谁来啊？"

"我不喜欢看到这些东西。"鲁建冷冷地说，"下次不许再把这种东西带进来，我不想看到这种东西。"

"翻脸了？"大炮嬉皮笑脸地说。

"谁带这东西来我就同谁翻脸。"鲁建很严肃。

"鲁哥，我知道了，你也别担心了，我们不抽就是了。"

大炮有点不高兴。他拍了拍鲁建的肩。他知道鲁建可能是怕姚力找麻烦。大炮打算什么时候到姚力那里去一趟，打点一下。他回到自己的座位。他同他的那帮兄弟嘀咕了几句。他们都把烟头掐灭了。

43

每天早上，鲁建总是一早到酒吧。

这段日子，颜小玲也来得早。早上是没有客人的，颜小玲有点百无聊赖。她打开了音响。一首节奏明快的舞曲随即响起。颜小玲突然心血来潮，随着音乐扭动起来。她扭动时，望着鲁建，向鲁建灿烂地笑着。

她就这样旋转着，旋转着，旋到鲁建前面。她拉住鲁建，要鲁建同她一起跳。鲁建说，我不会跳。颜小玲说，我教你。鲁建很勉强地站起来，和她胡乱地跳。一会儿就出汗了，两人都兴奋起来。

颜小玲说："大炮好像很听你的话？"

鲁建说："是吗？"

颜小玲说："大炮可是个人物，他关系广着呢。"

鲁建说："噢。"

颜小玲说："听说大炮背后有人。他现在挺能的，什么地方都摆得平，听说警方也摆平了。"

鲁建说："是吗？昨天不是来了个警察嘛，你瞧大炮见到他那样子，差点没喊'报告政府'了。"

"昨天有警察来过吗？"

鲁建很惊异她这么问。她这是在装傻吗？他反问道："你是从哪知道大炮这些事的？"

颜小玲说："谁不知道大炮呀，他那张嘴。大炮经常在酒吧舞厅做生意，听说现在舞厅酒吧里的摇头丸什么的都是他提供的。"

鲁建很讶异："真的？"

"我骗你干吗。"

鲁建想，真的应该防着大炮了。大炮这家伙乱来，不怎么好控制。他让大炮办事老是出格。

见鲁建不吭声，颜小玲似乎找到了感觉，她搂紧了他，轻声说："你在想什么？"

鲁建说："没想什么。"

这时，酒吧的门突然开了，门外的光线射了进来，鲁建被刺得都有点睁不开眼睛。一会儿，鲁建的眼睛才适应过来，他看到光线的中间站着一个人。由于光线过分强烈，那人看上去成为一个剪影。那个人是姚力。

鲁建的心一下子狂跳起来。在牢里，牢头如果对他们不满，总是背对着他们站在窗口，由于光线昏暗，他的背影看起来也剪影。这个时候，牢里面会鸦雀无声，好像灾难已笼罩在他们的上空。鲁建想，他担心得没错，看来姚力真的盯上他了。他得装得老实一点。他满脸笑容地向姚力走去，一副巴结的姿态。他一边走，一边对自己这样低三下四感到恶心。可有些人你没办法不同他打交道，有些人总是像苍蝇一样缠着你不放。

姚力冷冷地说："你是鲁建吗？跟我走一趟吧。"

鲁建小心地问："有什么事吗？"

姚力训斥："哪来那么多废话。"

鲁建说："好。好。"

姚力说："走吧。"

两人走在热闹的街头。鲁建一直在想这个人为什么把他带走。没理由啊，现在又不是严打，可以胡乱抓人。他又在心里检讨自己最近的行为。他想不起自己哪里出了差错。

来到派出所，姚力让鲁建坐下，态度还算客气。

姚力说："也没什么大事情，随便聊几句天吧。"

鲁建说："是。"

姚力用他多疑而锐利的眼睛观察着鲁建。别看这个人态度不错，低头哈腰的，如日本皇军前的汉奸，其实这个人内心是不服的，敌意着呢。他们这些人比任何人都伪装得好，已练就了很好的自我保护能力。姚力想，让他内心不服吧，总有一天会叫他服的。现在，鲁建的态度让姚力想起他在领导面前低头哈腰的傻样，他有点儿郁闷，对那个写匿名信的人更恨了。

姚力说："出来一段日子了吧，还适应吗？"

"谢谢政府关心，还好。"

"听说你是冤枉的？"

鲁建吃惊了。他不知道姚力葫芦里卖什么药。鲁建说："事情过去了，不去想它了。"

"噢？"姚力好像不相信，"你不怨恨谁吗？"

鲁建是怨恨的。这种怨恨隐藏在他的身体里。但他说："不怨恨。"

"不怨恨就好。希望你有这样的认识。你虽然出来了，但再进去是很容易的。"

"是。"

"你想一想，你的周围，你的朋友，有对政府不满的吗？"

"没有。"

"噢，你回答得倒是快。"姚力冷笑了一声。

姚力的笑让鲁建不舒服。鲁建低头不语。他的脖子硬邦邦的，那是内心抵触的反应。

姚力觉得鲁建的脖子很刺眼。这脖子粗壮、结实，此刻像斗殴时的牛，肌肉往外蹿。姚力突然对这个脖子感到恼怒。

"你自己都不相信你的话吧？"姚力的脸变了，刚才和蔼的表情变成了漆黑。"恐怕你自己也对政府不满吧？像你这种人我见多了。你再好好想想，你周围，有谁对政府不满？"

鲁建还是低着头。他有一种屈辱感。不但屈辱，想起这个人曾把他的生活毁了，他还感到仇恨。他叫自己安静，然而他的情绪显然受到了影响，他冷冷地说：

"想不出来。"

"你说什么？我没听见？"

"想不出来。"

"你有情绪？你怨恨政府？"

鲁建不再吭声。

"我了解你们这种人，看上去低三下四的，其实心里不服，什么坏事都干得出来，所谓狗改不了吃屎。"

这太污辱人了。鲁建感到内心骚动，浑身颤抖起来。不过，他还是努力地在压抑自己。

"我犯事了吗？"

这句话把他的愤怒也带了出来。语言就是这么奇怪，如果你不说出来，那屈辱还是潜伏着的，一旦说出，屈辱就从暗处出来，完全控制住了你。

"怎么了？没犯事就不能叫你来？"

"没有事你凭什么把我叫到派出所？"他的声音突然升高。

姚力的目光拉远了，眼神既吃惊又迷惑，好像他面前的是个怪物。一会儿，姚力反唇相讥：

"你不是没强奸吗？你没强奸不是也关到牢里了吗？"

"我×你妈！"

"你再说一遍。"

"我×你妈！"

姚力的目光露出残忍的光芒，他没看鲁建，他把目光投向桌上的杯子。鲁建以为他想用那杯子砸他。姚力没有，他突然笑了。他讥讽道：

"算你有种，你回去吧。"

愤怒灼烧着鲁建。一口气憋在胸口，让他喘个不停，好像世上已没有空气。这是什么世道啊。他的仇恨改变了所见的一切。阳光、行人、植物、花朵统统是这么可恶。他想把这个世界砸碎。他用脚踢树木，踢电线杆，直到浑身疼痛才停了下来。他望望苍天，感觉无助。

他拖着疲惫的身躯向酒吧方向走。前面就到了公民巷，他得转弯了。可就在这时，一群人围了上来，他还没来得及反应，身体就遭受了一阵拳打脚踢。他本能地护住自己的头颅，嚷道：

"你们干什么，你们干什么？！"

没有人理睬他。他们在往死里打。鲁建觉得这些拳脚像是从天而降，充满了不真实之感。他的身体在痛，他们确实在打他。他感到自己快失去意识了。后来他听到有一个人抛下一句话：

"你他妈的老实一点。"

说完，这群人扬长而去。

鲁建醒来的时候，发现自己在垃圾堆里。他的嘴巴是咸的。他知道嘴巴在流血。他用手擦了一把脸。他发现手指破了，便握紧拳头。他艰难地站了起来。他望了望天，大约已是午后四点左右。他打算先回趟家。

他神情恍惚地走在街上，感到全身疼痛。人们看到他受伤的样子，都像见到瘟神一样避而远之。他瞥了一眼街头的玻璃窗，看见自己的模样确实很怕人。回家的路非常漫长，他整个身体在出冷汗。

到雷公巷，天已黑了。他艰难地上了楼。回到家，他无力地蜷缩在门边。北面的窗口开着，窗外灰蒙蒙的。他在狱中经常这样望着窗口，幻想着窗外的自由，幻想着逃跑。他有一种重回狱中的幻觉。

他这样靠了一个多小时，他的体力慢慢地有点恢复了。他听到远处的钟楼传来洪亮的钟声。他把身体移到窗边，靠在墙上，把凶狠的目光投向那门。此刻，他的心里充满了对这个世界的仇恨。除了仇恨什么也没有。是的，仇恨一切。

44

　　俞智丽很晚才回到家里。她回到家，发现鲁建一动不动地躺在床上。她很奇怪，他今天回家这么早。她来到房间，打开灯。骤然出现的光线十分刺眼，鲁建眯起了眼睛。这时，俞智丽看见了鲁建脸上的伤，他的一只眼睛肿得都看不到眼珠了，嘴角歪着，结满了血斑。俞智丽吓了一跳，她焦急地问，你怎么啦？怎么会这样？谁打你了？她要哭出来了。

　　此刻，鲁建感到十分无助。俞智丽就暖烘烘地在他面前，他很想扑在她的怀里接受她的安慰，但另一个更激烈更迷乱的自我在支配着他。他猛然从床上爬起来，狠狠地推了她一把。她一个踉跄，跌倒在地，她的右臂落在床角上，流出血来。看到血，他有一刹那的胆怯，好像是为了掩饰胆怯，他像一个疯子一样向她扑去。

　　他开始剥她的衣服。由于用力太猛，衣服被撕裂了。她的身体痉挛了一下，就僵硬了，一种遥远的记忆突然非常清晰、非常逼真地到来了。这么多年，她拒绝去回忆发生在共青路的那一幕，那一幕在她那里只是一团混乱的挣扎和呼叫。但现在，从前的那些细节好像都回来了，她听到了那人呼出的粗气，那人的粗暴，那人的迷乱的欲望。往日的痛感在身体里弥漫开来。
她几乎像当年一样，要晕过去了。

他的面目扭曲变形，无比狰狞。眼神是那种受到伤害后的
敏感，还有仇恨。脸上不知挂着的是泪水还是汗水。她尝到了
男人浑浊的汗水，汗水中有一股煤炭的气味。他完全失控了，
动作很粗野。她体验着身体的感觉，她在等待痛感，她感到自
己的身体布满了像网一样的裂缝。她闭上眼睛，看到痛楚就像
液体那样从那个中心流向每一个角落，然后又从身体的裂缝处
渗出。她强忍住不叫出声来。她刚才一直紧握着的手放松了，
她抚摸他的背，他的背上都是冷汗。她心里涌出了怜悯。她想，
他的体内有仇恨也是正常的。她想起那个老掉牙的修辞：大海
一样的胸怀。她这时候确实感到自己的胸中灌满了水，这水既
苦涩又温情，真的如变幻莫测的海水。她有一种类似母亲的情
怀，她原谅了他的邪恶。

她感到另一个自己在她的身体之外，像是在头上的电扇边
飞舞，冷漠地看着下面的一切。男人的身体运动着，机械、单调、
刻板、粗暴，就好像他是磨盘，而她是磨盘上的米粒。她感到
那米粒正在堕落，堕入深海之中，堕入黑暗之中。她无法喘息，
无法辨认方向。她甚至嗅到了垂死的气息。那是一种疯狂之中
的安静而轻盈的气息。她觉得自己突然获得了完全的自由，身
心没有任何羁绊。她沉浸在这安然的死亡气息之中，但她觉得
这是不吉利的，于是她又浮了上来，她紧紧地搂着鲁建。她泪
流满面……

她想，她大概晕过去了。不知过了多久，她醒了过来。他
还躺在她身边，正看着她。他的肩膀在耸动，正在无声抽泣。

他爬了过来，想用手擦她身上的血。她搂住了他。他这会儿异常软弱，像婴儿一样缩成一团。他的抽泣声干燥、单调，不像是从他的口腔发出来的，好像来自身体的深处。他告诉她下午发生的事。

"我很害怕。他们打我。"他喃喃自语，像是处在某个噩梦之中，眼神里有恐惧。

"我知道。我知道。"她安慰他。她觉得他真是可怜。

"我觉得我这辈子已经毁掉了。"

"对不起。对不起。"

……后来，他安静了下来。她看到他的眼中慢慢聚起一种冷峻的光芒。一会儿，他自言自语道：

"我他娘的总有一天要杀了那小子。"

45

鲁建又一次失控了。这一夜，鲁建睡得很不踏实。半夜他醒了过来，他发现自己搂着俞智丽。他的脸贴在她的怀里。

月光从窗口射入，照在她的身体上。她熟睡的样子非常无助，好像此刻正被什么东西挟持了。她的身体看上去洁白无瑕。她躺着时那种凹凸有致的模样比站着更加诱人。他发现她身上的伤痕，他知道这是他留下的。这伤痕让他自责。

他索性起了床，坐在沙发上，点上一支烟。他的目光并没有离开她的身体。熟睡中的身体像一个问号，好像在追寻这个世界的疑问。

他想起多年以前的情形。那时候，他还很单纯，没人教他生活的善或者恶，他凭本能相信这世界。那时候，他真的喜欢她，像一个傻瓜一样盼望着见到她。那时候，她是他的一切，他所有的感知好像只是为了她而存在。他怀着美好的心情跟踪在她身后。他感到所有的事物都仿佛同她有关。街头的法国梧桐花开了，地上的草儿萌芽了，湖中的鱼在水面嬉戏，夜晚的灯海亮了，天空流星划过，他觉得这一切仿佛都是因她存在。

想起这些，他的心里充满了愧疚和不安。

天亮了。他在俞智丽醒来前出门了。他觉得很难面对俞智丽。

俞智丽在早上七点钟的时候醒了过来。这一觉她睡得特别踏实。她发现鲁建已不在身边。他什么时候走的，她一点也不知道。她来到客厅时，一眼就看见餐桌上的早点，她的眼睛马上湿润了。鲁建还是在乎她的。这个笨嘴笨舌的家伙从来不善于表达的。其实他的心是很细的。她真有点饿了。她吃得很香。

到了单位，俞智丽一如既往给人的一种蓬勃向上的感觉。她的脸上永远是和善的光明的，好像没有阴影。只有陈康知道俞智丽不为人知的生活。陈康对俞智丽非常担忧。

她去打开水时，在单位的走道上碰到了好久不见的李大祥。李大祥一脸夸张地拦住了她，说有要事同她谈。李大祥先给俞智丽一张名片，李大祥名下印着"永城慈善协会策划部执行人"字样。李大祥一本正经地说了事情的原委。政协主席丁南海马上要退下来了，他在退下来之前想做点善事。这是他多年的心愿。他不久前成立了慈善协会，打算为穷人做点好事。俞智丽开始没听明白这件事同她有什么联系，后来，李大祥解释了一番她才明白。李大祥说，他们策划搞一个慈善一日文艺晚会，鼓励企业、个人踊跃捐款，为了吸引人气，他们打算宣传俞智丽的事迹，让俞智丽做总会的形象代表。"你气质好，人漂亮，心肠又那么好，这事非你莫属。"李大祥拼命夸俞智丽。俞智丽被夸得不好意思。她说："你别开玩笑了。"然后，就去打水了。

俞智丽想，这李大祥是疯了。她现在都是同人私奔的人，不被人戳脊梁就好了，怎么可以出这种风头。简直笑话嘛。过去他们要宣传她都被她拒绝，何况现在。俞智丽没把这事放在心上，她只当是李大祥胡作非为。李大祥这人办事经常没谱的。

46

　　鲁建老是觉得后面似乎有人在跟踪他。这种不安全感同他顶撞了姚力有关。鲁建对这件事后悔了。他告诫过自己的，对待那些穿制服的人都要低下头。这也是他八年牢房生涯的最深刻的经验。但他还是忍不住对姚力出言不逊了。"可这个人也太不是东西了，他竟然骂我是狗！我真该杀了他。"他边走边嘟囔。

　　现在，他走在路上，神经高度紧张。他感到每个地方都充满了危险。他总是觉得他随时会遭受袭击。他已不是八年前那个傻小子了，以为这世界充满阳光。经历告诉他，世界是危险的。往往在你还不知道的时候，你的命运已经决定了。说起命运，真是令人敬畏。命运从来不在自己手上，在谁的手上他不知道，也许是社会，也许是权力，总之，命运会在你不知道的时候猝然露出可怕的面目，置你于无力的境地。八年之前，他怎么会想到他会在狱中度过八年。他也想不到牢狱生涯会如此险恶，险恶得你都不知道他们会在什么时候会教训你。他记得在牢里，为了防范他们的袭击，他经常是彻夜不眠。总之，这世界有一些看不见的强大的力量，这力量就叫危险。

　　他开始做噩梦了。梦里，他在挖煤。那就是在牢里了。他所在的监区是个煤矿。他对监狱的最大记忆是黑色。他总是觉得他的身体变成了黑色，并且这黑色还填满了他整个心灵和思想。他出来后，喜欢洗澡，但总觉得洗不干净，他认为那些黑色的尘粒已进入了他的肌肤，进入他的每一个细胞。他洗澡频繁得像是得了神经官能症。他的噩梦也是黑色的，也是清晰的。早晨，太阳还没出来，他们便列队走向矿井。同伙消失了，只有他在向矿井深处走，像是走向地狱。他惧怕极了。后来，煤矿的深处发出巨大的爆炸声。他看到自己身首异处，飞向空中……

他猛然惊醒了过来。他气喘吁吁，浑身是汗，全身都在颤抖。他打开了灯。发现自己是在家里。俞智丽就躺在身边。

也许是因为听到了他的惊叫声，也许是因为灯光骚扰，俞智丽醒了过来。她有些睁不开眼睛。当她看到鲁建的惊恐的模样，就完全醒了。

"你怎么啦？"

"做了一个噩梦。"

"梦见什么了？"

他没回答。他的眼睛里全是恐惧。

看到他惧怕的样子，她觉得他真是可怜。自从他被莫名其妙地揍了一顿后，他就时刻处在紧张之中。就好像他随时会被抓起来，或者说他依旧是被囚禁着似的。他说的没错，去过那地方后，就像永远被囚禁了一样。现在她知道，他不像表面那样强大。他有软弱的地方，而这软弱的地方也是他可怕的地方。她不知如何能安慰他。她只能让他进入她。好像她的身体是他唯一安全的地方，好像那地方可以抵御恐惧。

"他们在跟踪我。酒吧门口经常有警察，警察站在那里，没人敢来消费了。"

"你别担心，你只要好好的，人家不会找你麻烦的。"她劝慰道。

听了她的话，他生气了："我好好的，不是关了八年吗？"

她就流泪了。这句话是他们关系的全部秘密。这句话像一句咒语一样，让她顿时觉得自己成了一只羔羊或神的祭品。她只能把自己交出去。

他终于安静下来。每次他发泄过后，总会有些不安。好像是为了平息这种不安，这个时候他喜欢说话。

"我刚才梦见我又回到了牢里。"

她凄惨地笑了笑。

"发生了矿难，我被炸死了。粉身碎骨。我真的以为自己死了呢。"

她听他讲过煤矿的事。他们在进入矿井后就要连续工作十多个小时。他们从矿井出来后，天已黑了。因此，除了清晨看到晨光，除了难得的休息日，他们很少看到白天。对他们来说，所有的时光都是黑夜，他们在黑暗中。每天的活儿都是定量的，每人承包着一道工序，每道工序都不能出问题，一出问题，整个小组都要停下来等待。规定的量必须得完成，这样，工时就要延长，有时候得干十四五个小时。所以，出问题的人会引起公愤。在里面，人与人之间的关系极度紧张，他们都相信暴力。也似乎相信只有暴力才可以解决问题。几乎谁都明白，只要出问题就可能被修理，因此里面干活的囚犯都非常认真，也高度紧张。这种高强度的劳作是非常考验人的体能和意志的。如果体能不行，就会被修理得很惨。其实每个人都到了体能的极限，撑下去还得靠意志。那些撑不下去的人甚至想自杀。但在里面即使想自杀也是很难的。矿井的安全措施也很差。有坍塌事件，也有瓦斯爆炸事件。有矿难当然会死人。在这个地方即使死了人也似乎没人来调查。谁也不把劳改犯人当回事，甚至连家人也这样。即使家人有疑惑，狱方只要随便找个死亡的理由就把他们打发过去了……

"你已经出来了。你不会再进去了。"她劝慰道。

"我害怕再进去。"

"在里面的时候害怕吗？"

他点点头，说："害怕的时候就想女人，想你。"

此刻，他的脸已变得柔和了，平安了，没有刚才的凶险。但她清楚，明天，他又会变得惊恐不安。她不知如何让他摆脱恐惧。他真的很可怜。

"把灯关了吧，我们再睡一觉。"

他害怕黑暗了："让灯开着吧。"

他又想起了跟踪他的人。他问：

"我是不是有点疑神疑鬼？"

"什么？"

"也许根本没人跟踪我？"

"有可能，也许那只是你的想象。"

"但愿这样。"

47

"我可以请你看电影吗？"

"哪有空。"

"早上可以去呀。早上没客人。"

"每天这么晚才睡觉，早上哪里起得来。"

李单平受挫了。他好不容易才鼓起勇气向颜小玲发出邀请的，颜小玲一点面子都不给他。其实他心里是很小瞧颜小玲的，他认为颜小玲这个小女人虚荣、轻佻、自作聪明，对每个人都装可爱，以为人人都会爱上她，以为人人都想占她的便宜。她表面上黏糊糊的，可实际上界线清楚得很。界线清楚倒不是什么缺点，缺点是……李单平有点说不清。李单平觉得自己也很贱，既然小瞧她，既然对她没有企图，为什么要邀请她看电影呢？是呀，为什么呢。他仔细想了想，认为他这是在证明自我，证明他是个有魅力的男人，是个人见人爱的小伙子。在酒吧里，确实有很多寂寞的妇女喜欢同他聊天，偶尔同他打情骂俏什么的，说是要包养他，做她们的小白脸。也许，经常这样逢场作戏，人会变得极度自恋。他何尝不是另一个"颜小玲"呢。

人就是这么奇怪，如果你的要求被拒绝了，你就会觉得受伤害，哪怕拒绝的人是你看不上的。这会儿，李单平的心里酸酸的。颜小玲大概有点过意不去，她从刚才的冰冷转变成了热情，她站在他身边，手臂贴着他的手臂。他闻到了一股化妆品的清香，心里暖洋洋的。他马上原谅了她。

"你注意到老板最近有什么不一样吗？"

这会儿，鲁建不在。

"没有啊？"

颜小玲刚才木然的眼睛突然亮了。看得出来，这个话题让她感兴趣。

近来，李单平觉得鲁建挺怪异的。李单平打算把他的观察告诉颜小玲。在酒吧客人多，忙碌的时候，李单平一般来说只能做一个沉默的听众。客人就是上帝啊。其实他是个能说会道的人。他一直对自己的观察力非常得意。他希望有人欣赏他的这种敏锐。

"你没发现吗？老板每次来酒吧，都躲在屏风后面，不出来和客人打招呼。"

"这有什么，鲁哥想清静呀，他看书呢。你没发现他喜欢看书。"

李单平摇了摇头。他对颜小玲的无知非常失望。他左右看了看，好像怕有人在偷听他们的谈话。他压低了声音，说：

"老板被警察盯上了。你没发现吗？他不久前脸上有伤，被联防队打的。"

颜小玲眯起眼睛，用力地想了想，脸上有些茫然。她想不起来，但为了不扫李单平的兴，她说：

"好像有点印象。"

"对吧。"李单平得意起来,"你不要以为老板整天黑着脸,很镇定的样子,其实,他比谁都怕。你千万不要把话传给老板啊。"

"不会。"颜小玲非常标准地向李单平笑了笑。

"我是懂心理学的。我研究过。牢里出来的人大都心里有病。你懂我意思吗?"

颜小玲摇摇头。

"总觉得有人会害他。老板这几天特多疑,瞧他看我们的眼神,好像我们在偷喝他的酒似的。不相信人嘛。有一天,客人走后,我关了灯。他突然大发雷霆,当时眼里都是害怕。他怕黑暗,怕有人会害他。"

"不会吧,鲁哥挺大方的呀,我看他挺正常的。"

"那是你没仔细观察。你注意一下他进酒吧的情形,他总是在往身后张望。他怕有人跟踪着他。"

李单平的脸越来越诡秘了,声音也越来越小。

"你知道吗?我听说鲁哥在欺侮老板娘,打她呢。鲁哥恨老板娘。我听大炮说,鲁哥娶这个女人就是想报复她,就是想慢慢折磨这个女人。"

"不可能的。鲁哥会打女人吗?不会吧?"

"这可能是真的。我有一天在街头碰到过老板娘,我仔细观察了,老板娘脖子上真的有伤痕。"

"李单平,你干吗看女人的脖子,你太流氓了。"

"同你说正经事呢!我问你,如果有人冤枉你,让你吃八年牢饭,你会报复吗?"

"不知道。不过,鲁哥不会打女人的。"

李单平不想再和颜小玲说下去了。同一个傻瓜聊天真是没劲透了，自己都快变成傻瓜了。他没好气地说：

"你怎么知道老板不会打女人？你是不是爱上老板了，眼里都是老板的好？"

"李单平，你讨厌。"

48

　　白天，谁也看不出俞智丽面临的问题。她脸上还是像从前那样干干净净，一副与世无争的想尽量把自己隐匿起来的样子。

　　俞智丽去看望了一个老妇人。她有一段日子没去看这老妇人了。自儿子死于车祸后，老妇人独自一人生活，做一些奇怪的梦，大都同儿子有关。每次，俞智丽去看望她，她都会说这些梦，说得像一个孩子似的，好像儿子从来没离开过她。

　　果然，老人见到俞智丽，拉着她的手说："我又见到我儿子了，就昨晚，他站在我前面同我说话。我对别人说这个事，可别人不相信也不愿意听，只有你愿意听我说话。我儿子他又喝醉了酒，他就是喜欢喝酒，我知道他会死在酒里的，他会喝死的。要是没有醉，他就不会出事了。我又把他训了一通。"俞智丽说："是吗。"老人说："你们年轻人不会相信那边的事情。你老了你就会知道，那边的事其实很近的，你年纪越大那边的事情就越近，就越清晰，你一伸手就会摸到的。我坐在这里，我就看见那边的事情，清清楚楚。"老人这样说有一种旷达的神情，这神情非常迷人。她喜欢听老人讲那边的事。听着听着她的身体里的一些声音就会平息下来。她一直觉得身体里面有一些声响，但究竟是什么声响她没有概念。总之，听了老人的话，她对自己面临的问题就坦然接受了。

回到单位，陈康在等她。陈康目不转睛地跟着她，她就知道他在等她。有什么事吗？她问。他想了想，说，想同你谈谈。她瞥了他一眼，他的神色看上去挺严重的。她猜不透他有什么事。她想，他可能碰到什么问题了。

陈康确实有一些问题需要解决。但他碰到的不是自己的问题，恰恰是俞智丽的问题。这段日子以来，他一直在跟踪鲁建，他觉得鲁建和俞智丽的问题越来越严重了。他得好好同她谈一谈。他再不能让她受苦了。她真是个奇怪的人，私底下受了那么多苦，但每天却还去帮助别人。从她那端庄和仁慈的脸上，你根本看不出她有什么不对劲。

在办公室里谈这个事显然是不合适的，他把她约到了公园。此刻，她站在他面前，她的目光中都是对他的关切。他喜欢她的目光，他从中感受到了某种温暖的母性。因为看到了这目光背后的苦，陈康感到格外的心痛。他的心中涌出一种莫名的委屈感。他为她不平。他努力控制自己的情感。他在她面前站着，不知从何说起。

俞智丽其实是个不怎么会说话的人。沉默了一会儿，还是俞智丽先开口说话：

"出了什么事吗？"

"你离开他。"

他脱口而出。没有经过任何铺垫就说出了这句话，连他自己都吓了一跳。

"什么？"

"他这么对待你，你为什么还要同他在一起？你这是何苦？"

他显得有些激动。他滔滔不绝地劝说她，好像他断定她如果不离开他将会万劫不复。

俞智丽脸色变了。她知道他在说什么。

"我都看见了。他怎么你的我都看见了。"

"你在跟踪我们？"

"是的。"

"你怎么可以这样？！"

俞智丽生气了。她想，怪不得鲁建老是觉得有人在跟踪他，原来是陈康。她突然对陈康有了怨恨。他们这段日子担惊受怕，原来都是他的缘故。他怎么可以这样？！他不可以这样侵入她的生活呀！这不是给人困扰吗？他不知道这让鲁建多害怕吗？她发起火来。

陈康倒是平静。他冷冷地看着她，一脸不以为然。待她发泄得差不多了，他继续劝她：

"你要趁早离开那个人。"

"你不要再跟踪他了好不好？让他平静一点好不好？"

他没吭声。他觉得她有些不可理喻。她真的变了，变成了另外一个人。看来她走火入魔了。就像他对她的善举不能完全理解，他对她如此宽容地对待那个男人同样感到疑惑。

陈康想，他一定要让她离开那个人，把她从水深火热中救出来。他想，也许得同那人谈一谈了。

49

鲁建还是觉得有人跟踪着他。

这天晚上，鲁建像往常那样，从酒吧出来已是午夜。一路上，他总觉得背后跟着人。他一次次往后看，没有人影。他对自己说，没有人，背后没有人，这只是你的想象。但越是这样，他越是感到害怕。因为内心的恐惧，回家的路便变得分外漫长。

终于到了雷公巷。他已看到了家。这个时候，他觉得那个跟踪者离他越来越近了。他甚至听到了那人的脚步声。他很想拔腿而跑，一头扎进家里。他忍住了，那样的话，他太没出息了。在牢里，他也是个有勇气的人，为什么出来了就那么怕死了呢？他对自己刚才想跑的念头感到羞愧。如果真的有人跟踪他，他得等一下那个人，见见那个人，得弄清楚那个人究竟是谁。也许他弄清楚了就不会恐惧了。如果是姚力派来的，那他也得想点办法。他不能再逃避这个事了，得向姚力低头还得低头，这是没有办法的事。

他于是站住了。他回过头去。他看到一个黑影。那黑影见他停住，就缩到了黑暗中。真的有人在跟踪他。看来，他这段日子的感觉并非空穴来风。他的心狂跳起来。他满怀恐惧向那个黑影走去。夜晚的雷公巷灯光昏暗。他不知道会发生什么事。

现在，他站在那黑影的面前。他说：

"出来吧。"

他的声音显得十分虚弱，简直是在发颤。

那个黑影出来了。那是个有着一张娃娃脸的漂亮的小伙子。鲁建马上认出了他，他是俞智丽的同事。见是这个人，鲁建相当疑惑。他的脑子转得很快。这个人为什么在这里？为什么要跟踪自己呢？他同姚力有什么关系吗？他想不明白。他的一颗心还是悬着。

"你跟着我干什么？"

那人低着头，没吭声。

"说呀。"他提高了嗓门。

"你不要欺侮她。我求你，不要欺侮她。"

"什么？"

"她这么好的一个人，你为什么要欺侮她？"

"我没欺侮她。"

"我看见了。"

鲁建看到那人对他充满了敌意，他的眼睛里有某种仇恨的光芒。

"你喜欢她？"

"她是个好人。"

"这段日子，一直是你在跟踪我吗？"

"是的。"

"是你自己要跟踪我吗？"

"当然。"

现在，鲁建一直提着的心放下了。他想，不是姚力派人在跟踪他。同姚力没有任何关系。他的身体一下子放松了。想起这个人这些日子来搞得他心神不宁。他感到又好气又好笑。他很想踢他一脚。不过，此刻总的来说，他的心情不错。只要不是姚力派人在跟踪他，他就放心了，对他来说，这是一个大解脱。他原谅了这个人。

"你走吧，以后不要再干这种事。这样鬼鬼祟祟的，不好。"

这会儿，鲁建已很镇定了，有一种大人不计小人过的派头了。他对自己如此宽宏大量很惊奇，他有点迷醉于自己的大度了。

那个人依旧站着一动不动，好像想以此显示他的意志。鲁建懒得同他纠缠下去。他感到累了。刚才松弛下来后，他就感到疲乏了。

"回去吧，明天还要上班呢。"

说完，鲁建转身走了。他在爬楼梯时，听到那人在背后向他大声喊话：

"不要再欺侮她，否则我会杀了你。"

鲁建站住了。他回头望那人。他看不清那人的眼神，但他好像看到了那人眼中的仇恨。他心里一下子不舒服起来。刚才的轻松消失了。阴影重又回到他的脸上。他想，这个人是真的喜欢俞智丽。这个人经常和俞智丽同进同出，关系似乎很不一般的。可他没想到他们关系如此深。"她是我老婆，这人竟然说要杀我。"也许他得问问俞智丽。

回到家，俞智丽已躺在床上。她还没睡着。近来她睡眠不是太好。

"回来了？"

"回来了。"他闷闷地说。

像往日那样，他先洗澡。

进卫生间前，他装作随意地问："你那个同事怎么样，整天跟着你的那个？"

"你说陈康吗？"

"对对，就是他。"

"很不错啊。挺善良的一个小伙子。"

"你对他印象不错嘛。"

"你怎么突然问起他来了？有什么事吗？"

"没事。"他不能告诉她刚才发生的事。

他把卫生间的门关了，不再和她对话。她夸那个人，他竟然有些醋意。他把水开得很大，好像这样可以把不高兴的情绪冲走；但冲不走，他的脑中竟有些不着边际的幻想。他的眼前出现那张仇恨的脸，那人的仇恨完全是为了俞智丽。他感到奇怪，那人有什么权利仇恨他呢？他现在很后悔当时没揍那人。

洗完澡，他爬上了床。俞智丽在观察他，对他这段日子的喜怒无常，她是有点害怕的。

他一直没说话，躺在那里，像是在思考什么艰深的问题。一会儿，他问：

"你喜欢那小子吗？"

"什么？"她不知如何回答他。他为什么这样问呢？他听到什么闲言碎语吗？"你怎么会这样想？"

"没事，随便问问。"

50

　　俞智丽感觉到秋天快要过去了是在夜里。她躺在床上，她先是听到树叶从枝头落下的声音，接着听到远处铁路上火车汽笛声。汽笛带着压抑的严霜的气息，她明白，是深秋了。她深深地吸了一口，深秋的空气带着一些腐烂的气息。她想起了孩提时的情形。那时候，这个季节，她会坐船去乡下看望外婆。河水是绿的，充满了暖洋洋的水草。她坐在船头，会回头看看自己的城市。那时的城市没有现在大，但天比现在宽广得多，也高深得多。树枝已经光秃秃的了，鸟栖息在枝头，倒像是树叶似的。那时候，她总是感到自己有很多很多的未来，经常幻想将来的日子，就像幻想共产主义一样，色彩缤纷的。那时候，她是怎么也想象不到她的生活会成为现在这个样子。想起这些，俞智丽内心充满了伤感。

　　已经有一段日子了，俞智丽的睡眠出了问题。有时候，她整夜失眠。由于怕吵醒鲁建，她就这样一动不动躺在床上，听着外面的动静：一阵风或者走道上行人的脚步。直到窗外的黎明慢慢地到来。

　　在这样的失眠之夜，她会变得冷静一些。她对现在的生活充满了担忧。当他和她做爱时，她经常嗅到了死亡的气息。她觉得他和她就像大海中漂浮的两个孤单的人，唯一能做的事就是探索彼此的身体。他们似乎脱离了正常的轨道。这令他们恐惧，但这样的方式好像有着莫大的诱惑，他们忍不住往下跳。她已习惯他的粗暴。死亡的气息也许来自他的粗暴。他让她窒息，那感觉就好像是她的头一次一次地被他压在水池里，让她不能呼吸。可是，正是在这个过程中，她突然感到了自由，灵魂超脱了肉体。她感受到一个无声的世界。不是无声，这无声中有宁静的声音。她感到自己在下坠，在死亡。有时候她真的感到自己死去了。要是死去就好了。那只是刹那的感觉。她还是会活过来，身体会痛，肌肤会受伤，屈辱也会跟着而来。这让她感到自己在深渊之中。

在这样辗转反侧的夜晚，俞智丽的心渐渐地生出了绝望。这绝望不是来自她和鲁建的相互折磨，这绝望来自生命的无力感。她感到自己不像以前那样平静了，她好像回到了当年知道鲁建被她冤屈的那些日子，也许比那时还要糟糕。她有一种自己的未来被取消了的感觉，她整个人在下沉之中，并且生出某种腐烂的气息。

绝望就在这样的夜晚膨胀。她感到自己身体正在变小，直到变成一粒尘埃。她多么希望自己变成一粒尘埃啊，可她知道她的身体还在，正躺在床上，躺在这个男人的身边。熟睡中的男人鼾声沉重，伴着窗外落叶的声音，使树叶落地的声音听起来有了某种重量。她觉得绝望像秋天的叶子一样在身体里舞蹈。

她一早起床了。路上铺满了落叶。清洁车放着单调的音乐在清扫树叶，它的吸盘啃着路面，像一只饥饿的老牛，把树叶吃得一干二净。

要扫除身体里飞舞着的绝望的落叶，让身体变得干净整洁，没有腐烂的气味，对俞智丽来说，唯一的方法就是行善。这让她感受到一种正面的向上的力量，而正是这种力量可以让她感觉自己可以不再下沉，让她觉得振奋。

俞智丽向干休所走去时，她有一种走向某个光明而神圣世界的幻觉。不管有多忙，有多累，只要他们需要她的帮助，她都不会放弃。这是她受苦中的盼望。她因此怀着一份自我感动。这个时候，她会习惯性地抬头望天。天空灿烂夺目。

她来到干休所的门外，透过栏栅，她看到老人们在院子里走动，有些人围在一起在议论什么事情。但王世乾老人不在。她在院子里碰到了简院长。简院长告诉她，王世乾老人在屋子里。近来，老人不太出门，心情不是很好。

俞智丽站在老人房间门口，正准备敲门，门突然开了。老人开门如此及时，让她意外，好像他一直立在门后等待着她的到来。老人慌张地让她进屋，然后又关了门。屋子一下子暗了下来。她发现房间的窗帘都挂下来了。老人的房间大概久未通风，有一股令人压抑的馊味。她有点恶心，但她马上为这种恶心感到羞愧。

老人神秘地说："我可能活不长了。"

俞智丽吓了一跳。好好的怎么说这种话。简院长没说起老人有什么病啊。

见俞智丽疑惑，老人解释，最近，他出门时，老是有人盯他的梢。"是便衣。"他断定，"我是瞎子，我看不清那人的脸，但根据那人的方式，我断定那人即使不是便衣也一定当过警察。"

俞智丽很吃惊。怎么会有那么多人感到自己被跟踪呢？她不能理解老人在讲什么。她觉得老人的思维似乎十分混乱,像是有幻觉。像他这样的人,谁还会盯上他呢?盯上他有什么用?害他的命也谋不了什么财啊。

不过,老人的这个幻觉似乎同他的经历很有关系。俞智丽知道,老人解放前是搞地下工作的,像这种盯梢或被盯梢之类的事一定经历过不少。也许处在黑暗世界中的老人早已分不清现实和幻境了。

"你放心吧,你是老革命,警察怎么会找你麻烦呢。"俞智丽劝慰他,"你还是应该多到外面走走,像他们一样去院子里晒晒太阳。"

老人好像压根儿没听到俞智丽说什么,他沉溺在自己的思想中。他习惯性地环视了一下四周,然后俯下身,钻到床下去找什么东西。他的这个动作让俞智丽联想起地下工作者传递情报的场景。她忽然觉得这个孤老挺可怜的,眼睛不由得酸涩起来。一会儿,他拿出一只文件袋。文件袋的口子是封住了的。他颤抖着把文件袋递给俞智丽。

"你替我保管着。如果我哪天不在了,你就把这个交给组织。"

如果这是在电影里,那么这应该是庄严的时刻。她真的在他的脸上看到了一种视死如归的品质,还有一种对她的无限信任。面对这样的表情,她不能不接过这只文件袋。她感到自己也像是戏里的一个角色。她的内心有一种悲凉的情绪,眼泪再也忍不住了。她不想让他感觉到,转过背去把眼泪擦掉。她用一种尽量真挚的声音说:

"你放心吧,我会保管好它的。"

51

　王艳已有好久没和俞智丽联系了。

　　最近，王艳的生活出了些问题。也许也不算是最近的问题，而是一直以来的问题。只是，近来碰到的事更为严重而已。

　　这么多年来，王艳一直和刘重庆同居着。从二十二岁到三十一岁，她断断续续和刘重庆同居快十年了。朋友们见到王艳就会劝她，早点结婚，过安定的日子。王艳总是嘻嘻一笑，不以为然地说，结婚有什么好，还不如这样自由呢。事实上王艳并不像她表现得那样豁达，在某些夜深人静的日子，她也会反思和刘重庆的关系。她和刘重庆确实不是一帆风顺地过来的。事实上，刘重庆是个花花公子，他经常和别的女人扯不清关系。每回发生这样的事，王艳都很绝望，并发誓彻底和刘重庆断离。当刘重庆浪子回头，又回到她身边时，她还是不能拒绝他。她发现她爱这个男人，爱得发贱，怎么也离不开这个人。她因此恨自己。

　　最近出的问题更恶劣了。是王艳的一个女友告诉她的。女友刚从上海回来，她说在上海的书摊上，看到一本摄影册子，上面都是王艳的裸照。王艳一听，头就大了。她明白，这是刘重庆干的。刘重庆曾经替她拍过很多裸体照。她赶到刘重庆那儿，责问他有没有这样的事。刘重庆倒是一派轻松，坦然承认了。"你为什么要这样干？"她哭着问。刘重庆回答："这有什么，这是艺术啊。"她说："你怎么能这样，拿我的身体去卖钱。你赚了多少？"刘重庆说："八万。"她骂道："卑鄙。"

她这次真的决定同刘重庆分手了。做出了这个决定后，她打算和俞智丽谈一谈。这么多年来，她们总是这样，相互交心，相互安慰，在情感上相濡以沫。

可是，当王艳见到俞智丽时，她吓了一跳。一段日子不见，俞智丽好像变了一个人，变得这么苍白，这么消瘦。她看上去眼眶深陷，那眸子虽然依旧有着幽深而明亮的善意，但似乎目光有些涣散。

那是在俞智丽家里。是白天。鲁建不在。"鲁建老是待在酒吧。"俞智丽说。窗子全打开着，阳光照在玻璃窗上，玻璃窗又把阳光反射进屋里。有一缕阳光打在俞智丽的左脸上。那缕阳光像一面放大镜，把她脸上的不安和焦灼呈现得更加清晰和夸张。阳光没照着的部分看上去很木然。有一刻，王艳觉得俞智丽的脸有点怪异，那片飘浮在脸上的阳光像一朵盛开的垂死的花朵。王艳说：

"俞智丽，你怎么变成这样了？你怎么这么瘦？你究竟出了什么事？"

"我没事啊，挺好的。"

王艳冷静地看着俞智丽，俞智丽在试图掩饰什么。王艳抱住了俞智丽。这时，她发现了俞智丽脖子上被衣领遮蔽着的伤痕。王艳惊叫道：

"天哪，他怎么你了？他是不是在折磨你？"

俞智丽摇摇头。

王艳决定不再说自己的事了。她认为俞智丽的事比她要严重得多。至少，刘重庆没打她。她暂时忘了自己的悲伤，把注意力投入到俞智丽身上了。她一脸同情地看着俞智丽。

"你告诉我，究竟怎么啦？"

"你知道的，我害了他八年，他吃了很多苦。"

王艳不知道她这话是什么意思，这同他身上的伤有什么关系。

"这是他在伤害你，不是你在害他。"

"他没伤害我。"

"都这样了，你还替他说话。"

"他也很可怜。"

俞智丽这样说话时，好像没什么底气，她的脸上有一种神经质的不安。王艳知道俞智丽现在之所以这样不安，是因为她内心极度茫然。

王艳此刻极为冷静的。她的内心在任何情况下都很冷静，保持着极为精到的判断力，她那看上去极易冲动的模样只不过是她的表面。王艳这会儿完全是居高临下的，她断定俞智丽的生活出了问题。

她说："我找鲁建谈谈。我去骂他一顿。他不能这样对待你。"

这下，俞智丽完全慌了。她抱住王艳，好像不这样，王艳就会马上去找鲁建。她说：

"你千万别这样。你不明白的。"

"俞智丽，你怕什么？你越怕越糟。"

"我不是怕，我一点也不怕他。我已习惯了他。很奇怪的，有时候我还喜欢他这样。"

"什么？"王艳不明白。

俞智丽有些迟疑。但一直以来，她在王艳面前都是有话直说的。她想了想就说：

"你有没有觉得我不正常？"

"你指的什么？"王艳有点儿不解，"像你这样好心肠的人这世上确实不多，但要说不正常还算不上吧。"

"我不是指这个。"

"你指什么？"

俞智丽说："他失控时，折磨我时，我反而兴奋。"

"什么兴奋？"

"……就是那个。这身体平时木木的，像死了一样，但那时，被他这样折腾，就活过来了……我是不是很贱？"

王艳吃惊地看着俞智丽。俞智丽竟然会这样说。

"俞智丽，我越来越不能理解你了，你这不成了一个受虐狂。"

"我也讨厌自己，我太贱了。"

看着俞智丽把所有的罪过都揽到自己身上，王艳的眼泪就流了出来。她在心里骂俞智丽，她确实是不正常的，很多年前就不正常了，她一直在受苦，只是她把受苦当成快乐罢了。

"俞智丽，这样下去不行，你会弄出病来的。"

52

从雷公巷出来，王艳很不安。她决定和鲁建好好谈一次。

王艳去了公民巷酒吧街。王艳对酒吧街是很熟悉的。很多酒吧都是由刘重庆设计的，酒吧街满是刘重庆奇怪的品味和气息。来到这个地方，就好像到了刘重庆的床上，她不禁有点儿睹物思人。这感觉非常奇特，既有点像思念，又有点像仇恨。这让她此刻的心里充满了感伤。她觉得这人与人之间，真是太奇怪了。你可以想得很明白，根据简单的原则，把一切是非都分清楚，但碰到具体问题你还是无能为力。

白天不是酒吧街最热闹的时候。酒吧里只有三四个人。王艳进去后，找了一个角落坐下。她一眼就看见了鲁建。一个小姑娘正一脸讨好地和鲁建说话，那眼神充满了对鲁建的崇拜。那姑娘见到王艳就扭着屁股甜笑着走了过来。王艳看着她的笑容，觉得太公式化了。她一向反感这种假模假式的笑。也许男人们喜欢。女孩问王艳，想喝些什么。王艳说：

"叫你老板过来，就说有人找他。"

那姑娘似乎有些为难，站着不动。

"我们是熟人，你去叫就是了。"

那姑娘这时已不把王艳当顾客了，她眼中有了一点点敌意。她说：

"好吧。"

姑娘同鲁建说话时，鲁建转头朝王艳这边看，眼神警觉。不过，他马上认出了王艳。鲁建吩咐了姑娘几句，就过来了。

鲁建和王艳没有直接打过交道。但他很早就认识这个女人了。八年前，这个女人经常和俞智丽同进同出，是俞智丽的所谓闺中密友。见到王艳，鲁建非常客气。

"你认得我吗？"

鲁建已坐在王艳的对面。他点点头。

颜小玲端上两杯啤酒。鲁建说，我请客。王艳说，谢谢，我不喝酒。

鲁建不知道这个女人今天找他有什么事，他觉得王艳今天态度有点生硬。

"你的事我都知道。"

"是吗？"他不吃惊。

"发生这样的事，其实谁也不愿意看到。谁也不好过。"她说。

他没吭声。他不愿有人提那档子事。

"你知道出了这种事，对一个女人意味着什么吗？"

他知道。和俞智丽生活后，他知道了。以前，他没想过，他想得更多的是自己的冤屈。

"受苦。受煎熬。"她一字一顿地说，口气充满绝望。

她端起啤酒杯，喝了一大口。她已经忘了说过不喝酒的。

她开始向鲁建叙述俞智丽遭遇的一切。当她讲述这些往事时，她自己都感动了，完全投入进去了。她觉得俞智丽真的是一个这世上少有的善人，也是一个悲惨的女人。她真切地感到悲伤。当然这悲伤有很大部分是为了她自己。她何尝不是悲惨的女人。她端起啤酒杯，大口大口地喝酒。她的脸上挂着泪水。

这是鲁建第一次从俞智丽的角度来理解这件事。听了王艳的叙述，鲁建被触动了。他感到非常难受，甚至有一种想流泪的感觉。他想，她所受的苦不会比他更少。此刻，他的眼前出现了她，他看见了她的善，她的无助，她的苦。他觉得自己有时候非常邪恶。

她真是一个可怜的女人，可怜得你不知道该爱她，还是恨她。她身上有一种固执的令人望而生畏的坚韧品质。不管这世道有多让人失望，她都这样怀着一种奇怪的使命感，好像这世道没有了她将无法运转。他想起她做爱后的样子。她的眼神总是很特别。他不明白，为什么她有这样的承受力。她的眼神里为什么总是充满宽容，充满怜悯。她的眼光像是从天上投下来。他很困惑，搞不清楚她是什么样的人。她深藏着痛苦，不让人知道。她为什么不让人知道呢，为什么不把苦发泄出来呢？

"你要好好待她，你不要欺侮她。你这样会把她整死的。"

王艳满怀忧虑地看着鲁建。鲁建的头低了下来。当然，他也有点委屈。他和俞智丽之间的事无法说清。无法说清就不解释，不辩解了。他不喜欢辩解。他能做的就是好好对待俞智丽。他不能再失控了。他对自己说：

"再这样就不是人了。"

颜小玲在吧台边好奇地往这边张望。老板和那个女人是什么关系呢？后来，她看到那个女人用纸巾擦洗了一把脸，走了。

老板诚惶诚恐地和她告别。待那女人消失后，颜小玲来到鲁建身边。

"她是谁啊？"

"滚开。"鲁建恶狠狠地说。

53

　　王光福听说俞智丽处境不好，经常被那个男人欺侮，瘦得不成样子，开始不相信。他了解俞智丽，她可不是好惹的，她在他面前可霸道了，王光福过去都不敢在她面前多嘴。后来，他就相信了。他似乎早已料到那个人不是好东西，俞智丽不会有好下场。俞智丽和那个流氓是长不了的。

　　俞智丽离家出走后，王光福把所有的精力都放在女儿身上了，他强迫自己不去想俞智丽。因为一想到俞智丽他就感到憋气。发生在他身上的这件事他怎么也想不通。想不通他就不再去想它了。与其想着痛苦还不如不想。现在，这个消息勾起了他的伤痛。听到俞智丽生活得不好，不知怎么的他心中有一些快感（听到这个消息后他突然觉得自己成了一个赢家），但同时也很着急。他的心情是矛盾的也是复杂的。对那个劳改犯折磨俞智丽一事，他感到心痛。他骂道，她他娘的都是自找的，现在你尝到味道了吧，我早就看出你没好果子吃的。他觉得应该同她好好谈谈。

　　他怀抱着俞智丽回心转意重新回到他们父女身边的希望，给俞智丽打了个电话。俞智丽接到王光福的电话时有点紧张，以为王小麦又出了什么事。她说："你找我有事吗？你快说呀，别吞吞吐吐的。"

"你还好吧？"王光福并没有回答她的问题，他说，"我昨天在街头看见你了，你可比从前瘦多了，你还好吧？"其实他在说谎，他没有见过她。

"你就为这事打电话给我吗？"俞智丽反感人家在她瘦或胖这种问题上纠缠。现在他们总是用惊讶的神情看着她的身体。

"不。我找你有点事。"王光福停顿了一下，他觉得自己应找一个合适的借口，如果没有理由她可不会愿意和你见面的。他想了想说，"这几天，女儿老说起你，女儿比以前懂事多了。她对我说，她想见你一面。可以吗？"

听到女儿要见她，俞智丽很高兴。他们约定在儿童乐园见面。她想带女儿好好去游乐场玩玩。

见面那天不是休息日，所以儿童乐园里没有多少小孩。要是在星期天，这里都是小孩和家长。那些大型的游乐设施没有转动，它们停在半空中，形状像一个个即将要离世而去的高人似的。一些秋千架在风中轻微地晃荡着，看上去显得有点孤单。夏天用来冲浪的水池，这会儿显得风平浪静，只是池子里的水泛着黄色的光泽，大概寄生了很多虫子和细菌。王光福到得早了一点。他的脸色看上去很焦灼，他的眼光时刻盯着儿童乐园的大门。

大约过了十五分钟，俞智丽才出现在大门口。她确实瘦得不像样子了。她原本丰腴的身子现在变得像木头一样直而硬，她这种瘦有点像舞台上的时装模特，倒是符合世界潮流的。王光福想，俞智丽真的被那个流氓榨干了。

俞智丽一眼就看到王光福身边没有女儿。她感到很失望。

她对这次见面是有所期待也做了准备的。昨天，她搁下电话后，她一时不知身在何处。她有一种奇怪的感觉。她离开他们已经快半年，时间过得可真快呀，就好像只做了一个梦。过去的生活一下子涌入她的心头。她以为已经把以前的日子忘记了，她和以前一刀两断了，但那些日子终究是她的历史，只要一提起来，那些画面就会出现在她的眼前。女儿灿烂地笑着。她的想象里女儿像一个天使。听到女儿想见自己的消息，她激动得想哭。可她不是个好母亲。她突然有点想念过去的日子，在她现在的感觉里，过去的日子里竟然有一种阳光般的气息。她感到心头渗进了几缕阳光。有一刻，她感到自己这样的感觉有点不对头，难道现在她的心中没有阳光吗？不过她没有更深入思考这个问题。今天，出门前，她好好打扮了一下。她开始想化一个浓妆，但想到女儿可能不喜欢，她就化了淡妆。她是把自己打扮得朴朴素素来见他们的。每次见他们她都是既向往又害怕。她当然不是怕王光福，她怕女儿。她怕女儿见到她而不喜欢她。俞智丽是怀着忐忑不安的心情来到儿童乐园的。但现在女儿却没来。

她看到王光福用一种怜悯的眼光看她，她的脸色就黑了。他有什么权利用这样的眼光看我。俞智丽恼怒地说："你不是说女儿想见我吗？"

王光福想了想，实话实说："你不要生气，那是我在骗你。其实是我想见你，我那天在街上碰到你，我吃了一惊，你的变化太大了，我几乎都不敢认你。我很想知道你过得好不好。他们说他一直在伤害你，是这样吗？我很担心你，真的。"

俞智丽没领情，反而很厌烦。什么人都来管她的事！一定是王艳嘴巴大，告诉他的。她也厌烦王艳了。俞智丽没好气地说：

"谢谢你了，不过这不关你的事。"

王光福说："那个流氓打你是不是？他们都这么说，你也不用抵赖的。"

俞智丽说："我有什么可以抵赖的。这关他们什么事，我愿意。"

王光福说："俞智丽，你一定是鬼迷心窍了，你难道看不出来那个劳改犯一直是在报复你？你不明白吗？你傻了吗？你得早点离开他呀。"

她非常反感王光福的这番话。她高叫道：

"王光福，我告诉你了，这不关你的事。"

一会儿她用讥讽的口吻说："王光福，你为什么要骗我出来，你这是什么目的，你以为我还会回心转意跟你过，你死了这条心吧。我知道你的目的，你最想看到的就是我倒霉，如果我扑在你怀里哭你会更高兴，你的小心眼我还会不知道。"

王光福说："我不是那个意思，我根本没有叫你回到我身边来的意思。我只是有点担心你，我们毕竟夫妻一场。你只要没受苦就好。你也用不着对我大叫大嚷，说起来其实你已没资格这样对待我了。不过我不会介意的。"

王光福把俞智丽说得一愣一愣的。

54

俞智丽像一只风筝那样在王光福的视线里飘远。他牵挂她。她在受苦，她他娘的抛弃了以前舒适的生活，却心甘情愿去受苦，她就是这么一个有病的人，你劝她，她不会听你，她他娘的就像公牛那样固执。她应该知道这样下去她会被那人弄死的呀。

她他娘的真是个奇怪的人，以前她根本不喜欢女儿，好像女儿是她的敌人，现在她倒想见女儿了，没见到女儿还发那么大的火。她不知道女儿现在像她一样怪，女儿不是从天上掉下来的，她也是个有妈妈的人。俞智丽伤害了孩子。"她离开我们时的那个样子就好像一只看见油灯的虫子，根本就是不顾一切。我早已看出来啦，她没好果子吃，她这是去找死呀。"他嘀咕道。

"人他娘的真是奇怪的东西，她为什么要这个样子我就是想破脑袋也想不出来，你感到对不起他你也用不着这样呀。人他娘的就是这么怪，就是我自己也是个怪人，她那样对待我，对我无情无义，但我还关心她，替她担心。我他娘的也有病。"他骂骂咧咧起来。

"他娘的这个劳改犯这个流氓，刚从牢里出来就这么霸道！他有什么权利这么欺侮人！难道没有王法了，我他娘的去告他，我不相信就没人能管他了。像他这样的流氓只能用无产阶级专政对付他。"

王光福气呼呼地向附近的派出所走去。

"你们得管管他，如果不管教这个劳改犯就会出人命的。"

王光福用一种夸张而焦急的语气对警察说。他知道他只能用这样的方式引起这些人的注意。他们见得太多了，他们的神经早已麻木了。

接待他的警察是姚力。他打断了王光福，问："你在说谁？"

"那个劳改犯，鲁建。"

姚力的眼睛亮了一下，显然，他感兴趣了。

"你是她什么人？他们夫妻之间的事情关你什么事？"

"我是她前夫。"

王光福看了姚力一眼，他开始述说鲁建折磨俞智丽的事。姚力耐心地听着，一副绝顶聪明的样子，好像他早已洞察了世间的一切。他的双眼平静地逼视王光福，好像他在怀疑王光福说的每一句话。

王光福又说："我们本来好好的，我们有了一个可爱的女儿，说出来就像一个笑话，就是这个强奸犯从牢里出来后把我老婆骗走了。"

"你说的事我们知道了，但你前妻她没来报案我们就没有办法，对这种婚内暴力我们是不好插手的。"姚力的态度依旧不温不火。

王光福想，这些人总是这种死样，他们从来是不会着急的，你这边急得火烧鸟毛，他却还在梦游。王光福说："他是个强奸犯啊，是个流氓啊，这种刚从牢里出来的人难道你们也不管吗？"

"要管也要有证据。"姚力显得不耐烦了，他讥讽道，"你有证据吗？"

这话把王光福问住了，他吃惊地看着警察，不住地咽口水，就好像他的咽喉被什么东西噎住了似的，再也发不出声来。显然警察的话击中了王光福的要害。

一会儿，王光福说："他搞得我家破人亡，现在又欺人太甚，我恨起来杀了这狗娘养的。"

姚力说："你千万别这么干，坐一辈子牢你划不来。"

55

　　近来，鲁建突然变得平和了，经常客气地和俞智丽商量事。俞智丽有点怪怪的，很不适应。做爱时鲁建的温柔竟让俞智丽觉得她和鲁建之间的距离远了。甚至还有点尴尬。她觉得只有他粗暴地进入她的身体，她才了解他。好像那时候，他和她的神经系统联结在了一起，她能意识到他的需要，他的感受，并看清他身体内的一切。她很奇怪，竟然是粗暴让她感到接近了他。她想，他们真是不正常。这让她体味到更深的悲凉。

　　到了单位后，她就不去想这些事了。

　　李大祥又来到了单位。他是来找俞智丽的。这次他没同俞智丽多说，他告诉她，丁南海想见她。俞智丽吓了一跳。这怎么可能呀？人家是刚退下来的市委副书记，现在还是政协主席呢，这么大的官怎么会见她这样的小老百姓？她说，小李，你别开玩笑了。李大祥很认真，说，跟我走吧，车就停在下面。

　　看来是真的。俞智丽一时有点慌乱。早上她匆匆忙忙来单位，也没化妆，她怕自己大约收拾得不干净呢。她不自觉地用手梳理自己的头发。李大祥好像看穿了俞智丽的心思，他略带挑逗地说，你够漂亮了，大美人。俞智丽严肃的脸上露出红晕。

李大祥看了竟有些心旌摇荡。

很快李大祥就把俞智丽带到政协办公大楼。是秘书引他们进入丁南海的办公室的。俞智丽想起丁南海被打倒时向红卫兵交代"只摸过女秘书屁股",不觉好奇地打量了这个秘书。眼前的这个秘书是男的,看上去很精干的样子,好像一切都在他的掌握之中。

丁南海主席非常热情随和,同公开场合、同电视上看到的很不一样。他伸出那双多肉的暖烘烘的手握住了俞智丽,说:

"你的事迹大祥都告诉我了,很感人。"

这是官话。但因为他的那双眼睛看上去十分真挚,脸上也很动容,这官话倒显示出一些力量。

俞智丽对丁南海感觉挺好的。她觉得他有与一般的官员很不一样的地方,他身上有一种情感力量。你同他一接触就能感受到他的热情。

丁南海让俞智丽坐下来。他开门见山谈了叫她来的目的。同几个月前李大祥同她说的并无两样,俞智丽路上也大致猜到了。俞智丽还是推托,说的也是官话,说自己做得不够,不配宣传云云。说这些话时,俞智丽心里想,她现在这个样子,自己都看不上自己了,怎么还有脸抛头露面呢。丁海南的脸严肃了,但眼神还是很有感情,他缓慢地说:

"实话实说吧,我马上就要退了,很想为社会干点事,干点善事,改革开放以来,我们国家各项事业发展很快,但也产生了一些问题。比如,社会上有很多穷人,他们生活得很苦,小孩读不起书,生病看不起医生,我听了心里难受哇。我也算是革命多年,革命为了什么,就是让穷人翻身,能过上好日子。

这段日子我想来想去有什么可帮助他们的，于是就想到了办这个慈善活动。大祥也很支持，具体张罗着这件事。你知道的，社会上慈善意识是很淡薄的，像你这样的人少之又少。我们希望你替我们宣传，也算是帮助我们，也是另一种行善的方式，希望你能同意。"

话说到这个份上，就不好再推托了。人家是那么大的官儿，大得像是高高在天上，为这事召见你，同你商量，已是天大的面子了。可配合他们，让他们借她来宣传慈善事业，她实在觉得不够资格。她自己的生活都有问题，怎么能做别人的楷模呢？她实在没有什么可宣传的，比她高尚的人多了去了。比如陈老先生夫妇，他们虽然过着窘迫的生活，还要花钱养这么多孩子。有一次，俞智丽去看望这些满地爬来爬去的孩子，老人对她说，如果他有一天不在了，这些孩子可怎么办啊。"他们也是一条命啊。"这是老人经常念叨的一句话。俞智丽觉得这句话有着质朴的力量，每回听到这句话，她就想流泪。

她想，他们搞慈善，也许可以帮到陈老先生。她想了想说：

"好吧，丁主席。不过，我有一个要求。"

"什么要求，你尽管提。"

俞智丽就介绍了那对老夫妻的情况。她希望在慈善晚会中，能够专门为他们捐一些钱。冬天马上要来了，孩子们要置过冬的衣服，可这对靠捡破烂为生的老夫妇实在没钱。

"他们都是好人，他们付出那么多，从来没向别人伸过手，这样下去也不是办法，他们太苦了。"

丁南海听了老人的事迹，颇为激动。他当场答应下来，晚会办成后拨给他们十万元。还要俞智丽把老人和孩子们请到晚会现场。他说，人间自有真情在啊。

李大祥办事倒是挺有效率，俞智丽刚回到单位，两家媒体记者就来了。这让俞智丽颇为吃惊。这个时候，她才知道事态严重，她要被赶鸭子上架了。她能谈什么呢？她真是羞于说自己做的那些所谓善事啊。

电视台的女孩一脸阳光，笑起来很爽朗，讨人喜欢。日报的男记者却是目光阴沉，似乎对这个世界充满了怀疑，好像他压根儿不相信人间还有俞智丽这样的人。好在他们似乎早已掌握了俞智丽的一切，他们的问题相当具体，对具体的事俞智丽倒是能够说一说的。他们也问起鲁建的事。俞智丽没有说。这同鲁建没任何关系。

日报的采访马上就结束了。电视台的女孩还要请俞智丽拍一些做善事的镜头，要俞智丽配合。俞智丽真是感到羞愧。她发现陈康一直在边上冷眼旁观，脸上有若隐若现的嘲笑。俞智丽想，你想嘲笑就嘲笑我吧，我自己都想嘲笑自己。俞智丽想了想，带记者去干休所。王世乾老人见到电视台要宣传俞智丽，非常兴奋。他高声地说，你们早就应该这样了，这世上像她这样的好人不多，你们要多宣传这样的人，不要老是搞一些虚假的新闻。俞智丽听了觉得特别刺耳。他一直是个安静的老人啊，怎么会这么激动的？她对他有点陌生了。

考虑到要为陈老先生夫妇捐钱，俞智丽决定带电视台的人去他们那里看看。她希望电视观众能了解这对夫妻的义举，同他们比，她实在算不上什么。因为俞智丽经常来看望他们，那些孤儿已经和俞智丽很熟识了。孩子们见到俞智丽都跳了起来，围住了俞智丽。他们有的把手伸进俞智丽的衣服，因为俞智丽经常给他们带来糖果什么的。孩子们刚见到电视摄像头时，都有些惧怕，但一会儿就放开了。这些孤儿，有的生着一双兔唇，有的智障，有的耳聋，有的缺胳膊少腿……他们虽然身体或多或少有些残缺，衣着破烂，收拾得也不够干净，但他们天真烂漫，在摄像机前跳跃。俞智丽向老夫妻说明来意。陈老先生信任俞智丽，非常愿意配合。陈老先生说，犯愁啊，这些孩子饭量越来越大了，快供不起他们了。陈老先生向记者介绍了他们如何在垃圾堆里捡到孩子们的情形。每个孩子他都记得清清楚楚。他讲到每个孩子时，脸上的表情悲欣交集，令人动容。在电视台记者的要求下，陈老先生叫孩子们唱起了歌曲：

> 我们的祖国是花园，
> 花园里的花朵真鲜艳，
> 和暖的阳光照耀着我们，
> 每个人脸上都笑开颜。
> ……

听到这些被抛弃的、已被社会遗忘的孩子唱起这样的歌曲，俞智丽感到分外心酸，眼泪不由得流了下来。她发现电视台的记者正在拍她，才不好意思地擦去了眼泪。

电视台的女孩还叫俞智丽做了一些动作，摆了一些同孩子亲昵的姿势。在他们的指挥下，俞智丽觉得自己的手脚成了多余部分。

到了傍晚，一切终于结束了，俞智丽长长地松了一口气。她觉得自己这一天过得真是很恶心。她竟然如此装模作样。

56

每天早上，鲁建都是步行着去酒吧的。他不喜欢坐公共汽车。汽车上空间逼仄，拥挤不堪，经常是你挤着我，我碰着你，让他不舒服。他对空间是敏感的。公共汽车让他有一种被囚禁的感觉。

一个人走在街头，其实他也没有感觉到自由。他会不自觉地看看身后，他已经相信没人跟踪他了，但往后看已成了他的习惯。他在这个世上是没有安全感的。为了掩饰内心虚弱，他刻意装出某种凶悍的表情。他走路的样子是有那么一点横冲直撞的。他发现这是从里面出来的人的通病。装狠。真正狠的人是不需要装的。

他发现，他很难摆脱恐惧这种情感。他发现恐惧和空间有关。在牢里，恐惧还是可以预料的，你的敌人就在这个封闭的空间里；但现在，空间广阔，广阔得他无法把握。他防无所防。他明白恐惧的源头在哪里。是八年前的遭遇把他抛入恐惧的深渊中的。所谓一朝被蛇咬，十年怕井绳。他经常想自己这么倒霉的原因，可他就是想破脑袋也想不明白。他觉得他的霉运远未结束，他总觉得在任何方向上都会给他致命一击。慢慢地，他的身心成了恐惧本身。恐惧让人没有正常的思维。

他喜欢沉浸在那种想把自己或把世界毁灭的幻想里。当内心的恶念释放时，他会感到无比满足。有时候，当他筋疲力尽地从俞智丽身上爬下来，他觉得自己重生了一样，好像世界在毁灭中焕然一新了。现在，当他想起这一切，他心里充满了对俞智丽的悲悯。他想，他一定得克制自己的行为，抵挡那个邪恶的陷阱。他不能再伤害俞智丽。

一会儿，鲁建路过电讯大楼。在大楼前，一个长得十分秀气的孕妇引起了鲁建的注意。那孕妇坐在一把小凳子上，她的前面放着一张写满字的纸和一幅照片。照片上一个男人横尸街头，血流遍地。那纸上的字是对照片上的场景的叙述：她的男人，被汽车撞死了，肇事车辆逃逸了，只留下身无分文的她和肚子里的孩子。孕妇当然是在乞讨了。看到这场景，鲁建感到非常不适。他甚至担心那女人肚子里的孩子。她如此悲戚，会影响孩子的呀。鲁建给了她十元钱。那孕妇木然而悲伤的脸艰难地挤出一丝笑脸。做完这一切，鲁建有那么一种自我感动。在监狱里面，他是没有怜悯之心的。不可能有这样的"仁慈"的。他想，这一切是俞智丽带给他的。

一会儿，鲁建到了酒吧。李单平和颜小玲还没来。转眼，酒吧已开业一个季度了。鲁建想借着这会儿没人，盘一下酒吧的账目。鲁建大致算了一下，扣除成本，盈余是不错的。这主要还是大炮帮忙。因为他经常带朋友来，把酒吧的人气托了起来。大炮曾借给鲁建一笔钱开酒吧，现在有了盈余，鲁建想先还他一部分。

这时，颜小玲进来了。她显得很兴奋，表情有些意味深长。她的手中拿着一张日报。她拿着报纸对着鲁建扬了扬，然后咋咋呼呼地说：

"鲁哥，你老婆出名了耶。"

鲁建拿过报纸看。先进入眼帘的是俞智丽的大幅照片。照片上，俞智丽的眼神透出的和善之光，亮得让人心暖。

整整一个版面都是关于俞智丽事迹的报道。报纸上说的都是事实，不过，鲁建觉得她比他们写的要好上一百倍。他们也写到了鲁建。报道上有曲折的故事，他们先把鲁建说成是俞智丽"帮教"的对象，在俞智丽的温暖关怀下，鲁建邪恶的心开始慢慢感化，并爱上了俞智丽。于是一个"帮教"的故事转变成一篇爱情诗章。见到自己成了俞智丽光辉形象的陪衬，鲁建一开始有些抵触，有些不是味儿，也有点儿愤怒，不过他慢慢地也就释然了。

他们说的也没大错，他本来就是个刑满释放犯嘛，做一下陪衬也没什么大不了的。他们早该宣传她了，她做了这么多善事，都没人知道。像她这样一个好心肠的女人，怎么宣传都不为过。想起他让这样一个好女人做出了惊世骇俗的事，让她看起来像一个坏女人，他觉得做一下陪衬人也算是对她的补偿。

但是，他对俞智丽接受采访感到奇怪，好像俞智丽不是这样的人啊。她为什么改变主意，接受采访呢？也许是他给她的生活太过绝望，她在尽力使生活有意义。

想起老婆登在报上，他觉得有点怪异。不过，总的来说，他还是蛮替她高兴的。

57

　　俞智丽看了报纸，她简直无地自容了。报纸上，她高大、完美、圣洁，每天想的唯一的事就是如何帮助别人。文章称她为女雷锋，她走到哪里，就行善到哪里。她硬着头皮，心惊肉跳地往下读，越读就越不认识自己了。她甚至怀疑他们是不是在写她。当然毫无疑问是写她，上面是她的名字。要说他们写的都是确有其事的呀，可他们用这种口气一写就觉得虚假得不得了，上纲上线得不得了。她觉得她被写到天上去了，又不是天上，是上不着天下不着地的地方，刚好处在丢人现眼的位置，很尴尬。

　　更严重的是，他们竟然写到了鲁建。报纸上的鲁建成了一个可怜的人，一个刑满释放犯——幸好他们没说他是强奸犯，一个需要俞智丽伟大的爱关怀的男人。文章作者极尽煽情之能事，好像不把读者的眼泪榨出来誓不罢休。

　　俞智丽看得全身起了鸡皮疙瘩，脸上一阵红一阵白。他们不但糟蹋了她，同时也糟蹋了鲁建。可是她为什么要答应他们呢？这里面难道没有虚荣的成分吗？是有的。她听到丁南海接见她，她就有点激动。这不是虚荣是什么？是的，这不能怪任何人，所有的问题都出在她这儿。她对自己充满了鄙弃。

她想象鲁建看了这篇文章的反应。她想这回鲁建一定很生她的气。她不知道怎么同鲁建解释。

机械厂的人都看了报纸，他们见到俞智丽的时候，都叫她名人。那种笑容意味深长，好像她偷了男人似的。她都不敢见人了。

俞智丽怀着一种类似负罪的自虐的情绪度过了这一天，然后怀着同样的情绪回到家里。她准备好鲁建对她的愤怒了。她觉得鲁建的愤怒已提前来到家里面。这让她觉得房间里充满了垂死的气息。她躺在床上，身体麻木，好像在等待有人给予她生命。好像鲁建的愤怒是她生命的甘泉。她用右手掐住自己的脖子。她一直紧紧地掐着，不让自己呼吸。床头左边的柜子上有一面镜子，她看到镜子里面的自己面也涨得发紫。后来，她实在憋不住了，松开了手。她大口大口地呼吸，还是感到呼吸不过来。她突然有了欲望。这欲望同样让她羞愧。她想，她真是个贱人。

此刻，她很软弱。这种软弱来自哪里呢？来自对鲁建的某种程度的惊恐吗？好像也并不完全是。软弱在她的身体里。真是这种软弱让她感到快乐。是的，她沉溺于自己的软弱之中。软弱到不抵抗，软弱到自暴自弃，软弱到不喜欢自己。她希望自己软弱到消失。有时候，她会迷醉于这样的软弱。为什么会迷醉呢？如果迷醉于自己的这种感觉那还叫"不喜欢"吗？这里面难道没有自恋自爱吗？她抬头望天，天上的另一个自己在怜惜地注视她。

鲁建还是像往常一样，半夜回家。房间的灯还亮着，俞智丽躺在床上。鲁建问,还没睡吗?俞智丽软弱地观察着鲁建,试图了解鲁建是否看过报纸。鲁建看上去似乎很轻松。

鲁建洗完澡,钻进被窝里,然后抱住了俞智丽。他说:"怎么这么晚还不睡?你在等我?"

俞智丽直愣愣地看着他,没说话。

她的身体很烫,像发烧了似的。她的目光很亮,目光里有惊恐。可不知怎么的,今天,这惊恐激发的不是他的恶念,而是心痛。他知道她为什么惊恐。她一定对报纸这么写他充满了内疚。

他不想提这个事。他当作没有看过。他想对她说些高兴的事。今天他确实挺高兴的。酒吧赚钱了。对他来说这比什么都高兴,这意味着,他可以凭酒吧在这个社会上立身了。他把这消息告诉了她。

俞智丽很为他高兴。因为有心事,她的高兴显得不够热烈。她在观察鲁建。"他看来还不知道,如果知道的话他一定不会原谅我。"她想。这会儿他脸上都是得意之色,充满了成就感。看到他如此满足,她不禁有些辛酸,像他那样的人,在这个社会上成功真是件不容易的事。她发现,这段日子鲁建似乎摆脱了被人跟踪的阴影,脾气也变好了。

她本来想主动同他谈谈报道这事的,但看着他如此高兴,她就忍住了。

58

慈善晚会不久就开张了。地点设在中心广场，电视台将全程直播。

因为是丁南海出面，有关部门相当重视。文化局副局长陈石是丁南海的老部下，参与了这次晚会的策划及组织工作。很多演员都是陈石请来的。陈石吃过午饭来到现场。演员们正在为晚上的演出排练。

既然答应了他们，俞智丽觉得自己还是应该参加的。这天，俞智丽早早到了现场，干起杂事。她就是这样的人，宁可自己受苦，也不会让别人下不来台。再说，她虽然不满意他们这样宣传，但慈善本身没错，这样的公益活动至少可以帮助一些人摆脱困难吧。

陈康也跟着俞智丽来了。陈康同俞智丽谈起昨晚发生的一起血案。他说他早上路过造纸厂，门口停了很多警车，一打听才知道那个台湾老板被人杀了。俞智丽听了很吃惊，问，是谁杀的？陈康耸耸肩说，你得去问警察。又恨恨地说，现在警察他娘的都成了资本家的走狗。俞智丽心想，这个老板也太不像样子，不能这样欺侮那些乡下人啊，真是为富不仁，不过现在那人被杀了，她倒是有点同情他了。见俞智丽不吭声，陈康说，那个人该杀。俞智丽吃惊地看了他一眼。陈康没再说下去，她看到俞智丽很憔悴的样子，不想再刺激她。

陈康见李大祥混在一帮女演员中间，谈笑风生。李大祥好像把这台晚会当成卡拉 OK 厅了。他对俞智丽说，像他这样的人搞慈善事业，简直是笑话。俞智丽不同意，说不是他在搞，是丁南海在做这件事。陈康说，那丁南海也是找错了人。

陈石一直在观察着俞智丽和陈康。他不知道他们在谈什么。陈石已有一年没同儿子交流了，儿子总是回避他。儿子同这个女人却是聊个没完。机械厂的罗厂长是陈石的朋友，他们曾一起共事，在同一个宣传队演出过。陈石从罗厂长那里听说了这个女人抛弃了家庭同人私奔的事。他对这事感到非常奇怪。他见到的这个女人，端庄、秀丽、大方，是个很有亲和力的"正常"的女人，可以说他对她很有好感。这样的女人怎么会做出那样的事来呢，而且是同一个刑满释放犯跑的。

陈石这段日子越来越为儿子担忧了。罗厂长还说，俞智丽这件事对陈康的打击很大，这段日子，陈康连上班都没有热情。罗厂长还告诉他，陈康可能迷恋俞智丽。如果单纯是迷恋一个女人倒也罢了，陈石认为其中还有更为复杂的原因。陈石对此很不安。

多年来，陈石对儿子一直有点放心不下。他常常觉得儿子是分裂的。他一会儿变成一个魔鬼，但一会儿又会变成一个天使。当儿子像一个没有灵魂的魔鬼的时候，他害怕。玩个女人、赌点钱是正常人都会做的事，只是儿子的个性容易沉迷；当儿子成为一个天使，埋头做着所谓的善事时，他也很害怕，他感到其中似乎隐藏着一些危险的成分。总之，他从儿子身上看到了两个人。这两个人都让他害怕。

近来，陈石一直在观察儿子。有时候，他去儿子的住所，他经常听到儿子在房间里独自说话。他敲门进去的时候，儿子总是很慌乱。他问儿子，刚才同谁在说话呢？儿子红着脸，不知所措的样子，或回答，他没说话。陈石对儿子的精神状态非常忧虑，他害怕多年前的噩梦重现。

陈石很想找个机会同俞智丽谈一谈，了解一下儿子的情况。也许陈康会同她谈真实想法的。

演员已开始排练。广场上人越来越多。很多民工模样的人站在一边围观。这个城市越来越多这样的外来人员。陈康看了一会，觉得无聊就溜了。他去附近的书店或影碟店逛了。

晚会的编导开始叫俞智丽走台。导演安排，在晚会的中间，将插播俞智丽的一则纪录片。纪录片结束，俞智丽就带着陈老先生夫妇和那些被遗弃的孤儿出场。俞智丽介绍这对夫妻的事迹，然后退场。稿件已有人替她写好了，她只要背熟就可以了。编导态度傲慢，教导俞智丽如何走台，如何有情感地说话，好像俞智丽也是演员。俞智丽被支得团团转。

一辆货车开到广场，几个工人往下搬矿泉水及一些杂货。

一会儿，俞智丽走完台。她出了一身的汗。编导似乎对她很不满意，俞智丽脸上有一种受到打击的暗影。

见俞智丽一个人在那儿，陈石就走了过去。

"你好。"陈石向她打招呼，"我是陈康的父亲。"

俞智丽知道他是陈康的父亲。他经常上电视的，他这张脸大家都熟识。

"你别听他的，你平时怎么说话就怎么说。"陈石说。

俞智丽感激地向他微笑。她发现陈石的脸上有沉重的表情。俞智丽意识到他似乎有事找她谈，她就移到远离人群的地方。

气氛或多或少有些尴尬。他们沉默了一会儿。

"谢谢你照顾陈康。"陈石先开口道。

仿佛是客套话，但俞智丽知道其中的深意。她听出了这句话里面的忧虑。

"别客气。他是个好孩子。"

"他最近还好吗？"

俞智丽是敏感的。她明白陈石问这话的意思。她清楚自己的出走事件对陈康心理影响挺大的。这段时间他的情绪波动特大。她也很担心的，只是不知道如何帮助他。想起她那天因为他跟踪他们而骂了他，可能伤害了他，她感到非常羞愧。

"他心情不太好，有时候观点也很激进，看不惯很多东西。"

"噢，是这样。"

陈石想说什么，他觉得很难说出口。犹豫了一会儿，他说：

"我和他母亲都很担心他，我们就一个孩子，他有事闷在心里，不肯谈，我们都不知道如何帮他……他出过事，你知道吗？"

俞智丽点点头。

陈石递给俞智丽一张名片，说："你多开导开导他，有什么情况，你打电话给我。谢谢你了。"

看着陈石那张忧虑的信任的脸，俞智丽很感动，同时也有点愧不敢当。她不知如何回应。

观看排演的观众群里突然出现了骚动，打断了他们的交谈。他们转身向那边张望，发现一群民工抓住了一个小偷。那小偷像是个城里人，看上去非常秀气，还有点女性似的羞涩。这会儿，小偷正护着自己的脑袋，那帮民工则正在狠命地打他、踢他、辱骂他。那小偷被打翻在地，那帮民工还不放过他，你一脚我一脚地踩他，有人还踩他的头。那小偷嘴上鼻子上流出了血。

俞智丽看得心惊肉跳。她对民工一直是非常同情的。他们被人欺侮时可怜巴巴的，欺侮起别人来怎么这么没有人性。他们怎么这么狠毒呢。俞智丽担心他们会把那小偷打死。

这时，警察来了。俞智丽才松了一口气。俞智丽认出那个领头的警察是姚力。就是这个人不久前欺侮了鲁建。俞智丽看这个人的目光就很不友善了。俞智丽觉得这个人的身上有一种令她不舒服的阴森森的气息，好像他身上充满了病毒。

姚力从一辆三轮摩托车上跳了下来。他的左手缠着绷带。几天之前，他的摩托车刹车出了问题，他一头撞到一棵树上，摔断了左臂。姚力是多疑的人，他觉得是有人在陷害他。先是被人用匿名信告了升官不成，再是断了左臂，他觉得暗中有什么力量在同他作对。他的眼睛于是变得分外的多疑和冷酷。

姚力好像对小偷并不感兴趣。他见到李大祥，就跑过去和李大祥打招呼。李大祥挂着暧昧的笑容和他说笑。

"最近有什么好玩的地方吗？"李大祥拍了拍姚力的肩，"有好玩的地方别忘了叫哥们。"

"哈哈，大祥，你瞧我都为革命受伤了，哪有心思玩啊。"

"你那几根花花肠子谁不清楚。这又能碍得了你？"

和李大祥胡扯了一通后，姚力靠近了打斗现场。姚力和他的手下却没有行动，在一旁冷眼看着民工们打小偷。小偷已经

昏过去了。俞智丽急了,她大声地对姚力说:

"快把他们支开呀,要出人命的。"

"怕什么怕,不就打死一个小偷吗?"姚力轻描淡写地说。

这时,姚力看到陈石也站在一旁,很夸张地同陈石打招呼,看上去很热情,其实脸上布满了矜持。这是一种互知底细的人才有的故作自尊的表情。

"怎么受伤了?人民警察为民负伤了?"陈石开玩笑。

"哪里,哪里,不小心,自找的。"

说了几句,陈石借故支开了。他们虽然是老熟人,但他们有十年没来往了。每次都是这样,他们在某些场合见了面,彼此都会装出一种心照不宣的客气。

他们认识那会儿正是"文革"的高潮时期。陈石是机械厂的造反派,姚力还在读书,是学生中的造反派。他们原是两个派别,因为当时的机械厂是半军工企业,造反派有武器,学生们很羡慕,就投靠了他们。当时,他们揪出了很多当权派,有机械厂的,也有别的单位的,他们把当权派统统关押在机械厂的仓库里面。当时,陈石和姚力等几个人看管着这些人。他们给当权派吃很少的东西,家属们怕他们饿死,就托人带来吃的。他们也不拿给囚禁着的人吃,好吃的自己吃掉,不好吃的丢弃在隔壁仓库里。后来,这些食品发臭了,臭气到处飘。姚力想出了惩罚当权派的办法——拿这些发臭的食品,强迫那些当权派吃掉。

多年来,陈石不愿意想起这些事。当年他们怎么会这么残忍呢?当年,扪心自问,他不但没有意识到这是残忍,反而觉得这是一种高尚,是一种革命情怀,他根本没有把那些人当成人看待。邪恶的快感当然也是有的，但更多的是一种崇高感。要说他同这些人也没有私仇，可他就是仇恨他们，就好像他们是这个时代的绊脚石，必须把他们剔除。革命就是这样，如果不把内心的仇恨激发出来，怎么会有革命行动呢？革命是建立在仇恨基础上的。

这些年来，他把所有的精力都投入到工作上。他想做事，他是有才干的，很多人都承认，这也是他在"文革"结束后，能重新爬起来，混到今天这个地步的原因。可是有人却不放过他。这些年来，无论他在哪个单位工作，揭露他在"文革"中如何整人的匿名信一直跟随着他。他是在前几年才知道这事的。当时，他正积极为升任局长活动，结果没有成功。后来，一位一直来对他照顾有加的首长告诉了他这件事。他明白了，他这辈子不可能再升官了。后来，他多方查证，才弄清楚是谁在告他。是王世乾。他没有吃惊，相反平静地接受了。他想起来了，王世乾曾来过他的办公室，同他闲聊过一些无关痛痒的事。他当时就觉得这个平静的老头，这个瞎子身上，似乎有着惊人的秘密和能量。他认为这是自己的报应。他了解了这事后，心反而平了，欲望不再像以前那么强烈了。总之，他变得踏实了，他想做出一些实实在在的事，他希望自己能凭良心做人。

他很少和过去那些人交往。但在同一个城里，彼此其实都明白对方在干些什么。他不时耳闻姚力的种种作为，知道姚力儿子的事，自从那事后，这个人似乎比从前更残忍了。有一年，这个人还用枪打死一个没有任何危险的逃犯。落到他手里的人，没有一个有好下场的。这个人已经习惯了残忍。也许这个人根本不觉得这是残忍。

59

慈善晚会非常成功。

同原先安排的那样，俞智丽带着陈老先生夫妇和孤儿们上场。俞智丽到了台上倒是放松了，她显得非常大方，讲述这对好心肠的老夫妇的事迹时充满感情。讲着讲着，俞智丽就哽咽了。台下观众听了无不动容，也都流下泪水。这确实是感人的场面。

俞智丽的录像片和老夫妇的事迹同时感动了场外的电视观众。他们纷纷打电话给现场，表达对俞智丽和那对老夫妇的敬意。很多人表示认捐，有人甚至赶到现场要求见俞智丽和那些孤儿。俞智丽没想到会有这么热烈的反应，她很感动。那些赞扬的话既令她羞愧又令她有些飘飘然。她还是虚荣的。

其他文艺节目都围绕着慈善这个主题展开，演员演得挺投入的。到晚会结束，有关的单位和个人认捐的数目达三百万元之巨。想起陈老先生夫妇和孩子们可以暂解燃眉之急，俞智丽感到非常满足。她想，她这样做是值得的。

当天晚上，俞智丽睡不着了。她没想到自己可以感动这么多人。这么多年来，她从来没觉得自己做得有多好，相反，她总觉得自己罪孽深重。她是自我怀疑的。现在，她感到有另一个自己存在，另一个自己比她想象得要光彩夺目得多，也比她想象得要有力量得多。当然人们对她的赞美也是有力量的。这天晚上，她的头脑中出现了很多英雄人物，都是一些时代楷模。在想象中，她和他们站在了一起。他们是多么高大，周身光芒闪耀，而她胆怯而拘谨，显得暗淡无光。她觉得同他们比，她什么都不是。她为自己这样的想象而羞愧。她骂自己，你怎么也这么虚荣呢。

这天晚上，她总觉得脑子里有一束光。这束光把她的脑子照得分外清晰，睡意迟迟不肯降临。她喜欢这样的光芒，这样的光芒把她从慢慢滋生的绝望中托举起来了。这段日子以来，她总觉得自己的生命在下坠，现在她似乎找到了新的生命的方向。她告诉自己："你不够好，还要更好。"

第二天，俞智丽还是难掩兴奋，不过，她是不会让兴奋表露出来的。平静是她脸上的标志。到了单位，她发现陈康的脸有些古怪。后来，她意识到那是嘲笑。他在嘲笑她。他以前也是这样嘲笑她的。她想起来了，他白天在现场消失后，没再回来。他可能看不惯这样轰轰烈烈的活动。

"你昨晚像倪萍似的。"

他果然在讽刺。她想起来了，他们安排她在晚会中间出场，真的是在模仿春节联欢会呢。她的脸红了。

"你在看吗？"

"我看电视。"

"丢人现眼吧？"

"还好。我只是替你不平。"

"为什么？"

"你知道昨晚李大祥一伙干什么去了吗？他们去丽都娱乐去了。他们见到这么多钱，高兴坏了，他们可以怎么花就怎么花了。"

"不会吧，这钱怎么能乱花的。"

"我怎么说你呢，你心肠好，你以为别人也像你一样？你总是这么天真。"

俞智丽听了还是有点不舒服，就好像她在吃美食的时候吃到一只苍蝇。是的，她眼下对慈善这件事是有些理想主义倾向的。陈康的话打击她了。她不愿意相信陈康说的。陈康这段日子思想很偏激很极端，看问题就不客观不公道了。晚会搞得这么成功，去丽都高兴一下也是可以理解的。李大祥再混蛋也不可能私分捐款的。

自从上了报纸电视以后，要求俞智丽帮助的人越来越多。有些经济上的要求让她非常为难。她只能力所能及地去帮助他们。她见识了很多人间疾苦。她感到这真是一个苦难的世界，在平静的社会外表下面，竟有那么多痛苦的人。当俞智丽在这些苦难人们的中间时，她总觉得有另一个自己在天上望着她。那是一个他们赞美的自己。因为那个人的注视，她的每个行为都有了意义。那个人的注视也是严厉的，不允许她有任何懈怠或差错。

俞智丽这样忙忙碌碌的，半个月就过去了。

一天，南站的陈老先生找上门来了。他见到俞智丽，那张苍老的脸上挂着不安的表情。俞智丽不知老人找她有什么事，老人是个好人，他很少麻烦别人的。她已有一段日子没去看望孩子们了。老人今天找她一定有什么要事。她担心是不是有孩子生病了。

"孩子们好吗？"

"孩子们都很好。"

"给孩子们买了衣服没有？"

老人的脸上露出尴尬的为难的神色。他支吾了一阵子，说：

"他们没把那笔钱给我们。我去找过那位姓李的同志，他说没有。我今天就是为这个来的。"

"什么？他们答应了的呀？"

"不知道，他们说没钱。"他显得很不安，"我计划好了的，有钱的话，让年龄大一点的孩子读书去的。"

竟会有这样的事！李大祥怎么可以这样！她想起了陈康曾经说过的话，她不得不承认，陈康说的是对的，至少是确有其事。可是她当时不相信陈康说的，为什么她当时不去正视这事呢？她意识到她其实是在逃避，是在自我欺骗，她想要那个光明的幻觉，而不敢面对真相。真相是残忍的，会把她砸个粉碎。她应该早点去了解的，至少应该主动去替老人落实这笔钱。

俞智丽觉得对不起老人，她心虚了，脸红了，就好像是她在从中做了手脚似的。是她把他们平静生活打破，让他们抛头露面的，是她允诺他们那十万元钱的，现在，却是竹篮打水一场空，他们什么也没有得到。孩子们还照样在受苦。她的脑海里出现孩子们盼望的眼神，他们渴望的眼睛让她无地自容。想起这段日子，她沉溺于那个她新发现的角色里，自我满足，她自责了。她对自己从来是严厉的，她不能原谅自己。

她不知如何同陈老先生说。她几乎不敢看他一眼。

把陈老先生送走后，俞智丽决定去找李大祥。李大祥的皮包公司在华侨饭店。俞智丽是打车过去的。一路上，她还是有侥幸心理。她希望这只是李大祥的一个疏忽。希望如此。她实在难以接受这个事实。

很快就到了华侨饭店。李大祥的公司在三楼。一会儿，她到了皮包公司的门口。她发现门边上又多了一块牌子：永城市慈善协会。门关着，她使劲敲门。

李大祥正在里面睡大觉。他听到急促的敲门声，非常愤怒。他最讨厌有人在他睡觉的时候把他吵醒。是谁呢？是老婆吗？有可能，他已有一个月没回家睡了。她大概熬不住了。他奶奶的，如果是她，得好好教育教育她。他穿着短裤去开门。

他见到俞智丽时就不那么理直气壮了。他知道她为什么找他。他有点慌乱，连忙套上自己的长裤。他自我解嘲：

"我还以为是我老婆。"

穿好裤子，他已镇定了。他开玩笑道：

"很难得啊，怎么想起我来了？你真的应该想起我来，我也是个需要帮助的人。"

俞智丽厌恶他这样油腔滑调。她单刀直入：

"你为什么不给他们钱？你们答应给他们十万元的。"

"是这事啊。"李大祥显得有点结巴，"我也难啊。狗日的，那些认捐的人，晚会时说得好好的，向他们要钱时，都变卦啦，都推托起来。晚会开销那么大，我贴进去不少钱，现在一算，都亏本了。"

俞智丽当然不相信李大祥的鬼话。她说：

"你不能这么乱搞。"

"你什么意思？我怎么乱搞了？你说话要有证据。"

"你们答应了的，怎么能这样？"

她的嗓门很大，已委屈得泪流满面。

这娘们就是喜欢流泪。李大祥耸耸肩，不以为然地说：

"你消消气吧，你又没有什么损失，你不是也成名了嘛？你还想要什么？"

听了这话，俞智丽觉得自己好像是被扇了几个耳光。想起自己受到赞扬时的飘飘然，她感到羞愧。她哭着骂道：

"李大祥，你这人真是卑鄙。"

俞智丽发火时，李大祥觉得这个女人真是性感，他很想搂住她，把她的衣服撕去。他想，怪不得这个女人会被强暴，连他都想强暴她。

俞智丽还是希望李大祥能把这事处理好。她软了下来，哀求道：

"他们这么可怜，你把钱给他们吧。"

"不是同你说了嘛，我都亏本了。"

看着李大祥铁青的六亲不认的脸，俞智丽甚至想跪下来求她。她想不通，人怎么可以这样没有良心？怎么可能利用别人的善心谋利的？想起她做了他们的帮凶，想起自己也欺骗了善良的人们，她从云端跌落下来了。她知道什么是幻灭了。

俞智丽有了一种强烈的负罪感。她对这种感觉非常熟悉，这种感觉已跟随了她八年。她不能原谅自己。她瞧不起自己的虚荣。她竟然会飘飘然，她竟然认为那个电视上的自己是真正的自己。她哪里有这么好。她欺骗了人们，欺骗了那对好心的老夫妇。是啊，她对不起他们。她怎么还有脸见到他们呢。她真的觉得自己肮脏不堪。

她必须得惩罚自己。她躺在床上，什么也不吃。饥饿。她喜欢这种饥饿的感觉。这种感觉让她感到清洁。她觉得自己的身体慢慢被一种精神之光所笼罩，就好像胃部没有了物质就会产生精神之气一样。这是她曾经有过的经验。她想起那年，她坐火车去看望正在坐牢的鲁建，她就是这么惩罚自己的。那次，她在火车上不吃任何东西，就是那种空腹的感觉让她变得安详的。她需要安详的感觉。她感到自己正像水草一样在随波荡漾。

鲁建是两天后才知道俞智丽在绝食的。看着她日渐苍白的面容，他既生气又心痛。他说：

"你为什么要这样苦自己呢？这事同你又有什么关系？"

俞智丽不吭声。

"你吃一点吧，这样下去，你的身体会垮掉的。"

"不要管我！"俞智丽突然发火了，她的眼中有寒冷的光芒。

这是她对他第一次发火。她发火的样子非常可怕，好像她的身体是一枚炸弹突然爆炸了。她的胸脯起伏个不停，好像爆炸后大地的震动。

鲁建也要发火了。他在忍受。鲁建以为她还要说下去。可就在这时，大概因为过度饥饿，她晕了过去。鲁建吓坏了，赶紧把她送进了医院。

当她醒来的时候，感到内心出奇的平静。她是有经验的，每次昏厥过去，醒来后，她的内心都会非常宁静。她想起那一次在火车上晕过去的情形。那一次，她醒过来后，就不再焦虑了。

她的脸上露出神秘的微笑。她看到鲁建焦躁地站在她身边。他们又在附近的教堂里唱圣歌了。俞智丽想，他们在唱这些歌时一定充满了快感。有一次，俞智丽看到有一个很年轻的男人唱着唱着突然流出泪来，但他的脸上却依旧是笑容。她曾好奇地问他为什么流泪，但他没有告诉她。她还听到了附近的幼儿园里传来孩子们的笑声。她的心头热了一下。她想象孩子们在幼儿园的游乐设施上玩的情形。

这时，鲁建说："你怀孕了。医生说胎儿发育很好。"

俞智丽吃了一惊。她迅速护住自己的肚子。她感到小腹一下子温暖起来。

60

　　李单平觉得他们的老板今天挺怪异的。平常鲁建一直挺严肃的，有时候严厉得不近人情，可今天笑容满面，一个早上没见他把嘴合拢过。李单平怕他的老板。即使老板现在心情这么好，他也不敢同他多说几句。李单平习惯于沉默，习惯于冷静地观察。颜小玲倒不怎么怕鲁建，相反，她觉得鲁建这样子很具男子汉气质，而且她觉得他严肃之中有十分迷人的孩子气式的任性，还挺可爱的。看到鲁建心情这么好，颜小玲的心情跟着好了起来。李单平问颜小玲，老板今天怎么啦？颜小玲没好气地说，你问我，我问谁。李单平已习惯了颜小玲的抢白，没生气，继续慢悠悠地说，我同你打赌，今天老板这么高兴同他老婆有关。颜小玲不相信，说，你怎么知道？好像你就是他老婆似的。李单平说，你吃醋了？颜小玲不以为然，骂道，你无聊啦。

　　"你们在议论我吗？"

　　鲁建已来到他俩面前。李单平吓了一跳。

　　"是啊。"颜小玲语气里有撒娇的成分。

　　"讲我坏话？"

"没有啦。见你今天这样高兴，我们在打赌呢，你究竟碰到什么事？"

"打什么赌？"

"李单平说你高兴同你老婆有关。是不是啊？"她希望不是。

"李单平挺能的嘛。"他承认了。

"你老婆有什么好事吗？"

"我要当爸爸啦！"

"这有什么可高兴的，凡女人都会生孩子的。"颜小玲不以为然。

鲁建有些不悦，斜了她一眼。颜小玲就不再说话。

当医生告诉鲁建，俞智丽怀孕了，他一时没反应过来，呆呆地站在那里，足足五分钟。他首先感到天地之间突然有了一种别样的气味，一种很神秘的气息，好像他的身体同这天地之间有了联系。他甚至觉得窗外的阳光好像也变了色彩，阳光变得柔和了，四周的一切都退到了远处，他像是孤立无援似的站在一个中心。

这件事比他想象得要有力量。这力量像从大地深处传来，轰隆隆地来到他的身体里，把他身上某种本能的情感唤醒了。他真的很惊奇。这真是件奇怪的事，他竟然在毫不知觉的情况下，要做父亲了。但是他想象不出自己做父亲的样子，当然更想象不出未来孩子的模样。他甚至觉得自己在这方面心理还没有成熟。这是一种很奇怪的感觉，既空茫又实在，既兴奋又担忧。

一直以来，他觉得自己同世界没有联系，他像是一个被隔绝的人，像是没有来处。他也从来不去想自己的父亲或母亲。他对父母已没有太多的印象了。但现在似乎不同了，他同这个世界有了联系，他突然觉得自己像一棵树一样生根了，添枝加叶了。这让他有一种踏实之感。是的，他觉得一直悬空的生活落地了。

这天傍晚的时候，鲁建无心在酒吧待下去，他想早点回家，他很想去抚摸一下俞智丽的肚子，虽然目前还什么也看不出来，但那肚子已不同以往了，他甚至觉得那肚子有了一种"神圣"感。

他是步行着回去的。他看到的一切同往日不一样了。路上，他只要见到一个小孩，他会停下来，驻足观望，他甚至想过去抚摸一下孩子的头。孩子走在父亲或母亲身边，笨拙的步履像企鹅一样可爱。他觉得自己身边有这么一个小家伙是一件多么美妙的事。

他路过俞智丽女儿所在的幼儿园。他站在幼儿园的金属围栏处，向里张望。在那些大型玩具上，小孩子们爬上攀下的，好不热闹，小孩子们的头都很大，顶在稚嫩的身体上，看着很吃力，也很好玩。他看到了王小麦。她虽是小姑娘，可她喜欢和男孩子混在一块，在滑梯上争高低。当他看到王小麦，他的想象一下子有了着落，他好像看到了自己未来的孩子。当他看到自己的孩子在眼前跳动时，他的心里暖洋洋的。

回到家，俞智丽已在吃晚饭。她对鲁建这么早回来很吃惊。

"你吃过饭吗？"她关切地问。

鲁建摇摇头。酒吧开张以来，他很少在家吃饭。他发现俞智丽在吃方便面。俞智丽的表情很平淡。她总是一副荣辱不惊的端庄样子。

他说："你怎么吃方便面？"

她没回答。他想她大概经常这样。一个人吃总是马虎的。

他感到难受，他想她跟了他以后一定没有家的感觉。她这样吃着方便面是一种什么样的心情呢？她体验到对生活的厌倦和绝望吗？他感到她的悲凉也许比他待在监狱里面更深刻。他突然很想抱住她，安慰她。

她似乎意识到他的异样，她温和地笑了笑，说："那我去给你烧一点吧。"

他没有阻止她。他坐在那里，看着她做饭。她想尽量做得丰盛一点，但冰箱里实在没有菜了。他说："看你吃面条吃得挺香的，你就给我做一碗汤面吧，随便给我做几个荷包蛋。"

她点点头。她很专注地做菜。她一向认真。一会儿，她就把面条烧好了。他发现面条上放了两只荷包蛋，还放了一些雪菜做佐料，看上去香喷喷的样子。他确实有点饿了。埋头就喝了一口汤。她在一边看着，眼神里充满一种类似母性的满足感。

他们一直没有说话。他不知道说什么。他埋头吃面，大口地把荷包蛋吞咽下去。他一边吃，一边含糊地说：

"酒吧街又开了一家店，生意不错，听说搞得很色情。如今这年头，不搞一下色情，根本没办法。"

"你不干那些事是对的。"她的口气像个工会干部，这是她的习惯性话语。不过她马上反应过来，鲁建不是她服务的对象。她脸一下子红了。

"那赚不到钱怎么办？"

"赚不到也不能干。"

"你养我吗？"他一脸坏笑，"我觉得还是应该试试。"

她吃惊地看着他，脸严峻起来。

看着她一本正经的表情，他笑了："同你开玩笑的。"

61

鲁建不怎么去酒吧了。酒吧让颜小玲管着。他尽量待在家里陪俞智丽。

想起八年前，他跟在她后面，满怀着一种幸福的情感体味着她的一切。她的衣着。她走路的样子。她的长发的气味。她的微笑。要是没有那八年前的事件，他最终会得到她吗？也许她会被他的狂热吓坏的。那样的话，他和她也许不会有任何瓜葛。命运是多么奇怪，八年后他得到了她，和她同床共枕，并且她还为他怀了一个孩子。要是抽去中间这八年——这噩梦似的八年，他可以称为幸福的。

其实他是可以这样想的。这样一想，他就不会再怨恨了。

晚上她躺在他的身边，他会情不自禁地抚摸她的肚子。她的肚子光洁，匀称，从肋骨处向里收缩，呈现一道美妙的弧线。

"里面在动吗？"

"哪有这么快。"

"你的肚子，一点看不出。"

"我瘦，显不出来。怀小麦时，四个月都没显出来。"

他看了看她干瘪的肚子，有一种不可思议的感觉。

他抚着她肚子时，她感到肚子里有一股酸涩的暖流传遍全身。她就这样躺着一动不动，目光空洞地看着天花板，体味着他的手在她肚子上移动。她感到肚子沉甸甸的，好像肚子里的孩子在迅速成长，好像那孩子是这双手种下的。她愿意这样的时刻来得长一些，更长一些。

他想起多年以前的一件事情。那时候，俞智丽整天和王艳在一起，有一天，她俩结伴去看一场叫《三十九级台阶》的电影。但她们到了电影院后，发现票子没了。正当两个人失望的时候，鲁建向他们走了过去，把两张票送给了她们。本来鲁建打算同造纸厂一哥们一起看的。

但她对这件事没有任何印象。她茫然地说：

"我不记得了。当年有很多人送电影票给我和王艳，不记得了。"

"噢。"鲁建有点失望，"那时候你的事我都知道。我整天跟在你后面，像跟屁虫。那时候你一定很反感吧？"

她摇摇头。

"真的？"

"那时候挺得意的。如果没跟着反而有些失落。"

"是吗？"他几乎有点不信。"那时候我恨不得天天跟着你，为你做任何事。有一天，我听见你同王艳说，想看大仲马的《基督山伯爵》。我后来把这本书偷偷地塞到你自行车兜里。"

这件事她有印象。她当时是很奇怪的。她上班时，她的车兜上躺着这本书。她还以为王艳来过她家。但王艳说没有。不过，她出事后再没有回想过八年前的事。她认为她在八年前的"轻佻"是一种罪过。

"说来好笑，我塞给你的书还是向别人借的。"他继续说，"后来，借我书的家伙要我还，我说丢了，他气得直跳脚。那时候，你知道的，这样的书不好搞到。"

"后来怎么办？"

"我不好意思问你要回，只好赔他钱。"他停顿了一下，自嘲道，"我那时候经常干这种赔本的事。"

她跟着笑了笑。她想笑得平淡一点，可结果眼泪流了出来。那些事总会令她感伤。要是他不提，她几乎忘记了自己的青春，在她的感觉里，她的青春是不存在的。

他这样抚摸着，有一句没一句地说话，没再和她做爱。他似乎变得喜欢说话了。她静静里听着，觉得眼前的这个男人有些陌生了。不过，她现在喜欢这种陌生了。聊着聊着，他聊到监狱里的事。他讲得尽量轻松、滑稽，似乎想逗她发笑。但她不但没有笑，反而泪流满面。

他抚摸着她的肚子，劝慰她："你不要哭了，孩子也会伤心的。"

　　日子突然平静了。她在这平静日子中嗅到了幸福的滋味。就像屋子外面阳光的气味，暖洋洋的。有时候，俞智丽觉得自己就像去年留下的枯草，被太阳一照，虽然说不上活了过来，但那气味不再发霉，而是带着一丝青草气。关于自己是枯草的想象，多年来一直跟随着她。就像有人把一棵不起眼的小草连根拔起一样，她觉得她的生命在那一年被剥夺了。她的生命似乎也只有这个人能重新赐予她。

　　对怀孕这事，她的心情是复杂的。她不是一个称职的母亲。她伤害了王小麦，她觉得她是不配再做母亲的。现在又为鲁建怀上了，不知怎么的，对肚子里的孩子，她也充满了愧疚感。

　　突然下起了雪。很奇怪的，今年的雪下得这么早。她记得秋天刚刚过去，转眼就是冬天了。在城里，你总是感觉不到季节的变化。

　　已经有好几年没下雪了。小时候，这个城市只要一到冬天，就会飘下鹅毛大雪，天地顿时一片雪白，待到冰雪融化的时候，屋檐下便会生出小手臂一样粗的冰柱子。现在是再也看不到这样的大雪了，气候变得越来越暖和了。

开始是小雪，但到了傍晚，雪越下越大，就好像天空在向大地倾倒白色的颜料，没一会儿，这世界白茫茫的了。这使黑夜迟迟降临，傍晚无限延长了。那幽暗的雪光，使这世界充满某种神秘的干净的气息。

雪是讨人喜欢的。俞智丽当然也喜欢雪。鲁建还没回家，她就一直站在阳台上失神地看着雪慢慢地占领周围的一切。一阵风吹来，把雪甩到她的脸上、脖子上，雪刺激了她的肌肤，让她的身体产生一阵阵快感。她甚至很想赤裸着让雪覆盖她。这当然只能是一个幻想，内心的一个愿望，她知道不可能实现这个愿望的，除非她疯了。雪是衣服，可以把这世上丑陋的事物掩盖起来。这世界于是变得美好而干净。她突然明白为什么女儿的童话书里故事的背景总有飞雪。要是世界一尘不染该有多好。

第二天早上醒来，雪还在下。俞智丽打算去看望一下王世乾老人，了解一下他过冬的衣服是不是够用，需要的话她会替他购置的。

俞智丽到达干休所，却得到了一个不好的消息。王世乾老人失踪了。这消息是简所长告诉她的。简所长说，这段日子，老人喜欢把自己关在屋子里。这不是说老人安静，相反老人显得很狂躁，老是坐立不安，在屋子里弄出响动来。有时候，一个人很神秘地出门，也不打声招呼。一天傍晚，他又独自一人出去了，但再也没有回来。我们只好报警。

听到这个消息，俞智丽的脑子里产生了这样一幅画面：老人在白茫茫的雪地上行走，消失在地平线的尽头。这当然只能是想象。实际上，老人的消失和雪大概不会有什么联系。

回来的路上，对老人失踪这件事，俞智丽慢慢地不安起来。她想起上前次老人见到她时的奇怪的表情以及老人混乱的想法，老人好像告诉她有人在跟踪他，老人还给了他一包文件。她这才意识到，老人好像早已知道他会失踪似的。

回到家，她的头发上都是雪花，衣服也被浸湿了。她没来得及换衣服，就来到贮藏室，把老人交给她的那只文件袋找了出来。

这是一只普通的文件袋。老人把口封得很好。正面老人贴了一张白纸，白纸上写着收寄地址。是寄给市委的。她记起来了，老人把文件袋交给她时曾叮嘱过她，万一他有什么事，就把这文件袋寄给市委。她当时根本没把他的话当回事，她只把他的叮嘱当成这个可怜的老人的胡言乱语。她不知道这文件袋里是什么东西。她有一种打开文件袋的冲动。她想知道这里面究竟是什么重要的东西。

经过一段时间的犹豫，她最后还是打开了文件袋。里面是一封给市委的信、一份清单，其余都是文字材料。

她先读老人给市委的信。

尊敬的市委，亲爱的同志们：

余十七岁参加革命并入党，解放前致力于地下工作，解放后从事建设，一生对党忠诚。虽然在"文革"中被冤屈，并被造反派刺瞎双眼，但一直盼着为党做出新的贡献。党毅然决然结束"文革"普天同庆，改革开放人民赞成。我也衷心拥护。

多年来余一直关心党的各项事业，位卑不忘国忧。生活虽然不便，但关心时事，关心党的干部队伍建设。可令我忧心的是，很多在"文革"中有问题的人员继续把持着党和政府的重要部门。

余虽已双目失明，但凭着多年地下工作的经验，暗中调查这些人。这些人"文革"中整过我，也整过别人。余这不是为了报复私仇，实是为党的纯洁。我深信品性不良者不会为人民做出好事来。余曾多次把调查的结果向有关部门反映，都石沉大海，那些混进党内的败类也未见处理，继续升官发财，贪污腐化。余对此忧心忡忡。

余经过慎重考虑，决定把这些材料直接上报给市委，希望市委深入调查，严肃处理混进党内的败类。

一个普通老党员　王世乾

看完信，俞智丽继续看材料清单。

李清雅之材料（李清雅，男，"文革"时机械厂造反派首领，参与暴力殴打老干部。现为工商银行副行长。与港商勾结，大量索要贿赂。详见材料）

黄小芒之材料（黄小芒，女……详见材料）

杨少康之材料（杨少康，男……详见材料）

……

陈　石之材料（陈石，男，"文革"时加入机械厂造反组织，看押老干部，不让老干部吃喝。疑趁抄家掠走一幅余珍藏之齐白石画作。余眼被刺时在场人员之一。现为文化局副局长。工作尚踏实。详见材料）

……

姚　力之材料（姚力，男，"文革"时的学生头领，看押老干部，给老干部吃腐烂食品。余眼被刺时在场人员之一。现为西门派出所副所长。作风极度腐败。在本市伊新花园包养一小妾。亦有其他腐败问题。详见材料）

……

看了这些，俞智丽有一种怪异的心惊肉跳的感觉。这份材料是杀气腾腾的。这同她所见的王世乾老人多么不一样。她所见的老人，干净、内敛、慈祥，虽是个瞎子，却是个令人尊敬让人喜欢的老人。当然她也感到他的内心一直有一个支柱，没想是这样的支柱。

老人是怎样失踪的呢？同这包材料有关吗？这其中隐藏着什么惊人的阴谋吗？她越想越觉得惊恐。她不知如何处理这包东西。

想起这个早已瞎了的老人在暗地里盯着这么多人，她感到悲哀。凭她的经验，老人的这份材料不会起任何作用。他终究是个瞎子，早已和这个时代格格不入了，他不清楚现在同他革命的年代早已不一样了。

这一天，一种莫名的不安一直跟随着她。她总觉得老人的目光注视着她。老人是瞎子，怎么会有目光呢？并且这目光还

特别锐利。真是奇怪的事。后来，她想，是老人在责怪她不实
现他的愿望了。想起这个可怜的老人，她的心就软了。她虽然
内心抵触这样的文字，但这是他的意志，如果他已不在这个世
上，那她更得尊重他，尊重一个消逝者的意志也许是重要的。
她决定去一趟邮局，把这份东西寄出。

从邮局回来，她平静了一点。她站在阳台上，看雪景。大
雪还在漫无边际地飘扬。附近的兵营平常在这时候正是操练的
时光，但这会儿人影全无，像是沉睡了。房屋和街道都被雪掩盖，
只有那条铁路露出光溜溜的铁轨。铁轨向远处伸展，如果你长
时间地凝视它，铁轨会慢慢地升起来，就像是从天而降的一把
梯子。她把目光延伸到铁轨的尽头，好像延伸到了天堂。老人
会在那里吗？

看着白茫茫的大雪，她想到了自己的生活。她对目前的生
活又产生了怀疑。命运太不可捉摸，她的内心无法有一种恒定
的感觉，她隐隐觉得自己的人生似乎不该再有快乐的东西，因
为得到快乐是要偿还的。这是她的一种宿命，是她的一个生命
密码。她相信这种不安的预感。她是一个悲观的人。

晚上，鲁建回家后，俞智丽和他讨论起王世乾老人的事来。

“你怎么想，这事？”

“我倒是能理解。”

“为什么？”

“我要是他，也会仇恨那个把他丢在黑暗里的人，也不会放
过他。”

俞智丽听了，不由得心跳加速。

63

早晨，鲁建还睡着的时候，被电话吵醒。是颜小玲打来的。颜小玲的声音非常焦急，鲁建预感到酒吧一定出什么事了。他叫她别急，慢慢说。原来就在刚才，一群警察来他的酒吧搜查，结果搜出一袋摇头丸。警察拍了照，让李单平签了字后，就走了。

听到这个消息，鲁建知道事态严重。他着急了。怎么会有摇头丸的？不会啊，是不是警察搞错了？一想，他觉得也是有可能的。大炮这家伙脑子里都是歪门邪道，很难控制的，他这几天又不怎么去酒吧，也许是大炮见缝插针，在酒吧里乱搞。

他急忙赶去酒吧。还在下雪，西北风很大，他没来得及穿雨衣，就冒着风雪狂奔。他不让自己多想，他的脑子里唯一的念头就是马上赶到酒吧。他跑得气喘吁吁，他觉得心跳得越来越快，越来越脆弱，心好像要从心脏里跳出来了。后来，他意识到这就是恐惧。

自他和姚力冲撞后，这恐惧一直跟着他。只是这段日子，他见姚力没有行动，恐惧就慢慢消退了。现在他才知道，姚力其实一直在暗中盯着他。

他一直这样跑着，没感到热，相反，背脊上都是冷汗，整个身子在发颤。他想，那是恐惧的缘故。恐惧犹如冰冷的西北风，把他包裹了。

他进入酒吧时，警察已经走了。李单平和颜小玲垂头丧气地站着发呆。刚才他俩正在相互埋怨、指责。他们看到鲁建，眼里都露出惊恐之色。鲁建的样子太让他们害怕了。他满头是汗，眼睛通红，衣服上的雪已经融化成水，在往下滴，好像他刚刚从水中被打捞上来。

"怎么会有那种东西的？"鲁建目光如炬，扫视这两个人。

"是大炮哥的。"李单平胆怯地说。

真的是大炮在闹！鲁建骂了一句娘。他娘的，大炮竟敢这样，把他的警告当耳边风。

"是大炮藏在这里的？"

"是。"

"你参与了吗？"

李单平的脸马上红了，眼睛露出慌乱来。他支吾几句，不知在说什么。

"快说。"鲁建揪住了他的衣襟。

"有些客人喜欢把药丸兑到酒里面。"

鲁建听了，心里直冒冷气。他骂道：

"这会出人命的知不知道？"

李单平低下了头。

鲁建狠狠踢了李单平一脚。没想到他们竟然这么搞。他们这不是害他吗？他想，这下警察是不会放过了。再次被抓的想象让鲁建浑身发抖。他怒火中烧，打算马上去找大炮。

他迈着大步向城北走去。大炮早已在他的幻想里被揍得满鼻子满嘴巴都是血。这让他走路时显得既紧张又充满力量。鲁建是在录像厅找到大炮的。好像是在验证他一路的想象，鲁建对准大炮的脸就是一拳，大炮瞬间栽倒在地，鼻子和嘴巴果然流出鲜血。鲁建还不肯饶了他，对准大炮的腰猛踢，脸上的表情狰狞。大炮在地上爬着求饶。

"鲁哥，你这是干什么？你这是干什么？"

鲁建没吭声，继续打他。观看录像的大都是民工，他们围在一边观看，他们的脸上都露出痛苦的表情，好像鲁建的拳脚是打在他们身上。

一会儿，鲁建便气喘吁吁了。他站着喘了一口气，高喊道："你别再害我了，你知道吗？别再害我了。"

说完他就转身离去了。他流出了眼泪。想起自己被害了八年，那种人生的不公与苍凉涌上了他的心头。

雪还在下着，雪里面夹着很多的雨水。他的衣服这会儿已完全湿透了。他已不觉得寒冷。恐惧让他身体的感知完全消失了。

64

这天，鲁建一直在等着警察把他叫去。但警察们一直没出现，一切风平浪静，就好像早上他们根本没有来过酒吧似的。这很不正常，出那么大的事，照常例，他们应该审问他的呀，他是酒吧的老板呀。这种不正常让他愈发焦虑起来。

傍晚回家，见到俞智丽，他感到很软弱，他很想躺在她的怀里。但他不能把这事告诉她，这会吓着她的，对孩子不利。他只能独自承受这恐惧。他尽量让自己显得轻松一点。

俞智丽倒没觉出鲁建有什么异样。她把注意力都集中到做饭上了。这段日子，因鲁建每天回家吃饭，她下班回家总会去一趟菜市场，买点小菜回家自己烧制。她做菜的技术很一般，过去都是王光福做的。她做菜的时候，注意到鲁建在看电视，他的双眼似乎有些茫然。她猜大约没有吸引他的电视节目。

后来，他们一起吃晚饭。她问起酒吧的情况。他却有点慌乱。她敏感地问，出了什么事吗？他说，没有啊。又说，不要多想了，要注意身体。她笑道，知道了。

吃过饭，她陪着他看了一会儿电视。电视节目索然无味，她没兴趣再看下去，就回房间躺下了。她躺下后，就听他在啪啪地换频道。这时，她才注意到他有些不对头。他平时看电视一点不挑剔的，好像什么节目都能安静地看下去的，今天怎么这么烦躁不安？再看看他的脸，也是灵魂出窍的模样。他似乎心情烦乱呢！

她迷迷糊糊快要睡着时，他进了房间。然后脱了衣服，钻进了被窝。他把一股寒冷的气流带了进来，她就被惊醒了。这时，她发现他的手在颤抖。看到这颤抖的手，她的身体痉挛了一下。他颤抖的手已按在她的肚子上面，在来回抚摸。她觉得肚子上好像有什么东西在震动。她感到自己的身体都被震麻木了。他按住了她的胸脯。他感到体内一种可怕的力量在喷发。可就在这时，他忍住了。他僵硬有力的身躯一下子软了下来，他的脸贴在她的胸脯上，已泪流满面。她抚摸着他的头，问：

"你怎么啦？"

"没事。"

"你怎么哭啦？"

他笑了笑，说："我也不知怎么回事。"

"早点睡吧。"

他点点头。

一连三天，警察都没找他。他的不安日盛一日。雪还在下，街上行人稀少，世界有一种少有的平静，可对他来说，越平静就越令人窒息。他真的希望这世界突然乱起来，乱得没人找得到他。

鲁建也托朋友去打听过。他想知道姚力的真实想法。他还希望通过朋友的居中通关，把姚力摆平了。但朋友没有带回来好消息。朋友说，姚力一言不发，不表态；还说，姚力前些日子摩托车撞到一棵树上，负伤了，姚力怀疑是有人在报复。姚力这个人阴毒得很。

这消息让鲁建变得更加惊恐。

俞智丽隐隐约约感到鲁建出事了。她也不安起来。一天晚上，她被鲁建的噩梦惊醒了。鲁建梦中发出惨烈的叫喊。她把鲁建摇醒。鲁建醒过来后，再也忍不住了，失声痛哭起来。她抱住了他。他的身体在剧烈颤动。她这才感到他身体里的不安。就好像这会儿真有什么灾难降到了他身上。

"你一定有事。"

他的身体紧张地蜷曲起来。她抚摸着他的头，他的身体，试图让他安静。

"有什么事你说吧。我们一起想办法解决。"

但他没说。他突然放开了她。仰天躺在那里。俞智丽侧身躺着，她奇怪地看着他。

"我没事，你不要担心。"他闷闷地说。

她还是担心了。他可从来没这样过。

"你怎么了？"她不放过他。

"真的没什么。"

"出了什么事？"

经不起她的追问，他最终把他的恐惧说了出来。他实在忍受不了了。当他把恐惧说出来后，他彻底地软弱了。他伏在她的怀里，像是在寻求保护。

"不会有事的。你没犯事，总说得清楚的。"

她也只能这样安慰他。她知道这些话没什么力量，她只能如此说。她不断反复说着这几句话，像不断回旋的小夜曲。后来，也许他累了，他在她怀里沉沉地睡过去了。

她倒是睡不着了。她看着他。在黑暗中，他的表情看上去十分无辜，像一个孩子。她抚摸着自己的肚子，在心里对肚子里的孩子说：

"他真是可怜，他真是可怜，他这辈子真是冤啊。"

她紧紧地搂住了他，让他的脸贴着她的胸脯。就好像他是她的孩子。她的心里涌出强烈的保护他的冲动。

65

　　雪持续下了一个星期。气象预报说，明天雪就会停。明天会有阳光了。

　　早上醒来，俞智丽打开窗，发现雪真的停了。地上、屋顶上的雪耀眼而脆弱。想起太阳一出来，雪便会融化，便会不着痕迹，她竟有些伤感。

　　他们在酒吧里搜出摇头丸已过了一个星期。他们还是没有传唤鲁建。鲁建越来越焦躁不安了。晚上经常失眠。这会儿，他倒是睡着了。他熟睡的样子和醒着时很不一样，他熟睡时皱着眉头，很脆弱的样子。他的表情有时候会变化，大概正在某个梦中。她想起女儿睡觉的情形，也是这个样子，睡梦中的脸会变幻出奇异而可爱的表情。

　　俞智丽在烧早点。同往常一样，她为鲁建准备了一份，放在桌上。然后，她再坐下来。在吃早点前，她抚住了自己的肚子。她的肚子其实没什么变化，还像从前那样平坦，但在她那里，感觉完全不一样了。现在，她抚摸自己的身体的时候，她好像看见了肚子里的孩子。她还在心里同孩子说话，她相信孩子完全懂得她的话。她开始吃早点。她觉得不是她在吃，而是肚子里的孩子在吃。

就在这时，响起了敲门声。她很奇怪，这时候有谁会找上门来呢？

她打开门。是两个警察。警察神色严峻，手拿一副手铐，来者不善的样子。她的心快速地跳起来。

"鲁建在吗？"

她紧张得说不出话，只好点头。

警察迅速地冲进了房间。这时，鲁建已经醒了。几乎是本能，鲁建第一个念头就是逃跑。警察扑了上去，架住了鲁建。鲁建反抗了一阵子，结果遭到一阵拳打脚踢。俞智丽见此情景，简直不要命了，她冲了过去，护住鲁建。一些拳脚落在她身上。

"你们不要乱抓人，你们不要乱抓人！"她喊道。

警察奋力把她拖开。由于用力过猛，她被重重地摔在地上。她一阵头晕。她感到肚子里好像尖叫了一声，她连忙抚住肚子。在这期间，警察押着鲁建往门外走。警察嚷着要鲁建老实一点，别反抗。鲁建显然十分害怕，他回头看了摔在地上的俞智丽，眼中充满了恐惧。警察推搡着他沿梯下楼。

俞智丽艰难地爬了起来，向楼下冲去。

楼下停着一辆侧三轮。他们已把鲁建按在三轮车上。三轮车已经发动了。摩托车发出的尾气一下子使雪融化了。俞智丽像一只保护幼狮的母狮子，拼命拉住摩托车，不让他们开走。她的头发乱了，真的像狮子鬃毛一样散了开来。

"他什么也没干，他什么也没干呀！你们不要冤枉他呀……"

警察们要开车了，让她放开。

"你们冤枉了他八年，不能再冤枉他了呀……"

警察的车开动了。她的手臂上突然传来了力量。她感到上身被拉动，向前迅速冲去，但脚来不及迈开。她跌倒在雪地里。但她的手死命地拉着侧三轮。侧三轮拖动着她，由于传力不均，她在地上打了一个滚。她的手像麻花一样扭着了。她很痛，但还是没放手。雪地上留下一道十多米长的拖痕。

鲁建流下了眼泪，他回头喊道：

"你放掉呀，快放掉。你当心孩子啊……"

听到这声音，她松了手。她被抛入一条小沟渠中。摩托车刹那间就远去了。他看到鲁建恐惧和担忧的目光。

她一点力气也没有了。她感到身体疼痛。她躺在雪地上，闭上了眼睛。雪水慢慢从衣服外渗入到她的身体，她喜欢这份凛冽，这减缓了身体的疼痛。她想起鲁建这几天的恐惧，眼泪夺眶而出。

她得想想办法。当她试图从雪地上爬起来时，她感到大腿内侧突然流出一股暖流。她马上意识到发生了什么事。她张大嘴巴，叫道：

"天啊，天啊，天啊……"

雪地上面洇满了血痕。

66

俞智丽被人送到了医院。医生给她做了一些处理后,她就回家了。

她躺在床上。绝望和悲哀弥漫在她的身体里。可是,即使绝望,即使身体虚弱,她也不能躺倒。她要想办法把鲁建救出来。她不能再让他受苦。

她艰难地从床上爬起来。她走在去派出所的路上,她感到身体像是虚脱了一样。她想同鲁建见一面,但派出所没人理睬她这些要求。

她不懂如何同他们打交道,她决定请一个律师。机械厂聘着一个常年法律顾问,姓梅,她是认识的,看上去是个好人,她打算先去请教他,再另作打算。

梅律师非常热情。他身体虽胖,但看上去相当健康、好动,是个做事有条有理、极会享受生活的人。他听了俞智丽的述说后,耐心地叫俞智丽不要急,事情总是可以说清楚的。也许他们只是问一问,会马上放人的。这样的事经常发生的。

"他们是把他铐走的,不会只是问一问的。"她说。

"噢。"

"他不能再被冤枉了。他白白地坐了八年牢，他再坐牢，他这辈子真的毁掉了。梅律师，你无论如何要帮帮我。"

作为机械厂的法律顾问，梅律师对厂里的情况相当熟悉，当然对俞智丽的事迹也相当了解。按照他的人生经验，眼前这个女人的行为是不可理解的。这么多年，她那么无私地去帮助别人，甚至可以牺牲自己的利益，他看不出她的目的，她有什么"私心"，好像她天生就是这样的，她这样做是天经地义的事。他自以为看透了这个世道，根据这个"看透"指导他的职业，而他的职业本质上来说是利用人性的弱点，进行利益交换，但在她那里，他的"看透"不起作用。他虽然不理解她，但他尊重这个女人，并且为这个女人的美德感动。他很愿意帮助她。他说：

"我当然会尽力帮你的。"

"谢谢。"

从梅律师那里出来，俞智丽累坏了，她不打算上班去了。她给陈康打了个电话，请了假。回到家里，她就躺在床上，但她睡不着，感到整个身体在痛。

傍晚的时候，俞智丽接到梅律师的电话。梅律师要俞智丽马上到他那儿去一趟。梅律师的口气听上去事情似乎挺严重的。俞智丽马上从床上爬起来，赶到梅律师那里。

梅律师这次没有客套，有话直说。梅律师向俞智丽陈述了警方抓鲁建的原因：一，利用酒吧场所藏匿及贩卖毒品；二，参与流氓间的打斗；三，涉及婚内暴力。

"你丈夫是不是经常殴打你？"梅律师突然问。

梅律师听到过这样的传言，他一直不相信。他看了警方的指控后当然相信了。他疑惑了，眼前的这个女人不像是一个家庭暴力的受害者，她对她男人的关心、她的焦虑都明明白白写在脸上。

俞智丽没法回答梅律师的问题。面对这样的问题她的心总是很虚，好像她做了对不起人的事。她说不清她和他的关系，她相信说出来也不会有人明白。她想了想说：

"他不可能藏毒贩毒的，我了解他……"她知道这是鲁建最大的罪状。

"他们对各项指控都有证据。有酒吧后面打斗的照片，有毒品的照片……如果证据确凿，你丈夫会被定罪。"

听了这话，俞智丽着急得想跪下来了。她觉得鲁建够可怜的了，如果他这次再被冤枉，那真是天下最可怜的人。

看到俞智丽紧张的样子，梅律师不知如何说下去。他这辈子打过很多官司，碰到过各式各样的人，有些女人碰到这样的情况早已六神无主，见到律师只知道哭泣，好像她面前是一位包公。俞智丽还算是比较镇静的。

"你知道的吧，现在警察的权力很大，几乎没有什么束缚。他们总是有办法找到证据，找到口供的。你懂我意思吧？我听说你丈夫曾经被判过刑，听说也是冤枉的，这就能说明问题。像他这样有前科的人，要摆平这件事非常难。你可能不知道，根据我们国家的法律，这个阶段我们律师其实还是不能介入的，我打听到这些事也是因为……"

她一直聚精会神地听着。她这段日子思维有些混乱，经常领会不了别人的意思。不过，有一点她感受到了，这个梅律师是愿意帮她的。他是个好人。

"我的意思是……这么说吧，我这里会尽力帮你的，你自己也想想办法。你帮助过那么多人，应该认识不少人吧，你去托一下关系。像你丈夫这样的情况，说严重是挺严重的，说不严重其实也没什么大不了的。关键是要抓紧时间，在正式被起诉之前解决。"

俞智丽木然地点点头。今天太累了，她的头脑有些麻木。不过，梅律师的这个建议还是给她一丝清醒的光亮，就好像她黑暗的脑袋被人拍了一下，冒出了几颗火星。借着这火星，她在头脑里过滤了一下自己认识的人。她帮助过的人大都生活卑微，他们即使有心也无能为力。高层的人她倒也接触过不少，那些人对她也和蔼可亲，但她不知道他们会不会帮她。火星慢慢熄灭了。

他们又讨论了一会儿案情。俞智丽提出想和鲁建见一面，问梅律师是否可以安排一下。梅律师沉吟了一会儿说："可能很难。照规定是不可以的。不过，我去做做工作。"

事情谈得差不多了。梅律师再三劝慰她不要着急，慢慢来，总会有解决办法的。俞智丽知道她应该告辞了。她站起来时，梅律师突然问：

"你丈夫是不是得罪过什么人？"

"不知道，不过他一直觉得自己会被他们抓起来。他一直担心。"

"我听说，他得罪过姚力？"

"他和姚力吵过。"

"姚力和李大祥关系不错的。李大祥神通广大，你可以去找找李大祥。"

俞智丽非常感激梅律师，连声说："谢谢，谢谢。"

俞智丽艰难地回到家里。她全身酸痛，觉得自己的身体快要崩溃了。

67

　　鲁建被拘留已快两天了，他们并没有审问他。这令他无比焦虑。

　　他是个有经验的人，可经验并不能让他平静下来，相反，因为知道这里面的太多真相，而更加感到恐惧。他无法想象自己重回监狱。那还不如死了算了。

　　逃亡的念头经常会出现。他明白，逃亡只能是一种想象，只能出现在电影里面，在现实中，根本不可能。

　　怎样才能让自己出去呢？他想不出来。

　　他在等待他们审问他。他没做错任何事，他再也不会承认自己有什么过犯。这是保护自己的唯一办法。他们有的是让你认罪的方法，他有心理准备。这次他们就是打死他，他也不会承认自己有罪。

　　俞智丽在哪里呢？她在干吗？她在为我奔走吗？他发现他非常需要她。此刻，在他的心里，俞智丽像一位母亲，他需要她的保护。

　　这时，有人进来叫他了。他一阵紧张。他想，终于轮到他了。

　　然而他们并不是要审问他，而是俞智丽来看她了。

照法律规定，拘留阶段俞智丽是不能见鲁建的。是因为梅律师想了办法，她才见到了鲁建。俞智丽站在那里，头发凌乱，脸色憔悴，非常虚弱。她一直是比较讲究仪表的，但现在她好像什么也不顾了。她的那双眼睛乌黑乌黑的，含义丰富，既像是怜悯，又像是担忧。她看到了他，向他笑了一下，像是在安慰他。他几乎像是看到了救星，扑了过去。

"……你一定要想办法救我出来，救我出来……"

他嘟囔个不停，语速快得让俞智丽听不真切。但"救我"这两个字他听清楚了。她安慰他：

"你放心吧，你没事的，我正在想办法。"

她说得相当肯定，好像一切尽在掌握之中。

他的心稍稍定了一下，不安地问："你有办法吗？"

"我请了律师。律师有办法的，他会帮助我们的。"

他还是有点不放心，问：

"律师有用吗？"

"你放心吧，这律师挺能干的，就是他安排我们见面的。"停顿了一下，她又说，"他告诉我，你没什么大事。"

他松了一口气。脸上露出一丝天真的笑容。这笑容让俞智丽感到辛酸。他突然意识什么，脸上一下子布满温柔的表情，他伸手抚摸了一下俞智丽的肚子。

"孩子还好吗？"

俞智丽的心揪了一下。她感到自己的眼泪快要掉下来。她终于忍住了。这个时候，不能再给他打击了。

她勉强笑着，点点头。

"你要照顾好自己的身体。"

她还是点点头。

……

鲁建惊恐不安的样子完全占据了俞智丽。她下决心去求见李大祥。她不喜欢李大祥，这一次是实在没有办法了。

68

　　李大祥的身上有一种令人讨厌的贪婪和委琐的笑容。这笑容既趾高气扬又像是在讨好人。他看上去像一个暴发户。他应该算是出生高贵，但"文革"中他家庭的落魄遭遇使他不相信任何事物，也不信任任何人。他去开他的车，他一次一次地回头张望俞智丽，就好像俞智丽会逃跑似的。她跟着他，他们之间保持着距离。

　　李大祥把小车倒了出来。开到俞智丽前面。俞智丽坐了进去。李大祥驾着车子，吸着烟。他不停地从反光镜里看她。

　　这个城市变得越来越热闹了。俞智丽觉得自己被抛在了热闹之外。这热闹的世界同她越来越没关系了。她整个儿是麻木的，就好像这会儿跟着李大祥的不是她本人，她早已逃离了这个肉体，在天空看着她。夜晚的天空像戴在城市灯海之上的一顶帽子。

　　车子拐到了共青路上。她想起多年前的遭遇。那是她个人悲剧的起点。自从有了这个起点，一切都改变了。如果没有那个偶然，生活会变成什么样子呢？她会成为一个什么样的人呢？她无法想象。如果要想象，她会把所有的幸福都加到那个自己的头上，让她走在类似天堂的光芒里，走在没有阴影的生活里。

但生活没有如果。

车子在华侨饭店前停了下来。她来过这儿，她对这里不陌生。当他们进去时，很多人向李大祥打招呼。俞智丽的脸上没有表情。他们不时意味深长地看着她。

俞智丽跟着李大祥上楼。他又回望了她一眼。那眼神非常古怪，似乎有些胆怯，又似乎在自嘲。他走得很慢，好像在等她靠近。她走近他时，他在她的屁股上摸了一把。

当她走进他的房间，她是害怕的。一个"陌生"的男人马上要进入她的身体了，她的身体提前疼痛起来。她听到他把门关上了。门关上的声音很轻，在她听来，却是惊心动魄。她站在房间里，看着李大祥。她以为进了房间，他马上会动手动脚的。他没有，就好像他还没有准备好。他进卫生间。她听到断断续续的水流声。很奇怪，就在这个时候，她镇静下来。她开始脱衣服。

她脱得很慢。她还是不甘心的。当然还因为自怜。她的缓慢何尝不是因为痛惜自己。她的制服脱掉了，她的衬衣也脱了，房间有点暗，但她的身体白得耀眼，连她自己的眼睛都被刺痛了。她的上身只剩下文胸了，她犹豫了一下，把文胸也摘了。她总要向他袒露的。她唯一的希望是他能遵守承诺。

然后，她就躺到床上。她下意识想用被子裹紧了自己，想了想，放弃了。她赤裸着，等待他的出现。

他从厕所里出来时，脸色漆黑，神情似乎有点沮丧。

他看到她躺在床上后，有点吃惊。他的呼吸一下子急促起来。她没看他的眼，但她能感受到他眼里的贪欲。她的身体僵了一下，闭上了眼睛。他离她如此近，她听到他呼出的粗气，那气息十分混乱。她等待着他发泄。

李大祥却没有行动。他在沙发上坐了下来，大概沙发的弹簧有了问题，他陷入沙发的黄色帆布里面。他眼神冰冷地看着她，没有说话。他坐在那里，有点无所适从。

李大祥感到非常奇怪，他的身体没有任何反应。躺在前面的肉体非常美，美得让他仇恨。这是这么多年来他梦寐以求的肉体，可是他就是没有感觉，好像那肉体是泥塑的雕像，没有任何生命。

见他没有行动，她就拉起被子盖住了自己的身子。他点上了一支烟，他的脸被烟雾笼罩，看上去铁青铁青的，她不清楚他在想什么。她一脸疑惑地看着他。

"你走吧。"

她愣住了。她没动一下。很奇怪的，听了他的话她并没有高兴，相反她感到心里没底了。

"你放心吧，答应的事我会办好的。"

他说话的声音非常虚弱。

听了这话，她的身体马上有了羞耻感。她不想在他面前穿衣服。她裹着被子伸手从床边拿起衣服。她在被子里面穿好了衣服。她不敢再看他一眼，好像看一眼会使他改变主意。她觉得这一切像梦一样怪异。她怯怯地说了一声，我走了。然后就快速离开。

令李大祥惊奇的是，当俞智丽离开后，他的身体迅速地有了反应。他的头脑里全是俞智丽赤裸着身体躺在床上的情形。她的乳房左侧有一颗漂亮的黑痣，此刻在他眼前晃动。他想象着她的身体，开始抚摸自己。他越来越兴奋。他的体液不可遏止地喷射而出，喷射到他想象中的俞智丽的身体上。

她看上去一尘不染，慈悲端庄。现在，他终于亵渎了她。他为自己终于玷污了神圣不可侵犯的东西而感到莫名快乐。

69

李大祥遵守诺言，找到姚力说项。姚力表面上很客气，也答应帮忙。但姚力迟迟未把鲁建放出来。李大祥很生气。打电话问姚力，姚力同他打太极，说事情不是他一个人说了算云云。李大祥搁下电话后就破口大骂。他想，都怪他爹死了，要是爹活着，这些人敢动吗？敢动的话老子毙了他。

李大祥是个死要面子活受罪的人。既然答应了俞智丽，那这个事一定得办好。他已习惯一言九鼎的感觉了。其实他可能一"鼎"都谈不上，可他就是有"九鼎"的气概，要办"九鼎"的事情。再说了，他在俞智丽面前已经丢人现眼了，这事不办成往后怎么面对俞智丽呢？像他这么自负的人，连这样的事都解决不了，在机械厂就别想抬起头来了。这个打死他也是不愿意的。他们李家是什么人家，李大祥又是什么样的人。他就不相信，连一个姚力都搞不掂。

李大祥打算向丁南海求助。丁南海任市委副书记时，兼任政法委书记，这条线上都是他的部下。如果他出面，姚力恐怕再也挡不住了，想挡也是蚍蜉撼大树而已。李大祥对丁南海是有把握的，丁南海是蛮喜欢李大祥的。

俞智丽一直在盼着鲁建被释放，但几天下来一直没有动静，她就着急了。她首先想到的是李大祥食言了。她想给李大祥打个电话，但打电话又有什么用呢？这个时候，她的心思和想法很复杂很绝望，她只觉得这世道已无她可走的路。如果鲁建真的再次被冤，那对鲁建来说真的是旷古未有的冤屈啊。这会让她感到罪上加罪。她甚至想过自己去顶替他。当然，这是不可能的，他们不会同意。

梅律师一直在替她活动。他不时带来好的或不好的消息。好的消息是鲁建一切都好，身体都很正常。不好的消息是他们准备正式逮捕鲁建。梅律师说，一定要在正式逮捕之前把事情办好，否则比较麻烦。

当梅律师讲述法律程序时，俞智丽听得一头雾水。她觉得这些复杂程序的唯一作用就是让人搞不清方向，就是拒人于千里之外，就是让当事人不可能完成任务。她领教过所谓的程序。那会儿，当她知道鲁建是冤枉的，她就去找过他们。他们给了她一套从起始点出发转了一大圈却发现还是在起始点的程序。那时候，她了解了国家的复杂性。国家并不像那些高尚的词语所描述的那样，国家由人把持着，人们以国家的名义行使着个人的意志。她发现，她虽然到处申诉，但她一直在外面，这样的申诉无法打开一个缺口，让她得以进入。

现在，她明白缺口在哪里。缺口不在程序上，而在掌握程序的人身上。程序是用来保护他们的，而不是保护像鲁建那样的人的。他们永远在程序之上。他们是程序的主人。所以，她得找那李大祥这样的人。

李大祥突然来电话了。电话里，李大祥没有多说，只是让俞智丽去见丁南海。李大祥吩咐道，你的事丁主席都已了解，你只要见他一面即可。"多捧捧他，老爷子快退了，喜欢别人吹捧。"

俞智丽满怀着希望和不安去了丁南海的办公室。对于像丁南海这样的大官，俞智丽或多或少有些惧怕，她不知道他们这些人在想什么，总觉得他们是同她不一样的人，具体有什么不同她也说不上来。总之，她觉得他们都是些复杂的人，他们的背后有着她不能了解与洞悉的系统，这个系统有着强大的能量。这些强大系统的愤怒或喜乐都是通过像丁南海这样的人体现的。

俞智丽是第二次进入这个办公室。因为有求于人，这一次，她就没有第一次那么从容了。丁南海很热情，从座位上站起来，还同俞智丽握了手。俞智丽坐下后，丁南海就同她大谈慈善事业。丁南海还特地对她表示感谢。丁南海说，由于她的事迹感动了大家，那次捐助活动非常成功。市委对这次活动也非常满意，认为这是精神文明的创举，这次活动大大激发了市民的善心，市委将倡导市民把本市建成一座慈善之都。丁南海在说这件事时充满了成就感。

接着，丁南海讲述他最近考察一些国家和地区在慈善事业上的经验得失。他说：说出来令我们这些老共产党员羞愧啊，党教育了人民那么多年，可在慈善意识上，我们同资本主义国家相比还有相当大的距离。他们那里的企业家，赚钱后，就会设立慈善基金，帮助穷人，回报社会，我们这里，说难听一点有些人真是为富不仁啊。丁南海觉得他做这件事非常有意义，非常值得。

当丁南海天南地北地讲述各地见闻时，俞智丽默默地做着听众。她很想附和丁南海，讨好丁南海，但她的内心太焦虑了，很难像李大祥要求的那样轻松地吹捧丁南海。看着丁南海不停翻动的嘴唇，她唯一盼望的是从他的嘴上说出关于鲁建的承诺。但他没有说，一句话也没有，好像这个问题并不存在，她到他办公室同这事毫无关系。

丁南海突然话题一转，问起了南站陈老先生的事。

"那些孩子现在都好吧？孩子们上学了吗？"

俞智丽相当吃惊。丁南海显得相当真挚，有一种真实的关心。俞智丽不清楚这是怎么回事。不过，今天她不想把事实说出来。今天不合适，她不能转移主题。她说：

"孩子们都很好。谢谢关心。"

"那就好。"丁南海显得很满足，"像陈老先生这样的情况，是慈善基金会首先要考虑的对象。"

"谢谢。"

"不要说谢。要说谢，我们首先要谢谢你。"

丁南海一直没说到鲁建。他又问起机械厂的事情。问机械厂有没有开发新产品，产品销路怎样。这些事应该问厂长的呀，俞智丽怎么会知道呢。俞智丽想，丁南海今天是不想说鲁建的事了。她想他应该告辞了。

她站起来，说："打扰丁主席了。"

丁南海马上从座位上起来，他的眼神非常温和，拍了拍她的肩。她的心里竟然有一种找到依靠的感觉。她很奇怪会有这样的感觉，她应该心里没底的。他什么也没表示呀。她甚至怀疑李大祥有没有同他说起过鲁建的事。

当俞智丽快要出门时，丁南海像是无意识地在她的屁股了摸了一把。她全身起了鸡皮疙瘩。

70

两天后，鲁建被释放了。

是俞智丽去接他的。俞智丽看到鲁建出来的样子，心里充满了悲哀。他也算是个有英雄气概的人，但这会儿看上去，好像小了一轮，脸上也有了一种委琐的表情。看得出来，鲁建对俞智丽充满了感激。他用一种心虚的眼神看着俞智丽，好像他面对的是一个权力无限的人。

她问他，身体还好吗？他说没事。他想表达感谢，但他笨嘴笨舌，说不出口。他只好讨好地跟着她。

他被抓时，她的表现让他震撼。他坐在侧三轮上，看到她紧紧抓着摩托车，在雪地上拖着，她的目光里有一种无所畏惧的坚定，好像为了把他留下，她愿意付出生命。看到她惨烈的样子，他也坐不住了，拼命地挣扎。那个押着他的警察，用膝盖狠狠地捅在他的腰上，让他差点昏迷过去。那个时候，他的内心对她全是温柔。

晚上，他躺在她身边，抚摸着她的身子。每次，他抚摸她，她都会紧张，皮肤的汗毛会竖起来，好像他的抚摸是施加在她身上的暴力。他以为这是她的身体在本能地惧怕他，想起自己过去的粗暴，他感到辛酸。他差点流下泪来。他不会再折磨她了。

他的手在她的肚子上停了下来。他脸上露出温和而满足的笑容：

"小家伙在跳吗？"

俞智丽没有回答，只是凄惨地笑了笑。出来后，他已问了她好几次了。他问的样子天真而满足，眼睛亮亮的，好像他已经看到了那个孩子。她不知道如何回答。她想告诉他真相，但她无法开口。她对他的抚摸已有恐惧感，她体会到抚摸里的情感，但越是这样，她越是不忍告诉他：那个孩子已经不存在了。

有一天晚上，鲁建趴在她的肚子上，用耳朵听着肚子里的动静。他像是在玩一个有趣的游戏。他说：

"我听到了，他在跳动，砰砰的，很有力……小家伙肯定是个男孩子……"

他久久不肯离开她的肚子。她伸手抚摸他的头。他的头发硬硬的，刺在身上有点痛，也有点痒。她的泪水情不自禁地流了出来。

他发现她在流泪。他问她怎么了。

她突然坐起来，把他搂住，说：

"你不要伤心……我一直不敢告诉你……孩子已经不在了……"

"怎么回事？怎么回事？"

事实非常简单，但无可更改。他的脸上露出可怕的惊愕的表情。他对这个孩子已经有了很多想象：这个孩子已生活在他和俞智丽身边，他们已是三口之家。现在，孩子突然没有了。他感到四周一下子空荡荡的，好像他也要跟着消失了。

"我他娘的杀了他。"

她抱住他，劝他别莽撞。她说，我们斗不过他的，他有权有势。

这一夜，他们不知道是怎么度过的，他们觉得自己是世上最可怜的人，他们听到窗外的风声，非常凄厉，好像有千万人在呜咽。风声把空间拓展了，他们感受到了世界的广阔，而他们像处在一个孤岛之上，除了相濡以沫，谁也不会来眷顾他们。

以后这几天，当鲁建在街头看到姚力开着三轮摩托耀武扬威地一闪而过时，他的脑袋中会出现这样的幻觉：姚力的摩托车在某个转弯处失控而爆炸了。他真的有一种在姚力的摩托车上做一些手脚好让姚力命归黄泉的欲望。他在心里说，你等着吧，你总会有这一天的。

李大祥每星期都会来一次机械厂。到了机械厂，他就在各个办公室窜，胡言乱语一番。当然，狗嘴吐不出象牙，他说的话一般来说脱离不了低级趣味。他是个把低级趣味当有趣当时髦当潇洒的家伙。

李大祥路过工会办公室，往里面张望了一下。他本来是不想进去的，不管怎么说，他在俞智丽面前也算出了丑。见办公室里只有陈康一人，他便踢开办公室，牛皮烘烘地摇了进去。虽然他和陈康经常话不投机，可李大祥就是这么奇怪的人，你越损他，他就越想表现自己的了不起。

想起自己见过俞智丽的肉体，李大祥不禁有点可怜陈康这小子。陈康同志太可怜了，他多年来单恋着这个有夫之妇，在俞智丽面前像一个渴望吃奶的孩子——他瞧她的目光就给人这样的印象，可是，他却得不到她，他恐怕不知道她脱了衣服是什么样子。

满怀着对陈康的怜悯，李大祥有一种炫耀自己艳遇的强烈冲动。他居高临下地对陈康说：

"我搞过俞智丽了。"

说完，神经质地笑个不停，好像他说出的是一句空前滑稽的话。

陈康正在翻一本杂志。他知道李大祥进来了，但他没抬头，他听到这句话，非常错愕。脸一下子火辣辣地臊，好像李大祥是在说他。他本能地用一种反击的目光看李大祥。

"你不信？可以理解，你把她当女神，高不可攀，你当然不会相信。但我搞过俞智丽是真的。她的身体很白，我以为她很瘦，没想到奶子很大。她的左奶有一颗黑痣……"

听到这里，陈康差点晕过去了，后面李大祥在说什么他已经不知道了。他只觉得血液在往头顶冲，他的眼睛红了，手慢慢地握紧，成了拳头。

"她不是女神，她只不过是个女人，和别的女人一样贱，一样会发情，一样喜欢被压在男人下面……"

陈康再也忍受不了啦，他猛然站起，举拳砸向李大祥脸。李大祥最初被他这迅猛一击搞蒙了，待他明白过来是怎么回事，他的眼睛也红了。李大祥是什么人？他过去确实受过很多人欺压，胆子也比较小，但他今非昔比，这几年还有谁敢惹他？只有他欺侮别人，没有受别人气的。当他觉得人人可以欺侮时，他的胆子也养大了，眼睛里没人了。李大祥端起桌子上的热水瓶，向陈康的头砸去……

几个回合下来，李大祥多处负伤，陈康被送进了医院。

　　这天，俞智丽因为去市里开会，她回到单位已是傍晚。她一到单位就听说陈康和李大祥打架的事。他们打架，她不感到奇怪。他们两个人像一对冤家，见了面就会拌嘴的。她不知道这两个人这次是为了什么，单位的人也都不清楚。他们说，两个人只顾打架，嘴上没发出任何声音。他们嘴上这么说，看她的眼神却有点不对头，意味深长吧，好像他们打架是为了她。

　　俞智丽听说陈康伤得不轻，她决定去医院看看他。她像往常一样，在路边买了一点水果，然后坐公交车到了医院。医院她是经常来的，职工生病了，她得来看，职工就医碰到什么难题，她得帮忙解决。来多了，医院的人大都认识她，都知道她心肠好，是个大善人，所以医院的医生和护士都很敬重她。特别是护士们，当着她的面夸她气质好，脸上干干净净的，眼神特迷人。每次听到这样的评价，俞智丽当然也会开心一下的，但更多的是平静。她在这种时候，确实有一种超然的气质。

　　一个小护士带着俞智丽去陈康的病房。俞智丽问小护士，陈康还好吗？小护士说，还好，他被烫伤了，幸好不是烫在脸上，而是在后脑勺，以后头发长出来就看不出来了。小护士又说，他好像挺有来头的，医院把最好的病房给了他。俞智丽笑了笑。

一会儿，他们来到陈康的病房。陈康头上缠着绷带，躺在那里。当陈康看到俞智丽，他像是终于见到了亲人，满怀委屈，眼睛很快就红了。病房里只有俞智丽和陈康两人。陈康还是那种灼人的目光。那目光经常让俞智丽感动，她感受到这目光里的关心。她觉得这目光有着巨大的包裹能力，把她团团包围起来了。她一时不知同他说什么。

"为什么他们老是欺侮你？"

他没头没脑地说出这句话。她意识到他在说什么，身子不由得震动了一下，好像一支箭刺入了心脏。她说：

"没人欺侮我啊。"

"现在李大祥都欺侮你了。"

"……你好好养伤吧，我的事我自己会处理好的。"

"我来处理。我照顾你。"

俞智丽满怀感激和怜悯地看着这个男孩。

"……你离开那人吧，你这样下去，你会死掉的，你离开他，同我一起离开这个地方，我们一起过日子，好吗？"

他情绪高昂，显得很亢奋，好像他说出的这些话让他找到了生活的意义。他满怀期待地看着她的反应。

俞智丽听了这话，非常吃惊。她知道他关心她，但确实没想到他还有这样的心思。这是什么时候产生的呢？或者只是他心血来潮？也许他这样不是爱她，而仅仅是同情她。她说：

"我怎么能和你跑呢……再说，我不配。我配不上你。"

"你这么好，怎么会呢，是我配不上你。离开他吧，你快点离开那人……"

他的目光充满渴望，那是一种幻想之光，明亮得像要燃烧。是爱还是拯救人的激情让他燃烧？不管他出于什么动机，她都不喜欢这个时候谈论这个问题。俞智丽意识到再在这个问题上纠缠下去是危险的。她不能给他幻想。他是个幻想型的人，过度的幻想对他来说并不好。她用一种决绝的语气说：

"不要再说这事了。不可能的。我配不上你……"

73

　　鲁建经常想象那个不存在的孩子。由于经常想象，他对这孩子有了一种很深的情感。就好像他一直存在，在空气里，在某个角落等着他，或在某个时候叫他爸爸。这既让他温暖，也让他绝望。每当这种时候，他会情不自禁地向幼儿园走去，去看望俞智丽的女儿。他站在幼儿园的外面，看着王小麦在操场上跑来跑去，他想，如果俞智丽的肚子里是个女孩儿，大概会像她吧。慢慢地，想象中的孩子便和王小麦重叠了。这让鲁建感到好受一点。

　　鲁建在幼儿园外张望时，碰到了大炮。是大炮先同他打招呼的。鲁建见到大炮还是很生气。他娘的，就是这个人给他添乱，害他又被他们抓起来。他还怀疑这也许是个阴谋，可能是孙权和大炮串通一气来陷害他。

　　大炮对鲁建的态度并不介意。他问鲁建近来可好，生意怎么样？鲁建不耐烦地说，马马虎虎吧。

　　大炮没有离去的意思。他站在前面支吾了几句，但鲁建没听清他在说什么。鲁建问：

　　"大炮，你有事吗？"

"也没什么事。"

"那你支吾什么？"

"……我也不相信，可那个李大祥，就是机械厂的那个小开，他到处在吹牛，说他和你老婆睡过一觉。你老婆为了把你放出来，要他帮忙，就同他睡了一觉……你……你没听说吗？……你老婆的那个同事，就是陈康，他因此吃醋了，和李大祥打了一架，都住院了。鲁哥，我实在不想告诉你这些的，又怕你吃亏，机械厂的人都在这么说，陈康和你老婆也有一腿……"

听了这话，鲁建气得脖子就粗了。他瞥了大炮一眼，发现大炮的眼里似乎有得意的神色。这让鲁建镇静了一些。他对大炮说的话有了疑虑。大炮为什么要同他说这些呢？是因为他揍了大炮而想打击他吗？鲁建站在那里，心里一阵阵地冒冷气。在牢里，鲁建经历了太多的告密、背叛、暴力、欺凌、诈骗，凭着牢里练出来的敏感，他猜测大炮似乎居心不良。对大炮这个人，鲁建是太了解了。大炮是个知恩图报的人，但也是个有仇必报、气量狭窄的人。对那些欺侮过他的人，他会以种种手段报复的。鲁建那次揍了他一顿，很难说他不会怀恨在心。也许因为这样的恨，大炮想让他不舒服。这样一想，他倾向于认为这是谣言。他对大炮说了声谢谢，就转身走了。

可是，当他独自一人的时候，他认为大炮说的不像是谣言了。他曾怀疑俞智丽和陈康的关系不一般，现在想来极有可能是真实的。他想起陈康跟踪他的样子，陈康对他的仇恨说明这小子和俞智丽有过深刻的关系。难道俞智丽和他生活以来，她还背着自己和陈康鬼混吗？现在，鲁建在这件事上想象力活跃起来，大炮语焉不详的一句话，现在变成了场景，他看到俞智丽赤身裸体，被陈康和李大祥压着。他不禁妒火中烧。

他烧了整整一天。他本来想打电话给俞智丽，让她回家的，但他忍住了。他是晚上才见到俞智丽的。那时候，他的脑子差不多已被烧坏了。俞智丽回家时，看到他那张黑色的脸，吓着了。

"你同陈康有关系吗？"他是劈头说出这句话的。

俞智丽不知道他是什么意思，定定地看着他。

"你是不是还和李大祥睡了？"鲁建的脸变得十分可怕。

有一刹那，俞智丽有点惊慌，但一会儿，就变得凛然，并且有一种圣洁的表情，就好像她因为这句话受到了天大的污辱。她没回答他。

"你同他们睡过吗？"

她没理他。她放下包，做饭去了。他跟着她。

"你睡过吗？"

他的声调越来越高。他盼望着她否定。干脆地否定。但她没了。她为什么不回答呢？这说明有这回事。这回，屈辱是真实的了。他突然冲过去，抓住她的头发，问：

"快回答我，你们睡过吗？"

自从她怀孕以来，鲁建再也没有失控过，这是第一次。当他揪住她的头发时，痛感通过头发传遍全身。她看到了痛的形状，像黑色的根须，就好像她的头发在身体内生长。她想，如果他想伤害我，就伤害我吧。"伤害我吧"是一句令人心酸的话，也是一句令人绝望的话，但对她来说仿佛是绝处逢生，她由此把自己交出去了，内心竟然产生了某种感动，就好像这个人是她的上帝。

"告诉我，你们睡了吗？"他一遍一遍地问她，声音充满了屈辱。

74

生活似乎又回复到了从前。她还是在深渊之中。

俞智丽觉得自己要死了。她感到自己的身体正在下坠，下坠到某个黑暗的深处，下坠到死亡的边缘。她觉得自己对死亡非常熟悉。死亡是一种无力感和绝望感，但在暗无天日中有重生的喜悦。死亡就是把痛苦的灵魂驱逐出身体，让痛苦变成快乐。死亡就是灵魂高高在上，看着那具腐烂的肉体。她的身体确实是污秽的。她不喜欢自己的身体，她希望这身体消失。

可是，让身体吃苦好像是灵魂的愿望。比如帮助别人。帮助别人难道不是另一种形式的受苦吗？但在她那里，这是一种希望。她加倍努力地行善。在筋疲力尽中寻求宁静。根据她的经验，唯有如此，才能让她的心慢慢平复。

鲁建有好多天没回家睡觉了。她知道鲁建很生气，决定去酒吧看看。

酒吧内很黑。酒吧厚重的窗帘把窗子捂得透不进一丝光线。只有吧台的地方开着一盏壁灯。现在是早上九点钟。俞智丽因为刚从阳光下进来，她只觉得酒吧一片黑暗。好半天她的视觉才恢复过来。她看到颜小玲睡在吧台附近的地板上。她正在蠕动，她的脸看上去像是十分疲乏的样子。那一定是因为长期熬夜的缘故。那幽暗的壁灯照着她的脸，使她的脸呈现出梦幻般的光泽。俞智丽发现酒柜的酒瓶上都映着她的脸。她突然反应过来，颜小玲的脸是一张发情的脸。

当俞智丽走近时，她看到鲁建正趴在颜小玲身上。她没有吃惊，好像她早料到自己会看到这一幕。她甚至没有激烈的反应，只是呆呆地站在那里。她看到每一个酒瓶子都晃动着一个鲁建的影子，这个影子的双手安在那个躺着的女人身上。女人没有睁开眼，她用舌头舔了舔自己的嘴唇，她的身体像软体动物一样伸展开来。她那样子好像她的身体可以无限拉长。鲁建用挑衅的眼神看了看俞智丽——他显然早已知道俞智丽进来了。他好像在报复她。颜小玲发出轻微的呻吟。她的眼睛依旧闭着，就好像她是在梦中，她只要一睁开眼，她的快乐就会消失无踪。

俞智丽觉得周围的一切正在消失，只留下正在无限膨胀的正在像山峰那样起伏的图像。到处都是这个图像，酒瓶子中的影子像千军万马。酒吧内的桌和椅子像多米诺骨牌那样纷纷倒下，它们倒下时鼓起的风掀起了厚实的窗帘，室外的光线像锋利的刀子那样刺了进来，随着窗帘的回复，室内又黑暗一片。两个人看上去像是撕咬在一起，不停地在地板上翻滚。有时候，天花板上作为装饰用的塑料葡萄都颤动起来，周围的叶片沙沙作响。颜小玲像藤蔓那样缠着鲁建，她的眼睛依旧没睁开。

俞智丽受不了了，她流着泪转身向门外跑去。可就在这时，鲁建从颜小玲身上爬起来，一把抓住了俞智丽，然后去剥俞智丽的衣服。这时，颜小玲才发现俞智丽，她不安地护住自己的身体。

俞智丽拼命反抗。她甚至动手给了鲁建一个耳光。鲁建并不放弃，他像发了疯一样，撕扯着她的衣服，差点把她的衣服都撕破了。在这样的厮打中，他弄痛了她。她失去了反抗的力气。

"你们有没有睡觉？"

他一遍一遍地问着这个问题。

她没吭声。她像一个失却了思维的人，看上去比婴儿还要软弱。"死了吧，死了吧，死了吧。"她这么诅咒自己。

"你回答我。"

他像是在命令又像是在哀求。

俞智丽感到她在不停地向水下沉。她像是到了海底。她从来不知道海底是什么样子，是黑暗还是光线充足。她只看到满眼的蓝色。她看到海底生长着柔软的草，大片的藻类植物，和色彩绚丽的海洋生物。"……在天上，在地上，在海中，在一切的深处，都随自己的意志而行。他使云雾从地极上腾，造电随雨而闪，从府库中带出风来。求你不要记念我的罪愆和我的过犯……千年如已过的昨日，又如夜间的一更。你叫他们如水冲去；你们如睡一觉。早晨他们如生长的草。早晨发芽生长，晚上割下枯干。你将我们的罪孽摆在你面前，将我们的隐恶摆在你的光之中……"后来，她在一片蓝色中昏了过去。

75

俞智丽又看到鲁建脸上那种古怪的笑容。她熟悉这种笑容，可还是感到古怪。那高潮到来时，羞愧同时降临了。她不敢看周围。她一只手捂紧自己的身体，一只手去拿衣服。她迅速地套上衣服，来不及整理，就冲出酒吧。那一刻，她知道她和鲁建的生活已经死了。

不时有人对俞智丽侧目而视。她知道她衣衫不整。她佝偻着身子，躲避他们，她觉得自己肮脏、丑陋，充满了病毒。街道口排着长队，北京烤鸭不久前才落户本市，生意出奇的好。队伍里有人在高声喧哗，音量惊人。大概在为什么事争吵。想必是有人插队。她感到自己像是他们口中吐出的肮脏的词语，在空气中飘浮，污染着环境。

她不知道要往哪里走。回雷公巷要穿过火车道口。正有一列火车驶来，道口关闭。车辆和行人拦在道口外。人们的脸上都挂着焦灼的神情。大约她的神色有点古怪吧，身边的男人用一种打量牲畜的眼光打量着她，她不禁缩了缩自己的身体。几个打工仔模样的乡下人，他们背着什么东西，可能是被褥之类。他们的脸还很纯朴、很腼腆的样子，应该是刚刚进城吧。有几个孩子在道口跑来跑去，那几个乡下人很担心孩子的安全，他们嚷着要孩子们当心一点，小心火车把他们压着。俞智丽也感到孩子们很危险，她很想过去帮着照看住孩子，但她没动，她觉得自己哪里都是污秽的，现在连帮人的资格也没有了。有一个乡下人把行李放下，去追逐那些调皮的孩子。孩子们在人群间钻来钻去。城里人的脸上露出厌恶而势利的表情。有一个男人一直在讨好一个女人，那女人显得很丰满，看上去有一种自我感觉良好的艳俗的气质，那男人色眯眯的，像一只令人讨厌的苍蝇一样低三下四地在为女人服务。那女人因为很多人瞧着她而显得洋洋得意。俞智丽觉得自己也像一只苍蝇，也像那个男人一样令人厌烦。她希望道口快点打开。她想在人群中逃离。她不想让任何人看见。

　　她回到家里天已黑了。她没有开灯。她只有待在黑暗中才是安心的。她是多么失望，一切都令人失望。那就像是一个梦。她无法解释。自从跟上鲁建以来，这身体像是不属于她了。身体有自己的意志，她的意志很难左右。那一刻，她的灵魂像是出窍了，只感到身体的存在，就好像这天地之间只剩下她的身体。那就像一场梦，既虚无又实在，既缥缈又可感可触。瑰色的气息是从身体里长出来的，这种气息布满了整个房间，这种气息令她感到温暖。她的身体就像地下的种子，即使被一块石头压着，还是想钻出去，受到阳光的照耀。身体的愿望是多么强烈。但当她从沉溺中醒过来，羞愧无比。这种羞愧感一直都有，但没有像现在那么强烈。

　　"我确实是一个低贱的人。无论从哪个方面说，我的行为都是可耻的。没有人像我这样……"她感到绝望，"我现在连帮助别人的资格也没有了，我的资格被我自己剥夺了。以后，我只能把自己关在屋子里。我无脸见到任何人。"

天渐渐地黑了。她感到肚子有点痛。肚子痛竟然给她一种快感。她躺在那里，希望肚子痛得更加厉害。她的肚子从来没有这样痛过。她怀疑自己得了盲肠炎。"我就这样痛死算了。"她忍受着。她的头上冒出了汗珠。

"我就这样死了算了。"这个念头突然攫住了她。这个念头像一根救命稻草一样，竟令她有些振奋。她躺在床上，望着黑暗中的天花板，就好像那里就是天堂，她从此就可以解脱。"我得惩罚自己。也许这样可以摆脱一切，摆脱痛苦。"

这个念头非常诱人。它完全占据了她的心，她的所有意识。她深深地吸了一口气，然后从抽屉里拿出了一瓶安眠药。她闭上了眼睛。当她闭上眼睛时，看到了自己的少女时代。她穿着裙子在街上顾盼生辉。她看到的景象非常清晰，好像世界被重新刷新了一样。回忆的光芒把屋子里的黑暗冲破了，好像这一切是黑暗孵化出来的。回忆中充满了生命的欢愉和灿烂。它是如此充实，充实得让俞智丽感到空虚。她看到鲁建在被判刑时的那双眼睛。好像这会儿，他正看着她。她对自己说："生活就像一个幻觉。这是我一直以来的感觉。我无能为力……"

　　鲁建揍了大炮后，酒吧的生意不是很好。过去，酒吧生意好是因为大炮总是叫一批一批的朋友过来。大炮这人是个自来熟，朋友又多又杂。酒吧有时候是要靠人气的，有一个基本客源在那儿撑着，陌生的客人也会过来。现在，酒吧冷冷清清的，即使有人很偶然地摸进来，发现没什么人，也会掉头就走。

　　现在，酒吧里只有两三个客人。一个中年的秃顶男子带了一个小女孩在聊天，那男人在流眼泪，小女孩不时抚摸那男人的脸，她那样子好像对面的中年男人是她的孩子。另一个男人则面色阴郁地坐在角落，他似乎看什么都不顺眼，就好像他是这世界的债主。鲁建习惯于坐在吧台的左侧那张桌子。那是一个比较隐蔽，但视野较为开阔的位置。他几乎整晚都在喝啤酒。这已经成了他的习惯，现在如果手上没有一瓶啤酒，他会浑身没劲。今天，卖给客人的酒还没有他喝下去的多。

　　鲁建坐在那里，他今天非常软弱，整个身心有一种强烈的失败感和沮丧感。颜小玲过来关心过他，他粗暴地命令她管好客人，没她什么事。她含泪退回吧台。她的眼泪让他反感。也许女人都是这么愚蠢的，就像中年男人带来的那个女孩。鲁建黑着脸，走过去对颜小玲说，你回去休息吧。颜小玲吃惊地看着鲁建，好像鲁建的话别有深意。颜小玲说，你不要我了是吗？鲁建说，叫你去休息你就去，哪来那么多问题。

今天发生的事太过分了。他已下决心要好好对待俞智丽的。但他被嫉妒弄昏了头。只要想起她的不洁，他的心里就充满了怨恨。他和颜小玲这么做只是想报复俞智丽。其实他的内心也是相当矛盾的，他这么做时非常憎恨自己，憎恨自己的无能，他感到自己的力量是多么的渺小，他无力对抗这个强大的世界。

这天，客人很早走了，鲁建打算提前打烊，早点回家。他有点担心俞智丽的状况。他带着一身酒气回到雷公巷 108 号。鲁建习惯性地朝那床上看，发现俞智丽睡着。鲁建像往日那样脱了衣服进入卫生间洗澡。他在淋浴的时候一直竖着耳朵。在往日，这个时候房间里的床就会吱吱地响起来，这意味着俞智丽醒了过来。但今天晚上，那张床没有发出声响。鲁建略感不对头。不过他也没有多想，他还是不紧不慢把自己的身体擦洗了一遍又一遍。他洗澡花了很长时间。他感到自己很难去面对躺在床上的俞智丽。

他终于从卫生间出来了，手中的毛巾一直在擦着头发，尽管头发上面早已没了一点水。他站在床边，冷眼看俞智丽。俞智丽的脸色非常苍白。鲁建想，这大概因为窗外的光线投射到她脸上的缘故。她的眼睫毛卷曲着像一朵枯萎的花，她的头发散乱着，发质无力地下垂着，像是没了生命。鲁建觉得有点不对头，他突然感到心头发毛，一个念头就像闪电一样击中了他。他赶紧打开电灯，房间顿时雪白，他的那个念头没错，俞智丽没了一丝气息。鲁建背起俞智丽就往医院跑。

　　在俞智丽正在抢救的时候，鲁建在抢救室外面等着。他有一种受伤害的感觉。受伤害的是俞智丽，可此刻，俞智丽的伤害成了他的伤害，好像他们肌肤相连。这会儿，他满脑子都是俞智丽无助的样子，她的温顺，她和善中带苦涩的微笑。他嘟囔道："我真的是个混蛋。我竟然干出这样的事。"他的眼泪流了出来。

　　夜晚的医院非常安静。周围建筑的灯光都熄了，街道上路灯亮着，零星过往的行人拉出长长的影子。但医院里灯火通明，看上去显得一尘不染，好像这是黑暗人间的光明之地。也许这里离天堂近的缘故吧。很多人都是从这里直接进入天堂的。他不自觉地抬头看了看天，黑夜的天空是灰色的，如果长久注视，这灰色是有色彩的，有一种十分轻盈的瓦蓝。他像是突然失重了似的，心跳加剧，他感到心脏像是要消融似的。

　　手术室外的家属区里还等着另一拨人。他们正在议论病情。从他们的谈话中，鲁建猜想，他们的老母亲或老父亲正在里面做手术。他们有说有笑，说着老人的种种可笑行径。一会儿他们又谈起社会风气，顺便还说起给老人开刀的医生收受红包的事。"都这样，是惯例，刀在他手上，没办法。"他们话题广泛，好像这是一个社会问题研讨会。他的神色严峻。他们不时打量着他。他们一定在心里猜测着什么。

　　鲁建坐在手术室外面，心里无比焦灼。她会死吗？他把她背过来时，她一点气息也没有。也许她已经死了，已经进入了天堂。如果真有天堂，像她这样的人一定会在天堂最显眼的地方，在最靠近上帝的那个位置。他相信会是这样。他承认，天底下，他没见过像她这样的人，傻到极点的人，心地里好像没有恶，好像她的存在是要证明他多年来经验的错误。

手术室的门突然开了，出来的是两个医生。那一群等待的家属涌了上去，包围了医生。他们七嘴八舌地问医生。医生说，手术顺利，等麻药醒了就会好的。家属们发出欢呼。医生训斥他们轻一点，病房里的病人正睡觉呢。他们马上不吭声了。病人在医生手上，医生就是你大爷。

鲁建看了看表，俞智丽进去快一个半小时了。没有一丝消息传出来，他愈加坐立不安。他开始越来越相信死亡已降临到身边。他在手术室外蹲着。这是在牢里养成的习惯，紧张的时候，就会不自觉地蹲在地上，好像想钻入地里，好像如此才可以安全。

天上布满了星星。星星永恒、神秘，永远不死。但人会死。人死了后去了哪里呢？人死后一切就结束了，不着痕迹，就好像这世上从来没有这个人存在过。这世界就是这么简单，你以为了不起的事情，对于你个人来说比天还大的事，你的一切委屈，或者不幸，当你死后，就结束了，甚至不会有人记得，但地球照样在转，不会因为你的消失而停止。人的喜怒哀乐都是自己制造的，自己折腾出来的。

他听到有人在叫："俞智丽的家属，俞智丽家属在吗？"这声音像是从另外一个世界传来，很不真实。他站在那里，好半天一动不动。这是牢里养成的习惯。在里面，都是叫号码的，偶尔听到教导员叫自己的名字，他就会老半天反应不过来。

他战战兢兢地来到那个护士前面，就好像她是一个狱警。

"你是俞智丽家属吗？"

他点点头。

"叫你半天怎么没声的？"

　　见他着急的样子，她心软下来了，态度温和了点：

　　"她吃了有一瓶安眠药，什么事啊，这么想不开。你放心吧，她没事了。"

　　当他听到这个消息，心里涌出强烈的幸福感，一边傻笑，一边流泪。

77

当俞智丽醒过来时，天已经亮了。光线像针一样刺入她的视野，强烈得令她赶紧闭上眼睛。为什么有这样强烈的光线呢？这是天堂吗？她曾照顾过一个职工，他被车子撞得昏迷过去，一直沉睡不醒。他后来向俞智丽描述了他昏过去时所见的一切，他说，那里充满了光线，那光线蓝蓝的，影影绰绰的，所有的一切干净、漂亮，有很多人，他们像天使一样飞来飞去，他像来到了天堂，心里平安。这会儿，俞智丽也是这样，她见到的比他曾描述的还美妙，她从未在人间见过这样的景象。她不知道自己这会儿死了还是活着。"我见到的是天堂吗？"即使闭着眼睛，那些光线还留在她的视网膜上。

后来，她听到有人在叫：俞智丽，俞智丽。那声音很熟悉，但她对"俞智丽"三个字很陌生。"谁在叫？在叫我吗？他为什么叫我？他要把我带到哪里去？"这声音亲切温柔，把她吸引了。她在寻找这个人。他在哪里呢？她缓慢地睁开眼睛，那个人很模糊，很干净，笼罩着蓝色的光晕。他也是天使吗？他的脸慢慢清晰起来，她认出了他，他是鲁建。

她明白这不是在天堂。她还活着。活着的感觉是闹哄哄的，好像周围的一切——声音、光线、气味，一下子向她挤压过来，刚才所见的美妙消失无踪，她的呼吸急促起来，就好像她刚才活着，这会儿要死了。她闭着眼睛。她知道自己活着。她的眼泪流了出来。刚才的光芒再也没有出现。

她一直闭着眼睛。她活着。她的内心其实极其矛盾，她是真的不想再活着，可是她没有死去。她想，大概是因为她这辈子的罪孽还没有还清，她还将受苦。

她知道鲁建正看着她。她想，他是债主，把她从阎王那里索要回来了。想起自己活着，她还是有一点点的活着的喜悦的，她为这种喜悦而羞愧。

同病房的那个人已可以起床走动。她开始好奇地朝这边张望。她知道了这个女人是因为服药自杀才进医院的，可这个女人为什么要自杀呢？她试图从鲁建身上觅得蛛丝马迹。鲁建没理睬她，甚至没去看她一眼。那个病人过来小心地问鲁建，醒过来了吗？鲁建点点头。她转身对俞智丽说，你男人守了你一夜了，他都担心死了。俞智丽听了感到辛酸和温暖，只要他待她好一点，她都会有这样的情感。她不知道这是不是一种病，只要他对她好一点，她就会原谅他对她做的那些事。俞智丽还是没睁开眼。她无法面对他。

那个女人走出病房，去走道上聊天。他们在低声议论着什么。她猜他们在议论她。议论她为什么会自杀。议论她和鲁建之间究竟发生了什么事。"他们猜不出来，也不会明白，就是我自己有时候也不明白。"

一会儿，走道上的病友都进来了，他们一脸关切地问候俞智丽。他们开始劝慰她。他们说，你的男人多好啊，多关心你啊，你有什么想不开的呢？他们说，你男人昨晚上，一直在问医生，你什么时候醒过来，身体有没有影响。你男人看起来挺老实忠厚的，你不要想不开啊。他们都是善良的人，他们是出于好心。她感到温暖，她的泪水更丰盛了。

她想起来了，她很久没有这样在别人面前流泪了。她一直不想让人见到她的眼泪，可今天是怎么了，怎么眼泪会流个不停呢？

后来，他们见她不开口，都走了。他们走的时候叹着气，充满着忧虑。

病房重新安静下来。整个下午，她的眼都紧闭着，脸上也没有一丝表情，也感觉不到她的呼吸声。鲁建甚至有点怀疑俞智丽是否被救活。有一刻，鲁建看到俞智丽的脸上的肌肉群跳动了几下，他才肯定俞智丽活着。

傍晚的时候，俞智丽突然开口了，她说："我想回家。"

鲁建吓了一跳。手术刚做完，怎么能回去呢？

俞智丽却坚持要回家。她说："你配点药，我自己会打针吃药的。"

78

在俞智丽的坚持下，医院同意她提前出院。俞智丽住到家里面。鲁建替她配了药水和针头，她还是需要打吊针的。但俞智丽回到家后，宁愿自己忍着，就是不打针吃药。这可把鲁建吓坏了。他不知该怎么办。出院时，他向医生保证过一定会给她吃药的。他甚至怀疑她这是另一种自杀方式。

鲁建想把俞智丽送回医院。他说："你这怎么行？"

俞智丽说："我慢慢会好的。没事的，你放心干你的事去吧。"

鲁建说："你为什么要这样？打了针，吃了药，好得快呀。"

她凄惨地向他笑了笑。她的脸依旧很苍白。他以为她这次会恨他，但她的眼里没有怨恨，反而对他似乎有某种歉疚。她说：

"我不喜欢吃药。你是不是担心我想死？你放心吧，我还没活够呢，我哪里还有勇气再死一次呢。你去店里吧，没事的。"

鲁建说："既然这样为什么不打针呢？你为什么要这样苦自己呢？"

她不再说话。她想没有人会懂她的心理。她死不了，身体会慢慢恢复的，她是个生命力比较顽强的人。她已不想死了。她只是想惩罚自己。她要忍受病痛，不靠任何药物，让肉体的痛苦去冲淡内心的痛苦。既然上天不想她死，那只好这样自己折磨自己。她这辈子别无选择，只能选择受苦。

她的内心还有一个秘密，她的另一个自己没有回来，一直在天上，满怀怜悯地看着她。这样的注视，使她这种自我受苦变成了一种自我感动，从而得到心灵的巨大的满足感。这种满足感无人能够体味。

这几天，鲁建一直在她身边，照顾着她。他的眼神是柔软的。他替她烧稀饭，还加了小米，烧的时候满屋子飘香。俞智丽闻到这香味，肚子酸酸的，直想哭。她对他不是没有怨恨，她只是压制着这怨恨，不去想。想到他受的苦，她觉得自己什么都是应该忍受的。

她说："是谁教你烧小米粥的。"

他说："这谁不会做啊？"

她的脑子里出现一些日常生活画面。在她的意识里，她总是把自己排斥在这种正常生活之外。

俞智丽还是没胃口，她只吃了几口小米粥，就不想吃了。鲁建非常担心她的身体。他劝她重新回医院。可她表面软弱，态度却十分坚决，她说，你别担心，没事的。鲁建看到她这个样子，心里突然升腾起一股无名之火。他想，她这时应该是有怨气的，应该感到心里不平，她应该是发火的，干吗态度老是这么柔顺呢。要是以往，鲁建可能会粗暴地强迫她去医院。这个诱惑还是非常强烈，但这次他忍住了。"我不能再这样，她这么可怜。"这样想着，他流下了眼泪。但他不想让她看见，他转身出了门。

他很担心她会死去。她好像还是想去死。她不打针不吃药怎么行呢？她是这么虚弱。看来他是没办法让她回医院的了，也没办法让她打针。他想起了王艳。也许王艳有办法让她想开点。他真的很担心她的身体。

鲁建走在去王艳单位的路上。他看到姚力迎面向他走来。他心跳骤然加快。他不想见到这个人，可这个人偏偏总是出现在他眼前。他想躲避他。他本能地停住了脚步。这时，姚力也看见了他。姚力问：

"你看着我干吗？我有什么不对吗？"

鲁建没吭声。他加快脚步，低头走了。姚力见他这么灰溜溜的样子，更得意了，他喊道：

"你他娘的老实点，不然叫你吃狗屎。"

鲁建越走越快。他的脑子里充满了仇恨。他想，所有这一切都是这个人的缘故，他这辈子都毁在这个人的手里了。他一定要收拾这个人。

想起这会儿俞智丽的状况，他努力平静自己。得先把俞智丽的事解决。

自从那次王艳和鲁建谈话后，王艳已不想再理睬这个人了。男人令人绝望。那天她是怀着对男人的普遍的绝望去找鲁建的。是的，刘重庆有负于她，可她还是离不开刘重庆，又和他言归于好了。她清楚刘重庆天生是个坏坯子，她却喜欢他。她都是三十多岁的人了，应该知道怎么回事了，她自己都想不通自己竟然这么没志气。

王艳没想到鲁建会来找她。当鲁建走进她的办公室时，她吓了一跳。她想一定是俞智丽出了什么事。她这几天老是眼皮子跳，好像有什么事要发生。她很着急，问：

"你怎么来了？俞智丽出事了？"

鲁建愣了一下，心虚地低下了头。王艳看到这个男人这会儿好像有点儿无所适从，好像有千斤担子压着他。她对这个人一直没有好感。他大概对她也没有好感，平时看她，总是一副自以为把别人看透了的对任何事物不以为然的表情。他说：

"她生病了，不肯就医。我没办法，你们是好朋友，你是不是去劝劝她？"

"什么病？"

他的脸红了一下，似乎有难言之隐。他说："她想死。我很担心。你去劝劝她吧。"

"你还会担心？"王艳一向快嘴快语，说话像蜜蜂似的刺人，"你不是想整死她吗？"她的目光锋利地刺向他。

他抬头看了一眼王艳。王艳的表情是那种大义凛然和讥讽的混合体。她冷笑一声，又说：

"你不要装出无辜的样子，我可不是俞智丽，她会骗自己，我不会。我早已把你看穿了，天下没有像你这样的人，她为了你把家都抛了，你却这样对待她。我知道你是怎么折磨她的。"说到这儿王艳的脸上布满了痛苦，她哭了出来，"她跟着你的这些日子，哪里还像个人样？她都瘦得不像个人了。可她却一直为你说话，照顾你。现在好了，你的目的达到了。"

鲁建心头酸酸的，不知道说什么。这会儿，他很想被她痛痛快快地骂一通。

"你愣着干吗，我要出门了。"

王艳站在门边，一副拒人千里的姿态。鲁建诚惶诚恐地退出了王艳的办公室。王艳砰的一声把门关上，然后径自朝雷公巷走去，好像她去雷公巷同鲁建没有任何关系。

　　鲁建回家的时候，来到俞智丽的床边。俞智丽闭着眼睛，鲁建知道她没睡着。她的睡眠一向很差，只要屋里一有动静，就会醒过来。现在她一动不动地闭着眼睛，说明她没睡着，只是不想看一眼任何人，看一眼这个世界。他轻轻地说：

　　"王艳来看你了。"

　　俞智丽的眼泪从眼眶溢出来。为了掩饰，她转过脸去。

　　王艳这会儿态度不错，她温和地对鲁建说："你先出去一会吧。"

　　鲁建点点头，就出门了。

　　街头阳光明媚。鲁建抬头望天，发现西边有几块火烧云。他记得多年以前，他跟踪俞智丽那会儿，有一次，他等在浮桥，他在西边看到了这样的火烧云，那时候他年轻，充满幻想，认为这火烧云像是上苍对他的启示，把他的心都照亮了。那时候，他有一种神秘主义倾向，喜欢把不相干的事物联系在一起。那天，当俞智丽从他的身边走过时，他惊喜地发现，她身上的裙子竟然酷似天边的火烧云。那天，他的心情美好极了，他独自感动，他想，他终于同她之间有了联系：天上的云，她的裙子，他的心这天有着和云彩相同的颜色。

可这些美好的想象再也不会再出现了。他的人生已同这些事物无关。

他行走在街头。他不自觉向西门派出所走去。他看到了姚力的那辆三轮摩托。他的头脑中出现摩托爆炸的景象。这景象让他快乐的浑身颤抖。

他在心里做了决定。做了决定后,他倒是变得踏实了。

一天,他走过西门幼儿园,远远地看见了王小麦。

王小麦显然认得他,她看他的目光是有敌意的,她知道是这个人把她的妈妈带走了。鲁建蹲在她面前,对她说:

"小麦,想你妈妈吗?"

王小麦显得很冷淡,说:"我不想妈妈。"

"小麦,我知道你是想妈妈的。你妈妈生病了,病得很重。她很想你。"

小女孩愣住了,不安地看了看鲁建,她怯怯地问:"她生什么病?会死吗?"

鲁建摇摇头,说:"不会,她只是想你,很想你,她希望你去看看她。"

小女孩犹豫起来。鲁建从背后拿出一只芭比娃娃,递给小女孩。这是鲁建事先准备的礼物。小女孩突然两眼放光。鲁建说:

"这是你妈妈送给你的。"

小女孩把芭比娃娃抱在怀里,问:"她病得很重吗?"

鲁建抚摸了一下王小麦的头,说:"她病得很重。这样吧,下次我带你去看妈妈,好吗?"

王小麦低下了头。

81

虽然有王艳劝说俞智丽，但俞智丽还是拒绝吃药打针。不过，俞智丽的病情也慢慢好起来了。她没等身体恢复，就去上班了。

天上的另一个自己跟着她。那个人看着她劳累，看着她帮助别人，看着她虚弱的身体承受的折磨。她感到她所做的这一切有了意义。

陈康看到俞智丽一脸憔悴的样子，并没有感到吃惊。对她的事情，他一清二楚。那天，她打电话来，让陈康替她请假，在电话里她的声音气若游丝。陈康知道她出什么事，他故意问她为什么请假，她却说，身体有点不适，不严重，只是感冒了。撒谎，他差点想在电话里这么说。她总是不想把自己的事告诉他。她从来没把他当回事。"我像一个傻瓜一样对她关心，把她时刻挂在心上，但她总是密不透风。"他真是想不通，那个男人如此折磨她，她却不在乎。他非常难过，为她的遭遇，也为她的刻意撒谎。

这天，单位召开学习大会。这几年，世界动荡，东欧剧变，为防患于未然，各级组织都在加强反"和平演变"能力的学习。机械厂虽然是一企业，但厂长也是上级任命的官儿，相当于局级领导，所以，厂领导经常中断生产，学习中央文件。会议一般在厂礼堂进行，因为礼堂经常有舞会之类的活动，开会前，需要把礼堂的凳子排好。这样的事，本来是办公室整的，但俞智丽当然会揽在自己身上。久而久之，好像这档之事是工会分内的事。陈康对此一直很不满。这世道，总是这样不讲理。只有俞智丽与众不同，好像她的存在要反衬出他们的丑陋。这一次，陈康实在看不下去了。她拖着病体啊。他拉住俞智丽，不让她去整。俞智丽说，没事的，只不过是几条凳子。陈康劝不住她，就怒气冲冲跑到厂办，要厂办的人去干。他脸色铁青，好像因为这件事想和谁决一死战。

　　陈康过去是厂办的，厂办的人非常熟悉他。最近，厂里的人都在传说，陈康的精神状况出问题了。很多人说，这个小伙子精神恍惚是因为失恋了。别的部门的人也许觉得陈康平时乐呵呵，不怎么相信他有什么问题，但厂办的人是相信的。厂办的人太了解陈康了。陈康表面上装得吊儿郎当，好像没心肝，可他的思维是很特别的，否则，在厂办干得好好的，干吗去工会呢？厂办的人见陈康一副来势汹汹的样子，都唯恐避之不及。他们可不想同陈康正面冲突。面对陈康，他们在精神上有一种类似大人不记小人过的优越感。他们表面上说，好好，这就去搬，可鬼知道都躲到哪里去了。

　　陈康的愤怒是真实的，可愤怒像没有目标的箭，嗖嗖地发射出去，却消失于无形之中。他有一种无处着力的空虚感。他满怀沮丧地来到礼堂。俞智丽正喘着粗气在搬凳子。他很心痛。他让俞智丽休息，然后极度不满地独自干起来。他骂骂咧咧的，像是在同谁赌气。同时，他在心里还是盼着那些人过来干活。

他们没有来人。陈康的忍耐已到了极限，他把一把凳子狠狠砸在地上，然后就走了。他没有回工会办公室，而是出了厂门。他已不想开那会了，"和平演变"关他什么事啊！真要是能"和平演变"也算不错了，怕的是血流成河。

回家的路上里，他沮丧极了。他打算好好睡一觉。这段日子，他几乎每个晚上都在外面游荡。他很想好好睡一觉。但他怎么也睡不着。他看到女友的骨灰盒就在床头。过去只要长久地凝视那个盒子，女友就会出来陪伴他。但现在，女友已不再来看她了。那个围绕着他的天使不见了。这同俞智丽有关。自从他想把俞智丽从那个人手里救出来后，他的脑子里全是俞智丽，他几乎有点想不起女友的样子了。或者俞智丽看起来像是俞智丽和女友的混合体。

这世界是危险的。凶手就在女友的身边。那个凶手现在又出现了，他想把俞智丽杀死。厂办的那些人其实并不可恶，可恶的就是那个人，那个想把她害死的人。他想，他不会再允许任何人杀死他心爱的人了。他要保护她，让她活得好，像天使一样，在这个房间里飞来飞去。

这个决心下了已经很久了。他知道自己迟早会实施。

他想，他得下决心把女友的骨灰盒埋了。他必须把女友安排好。这个念头近来经常出现。"女友她去了哪里呢？她也许去了天堂。也许她知道我的决心，她知道我也许不能再照顾她了。我得找一个好地方，把它埋了。"

这个念头一旦出现，他就坐立不安了。念头就像情欲，一旦出现他总是渴望马上达成，好像这身体不是他的，而是属于某些念头。这些念头有着不同的主张，在他身体里冲撞，令他不得安宁。他身心疲惫，但一点睡意也没有。他知道，如果今天不实现这个念头，会失眠的。

他早已想好把她埋在哪里了。他已多次去城东的山地察看。那里有几座公墓园。他不想把她埋在墓园里。他看中了那个山谷。那山谷的谷底有一条小溪，溪边有很多野兰花。他非常喜欢那个地方，远离尘嚣，超凡脱俗。他想，如果他想死，他会选择这个地方。

那个地方有一棵悬木铃树，它的叶子像人的手掌，风一吹，相互拍打，充满喜气。他喜欢这份喜气。女友出生贫穷，吃了太多的苦，他希望死后会得到大欢喜。他在树的根部挖了一个坑，把骨灰盒放了下去。他想起当年，在北京，他把女友埋了又挖了出来。那会儿他真是舍不得女友就这么离开他。这一次，他没有任何不舍，就好像他这是送女友去天堂，仿佛他确信女友会在天堂等着他。

他终于把她埋了。他内心充实。他对她说：

"凶手都是一样的，不管是谁，杀了凶手都是替你报仇，我知道你都会高兴的。你等着我。我马上会来陪你的。"

从山谷回来，陈康心里突然有一种少有的轻松，好像他终于完成了一桩一直压着他的心愿。他回到家里，打了一个长长的哈欠，然后倒头就睡。

那个梦又出现了。那个梦又清清楚楚地出现了。梦中的景物一模一样，还是那间出租房，没有风，阳光照在地上，大地明亮得像一面镜子，人拉着像烟雾一样的影子，他拿着刀子在疾走。那个人的模样时刻在变幻，但近段日子以来，那个人的样子像极了鲁建。刀子在阳光下发出一道耀眼的弧光。那个人脸上露出惊愕的表情……

他从梦中醒来时，心里还存留着欢乐的痕迹。

82

俞智丽的身体一天比一天好了起来。鲁建觉得她真是个有韧性的人。看着她拖着病体去上班，他会产生一种受折磨的感觉。他在俞智丽面前有点底气不足，好像欠着俞智丽什么似的，总是有点低三下四。

他很担心俞智丽。俞智丽这段日子非常喜欢流泪，动不动就会感动。王艳有一天没好气地骂她，她流泪；在帮助别人时，她流泪；你对她好一点，她还是流泪。她怎么有那么多眼泪呢？她怎么自杀了一次就变得情感如此丰沛了呢？他甚至觉得她这样流泪有着巨大的快感。很多时候，他并不了解她，就像不了解她为什么要把一切承受下来。那些信耶稣教的人常说的："有人打你的左脸，你就把右脸转过去。"她就是这样的人。除了让自己受罪，她不会怨恨任何人。

鲁建已经把颜小玲辞退。想起曾得到过她，鲁建给了她一点钱，这样显得不那么绝情。颜小玲是哭着离开的。见颜小玲哭得这么伤心，鲁建还是有些于心不忍。这会儿酒吧空荡荡的，颜小玲不在，酒吧冷清多了。

鲁建来到街上。他路过西门幼儿园时，发现幼儿园门口聚满了家长。他这才知道今天是周末，家长们可以提前把孩子接走。鲁建看到了王小麦。看到她活泼的样子，他的心情明朗起来。他打算把她带到俞智丽那儿。他已有两次接小麦过去看俞智丽了，他忘不了俞智丽见到女儿的样子，他从来没见她这么高兴过。

　　他清楚王光福不愿意他带孩子玩。王光福曾警告过他，不要碰他的女儿。鲁建当然不会把王光福的警告当回事。

83

　　女儿打电话给王光福，说要到小朋友家去玩。王光福知道她在撒谎。这么小的孩子都学会撒谎。一定是那个家伙教唆的。

　　王光福接到女儿电话时，正在开会。领导正在滔滔不绝布置工作。他们单位的领导是军人出身，他把部队那一套搬到了单位，在单位实行军事化管理。领导特别不能容忍在他布置任务时有人突然离开。王光福接到女儿电话，心里十分焦灼，却只好坐在那里。那家伙这段日子老是把王小麦接走。他在心里想象着那个人会怎么对待他的女儿。那家伙肯定是不怀好意的。他抬头看着领导，表面上在仔细听，实际上心思早已不在这里。他的双脚因为焦虑而抖动。

　　俞智丽自杀的事王光福也听说了。是王艳告诉他的。他最近经常会去看看王艳，目的当然是想了解一些俞智丽的近况。他越来越为她的处境担心了。有时候，他很想恨她，可总也恨不起来。

　　王光福过去很讨厌王艳，现在觉得王艳是个不错的女人，虽然有点不着边际，可挺热心的。她也是很关心俞智丽的。那天他去王艳的单位，王艳就把他拉到一边，悄悄地告诉他，俞智丽吃了很多安眠药，不过没死，救了过来。

王光福一听到这个消息怒火就从心底里冒了上来。他知道她为什么想自杀，是那个劳改犯把她逼死的。他早看出来了，那个劳改犯的目的就是想折磨她，逼死她。他早看出来了，那个人的眼神冷酷，目空一切，看不出一点人性。可是俞智丽却执迷不悟，她是个死心眼，脾气倔得像一头牛，她想干的事你就是把绳子套在她的脖子上也难让她回头。

当然，这不是俞智丽的罪过，这一切罪过都在那个劳改犯。他究竟想干什么呢？他已把他们弄得家庭破碎，把俞智丽逼得差点自杀身亡，现在他又想对他的女儿下手。他确定那人对女儿一定不会安着好心，他从前缠着俞智丽，把俞智丽搞到手，然后折磨她，现在，他把魔爪伸到女儿身上了。他假装待女儿好，用小玩意儿笼络她，实际上他一定隐藏着险恶的目的。"也许他想从我手中夺走我的女儿，就像从我手中夺俞智丽一样。也许他把俞智丽折磨成这样觉得还不过瘾，接下来要折磨女儿了。"他嘀咕道。

这样的想象让王光福的内心产生一种强烈的不祥的预感。他像是被某个梦魇攫住了一样，迅速地站了起来，向会议室外冲去。所有的人都吃惊地无声地看着他，正在说话的领导脸色一下子变得漆黑。这些人有些想不明白，这个胆小如鼠的人竟敢这样，他发什么神经呢？这段日子，在他们眼里，王光福确实有些怪异。不过，考虑到王光福一度引以为自豪的漂亮的老婆跟人跑了，他有那么一点怪异的举动似乎也属正常。

王光福快步地向幼儿园走去。他的感觉是女儿正在危险中，似乎慢一步，女儿都会出事。他幻想着在路上碰到女儿，然后把女儿带走。他的幻想中还出现了一把剑。俞智丽离开后，他一直单身，无心再娶，当然也没碰过任何一个女人。他把精力都发泄到早锻炼上。他买了一把剑，跟着别人练习。在舞剑时，他的内心充满了仇恨和幻想。现在，在他一路狂奔时，在满脑子的幻想中，他把那人杀死了。他仿佛看到那个劳改犯的鲜血从胸口喷射出来，他身心为之一颤。他的眼里已挂满了幸福的泪水，他喃喃自语：

"我警告过他的，他这是咎由自取。"

84

虽然俞智丽的心里充满了悲哀，但她每天精神饱满地上班，走路的样子像一个标准的工会干部，热情、冷静、细心。她这样的姿态本身就让人觉得活着充满了意义。你根本看不出她是一个不久以前想自杀的人。

一天，俞智丽听说姚力出事了。他开着摩托车的时候，摩托车突然爆炸，他被炸成了碎片。她本能地意识到这是鲁建干的。她回想鲁建这几天的行为，鲁建这几天一直在照顾她，好像并无异样。

这天，俞智丽非常不安。她的脑子时都是姚力被炸得血肉模糊的情形。场景非常清晰，就好像是她亲眼所见。她看到爆炸过后，那辆警用三轮车燃烧着飞了起来，姚力重重地砸在地上……

晚上，俞智丽回家的时候，发现女儿在。女儿正在和鲁建玩玩具火车。玩具火车是新的，大概是鲁建刚给她买的。王小麦正开心地和鲁建一起模仿着火车汽笛声。小女孩每叫一声都会咯咯地笑个不停。但当俞智丽进屋时，女孩马上沉寂下来，她低着头，眼里充满了警惕。每次俞智丽看到她的时候，她总是这种表情。自从俞智丽离开了他们后，她比以前乖了。以前，她是多么调皮啊，基本上没有什么约束，想干什么就干什么，现在，她似乎有一种讨好人的顺从。她的表情里有一种想要得到俞智丽认同的渴望。这种表情让俞智丽难受。虽然女儿想要得到她的爱，但女儿明显对她有点疏离。

把女儿送走后，已很晚了。俞智丽一直想着姚力丧生的事。她想问问鲁建，只是一时难以开口。

后来，他们上床睡觉了。俞智丽关了灯。

"姚力死了……"她艰难地开口。

他没吭声。屋子里很安静。她听到他的呼吸有些急促。

"是你吗？"她觉得自己的心都要跳出来了。

他还是没开口说话。好一会儿，他愤恨地说：

"他死有余辜。"

她长长地叹了一口气。眼泪跟着就流了出来。天啊，真的是他。其实她一直有预感的，鲁建会对姚力下手的。现在这个男人真的成了一个凶手，一个罪人。一切都成真了。命运是多么奇怪啊，多年之前，他犹如白纸一样纯洁，但被认定有罪，结果到头来，他真的有罪了。他的罪在很早前就被判定了。

她非常担心，他干了这个事，总有败露的一天，他会再次被抓起来。那样的话，他再也逃不了啦。他成了真正的罪人怎么能逃得了呢。让俞智丽感到奇怪的是，鲁建倒是相当平静。这几天，他的行为很正常，只是他的嘴角甚至经常挂着神秘的微笑。

她再次确认，他们的生活已经彻底粉碎了。她和他的相互折磨或者相濡以沫不是生活，是难以为继的。她也不相信他们还能过正常的生活。过去的一幕还将重演，他不可能立地成佛。
那个生命的黑洞早已打开了，再要封住是不可能的了。她和他
都失去了过正常生活的能力。

　　此刻，她心里充满了绝望。她看不到生活的希望在哪里。
也许另有出路，这个出路就是双双同归于尽。这天晚上，她脑
子里都是同归于尽的方法和画面。方法多得是，可以吃药。这
次不会再吃安眠药了，要吃的话，就吃那种必死无疑的药。当
她这样想的时候，不知怎么的，死亡成了一桩诱人的事。她甚
至看到了天堂。天堂里，一切可以重来吗？他还会在后面跟着
她？她会爱上他吗？他们会过上平静的生活吗？

　　现在，他睡着了。她抚摸了一下他的头发。她不知以后怎
么办。她的身体里面浸透了无力感，她想她总有一天会崩溃。

85

鲁建起床的时候，发现俞智丽已上班去了。

鲁建洗漱了一下，就开始吃早点。早点是一碗豆浆、两只烧饼和一根油条。吃过早点，他就去了酒吧。

这天，鲁建很烦躁。到了酒吧依旧不能平静。他打算在街头转转。走在街头，他劝自己安静下来。但他总是安静不下来。

那种被人跟踪的感觉又回来了。他回望时，什么也没有。

十点半，他过浮桥。十一点，他路过中百公司。十二点，他在共青路转了转。十二点半，他在街头吃了一碗面条。

那种被人跟踪的感觉一直在。这感觉让他不踏实。

一点钟，他回家，打算睡一觉。

可回到家，他却不想睡了。他坐在沙发上，看书。一个字也看不进去，他只好发呆。

对面楼道的一面玻璃窗把阳光投射到他的脸上，阳光在晃动。他的眼也跟着晃动起来。心慌的感觉又一次升腾起来。

这时，他听到有人敲门。他慌张起来。他对这种突如其来的敲门声充满恐惧。他愣了一会儿，敲门声又响了起来。这回敲得很响，还有点不耐烦。

鲁建起身，把书放到桌子上，然后向门边走去。

没有任何出事的预兆，鲁建被刺中了。他打开门，他就被刺中了。被刺中的一刹那，他非常镇定，头脑非常清楚，好像这肮脏世界一下子干净了，翻开了全新的一页。他坐在那里，回忆刚才发生的那一幕。他没来得及看清那人是谁。他像是蓄谋已久，像是一个杀人老手。刚刺中时，血在胸口喷涌，但这会儿，已十分缓慢，正一滴一滴地从他抚着的手指间滴落下来。他的手早已没有力气，像是那手已不属于他。世界在他的感知里变得异常缓慢，时间像是不再流逝。仿佛时间的速度同血液的流速有关。

他很镇静，甚至没有挣扎，就好像他早在等待这一刻的到来。

那个人迅速地消失了。

……开始他的脑子十分纷乱。各种各样的念头纷至沓来。慢慢地，他的思想被俞智丽的脸占据了。那是一张年轻的脸。穿着裙子在西门街行走的脸。充满光芒的脸。他想起来了，那时候，只要看她一眼，都会令他快乐得想死去。他没办法不跟踪她。那时候他感到，这风是她的风，这空气是她的空气，这色彩是她的色彩。那时候他的感官是向她敞开的，他总是能感受她到的气息，她的气息无处不在。那时，他相信对她有了感应。她遇到每一件事，他似乎都能感觉到。她总是出现在他盼望出现的地点。他只要在浮桥口等着，她就会翩然而至。他如果等在电影院门口，她也会和她的女伴出现。这一切在他看来意味深长，好像是上帝早有安排。

死亡令他干净，连回忆也变得清爽，像早晨的空气。过去的一切像彩色电影一样在他脑子里放映。他曾经那么爱她。可是命运的安排比他想象的要复杂和残忍。

死亡已经很近了。面对死亡，他没有一丝恐惧，好像死亡正是他所想要的。他看到有一个黑影正在走向他。他是那么熟悉她。也许她是天使，也许她是魔鬼。

　　午后的天空非常蓝。俞智丽好久没见到这样的天空了。这蓝看上去像一个深渊，令她心头发慌。她觉得自己已落入这蓝色的深处。头上的这片蓝色像海水一样已把她淹没。她有点喘不过气来。

　　她一直在思考鲁建的事。她思考不清。除了同归于尽，她想不出怎样去解决这个难题。

　　陈康回来了。他看上去神色苍白，双手在颤抖，衣服也有点凌乱。他的眼神直率地看着她，那眼神里有一种坚定和释然，像是干了一件了不起的事情，他的脸上甚至有一种幸福感。

　　自从那次他向她表白后，他说话越来越少了，他像是沉溺在自己的世界里。他的眼里经常有梦幻般的神情，好像他此刻看到了另外一个世界。他是个奇怪的人，他看上去很单纯，但他做什么坏事似乎也不会让人吃惊，他做好事也不会让人奇怪。反正他身上似乎什么事都会发生。更奇怪的是，这个人如果做了坏事，大家似乎都会原谅他，他做了好事大家也不认真对待他。他曾同俞智丽说过，他一直有幻觉，经常做梦。最近，他告诉她，那个多年以前的梦又回来了，他梦见自己杀死了那个凶手，那个把他女友掐死的凶手。他说，他有时候在办公室里，看到那人倒在阳光之下。每次梦到时，阳光都会刺痛他的眼。

"你怎么啦？你的脸色怎么这么差？是不是病了？要不，你回家休息一下？"

他说："我很好。我只是做了个梦。"

她问："你梦见谁了？"

他没回答她的问题。他像是在自言自语。

"他倒在血泊中，他倒是很镇静，坐在那里，好像知道自己早晚会有这一天，好像他早已不想在这世上活下去了。"

他的脸上挂着神秘的笑容。他显然很疲劳，他长长地打了一个哈欠。眼泪都流了出来。就好像他已有几天几夜没睡觉了一样。他说：

"我真有点累了，我想去睡一觉。"

"去吧去吧。"

他走后，俞智丽的心空荡荡的，很不踏实。她不清楚这不安的缘由。她向窗外望去，窗外阳光灿烂。在俞智丽的感觉里，那阳光好像在很远很远的地方，在她这辈子永远触摸不到的地方。世界有它自己的变化轨迹，它在按自己的规律运转，而她是个脱离正常轨道的人。她可以想象别人在阳光下的情形：他们或者走在上班的路上，或者带着孩子去上学，或者背着鱼竿去钓鱼。他们的脸上多半有一种生趣，他们都知道自己要去干什么。

因为心里这种莫名的不安，俞智丽决定去街上走走。街上到处是人、声音和建筑。她觉得自己就像街头的一粒尘土，很轻，一阵微风一丝声音或一个呼吸都会把她吹上树梢，吹上屋顶，吹上天空。她不自觉地把目光投向天空。天空确实很蓝。

她感到很奇怪，大地上有那么多灰尘，天空为什么还那么蓝呢，天空吸收的灰尘都到哪里去了呢？是不是天空有一个强大的过滤器呢？天空的蓝是一种很奇怪的颜色，它非常透明，也非常深邃；它的光线柔和，但你如果专注于这样的光线你就会被一种令人晕眩的光芒击中。

她走在街头，不知道要往哪里去。后来，她发现自己在朝公民巷走。她曾发誓再也不进入酒吧了，但这天，她几乎是冲了进去。酒吧一样的阴暗和暧昧。灯光令人恍惚。她站在那里，脚下生出无数个影子。李单平告诉她，鲁建不在，不知道去哪里了。

街上的太阳十分猛烈，四周都白晃晃的，好像这城市成了光的世界。这可能同她的恍惚有关。"我是不是也像陈康那样有了幻觉呢？如果是幻觉，那么这光是从我头脑中生出来的，不是来自太阳。"这光照得她心里非常焦灼，令她不能安静下来，"得休息一会儿。"

俞智丽像一粒尘埃那样飞啊飞，飞到了雷公巷108号。她实际上也没有一个目标，要不是她见到雷公巷108号的门开着，她或许不会停下来。当她看到家里的门开着时，她的心狂跳起来。她开始明白自己不踏实的原因了。她嗅到了一些不祥的气息。这气息阴暗、瑰丽，像生锈的铁器的气味。她几乎迈不开步子，心一下子揪了起来。她先竖起耳朵倾听，屋内没有任何声息。

门也不是全敞开着，只留了一道缝隙。她推门进去。推门的一刹那她知道有一些什么事发生了。首先进入她眼帘的是一条像蛇一样蜿蜒地流着的血流。血流还没有凝固，在黑暗中散发着腥味。目光沿着血流一定会有所发现，即便这时，俞智丽也拒绝自己去想象，就好像血液指向一片虚无，什么都不会发生。然而，她的目光最终会达到血的源头。她在血流的尽头看到一个人躺在那里，一动不动。一个信号机械地出现在了她的脑子中：鲁建被人杀死了。

她扑了过去。她一边叫鲁建，一边摇着鲁建的身体。她看到鲁建的脸色苍白，但脸上依旧挂着一丝看透一切的笑意，好像他对死亡极度满意。他的身体是暖和的，他的鼻息还有微弱的呼吸。她慌乱地叫着。当她看到他的眼睛慢慢睁开时，她停止了叫喊声。他的眼神最初没有光亮，眼神散漫。后来，光亮慢慢地聚集起来，他看清了她。他露出微笑，十分温和而腼腆，她很少看到他脸上的这种腼腆及温和。她却感到熟悉他的这种表情。她想起来了，多年以前，当他跟踪着她时，他就是这种表情。她当时很想转过身去，同他说几句话。

看到他笑，她也露出凄惨的笑容。她想让他坚持住，但没说出口。她不知道同他说什么。她只是想哭。她感受到了眼泪已沾满了双颊。她感到奇怪，她都不知道自己是什么时候哭的。这时候，他的手抬了起来，好像想触摸她，但又无力地垂下了。他凄惨地笑了笑，说：

"对不起……对不起……"

他说完这话，慢慢地闭上眼睛。她拼命叫他，拍打着他的脸。但他再也没有醒过来。她整个像瘫掉了，坐在那里，不知如何是好。她的脑子可以说一片空白。她想起她曾想毒死他，然后和他同归于尽，现在他真的死了。

她的眼前浮现陈康那张苍白的脸。她知道是谁杀了鲁建。天啊，真是作孽啊，所有这一切都是她的缘故。

"总之，这一切都是因为我。我这辈子似乎一直在害人。我这辈子真是罪孽深重。我多年前已把他杀死了。我不能再害人了，也许我应该把自己杀死。"

她慢慢确认是自己杀了鲁建。早在多年以前，这个人就因为她而结束了正常的生活。这种想法在她心里根深蒂固。她想，即便真是他杀的，罪责也在她这儿。一切都由她来承担。

她长时间地看着这个男人。他的表情这会儿十分安详。她想，对他来说也许死亡真的是一种解脱。她一直在哭泣，除了哭泣不知道干什么。

时间在慢慢流逝。屋子很暗。明亮的窗口吸引了她的眼睛。俞智丽看到窗外的阳光开始向西偏斜。窗外的景物她非常熟悉，她甚至闭着眼睛都能向你指出来。这会儿她非常仔细地看着那些景物。那个兵营就好像同她处在同一高度，仿佛兵营像一只飞船一样从地面上升了起来。那高耸入云的自来水塔在辽阔的天空下显得很孤单，同周围低矮的房舍相比，它确实显得出类拔萃。田野被一条铁轨割裂，这会儿正有一辆火车呼啸着向窗口奔来。几分钟后，火车头冲出窗框，它的尾部还在看不见的远方。进入城市，树木很少，汽车拥挤。窗外像往日那样喧哗，然而，俞智丽却感到自己像处在寂静的时间之流中，聆听着时间深处的秘密。俞智丽很吃惊，她从来没有听到过时间之声，但现在她以为她听到了，就好像时间流过了她的耳朵，流过她的每一根神经。现在她明白，时间会在每一件事物上显示，它是事物长长的影子。窗外，不多的树木的影子从这边转到那边，它是时间留下的脚印。

客厅的电视机开着。电视机正播放一则新闻：以色列又发生了一起自杀性爆炸事件，电视里播出了爆炸的整个过程，据说是用家庭录像机在无意之中拍到的。那个肉弹是一个妇女，她在拉响捆绑的炸药时，眼神显得平静而幽远。在深不可测的目光中，俞智丽看到了一种满足的古怪的笑意。就在那轰然而来的爆炸声中，播音员说，公共汽车内的乘客全都丧命，共二十八条生命。阿克萨烈士旅声称对此事件负责……

她不喜欢看新闻。她对那个遥远的国度发生的错综复杂的事件一直搞不清楚。今天看完这则新闻也是因为她此刻很混乱，整个身心都很麻木。

现在已经是傍晚时分了。她不想再思想什么，世上存在的事物都是合理的，不需要她来思想。她站起来，向门外走去。

这时候，另一个自己又在天上出现了，她注视着她，好像在那里等着她，好像在召唤她。

她想看一眼自己的女儿。她来到幼儿园的时候，家长们正在园门口接学生回家。她看到王光福领着女儿向远处走。女儿一蹦一跳的，王光福和女儿在说着什么。她的眼泪源源不断地流了下来。

他们又在诵经。他们的吟诵声听起来像是合唱。今天是什么日子？他们在排练吗？他们经常在排练的。有时候，俞智丽坐在办公室里，也听得到他们的合唱声，宁静、圣洁、优美，充满感动，充满意愿。他们的声音温柔而和谐，好像这人世间充满了生趣。至少在他们的吟诵声和歌声里，人世变得光华无比。她真羡慕他们，但她觉得这辈子无法像他们那样。她这辈子难以如此，难以如此。

　　……在天上，在地上，在海中，

在一切的深处，
都随自己的意志而行。
他使云雾从地极上腾，
造电随雨而闪，
从府库中带出风来。
求你不要记念我的罪愆和我的过犯
……
千年如已过的昨日，
又如夜间的一更。
你叫他们如水冲去；
你们如睡一觉。
早晨他们如生长的草。
早晨发芽生长，晚上割下枯干。
你将我们的罪孽摆在你面前，
将我们的隐恶摆在你的光之中……

　　她一直在哭泣。近段日子总是这样，控制不住自己的眼泪。以前不是这样的，以前她总是能压制住自己的眼泪。她一边走，一边眼泪流个不停。她缓慢地向附近的派出所走去。

　　她走进派出所，用一种平静的近乎刻板的声音对警察说：

　　"我杀人了。是我，是我杀了他。我自首。"

2002 年 3 月 1 日—2005 年 10 月 16 日完稿
2010 年 5 月 20 日—2010 年 8 月 21 日修订

跋

　　趁此次再版机会，我对拙作做了一次修订。2006 年，这部
小说出版后，我没有再读过它。我曾经从俞智丽的角度，认为
这是一部关于救赎与仁慈的小说；但此次修订时，我发现这也
是一部关于伤害的小说。伤害不但来自特定的人，也来自"国
家机器"，来自权力。因此，这又是一部关于两个小人物在伤
害的世界里软弱地相拥的小说，但曾经有过的伤害让他们无法
过上安宁幸福的生活。

　　那是令人痛楚和悲伤的图景，然而在我们的现实中总是会
碰到类似的场景，身为作者，只能感到无奈。我唯一的希望是
拙作能够慰藉那些被伤害的善良的人。

　　是为跋。

2010 年 8 月 21 日

图书在版编目（CIP）数据

爱人有罪 / 艾伟著 .— 杭州：浙江文艺出版社，2022.1
ISBN 978 – 7– 5339 – 6576 – 1

Ⅰ . ①爱… Ⅱ . ①艾… Ⅲ . ①长篇小说 – 中国 – 当代
Ⅳ . ① I247.5

中国版本图书馆 CIP 数据核字（2021）第 132770 号

策划统筹	曹元勇
责任编辑	李　灿
文字编辑	周　思
营销编辑	耿德加
责任印制	吴春娟
装帧设计	朱云雁

爱人有罪

艾伟　著

出版发行	浙江文艺出版社
地　　址	杭州市体育场路 347 号
邮　　编	310006
电　　话	0571–85176953（总编办）
	0571–85152727（市场部）
印　　刷	上海盛通时代印刷有限公司
开　　本	889 毫米 × 1240 毫米　1/32
字　　数	275 千字
印　　张	12.75
插　　页	4
版　　次	2022 年 1 月第 1 版
印　　次	2022 年 1 月第 1 次印刷
书　　号	ISBN 978-7-5339-6576-1
定　　价	69.00 元（精装）

一本书打开一个世界

欢迎订购、合作

订购电话：0571-85153371

服务热线：0571-85152727

KEY-可以文化　　　浙江文艺出版社　　　天猫旗舰店

关注 KEY-可以文化、浙江文艺出版社公众号，

及浙江文艺出版社天猫旗舰店，随时获取最新图书资讯，

享受最优购书福利以及意想不到的作家惊喜